Wo

CW01666023

TOM EGELAND

WOLVENNACHT

Uit het Noors vertaald door
Annelies de Vroom

DE GEUS

Deze uitgave is mede tot stand gekomen dankzij een bijdrage van NORLA (Oslo)

Oorspronkelijke titel *Ulvenatten*, verschenen bij Aschehoug
Oorspronkelijke tekst © H. Aschehoug & Co., 2005
Nederlandse vertaling © Annelies de Vroom en De Geus BV, Breda 2006
Omslagontwerp Robert Nix
Omslagillustratie © HH/Plainpicture
Foto auteur © Annette Faltin
Drukkerij Haasbeek BV, Alphen a/d Rijn
ISBN 90 445 0796 6
NUR 331

Niets uit deze uitgave mag verveelvoudigd en/of openbaar gemaakt worden door middel van druk, fotokopie, microfilm of op welke wijze dan ook, zonder voorafgaande schriftelijke toestemming van De Geus BV, Postbus 1878, 4801 BW Breda, Nederland. Telefoon: 076 522 8151.
Internet: www.degeus.nl

Volgens de mythes is de wolf het enige dier dat het tegen een sterkere vijand durft op te nemen en dat liever sterft dan zijn vrijheid te verliezen. De Tsjetsjenen hebben een speciale naam voor uitzonderlijk moedige mensen. Ze noemen ze: berzloj. Wolvenmensen.

Siri Lill Mannes,
Livvakt i helvete. Aleksandr og krigen i Tsjetsjenia

Ronny Lystad, 37, politieagent, Delta
Vidar Mørch, 31, politieagent, Delta
Elsebeth Røed, 49, commissaris van politie Oslo
Aksel Schjelderup, 43, operationeel commandant, leider ter plaatse
Willy Skogen, 34, politieagent, Regionale Bijstandseenheid Romerike
Kåre Viken, 38, politieagent, Delta
Geir Wilhelmsen, 33, politieagent, Delta

Crisisteam van de minister-president
Vidar Erichsen, 39, staatssecretaris, kabinet van de minister-president
Elsebeth Røed, 49, commissaris van politie Oslo
Bjørn-Tore Viksveen, 57, minister-president
Minister van Justitie, minister van Defensie, minister van Binnenlandse Zaken
De secretarissen-generaal van de regering en van het ministerie van Buitenlandse Zaken en de overige betrokken ministeries, de hoofdcommissaris van politie

Overigen
Gunnar Borg, 77, gepensioneerd journalist
Jon Flatabø, hoofd asielzoekerscentrum in Valdres
Aslan Gairbekov, 35, Tsjetsjeense asielzoeker, vrijheidsstrijder
Sergej Habibulin, 35, correspondent, Itar-Tass
'Ismael', nieuwe contactpersoon van de ambassadeur bij het MID
Vladimir Jaroff, chef inlichtingendienst, Russische ambassade
Pjotr Jeremejev, 54, contactpersoon van de ambassadeur bij het MID
Aleksandr Valeriy, chef veiligheidsdienst, Russische ambassade
Ruslan Vlasov, 35, asielzoeker
Igor Voronin, 60, ambassadeur van Rusland
Astrid Wahl, 59, hoofdredactrice, Kanal ABC
Fridtjof Zachariassen, 27, producent, Kanal ABC
Zjenja, 19, guerrillasoldate in Tsjetsjenië

Verklaring van de afkortingen

Bravo – codenaam/oproepsignaal voor het politiedistrict Majorstua.

Delta – antiterreurorganisatie die allereerst de verantwoordelijkheid draagt voor de terrorismebestrijding in Noorwegen en die wordt ingezet bij ernstige situaties.

Echelon – deel van (militaire) troepen dat elkaar met een bepaalde afstand volgt.

FSB – de Russische geheime dienst (vroegere KGB).

Foxtrot – codenaam/oproepsignaal voor politiedistrict Grønland.

MID – het Russische departement van Buitenlandse Zaken in Moskou.

Mike – codenaam/oproepsignaal voor politiedistrict Manglerud.

MP5 – 9mm-machinepistool van wapenproducent Heckler & Koch Inc.

Nul-één – afkorting en codenaam/oproepsignaal voor de meldkamer, waar ervaren politiemensen via 112 noodoproepen van het publiek binnenkrijgen en van waaruit vervolgens de totale politie-inzet wordt gecoördineerd, geprioriteerd en geleid.

Operationeel commandant – commandant verantwoordelijk voor het aansturen van het politieoptreden ter plaatse.

OpStaf – operationele staf, politiedistrict Oslo. Bestaat uit de commissaris van politie (die overgeplaatst kan worden naar het politiedistrict Oslo), adjunct-commissarissen en afdelingschefs/hoofden van de betreffende afdelingen.

Oscar – codenaam/oproepsignaal voor de veiligheidsdienst van de politie.

PodStaf – operationele staf, politiedirectoraat. Bestaat uit de hoofdcommissaris van politie (die kan worden overgeplaatst naar het crisisteam), de assistent van de hoofdcommissaris, eventueel ook de commissaris van de politie Oslo en de af-

delingschef/hoofden van de betreffende afdelingen.
Sierra – codenaam/oproepsignaal voor district Centrum.
T1 enzovoorts – intern oproepsignaal van de Delta-eenheid tijdens de actie. T1 is de leider.
Tango – codenaam/oproepsignaal voor de verkeerspolitie.
U-nul-vijf – codenaam/oproepsignaal voor de operationeel commandant(commandoauto).
Victor – codenaam/oproepsignaal voor de hondenbrigade.

Oslo

maandag 13 juni 2005, 22.00 uur

22.00 – 22.07

Niemand is bang voor de duisternis die ons omsloot voordat we geboren werden. Toch zijn we doodsbang voor de afgrond die ons te wachten staat in de dood. Maar wat is het verschil?

Ik herinner me de eerste keer dat ik een mens doodde. Die doodsbange blik, die hartverscheurende kreet... Het wil wel wat zeggen dat ik daaraan gewend ben geraakt.

1

Studio 2, 22.00 uur

Tijdens de seconden voordat de begintune door de studio dreunde, voelde ze dat er iets helemaal verkeerd was. Er was iets met zijn blik. Ze herinnerde zich niet hoe hij heette. Een van die asielzoekers.

Die blik.

'Tien seconden voor de uitzending!' De stem van de producent galmde door de luidsprekers.

Kristin Bye klemde haar vingers rond de microfoon. De schijnwerpers aan het plafond verblindden haar. De tv-camera's leken op ultramoderne laserwapens. Ze stond op een ovaalvormig, één meter hoog podium. Op de tribune, in een halve cirkel, zaten de deelnemers aan het debat en het publiek. De groep Tsjetsjeense asielzoekers zat op de bovenste rij; een sjofel groepje, gekleed in wijde, uniformachtige jassen die ze per se aan wilden houden hoewel het half juni was en bloedheet in de studio. De vertegenwoordigers van de Noorse overheid hadden op de rij daaronder plaatsgenomen, ook zij waren in uniform: grijsblauwe kostuums, chique kleding, professionele glimlach.

Opeens herinnerde ze zich zijn naam. Ramzan! Een van de asielzoekers die contact had opgenomen met de redactie over de situatie in hun vaderland. Nu zat hij, nonchalant achterovergeleund, haar op te nemen. Als een exhibitionist in een donkere steeg.

De stem van de producent kraakte in haar oortje: 'Drie… twee… start de intro!'

Het studiolicht werd gedempt. Tegelijkertijd denderde de begintune door de ruimte: een vlot fanfaredeuntje met zware bastonen en felle synthesizers. Korte bliksemflitsen schoten door de studio. Toen werd de muziek zachter, en een mannenstem riep: 'Dames en heren! Kanal ABC presenteert de populairste talkshow van Noorwegen! Welkom bij *ABCDebatt*! Onze presentatrice: Kristin Bye!' Terwijl Kristin het beeld in liep en het applaus in ontvangst nam, naderde de muziek haar crescendo. Camera 2 reed snel over de studiovloer. Een camera aan een hydraulische arm schoot vanaf het plafond in haar richting. Lachend spreidde ze haar armen en wees ze spottend met haar wijsvinger in camera 1. Een seconde of twee maakte camera 3 liefdevol een close-up van haar.

De stem van de producent: 'Kristin… alsjeblieft! Camera 1!'

Lachend keek ze in de lens van camera 1: 'Welkom! Het thema van vanavond luidt: Het verraad tegenover de Tsjetsjenen!'

Kristin stapte van het podium en liep naar de deelnemers van het debat. Haar knieën knikten. Als ze nerveus werd dacht ze altijd aan Gunnar. Ze zag de oude, grijze man voor zich, thuis in zijn leunstoel in Frogner. Hij is een van mijn kijkers, dacht ze. Die gedachte stelde haar meestal op haar gemak. Maar vanavond niet.

Routineus wendde ze haar blik van camera 1 naar camera 3: 'Wij zijn blij met onze gasten van vanavond, die ons uit kunnen leggen waarom het zo belangrijk is dat we praten over Tsjetsjenië! Want hoewel Tsjetsjenië een eind van ons vandaan ligt, mag de wereld het niet vergeten!'

De situatie in Tsjetsjenië en het Noorse asielzoekersbeleid waren niet zulke boeiende onderwerpen, dat besefte ze heel goed.

Toen ze het idee tijdens de redactievergadering lanceerde, had de redacteur zijn ogen ten hemel geslagen en gezegd dat de Noorse kijkers lak hadden aan het ver-van-mijn-bed-tsjetsjenistan. Kristin had haar tong naar hem uitgestoken. Ze wisten beiden dat er slechts één reden was waarom ABCD*ebatt* de best bekeken Noorse talkshow bleef: Kristin Bye. Zij was de beroemdste tv-journaliste van het land, als ze maar een blik op een man wierp stond ze al op de cover van de *Se og Hør*. Dat was nu eenmaal zo... De redacteur had haar gewaarschuwd: de kijkcijfers zouden rampzalig zijn. Maar uiteraard had ze haar zin gekregen.

Ben ik daarom zo nerveus vanavond? dacht ze. Stel je voor dat niemand wilde kijken?

'Op de eerste rij...' Kristin registreerde dat het rode lampje op camera 2, die gericht was op de deelnemers, brandde, 'zitten de minister van Buitenlandse Zaken, Bernt Bøe van de Conservatieve Partij en het hoofd van de vreemdelingendienst, Grethe Aslaksen. Ik wil beginnen met u iets te vragen, minister Bøe. Kunt u in het kort samenvatten wat de Tsjetsjeense tragedie is?'

Bernt Bøe was, voordat hij in de landelijke politiek was gegaan, jarenlang advocaat geweest in zijn woonplaats Bergen. Hij had een smal, hoekig gezicht en zijn ogen stonden een beetje te dicht bij elkaar. Bøe leunde voorover.

'Al honderden jaren worden de Tsjetsjenen door de Russen niet alleen met scepsis en minachting bekeken, maar zelfs met verachting', zei hij met een nadrukkelijke r. Zijn stem had een overtuigende en autoritaire klank. 'En velen zullen beamen dat de Russen ze ook zo behandeld hebben: als boeven, terroristen en opstandelingen. De Tsjetsjenen hebben altijd geweigerd zich te onderwerpen aan de Russische tsaren, aan de dictatuur van het sovjetcommunisme en aan het hedendaagse regime. Voor veel Russen zijn Tsjetsjenen uitschot. Ze kijken naar de Tsjetsjenen zoals wij in de jaren dertig en veertig van de vorige eeuw naar de zigeuners keken. Het schuim van de natie! En voor de westerse wereld staat Tsjetsjenië, niet helemaal onterecht, te boek als een broedplaats voor moslimterreur. Het huidige Tsjetsjenië is hard op weg een gewelddadige anarchie te worden.'

‘Waarom is dat?’ onderbrak Kristin hem.

‘Daarop zijn vele antwoorden mogelijk. Voor de arme Tsjetsjenen zijn de Russen agressors en bezetters. De Tsjetsjenen zien zichzelf als vrijheidsstrijders. Het tragische is dat de Tsjetsjeense samenleving als democratie en staat in belangrijke mate heeft opgehouden te bestaan. Fanatici en misdadigers hebben de macht. De gematigde krachten hebben de grootste moeite om de aandacht en de sympathie van de wereld te verkrijgen.’

Kristin keek in camera 1: ‘We hadden overigens de Russische ambassadeur voor vanavond uitgenodigd, maar hij heeft bedankt voor deelname aan dit debat.’ Ze draaide zich om naar de tribune. ‘Vanavond zijn ook bij ons Frank Berthelsen van de Arbeiderspartij en Silje Gran van de Vooruitgangspartij. Beiden hebben een duidelijk standpunt ingenomen in het debat over het Noorse asielbeleid ten aanzien van de situatie in Tsjetsjenië. Maar eerst’, ze stapte tussen de rijen banken door en de camera aan de hydraulische arm nam het over, ‘zullen we kennismaken met een paar mensen over wie dit programma gaat: asielzoekers uit het door burgeroorlogen geteisterde Tsjetsjenië.’ Ze keek op de lijst met namen van de discussianten. ‘Ik zal niet eens een poging doen te proberen jullie namen juist uit te spreken, ik beperk me tot jullie voornamen: Ramzan, Sjamil, Islam, Edil, Movzar, Jussup, Sjapty, Magomed en Roza, de enige vrouw in jullie gezelschap! Welkom! En bij de Tsjetsjenen zit onze tolk, Anette Wiik.’

De producent in haar oortje: ‘Camera 3!’

Kristin richtte zich tot het rode cameralampje: ‘Zijn de Tsjetsjenen meedogenloze rebellen en terroristen – of zijn het idealisten die een rechtvaardige strijd voeren voor onafhankelijkheid en bevrijding van Rusland?’

‘Camera 1!’

‘Moet het Noorse asielbeleid erop gericht zijn de Tsjetsjenen te behandelen als slachtoffers die op de vlucht zijn voor geweld of moeten ze naar huis worden gestuurd naar een onzeker bestaan?’

Kristin wendde zich weer tot de Tsjetsjenen op de bovenste rij van de tribune. ‘Ramzan, jij bent zelf uit Tsjetsjenië naar Noorwegen gevlucht. Waarom?’

De tolk, Anette Wiik, vertaalde het razendsnel.

Hij keek naar Kristin.

Die blik...

Ramzan Jevlojev vouwde met het air van een overheerser zijn armen over zijn borst. 'Tsjetsjenië is een trotse natie! En wij zijn een roemrijk volk dat geen vrees kent!' Hij sprak Engels met een behoorlijk accent, maar zijn woordenschat was groot en grammaticaal maakte hij geen enkele fout. 'Wij Tsjetsjenen', hij sprak het woord in zijn eigen taal uit, *nokhtsje*, 'zijn bereid alles te offeren voor onze vrijheid. Wij zijn wolven. De trotste van alle dieren! Wij zijn wolvenmensen! *Berzloj*.' Zijn stem klonk steeds indringender. 'Wij zijn voor niets bang. Niets zal ons tegenhouden!'

'Je zegt dus...' begon Kristin.

'Freedom for Chechnya!' riep hij en hij stak zijn vuist in de lucht.

De andere asielzoekers staken hun vuist omhoog.

'Leve Itsjkeria!' ging hij verder, hij gebruikte de naam van zijn volk voor hun vaderland.

'O, shit', klonk de stem van de producent in haar oor.

'Ja, ja,' lachte Kristin nerveus in camera 3, 'sommigen zijn meer geëngageerd dan anderen.' Ze deed een stap terug om de aandacht bij Ramzan weg te halen.

Op dat moment stond hij op. *'Long live the Chechen people's fight!'* schreeuwde hij.

'Please, sir!' riep Kristin.

Ramzan keek naar de camera en hij riep iets in het Tsjetsjeens.

'Please, sir, sit down!' Zoiets was haar nog nooit eerder overkomen. De nachtmerrie van alle presentatoren: tijdens een liveuitzending de controle verliezen. 'En nu gaan we verder met...'

'Chechnya! Chechnya! Chechnya!' scandeerde Ramzan.

'Please! Sir!' herhaalde Kristin.

Ramzan stak zijn rechterhand in zijn jaszak en haalde er een pistool uit. Hij richtte zijn wapen op Kristin, die met open mond bleef staan.

'Kristin?' De stem van de producent klonk iel en bang.

Ze deed nog een stap naar achteren, weg van Ramzan. Ze keek in camera 2 en probeerde iets te zeggen. Haar mond was kurkdroog. 'Het... spijt... ons', hakkelde ze.

'I am a wolf!' riep Ramzan.

'Loop bij hem weg!' riep de producent in haar oortje. 'Kristin! Hij is in beeld! Ga daar weg! Zeg iets!'

Ze hoorde wat hij zei, maar de woorden drongen niet echt tot haar door.

'Chechnya! Chechnya! Chechnya!'

Terwijl hij dat riep, knoopte hij zijn jas open.

'And I will die for Chechnya!'

Verlamd door schrik registreerde Kristin dat vijf van de andere Tsjetsjenen – Sjamil, Islam, Edil, Movzar en Roza – waren opgestaan en ook hun jas begonnen open te knopen.

Toen Ramzans jas open was, begreep ze eerst niet wat ze zag. Kartonnen hulzen? Leidingen?

Toen begreep ze het.

Een bom.

Hij had een zelfmoordbom op zijn lichaam.

2

De regie, 22.05 uur

'CC aan regie!' De stem uit de Centrale Controlekamer brak in via de interne geluidsinstallatie.

De beeldproducent Fridtjof Zachariassen zat voor een controlepaneel dat te vergelijken was met de commandoruimte in een ruimteschip. Lichtgevende computerschermen, knoppen en schakelaars in alle kleuren en maten, flikkerende diodes. Tegen de muur voor hem hing, verdeeld over drie rijen, een dertigtal tv-monitoren. Iedere studiocamera had zijn eigen monitor. Hier kregen ze ook via de satelliet de signalen binnen van liveopnames uit het hele land en over de hele wereld. In de uitzending van vanavond hadden ze livereportages uit Moskou en uit een asielzoekerscentrum in Trøndelag. Ze hadden eigen monitoren voor het grafische werk, de tekst met de namen van de medewerkers en de aftiteling. En midden op de muur: een groot televisiescherm dat het beeld liet zien dat naar de kijkers werd verzonden.

Fridtjof drukte op de antwoordknop: 'Hier de regie!'

'Wat doen we?'

'Stoppen met uitzenden!'

'Begrepen. CC aan de regie en hallo, we stoppen de uitzending vanuit studio 2 en gaan over op het pauzebord – vijf... vier... drie... twee... één!'

Het beeld van Kristin Bye en Ramzan Jevlojev verdween van het televisiescherm en werd vervangen door een bord waarop stond: EEN OGENBLIK GEDULD A.U.B.

3

Commandowagen operationeel commandant, 22.06 uur

'Nul-één aan U-nul-vijf, *come in*!'

De operationeel commandant Aksel Schjelderup had zijn commandowagen half op het trottoir geparkeerd. Hij had een hotdog gekocht bij een kiosk en zat met zijn benen uit het geopende portier een groep Kosovo-Albanezen te observeren die hij ervan verdacht een illegaal taxibedrijf te runnen. Het was een warme en heldere juniavond en er was wat sluierbewolking. Mooi-weer-bewolking, constateerde hij tevreden en hij likte een beetje ketchup weg dat op zijn uniformpet dreigde te vallen die op zijn schoot lag. Hoewel hij pas drieënveertig was, was zijn haar al dun en grijs. Net als bij zijn vader en grootvader. Gespierd en sterk, net als zijn vader en grootvader.

De politieradio kraakte weer: 'Nul-één aan U-nul-vijf!'

Nooit kun je eens rustig eten, dacht hij. Met een mond vol brood greep Schjelderup de microfoon: 'Hier U-nul-vijf.'

'Nul-één aan U-nul-vijf en alle eenheden – ga naar Kanal ABC. Een groep Tsjetsjenen met pistolen en bommen heeft de talkshow van Kristin Bye overgenomen!'

Aksel Schjelderup stopte met kauwen. 'Kun je dat even herhalen?'

'Kanal ABC!' blafte de meldkamer. Geduld was niet hun grootste verdienste, dat gold vooral voor de nieuwelingen. 'Gewapende actie tijdens de live-uitzending!'

'U-nul-vijf is op weg!' Hij gooide het restant van de hotdog weg, deed zijn gordel om en trok snel op terwijl hij het zwaailicht en de sirene aandeed. Een golf van bevestigingen uit de andere surveillancewagens kraakte door de politieradio. Hij reed voorzichtig het kruispunt over, door het rode licht, maar meerderde vaart in de lange, rechte straat. De auto bonkte over de straatkeien.

Tsjetsjenen? Hij herinnerde zich iets van een Tsjetsjeense terroristische actie een paar jaar geleden in een theater in Moskou. Er waren veel mensen omgekomen toen de Russen gas in het theater hadden gepompt. Om maar niet te spreken over het drama in Beslan, waar honderden kinderen en leerkrachten in een school waren gedood. Maar in Oslo? Tijdens een live-uitzending?

Hij ging over van de *wail*-sirene naar de *yelp*-sirene en haalde een tram in. In gedachten bereidde hij zich voor op alles wat hij moest doen. Als operationeel commandant had Aksel Schjelderup de verantwoording voor het aansturen en leiden van het politieoptreden ter plaatse. Het blauwe zwaailicht streek over de gevels van de huizen. Bij het volgende verkeerslicht sloeg hij links af en drukte hij vier auto's het trottoir op met behulp van zijn extra lichtsignaal. Met gillende sirene nam hij een kortere weg door een straat met eenrichtingverkeer, reed een paar honderd meter over het voetgangersgebied, haalde een vrachtwagen in, maakte een noodstop voor een voetganger en gaf weer vol gas op de brede weg naar Kanal ABC. Hij stoof op een verlaten kruispunt door het rode licht, haalde een harmonicabus in en sloeg rechts af bij het volgende kruispunt.

Enkele honderden meters voor het ABC-hoofdgebouw deed hij de sirene uit. Een Victor-auto van de hondenbrigade en Marje van bureau Majorstua waren al ter plaatse. Schjelderup parkeerde de grote commandowagen dwars over de weg vlak bij de receptie van Kanal ABC.

4

Studio 2, 22.07 uur

Kristin stond onbeweeglijk en nam de gewapende Tsjetsjenen op. Allezes hadden ze een zelfmoordbom.

Ramzan Jevlojev stak zijn vuist omhoog. *'Freedom for Chechnya!'*

'Alsjeblieft!' onderbrak ze hem.

De stem van de producent in haar oor: 'De uitzending is gestaakt, Kristin.'

'Dit is een televisieprogramma, jullie kunnen niet zomaar…' begon ze, voordat de betekenis van Fridtjofs woorden tot haar doordrong. Gestaakt.

'Silence!' Ramzan zwaaide met zijn pistool.

Achter haar schoot iemand overeind.

De minister van Buitenlandse Zaken, Bernt Bøe, stond op en staarde Ramzan Jevlojev aan met een mengeling van woede en verbijstering. Zeg iets! dacht Kristin. Je bent een man met macht, gebruik die! Grijp in. Dóé iets!

Maar de minister van Buitenlandse Zaken haalde slechts zijn neus op en ging weer zitten.

'Nieuwe regels, nieuw regime!' zei Ramzan. Stap voor stap liep hij de tribune af en begaf zich naar het podium. 'Iedereen doet wat ik zeg! Degene die niet doet wat ik zeg, sterft!'

Er klonk gejammer.

'Nee maar, zeg! Je kunt niet zomaar…' begon Silje Gran.

'Stilte!' beet hij haar toe.

'Nee, luister eens even!'

De kogel trof een schijnwerper aan het plafond. Het glas kwam als een regen splinters en stof op hen neer. Ramzan boorde zijn blik in die van Silje Gran.

'Wilde je nog iets zeggen? Niet?' Hij lachte honend en nam de groep op. 'Regel nummer één: degene die probeert te vluchten, wordt neergeschoten.' Hij gaf Sjamil een teken, waarop hij naar de studiodeur liep en daar wijdbeens en dreigend ging staan.

'Regel nummer twee: iedereen doet wat ik zeg. Weiger je dat, dan word je neergeschoten.'

Een van de asielzoekers, Sjapty, riep iets in het Tsjetsjeens. Ramzan stormde de tribune op en gaf hem een klap in zijn gezicht. Toen liep hij weer terug naar het podium.

'Regel nummer drie', ging hij onbewogen verder. 'Als iemand mij of een van de anderen aanvalt,' hij sloeg zich op zijn borst, 'dan zal de bom afgaan. En sterven we allemaal!'

Hij keek de studio rond.

'Ik ben bereid te sterven. Jullie ook?'

Ik was niet ouder dan vier, maar ik herinner me nog hoe grootvader rechtop in het wankele bed ging zitten en wild met zijn armen zwaaide en toen stierf. Buiten raasde de wind en regende het hard. Loodgrijze wolken botsten tegen de Tsjetsjeense bergtoppen.

Grootvader had langer geleefd dan iemand voor mogelijk had gehouden en nog wekenlang vroeg men zich af waaraan de oude baas gestorven was. Maar weinigen leken uit te gaan van het meest waarschijnlijke: ouderdom.

Mama had verdriet zoals een goede dochter verdriet behoort te hebben, zeker als je uit het Tranendal kwam, en papa timmerde een kist en delfde een graf de oude baas waardig. Ze begroeven hem vier dagen nadat hij zijn laatste adem had uitgeblazen. Zijn doodsstrijd achtervolgde me nog vele jaren, want ik dacht dat hij tegen onzichtbare geesten en demonen had gevochten die uit het dodenrijk waren gekomen om hem op te halen. Vanuit mijn schuilplaats in een donkere hoek had ik het fluisterende gelach van de duiveltjes in de wind gehoord en ik zag een afgrond voor me die regelrecht naar de eeuwigheid leidde.

Op de een of andere manier was ik steeds omgeven door de dood. Grootvader was een natuurlijke dood gestorven, geheel volgens de wetten van de natuur en Allah – in tegenstelling tot de sterfgevallen waarvan ik later in mijn leven getuige was.

Wat heeft me tot een terrorist gemaakt?

Zo noemen ze me.

Terrorist. Moordenaar. Beul.

Ik zal niet met excuses aankomen. Ik neem de verantwoordelijkheid op me voor alles wat ik heb gedaan.

Ik ben gevormd door een land geteisterd door geweld. Door moorden en verkrachtingen, martelingen en ontvoeringen. Onder-

drukking. Het bloed aan mijn handen is net zo goed het bloed van Moskou. Als de doden me 's nachts komen opzoeken om hun beklag te doen, zouden er, behalve ikzelf, ook anderen moeten luisteren.

Maar ik ben vooral geworden wie ik ben – degene voor wie men bang is – door dat afschuwelijke wat ze mijn familie hebben aangedaan.

22.08 – 22.16

1

Spoedbericht, persbureau NTB, *22.08 uur*

telexbericht
Gijzelingsdrama –

Oslo (NTB) Een groep Tsjetsjeense terroristen heeft tijdens een live-uitzending van de talkshow *ABCDebatt* van Kanal ABC een grote groep mensen in gijzeling genomen. De minister van Buitenlandse Zaken, Bernt Bøe (Conservatieven), Silje Gran (Vooruitgangspartij), hoofd vreemdelingendienst Grethe Aslaksen en presentatrice Kristin Bye behoren tot de groep gegijzelden.

– – – – aka – ol – bk
22.08 uur 321 tekens

2

Studio 2, 22.10 uur

Mijn hemel, het is allemaal mijn schuld, dacht Kristin. Ze was een eindje bij de anderen vandaan gaan zitten op een lege stoel op de tribune. Ze liet haar hoofd in haar handen rusten. Haar programma, haar onderwerp, haar gasten.

Ze herinnerde zich de ochtend dat Ramzan Jevlojev contact opnam nog goed. Dagenlang hadden zij en haar redactieteam gebeld naar asielzoekerscentra en belangenorganisaties om discussianten te vinden voor het programma. Maar de meesten die van Tsjetsjenië naar Noorwegen waren gevlucht, stonden ofwel afwachtend ofwel afwijzend tegenover het verzoek. De angst zat diepgeworteld. Ze waren bang dat hun familie in het vaderland slachtoffer zou worden van Russische represailles. En degenen van wie hun asielaanvraag nog niet was afgehandeld, wisten niet welk risico ze liepen als de vreemdelingendienst hun aanvraag afwees. De redactie was steeds wanhopiger geworden. Maar toen was de telefoon gegaan en Ramzan had zich voorgesteld en gevraagd of het mogelijk was dat hij zijn standpunten naar voren bracht. Iemand in het asielzoekerscentrum had hem getipt. Kristin had geen reden gehad hem te wantrouwen. Ze hadden zijn identiteit zowel bij het asielzoekerscentrum als bij de vreemdelingendienst gecontroleerd. Hij had ook nog andere Tsjetsjenen voorgesteld die wel bereid waren op televisie te verschijnen. De redactie en zijzelf hadden met hen gesproken. Ramzan formuleerde zijn standpunten het best. Maar ook de anderen waren geloofwaardig en genuanceerd overgekomen.

Ramzan was de leider. Midden dertig. Roodblond haar, blauwe ogen. Knap op een ruige manier.

Sjamil was nog jong, begin twintig, en deed haar denken aan een van haar neven.

Edil, een veertiger, was zwijgzaam, donker en sterk.

Movzar, een dertiger, had bruine ogen en donkerblond haar.

Islam, rond de dertig, had een baard en haar dat ravenzwart was.

Roza, de vrouw in het gezelschap, was begin dertig en had lang, donker haar en bruine ogen.

Hoe zat het met de andere asielzoekers, Jussup, Sjapty en Magomed? Waren zij ook terroristen?

Ramzan liep naar het podium van de presentatrice. Kristin volgde hem met haar ogen. Hij keek op naar een van de vele televisiebeeldschermen aan het plafond. Toen draaide hij zich om, pakte een mobiele telefoon en terwijl hij sprak schermde hij zijn mond af met zijn hand. Toen hij zijn mobieltje weer in zijn jaszak had gestoken, wendde hij zich tot camera 1, waarvan nog steeds het rode lampje brandde: 'Dit is onze eerste eis! Dit moet weer uitgezonden worden!'

'We kunnen niet uitzenden als...' begon Kristin.

'Stilte! Het moet weer uitgezonden worden! Nu!'

'Daar beslis ik niet over. De producent ook niet. Je moet begrijpen dat...'

'Ik vraag het niet! Het moet weer uitgezonden worden! Nu!'

'Alleen onze redacteur kan...'

'Als het niet weer uitgezonden wordt,' zei Ramzan en hij keek van de camera naar Kristin, 'dan schieten we een gijzelaar neer!'

3

De regie, 22.12 uur

Het koude zweet was Fridtjof Zachariassen uitgebroken. Op de televisiemonitoren zag hij de studio vanuit verschillende hoeken. Ramzan stond midden op Kristins podium. De terrorist staarde in camera 1. Met trillende vingers toetste Fridtjof het mobiele nummer van hoofdredactrice Astrid Wahl.

'Ik ben op weg naar mijn auto!' riep ze, voordat hij iets had kunnen zeggen.

'Met Fridtjof! Ik heb CC gevraagd de uitzending te staken...'

'Heel goed!'

'...maar nu eisen de terroristen dat we weer uitzenden!'

Hij hoorde dat ze stil bleef staan. 'Ze kunnen toch niet eisen dat we een gijzeling live uitzenden!'

'Ze dreigen iemand neer te schieten.'

'We kunnen ons niet laten gebruiken door wanhopige pressiegroepen!'

'Préssiegroepen?'

De stem werd scherp. 'Het is onverantwoord om een gijzeling uit te zenden!'

'Maar stel je voor dat ze iemand neerschieten?'

'Dit is geen beslissing die de redactie moet nemen. Ik zal

contact opnemen met de politie en het dilemma voorleggen.'

'Dilémma? Het is bloedserieus, Astrid!'

'Ik bel de politie vanuit mijn auto! Ik ben over tien minuten op de redactie.'

Gefrustreerd smeet Fridtjof de hoorn neer. Waarom kon ze hem niet gewoon de opdracht geven weer uit te zenden? Ondanks alles was het toch beter om de eis in te willigen dan een mensenleven op het spel te zetten? Bestaan er principes die belangrijker zijn dan een mensenleven? De kijkers konden hun televisie toch gewoon uitzetten. Niemand dwong ze te kijken. Op de monitoren zag hij dat Ramzan iemand riep. Iemand uit het publiek, de asielzoeker Magomed, stond aarzelend op. Een lange, broodmagere man van in de vijftig. Ramzan gebaarde hem naar het podium te komen.

Fridtjof hield onwillekeurig zijn adem in.

'Hij sterft!' schreeuwde Ramzan tegen de camera. 'Start de uitzending weer! Nu! Ik schiet als jullie niet doen wat ik zeg.'

Jij. Niet jullie. Jíj.

Fridtjof schoof zijn stoel weg van het controlepaneel.

'Doe dan iets!' fluisterde de beeldmixer.

'Astrid Wahl zou de politie bellen!'

'Je moet iets doen! Fridtjof! Jíj! Doe iets! Nú!'

4

Studio 2, 22.14 uur

Kristin liep in de richting van het podium, maar werd ruw tegengehouden door Movzar. 'Wacht!' riep ze naar Ramzan terwijl Movzar haar terugduwde. 'Doe het niet!'

Ramzan wierp een blik op haar en duwde de loop van het pistool tegen Magomeds slaap. Bevend sloot Magomed zijn ogen.

Háár gast. Háár verantwoordelijkheid.

'Hij gaat dood als jullie niet verdergaan met de uitzending!' zei Ramzan.

De Tsjetsjeense gijzelaar stotterde iets in zijn eigen taal.

'De uitzending zal hervat worden!' zei Kristin. 'Maar dat duurt een paar minuten. Niemand van ons mag dat beslissen! De politie en de redactie zullen ervoor zorgen. Geef ons wat tijd!'

'Tijd?' zei Ramzan. *Time...*

'Maar een paar minuten! Alsjeblieft!'

'Heb je alleen maar tijd nodig?'

'Tijd!' herhaalde Kristin. *'Please!'*

Magomed mompelde iets in het Tsjetsjeens. Hij smeekt, dacht Kristin. Ik begrijp niet wat hij zegt, maar ik hoor dat hij smeekt om zijn leven.

'Hm', zei Ramzan. 'Tijd, hè? Oké, je krijgt tijd.'

'Bedankt. Hartstikke bedankt!'

'Tweeënhalve minuut. Als dan niet...' hij duwde met de pistoolloop tegen de slaap van de man, 'dan schiet ik hem neer.'

'Maar tweeënhalve minuut is niet genoeg om...'

'22.17 uur!'

'Alsjeblieft! Kun je niet...?'

'Vanaf nú!' Ramzan deed zijn linkerarm omhoog en keek op zijn horloge. De rechterhand hield het pistool tegen de slaap van de gijzelaar.

Magomed beefde en kneep zijn ogen dicht.

'Fridtjof,' riep ze en ze wendde zich tot de camera, 'regel je het? Nu! Hij meent het. Oké? Fridtjof? Hoor je me?'

5

De regie, 22.14 uur

Hij hoorde het. *Oh yes*, hij hoorde het.

Aan de muur, recht onder het grote televisiescherm met het beeld dat de kijkers ontvingen: het bericht EEN OGENBLIK GEDULD A.U.B., hing een elektronische klok met rode, verlichte cijfers. Uren, minuten, seconden.

22.14.55

Twee minuten.

Dit kan ik niet beslissen, dacht Fridtjof, ik kan geen beslissing nemen over zulke dingen!

Maar de hoofdredactrice was er niet. *Waarom belt ze niet?* En hoe kon zij in godsnaam weten of de terroristen het serieus meenden? Maar de grootste fout was om toe te geven aan eisen van de terroristen. Dat wist iedereen.

Maar toch...

En de politie? *Waar bleef verdomme de politie?*

22.15.30

Dit gebeurt niet echt, dacht hij, dit droom ik!

Alsof hij een insect was met facetogen, hield hij de studio van monitor naar monitor vanuit verschillende hoeken in de gaten. Hij zag de gijzelaar van voren, van achteren en van opzij. De gijzelnemer met het pistool. En Kristin Bye, die de indruk maakte dat ze niet wist wat ze moest doen: wegrennen of vechten.

De hoofdredactrice heeft me opgedragen te wachten...

22.15.45

6

Studio 2, 22.16 uur

Magomed gluurde angstig naar Kristin voordat hij zijn ogen weer dichtkneep. Ramzan Jevlojev stond wijdbeens met de pistoolmond gericht op de slaap van de gijzelaar en met zijn ogen gericht op zijn horloge.

Hij gaat het doen, realiseerde Kristin zich vol ontzetting. Ze zag het aan hem. Iets in zijn blik. Iets in zijn stem.

'Fridtjof!' riep ze.

7

De regie, 22.16 uur

'Twenty seconds', zei Ramzan en hij staarde op de monitor Fridtjof aan. Twintig seconden.

'Astrid Wahl zei dat ze de politie zou bellen', zei Fridtjof voor zich uit. 'Ik kan dit niet beslissen! Ze heeft beloofd me terug te bellen! Ze zou het overleggen met de politie!'

'Ten seconds.'

'Moeten we niet...?' begon de beeldmixer.

'Studio 2 aan CC', zei Fridtjof in de microfoon.

'Five seconds.'

'Hier CC.'

'Ik geloof dat hij zal schieten! We kunnen beter de...'

Verder kwam hij nooit.

Hij ziet vanuit vier verschillende hoeken wat er in studio 2 gebeurt. Vier camera's nemen het ieder vanuit hun positie waar. De monitoren geven elk detail weer.

Hij ziet dat Ramzan de gijzelaar op zijn knieën dwingt.

Hij doet een stap achteruit.

Hij schiet.

Hij ziet de gijzelaar op de grond vallen.

Hij schokt.

Hij ligt stil.

Hij sterft.

8

Studio 2, 22.16 uur

'Nee, nee, nee, nee, nee!' schreeuwde Anette Wiik. Ze was opgestaan toen het schot viel. Nu zakte ze in elkaar.

Ramzan Jevlojev stond met een rokend pistool in zijn hand. 'Zo gaat dat!' zei hij grimmig. Hij maakte een beweging met zijn hoofd in de richting van Anette. Er zat iets uitdagends en triomfantelijks in zijn blik. Een ogenblik keken ze elkaar in de ogen.

'Nee, nee, nee', mompelde ze en ze schudde haar hoofd.

Ramzan wendde zich tot camera 3. Uitdrukkingsloos. Hij deed een paar stappen in de richting van Kristin en wees naar haar met zijn pistool. 'Kom!'

Ze slikte. En kwam. Ze kon amper op haar benen staan.

'We proberen het nog een keer!' zei hij en hij tilde zijn pistool op.

Kristin jammerde.

'Als de uitzending niet begint over twee minuten,' zei Ramzan zacht om vervolgens zijn stem te verheffen en de pistoolloop tegen haar slaap aan te drukken, 'dan schiet ik háár dood!'

Tegen het ochtendgloren trok de mist op die iedere nacht van de bergen kwam zakken. Ons huis lag op een heuvelrug met uitzicht over het vruchtbare dal, de rivier en de bergtoppen. Vanaf de boerderij kon ik over de bergtoppen uitkijken die als eilandjes uit de zee van golvende mist staken. De bergwind zat vol vriesnaalden. Ik werd meestal eerder wakker dan de rest van de familie en iedere ochtend ging ik op de bank voor de boerderij zitten terwijl de ijskoude sneeuw mijn gezicht geselde. Af en toe ontdekte ik arenden en haviken die door de lucht zweefden. Er kwam geen eind aan de bergen.

De rivier beneden in het dal lag vol ronde stenen en ik stelde me altijd voor hoe de stroming ze tegen elkaar liet botsen en klinkende geluiden onder water liet maken. Als Adelaar en ik in de rivier zwommen, dook ik weleens onder om het geluid te horen van de stenen die tegen elkaar botsten in de stroomversnellingen. Maar het geluid was nooit zoals ik me het had voorgesteld, zittend op de houten bank voor de boerderij terwijl de zon op het landschap ademde.

Na een poosje kon ik het gestommel van mama horen in de keuken. Er moest altijd theegezet, eieren gebakken en bonen opgewarmd worden. Mama was klein en dik. Haar ogen lachten altijd. Ze kwam van een arme familie uit een ver dal ergens in het gebergte. Het Tranendal, noemde ze het. Ik ben er nooit geweest. Ik weet niet hoe het er werkelijk heette. Het kon toch niet Tranendal heten. Maar ze wilde nooit praten over haar jeugd. Alsof ze ons haar verleden wilde besparen. Ze zei altijd dat ze het niet beter kon hebben dan ze het nu had. Samen met papa, mij, mijn broer en zusje in ons huis in de bergen. Deze magische ochtenden, voordat de wereld ontwaakte… Ik vond het heerlijk om zo alleen voor de boerderij te zitten. Mama kwam meestal naar me toe geschommeld met een kop dam-

pende kruidenthee. Soms zeiden we een paar woorden. Maar meestal volstond een blik, een glimlach.

We waren arm. Maar wie was dat niet? We waren goede jagers en op de helling achter het huis had mama een moestuin met aardappels, kool en andere groenten. Af en toe kreeg papa werk bij de krachtcentrale beneden in de stad en na een poosje kreeg hij misschien loon. Ja, we konden ons redden. Mijn kleren kreeg ik van mijn grote broer. Mama en papa lapten onze schoenen. Maar we hadden iedere dag eten op ons bord en meerdere keren per maand vlees in de pan. We klaagden niet.

Als het ontbijt klaar was en papa en mijn broer en zusje waren opgestaan, ging ik naar binnen. De keuken was intussen gezellig en warm geworden. Bij het ontbijt en het avondeten zaten we altijd met het hele gezin bij elkaar. Dat was traditie. Misschien niet zo'n bijzondere traditie, maar voor ons was het belangrijk.

Pas na het ochtendmaal kon de dag beginnen. Sommigen hadden een klusje te doen, op de boerderij of beneden in de stad, sommigen moesten naar school. Ik hield niet van school. Ze dwongen ons Russisch te spreken en te schrijven. De taal van de hoge heren. Thuis spraken we onze moedertaal. Een oeroude taal die al duizenden jaren in de bergen werd gesproken. De Russische leraren bespotten onze taal. Als we Tsjetsjeens spraken, sloegen ze ons.

22.17 – 22.29

1

Receptie Kanal ABC, *22.17 uur*

De schreeuw was langgerekt en schel.

Operationeel commandant Aksel Schjelderup probeerde het geluid te lokaliseren. Het kwam ergens uit het gebouw. Een vrouw. Panisch, wanhopig.

Tegelijkertijd klonk het over de radio: 'Nul-één aan U-nul-vijf, *come in*!'

Schjelderup greep de microfoon van de mobiele politieradio terwijl hij door de donkere ruiten van de receptie van Kanal ABC probeerde te kijken. Het zicht werd bemoeilijkt door de reflectie van de zwaailichten van de politieauto's en ambulances. 'Hier U-nul-vijf-alfa.' De toevoeging 'alfa' gaf aan dat hij de commandowagen had verlaten.

'O, mijn lieve hemel, o god!' fluisterde een vrouwenstem.

'Nul-één. Volgens iemand die van Kanal ABC heeft gebeld zou er een gijzelaar zijn doodgeschoten. Klopt dat?'

Dóódgeschoten. Twee agenten van bureau Majorstua stopten met het vastmaken van het rood-witte afzetlint tussen twee lantaarnpalen. Schjelderup begreep dat ze via de politiezender alles volgden.

'Mij niet bekend', antwoordde hij. 'Ik zal het checken.'

Met een enorme snelheid kwamen twee auto's van de hondenbrigade en een eenheid van de BBE aangereden. Verscheidene surveillancewagens waren bezig het gebied af te zetten en het verkeer om te leiden via wijken rond de onheilsplek.

'Ik neem twee leden van Delta mee naar de receptie. Ik kom terug met meer info, nul-één. Einde van U-nul-vijf-alfa.'

Hij gebaarde naar twee collega's van de Delta-eenheid. Ze droegen kogelvrije vesten, gezichtsmaskers, helmen en machinepistolen. Het zien van de geüniformeerde Deltamanschappen zou zelfs de duivel op de vlucht jagen, dacht Schjelderup.

De receptie was vrijwel verlaten. De vrouw die zo hartverscheurend had geschreeuwd, stond huilend bij de lange balie. Telefoons rinkelden, maar niemand nam op.

De vrouw schrok toen ze de gewapende mannen in het oog kreeg.

'Ze hebben een gijzelaar neergeschoten!' jammerde ze. 'En zo meteen zullen ze Kristin doodschieten. Ik kan het niet aanzien!'

'Waar heb je dat gezien?' vroeg Schjelderup.

'Op de interne televisiemonitor.' Ze wees naar een televisiescherm achter de receptiebalie. Hij verstijfde. Een terrorist hield een pistool gericht op het hoofd van Kristin Bye. Er lag een lichaam op de grond. De terroristen hadden allen een zelfmoordbom.

Op dit moment besefte Aksel Schjelderup pas tegenover wie ze stonden. Hij trok zijn schouders naar achteren en had een paar seconden nodig om zich te vermannen.

'Waar is iedereen die hier werkt?' vroeg hij.

De receptioniste keek hem in verwarring aan. 'Ik ben hier maar alleen. Met mijn collega. Zij is naar de kantine. De anderen zitten in studio 2. En in de regie. En op de hoofdredactie op de tweede verdieping.'

'Je zou me een groot genoegen doen als je een overzichtskaart wilde maken van alle ruimtes hier', zei Schjelderup. 'Tot we de tekeningen van de architect krijgen. Begin met de receptie en teken daarna de studio, de regiekamer, trappen, kantoren, tja, alles wat er is. Zou je dat voor me kunnen doen?'

'Natuurlijk', zei ze hikkend.

Schjelderup liep naar buiten om leiding te geven aan alle politie-eenheden die arriveerden. Hij gaf een collega van bureau Centrum de opdracht technische tekeningen van het ABC-gebouw van kelder tot dak te regelen. Een ander kreeg de opdracht bij de gemeente een overzicht te halen van alle ondergrondse tunnels en rioolbuizen in de wijk. Twee politieagenten van bureau Majorstua moesten toegang tot de aangrenzende gebouwen zien te krijgen, zodat er mensen op de daken konden worden gezet. Schjelderup nam acht gewapende mannen van de Delta-eenheid mee naar binnen om het gebouw te doorzoeken. Twee van hen werden bij de receptie gestationeerd, twee kregen de opdracht om met zandzakken en geweren een barricade op te werpen in de gang voor studio 2 en de rest werd weggestuurd om het gebouw te inspecteren en te ontruimen.

2

De regie, 22.17 uur

'Regie aan CC.' De stem van producent Fridtjof Zachariassen beefde. 'Start de uitzending weer.'

'Er ligt een lijk op de studiovloer, Fridtjof! We kunnen niet...'

'Over een minuut schiet hij Kristin neer! We moeten weer uitzenden. Ik zal het overzichtsbeeld van de camera aan het plafond uitzenden. Ik neem de verantwoording op me. Begin weer met uitzenden!'

'Heb je Astrid Wahl gevraagd of...?'

'Stárt de uitzending!'

'Op jouw verantwoording. Ik tel af. Drie... twee... één... *On air*!'

De tekst op de hoofdmonitor werd vervangen door een beeld van studio 2.

Fridtjof zakte met een diepe zucht terug in zijn stoel.

'Good boy!' Ramzan Jevlojevs stem. Op de monitor zag Fridtjof dat de terrorist het pistool liet zakken. Kristin ademde uit en liet zich op de grond zakken.

'Je moet weten', zei Ramzan in camera 3, 'dat ik buiten mensen heb die het voor me volgen. Als je me probeert voor de gek te houden, als je me uit de lucht haalt, dan sterft een van de gijzelaars.'

3

Receptie Kanal ABC, *22.18 uur*

'Schjelderup! Néér!'

De stem had een klank die niets aan duidelijkheid te wensen overliet. Aksel Schjelderup hoorde een deur opengaan en voelde tocht in zijn nek. Hij aarzelde niet. Terwijl hij zich liet vallen, zag hij dat twee collega's van de Delta-eenheid hun machinepistolen optilden. Razendsnel rolde hij over de grond.

'Politie! Handen omhoog. NU!'

De stem klonk krachtig en diep.

De vreemdeling bleef staan in de deuropening van de entree. Zijn blik gleed door de receptie, alsof hij overwoog of hij zou vluchten of aanvallen. Een besliste blik, niet angstig. Donkere ogen, smal gezicht. Kortgeknipt, gladgeschoren. Ergens in de dertig. Strakke spijkerbroek, strak T-shirt. Zijn gespierde lichaam verraadde dat hij trainde. Aarzelend stak hij zijn handen omhoog.

'Ik...' Het klonk als een gebroken 'iek'.

'Zwijg!' De politieman schreeuwde.

'Maar...'

Schjelderup stond op en ging achter zijn twee collega's staan.

'Draai je om! Langzaam! Tegen de muur!'

'Ik...'

'Tegen de muur!'

'Maar ik...'

'Tegen! De! Muur! NU!'

Een glimp van onderdrukte woede brandde in de ogen van de man. Met gebalde vuisten draaide hij zich om naar de muur.

'Handen tegen de deur!'

De buitenlander deed wat de politieman zei.

'Blijf zo staan!'

Terwijl de een hem onder schot hield, klaar om te schieten, liep de ander naar hem toe en fouilleerde hem.

'Wie ben je?'

'Ik ben asielzoeker.' *Iek ben asielsoeker.* Een zwaar Russisch accent.

In de achterzak van de spijkerbroek vonden ze een pakketje samengevouwen identiteitspapieren. Hij probeerde zich om te draaien. De politieman duwde hem hard tegen de deur. 'Sta stil!'

De ander bekeek de papieren. 'Asielzoeker uit Rusland!'

'Maar...' stotterde hij.

'Stil!' Ze duwden zijn handen ruw tegen zijn rug en deden hem handboeien om.

'Je kunt het op het bureau uitleggen', zei Schjelderup rustig. Hij wist dat zijn collega's vooral schreeuwden voor het effect. Hij greep zijn microfoon op zijn borst. 'U-nul-vijf-alfa aan nul-één.'

De man trachtte zich los te rukken. 'Luister!' *Leuster.*

De ene politieman drukte zijn knie tegen de lendenen van de man. 'Sta stil!'

'Nul-één, *come in*!' antwoordde de meldkamer.

Schjelderup deed een stap naar achteren. 'We brengen een Rus naar buiten die is opgepakt in het Kanal ABC-gebouw.' Hij hoorde dat er op de achtergrond in de meldkamer van het hoofdbureau van de politie telefoons overgingen. Als er zich ernstige zaken voordeden, werd de meldkamer een georganiseerde bende van telefoons, berichten, geroep en hectische oproepen via de politieradio. Iedereen belde. Het publiek, de media, collega's.

'Eh, sorry, U-nul-vijf-alfa, wie?'

'Een Russische asielzoeker.'

Iemand zei iets tegen die stakker in de meldkamer. 'Nul-één aan U-nul-vijf-alfa, asielzoeker?'

Schjelderup kon voelen hoe alle informatie door het hoofd van de telefonist ging. 'Nul-één, ik stuur hem naar het politiebureau met een surveillancewagen van Foxtrot.'

'Begrepen. Waar wordt hij van verdacht?'

'Hij is gearresteerd toen hij op weg was naar de receptie. Hij zou een handlanger buiten de studio kunnen zijn. Slechts een verdenking. Het is niet zeker dat hij iets met die terroristenactie te maken heeft. Hij moet verhoord en gecontroleerd worden.'

4

Op weg naar de Russische ambassade, 22.20 uur

Tsjetsjeense bandieten!

De Russische ambassadeur, Igor Voronin, nam plaats in de limousine van de ambassade. Op de autoradio meldde *Dagsnytt* dat de situatie bij Kanal ABC dramatisch en onzeker was.

'Snel!' bromde Voronin tegen de chauffeur.

Hij was zojuist gewaarschuwd door zijn staf. Hij had thuis zitten lezen toen hij werd gebeld. Hij had geen zin gehad om naar het debat te kijken. Hij wist dat hij dat als ambassadeur zou moeten doen. Maar hij had gewoon geen zin. Niet na wat die Tsjetsjeense monsters allemaal met Monica hadden gedaan.

Hij keek door de geblindeerde ramen. Ik moet Gunnar bellen, dacht hij en hij zocht in zijn zakken naar zijn mobieltje. Hij wist hoeveel Kristin Bye betekende voor zijn vriend. Met een lachje dacht Voronin terug aan die avond in Moskou, nu eenenveertig jaar geleden, toen Gunnar en hij elkaar voor het eerst hadden ontmoet. Een toevallige ontmoeting, had Gunnar gedacht. Of misschien toch niet. Voronin was op de hoogte geweest van zijn zwak voor alcohol en vrouwen. Hij had een suikerzoete val opgesteld voor de gefêteerde journalist. Een verleidelijke agente die Natalja heette... Zij – of wat preciezer: haar aanbod van een fles whisky – had hem meegelokt naar kamer 525 van het prestigieuze Leninhotel op Kutuzovsky Prospekt. De KGB had toentertijd alle kamers op de vierde verdieping tot zijn beschikking. Compleet met eenrichtingsspiegel, filmcamera's, fotoapparatuur en bandrecorder. Hoeveel journalisten, diplomaten, politici en zakenlui waren niet in de val gelopen? Maar Gunnar niet. Hij had zijn whisky gedronken en Natalja's uitdagende striptease bekeken met een koele, afstandelijke interesse, zoals een sociaal-antropoloog een Afrikaanse stammendans zou bekijken na een lange dag op de savanne. Toen het laatste kledingstuk was uitgegooid, had hij voor Natalja geklapt en daarna had hij *thumbs up* tegen de spiegel gedaan. Toen was hij weer op bed gaan liggen en in slaap gevallen. Voronins KGB-collega's waren razend geweest. Maar daar, op dat moment, had Igor Voronin bij zichzelf gedacht dat hij die Gunnar Borg wel zou mogen.

Drie dagen later waren ze naar een betere eetgelegenheid gegaan en zo was hun vriendschap begonnen.

5

Buiten het Kanal ABC-gebouw, 22.22 uur

De Noorwegencorrespondent van het Russische persbureau Itar-Tass, Sergej Habibulin, ging met een vaart van tachtig kilometer per uur de hoek om. De Lada reed eerst tegen een paar oranje pionnen aan die dwars over de weg stonden, ging toen dwars door de afzetting van rood-wit lint heen om vervolgens slechts een halve meter voor een politieauto tot stilstand te komen.

Acht politieagenten hielden hem onder schot toen hij uit de auto kwam wankelen.

'Rustig, rustig,' riep hij, 'ik ben journalist!' Hij rukte zijn perskaart uit zijn binnenzak.

Twee mannen met machinepistolen kwamen naderbij.

'Journalist!' herhaalde hij en hij zwaaide met de perskaart. 'Itar-Tass! Het spijt me! Ik had een beetje te veel haast, of niet?'

Terwijl de ene politieagent zijn perskaart controleerde, hield Sergej Habibulin zijn adem in. De andere politieagent deed een stap naar voren. 'Vertel eens, heb je gedronken?'

6

Bij de receptie van Kanal ABC, 22.23 uur

'Heeft de politie al contact opgenomen met de gijzelnemers?' vroeg Bjørnar Lehmann. De commandant van de Bijstandseenheid stond samen met operationeel commandant Aksel Schjelderup in de receptie. De antiterreurorganisatie Delta was een elitekorps dat uit speciaal opgeleide politiemensen bestond die getraind waren om op te treden bij gijzelingsacties, sabotage, terrorisme en georganiseerde misdaad.

Hoewel Lehmann niet veel groter was dan hijzelf, had Schjelderup het idee dat hij een eind boven hem uitstak. Lehmann was gespierd, had stekeltjeshaar, waakzame ogen en smalle lippen die gemaakt waren om korte commando's te roepen. Hij had al vele jaren achter de rug als bevelhebber van de Noorse VN-troepen in Libanon.

'Tot nu toe nog geen contact', antwoordde Schjelderup. 'De communicatie verliep tussen de gijzelnemers en de tv-producent. Ik verwacht dat Fjell hier zo is.'

'Fjell?' Lehmann floot. 'Dan mogen de terroristen hun borst wel nat maken!'

Thomas Fjell was de meest ervaren onderhandelaar van het politiedistrict Oslo, geschoold door het opleidingscentrum van de FBI in Quantico in Virginia, Amerika, en hij was een vaste gastdocent op de politieacademie op het gebied van gijzelingsacties en onderhandeling.

'Waar blijft hij trouwens?' vroeg Lehmann.

'Hij komt zo.'

'Snapt hij niet dat het haast heeft?'

'Hij moet van huis komen. Heeft zich vrijwillig gemeld. Woont in Lørenskog.'

'Hebben de terroristen al eisen gesteld?'

'Voor zover ik weet niet.'

'Hoeveel gijzelaars zijn er?'

'Veertien, na de moord.'

'Wie zijn de gijzelaars?'

Schjelderup keek op zijn notitieblok. 'Minister van Buitenlandse Zaken, Bernt Bøe. Frank Berthelsen en Silje Gran uit het Storting. Grethe Aslaksen van de vreemdelingendienst. Een tolk, Anette Wiik. Naast de gedode man nog twee Tsjetsjeense asielzoekers. Kristin Bye. Vier cameramensen en twee studiohostesses.'

'De minister van Buitenlandse Zaken?' Bjørnar Lehmann floot kort.

'Dan zal er wel een crisisteam door de regering worden geformeerd en dan hebben we de poppen aan het dansen.'

'Dat is het probleem van de commissaris.'

'En daarmee ons probleem. Aantal gijzelnemers?'

'Zes bevestigd. De twee Tsjetsjeense asielzoekers die zich niet als gijzelnemers hebben voorgedaan, kunnen, theoretisch gezien, toch bij hen horen. Bovendien hebben we buiten de studio een verdachte opgepakt, maar hij is Russisch. Jouw mannen hebben het gebouw trouwens doorzocht en ontruimd.'

'Dat zou ik denken.' Hij glimlachte tevreden. Als commandant van Delta hield het hem voortdurend bezig of zijn manschappen hun werk perfect deden, of hij daartoe nu het bevel had gegeven of niet. 'Hebben we al een profiel van de gijzelnemers?'

'Dat kan wel even duren. Buitenlandse Zaken, de vreemdelingendienst, de veiligheidsdienst en de vreemdelingenpolitie zijn er allemaal bij betrokken.'

'We hebben geen dagen de tijd. Wat weten we van de terroristen?'

'Vijf mannen. Eén vrouw. Vier mannen zijn vermoedelijk tussen de dertig en de veertig jaar. De vrouw is waarschijnlijk rond de dertig, de jongste man ergens in de twintig.'

'Tot welke Tsjetsjeense groepering behoren ze?'

'We wachten op het rapport van de veiligheidsdienst.'

'Wie zitten er verder nog in het gebouw?'

'Werknemers van Kanal ABC. Een stel in de regie, zeven als gijzelaars in studio 2. Twee bij de receptie, maar die zijn nu bij het ambulancepersoneel om te kalmeren. En op de nieuwsredactie op de tweede etage zitten er nog een heleboel.'

'Is er een directe verbinding tussen de studio en de andere ruimtes?'

'Nee. De studio heeft maar één ingang, die nu bewaakt wordt. We hebben de regie ontruimd en alleen degenen die strikt noodzakelijk zijn mochten blijven en er is een gewapende bewaker neergezet. De ruimtes van de redactie zitten in een andere vleugel van het gebouw.'

'Studio 2 is dus geïsoleerd en wordt bewaakt?'

'Volkomen geïsoleerd.'

Schjelderup leidde Lehmann naar een grote, lichte ruimte achter de receptie. 'We gebruiken deze ruimte, de voormalige kantine van het bedrijf, als operationele basis en commandopost. Deze kerels', Schjelderup knikte naar vier technici die bezig waren een rij televisiemonitoren aan elkaar te koppelen, 'helpen ons met het geluid en het beeld uit de studio. We ontvangen dezelfde signalen als de mensen in de regiekamer, dus de beelden die de producent ontvangt van de camera's in de studio. En dit beeld', hij wees naar de monitor uiterst rechts, 'is het beeld dat de kijkers thuis in de huiskamer krijgen.'

'Hebben jullie overwogen om de uitzending te staken?'

'Kanal ABC heeft dat geprobeerd. Toen hebben de terroristen een gijzelaar doodgeschoten.'

'Begrepen.'

'We zijn ook bezig met het doorschakelen van de signalen naar het bureau en hoofdbureau, zodat iedereen van OpStaf en PodStaf toegang heeft tot dezelfde beelden en dezelfde informatie krijgt als wij. Ik ben van plan Thomas Fjell hier neer te zetten, bij de commandotafel daar in de hoek, zodat hij de hele tijd de mensen met wie hij onderhandelt kan zien en dat hij weet wat er zich daarbinnen afspeelt.'

'Status van de bomexperts van het leger?'

'We verwachten ze binnen een uur. Zodra Fjell aanwezig is, verzamelen we alle sleutelfiguren hier. Dan zullen we alles gezamenlijk doornemen.'

'Jij bent de baas!' zei Lehmann.

Schjelderup was er niet van overtuigd of hij het meende.

7

Buiten het ABC*-gebouw, 22.29 uur*

'Bedankt voor het bellen, Igor', eindigde Gunnar Borg het gesprek. 'Ik ben nu ter plaatse. Ik bel je straks!' Met een hand die permanent beefde, stopte hij de mobiel in zijn binnenzak. Zijn rechteroog traande. De prijs van de ouderdom. Elk jaar was er wel iets wat er in zijn lichaam mee ophield.

Gunnar had ambassadeur Voronin ontmoet tijdens de Koude Oorlog. Een paar maal per jaar aten ze samen en discussieerden ze tot diep in de nacht. Igor Voronin haatte de Tsjetsjenen met een gebrek aan tolerantie dat grensde aan racisme. Gunnar begreep niet waarom. Zelf had hij begrip voor de Tsjetsjeense zaak, maar niet voor de terreur en het geweld.

De taxi stopte bij het rood-witte afzetlint van de politie dat flapperde in het verkoelende avondwindje. Zijn vingers beefden toen hij betaalde. Moeizaam bewegend door de jicht worstelde hij zich uit de auto.

Politieauto's, ambulances en brandweerwagens stonden kriskras door elkaar voor de glazen gevel van het ABC-gebouw. Zwaailichten, elektronische oproepsignalen van krakende radio's, sirenes in de verte, hectische stemmen.

Kristin, mijn kleine meisje, waar ben je aan begonnen? dacht hij bezorgd. Hij stuurde haar altijd sarcastische sms'jes als hij hoorde welk thema ze nu weer ging behandelen. Seks, samenwonen, modegrillen, seks, schoonheidsidealen, afvallen, seks... Gekakel en geroep, mensen die elkaar iets toeriepen, maar nooit hun zin konden afmaken. Hoewel... als zevenenzeventigjarige was hij niet echt een representatieve kijker.

Een jonge politieagent met een machinepistool hangend voor zijn borst volgde Gunnar met zijn blik. Hij trok bevend zijn portemonnee tevoorschijn en liet zijn stokoude perskaart zien. Ik ben familie, zou hij willen zeggen. En als het hem gevraagd werd, zou hij liegen en zeggen: Kristin Bye is mijn dochter.

Gunnar werd verwezen naar het gedeelte voor de pers aan de andere kant van de straat, tegenover Kanal ABC. Hij knikte naar een paar jongere collega's. Ooit, zo'n tien miljoen jaar geleden, zouden ze hem met respect hebben behandeld. Gunnar Borg! Gunnar Borg zelf! Maar nu vroegen ze zich waarschijnlijk af wie die oude kerel was. Zelfs zijn boeken, die zijn beste reportages van zijn jaren bij *Dagbladet* beschreven, waren in de vergetelheid geraakt en verdwenen naar stoffige boekenplanken in de antiquariaten van Oslo.

Fotografen stonden met hun camera's in de aanslag, alsof de terroristen elk ogenblik uit het gebouw konden stormen, compleet met rookbommen, cheerleaders en trompetgeschal. De reporters stonden op een kluitje en wisselden informatie uit die ze allemaal al eerder hadden gehoord. De glanzende gevel van het ABC-gebouw reflecteerde het onrustige geflikker van de blauwe zwaailichten. Voor een raam op de tweede verdieping kreeg hij Astrid Wahl in het oog. Ze was een mollige vrouw met zilvergrijs haar en een rond gezicht dat er altijd vrolijk uitzag, ook als ze woedend was. Vier jaar geleden was er een mediahype geweest, een koningin waardig, omdat ze als eenvoudig redacteurtje bij VG was binnengehaald als hoofdredactrice van Kanal ABC. Astrid was een van de weinige collega's met wie hij nog steeds goed bevriend was. Haar nummer zat opgeslagen in zijn mobieltje. Hij belde haar en zag dat ze haar eigen telefoon pakte en terugliep naar het raam.

'Wahl!' Kort en duidelijk. Astrid had een klank in haar stem die nooit uitnodigde tot vertrouwelijkheid.

'Hoi Astrid, met Gunnar.'

Na een ogenblik werd de klank milder. 'O, Gunnar! Zit je te kijken? Je weet toch wat er gebeurd is?'

'Ik ben zo snel gekomen als ik kon. Ik sta buiten. Is alles oké met Kristin?'

Hij zag dat ze naar de straat beneden staarde. Toen ze hem in de gaten kreeg, gebaarde ze naar hem: 'Lieve Gunnar, kom naar boven! Ik heb nu echt iemand als jij nodig die me raad kan geven!'

‘Je moet naar beneden komen om me te halen. Deze gorilla’s van de politie denken dat ze de eigenaars van het gebouw zijn.’

‘Ik weet wie ik moet spreken. Ga gewoon naar de eerste politieversperring en wacht daar.’

Als ik terugdenk aan warme momenten uit mijn jeugd, dan zie ik een zonnige dag voor me gevuld met bloemengeuren, blije hommels en gelach. Zo was het natuurlijk niet. Ik had geen idee van de werkelijkheid.

Iedere morgen, of ik nu naar school ging of vrij had, wandelde ik de achthonderd meter naar de boerderij van de buren en naar mijn vriend Adelaar.

Zo noemde ik hem. Hij noemde mij Wolf.

We waren trots op onze bijnamen. Al sinds we nog heel klein waren en we samen in de zandhoop speelden met dennenappels, stokjes en ronde stenen, heetten we al Adelaar en Wolf. Wolven en adelaars nemen een heel speciale plek in in de Tsjetsjeense mythologie. Trots, moedig...

Adelaar was net zo oud als ik. Een snelle, slimme jongen met heldere ogen die vervuld leken van dromen. Het was fijn om een vriend te hebben. Een heel goeie vriend. Iemand die me door dik en dun steunde. We zwommen samen, naakt, in de ijskoude poel waar de rivier een scherpe bocht rond de rotspunt maakte, en we maakten jacht op kleine zoogdieren en vogels zo ver de bergen in als we maar durfden. Onze vaders hadden ons allebei een geweer gegeven en we namen vlees mee naar huis voor de karige pot.

Zodra de schooldag voorbij was, draafden we naar huis, verder het dal in, langs de rivier met de ronde stenen, hoog de bergen in waar het wemelde van de kleine zoogdieren.

22.30 – 22.58

I

Studio 2, 22.30 uur

'Als de politie komt, sterven we allemaal!'

Ramzan Jevlojev opende zijn jas en liet de wirwar van draadjes en dynamiet zien die met grijze tape aan zijn lichaam zat vastgeplakt.

In haar bed vanmorgen, tijdens die slapeloze uurtjes toen ze haar voorgevoel van gevaar trachtte te verdringen, had Kristin zich afgevraagd of het vaak toevalligheden waren die ons scheiden van een catastrofe. Die enkele seconden. Een ogenblik van aarzeling. Die halve minuut die je nodig had om je autosleutels te zoeken. De buurman met wie je voor de garage nog even een praatje maakt. Een toeval waardoor je ontkomt aan een frontale botsing op de snelweg. En het grappige is: je zult het nooit weten. Op het beregende asfalt rij je, een beetje te snel, voorbij het punt waar je leven had kunnen eindigen.

'Ik ga dood! Jij gaat dood!' ging Ramzan verder. 'Iedereen gaat dood! Zo simpel is het. Als de politie komt, of als iemand zin krijgt om voor held te gaan spelen, eindigen we allemaal zoals hij!' Hij knikte naar het lijk bij de deur.

Kristin keek onwillekeurig naar de man die Ramzan had doodgeschoten. Hij lag op zijn buik. De benen waren gespreid, de rechterarm was gestrekt. Alsof hij iets probeerde te pakken waar hij net niet bij kon.

Dat komt allemaal door mij, dacht ze. Waarom moest ze per se haar hand in dat Tsjetsjeense wespennest steken? Ze had een heel ander thema kunnen kiezen. Iets ongevaarlijks.

Ramzan liep naar een van de camera's en ging daar in een

dreigende houding voor staan. 'We hebben de volgende eisen', zei hij in het Engels. Toen zweeg hij. Hij had de vijf andere terroristen naar verschillende plaatsen in de studio gestuurd. Sjamil, de jongste, stond samen met Edil bij de dubbele ijzeren deur naar de gang. Als de politie de studio wilde binnenstormen, moest men eerst de deur opblazen. Islam zat, half verscholen, in het deel van de studio waar andere tv-producenten hun decors hadden opgestapeld. Movzar en Roza stonden bij de deur naar het toilet.

Ramzan liep heen en weer over de studiovloer.

'De volgende eisen', herhaalde hij. *The fol-low-ing de-mands.*

Kristin liep naar het podium en ging zitten in de gemakkelijke stoel waarop ze altijd ging zitten als ze tijdens het debat deed alsof ze de touwtjes uit handen gaf. Ze liet haar blik gaan over de studio. De minister van Buitenlandse Zaken, Bernt Bøe, had zijn armen stevig over elkaar geslagen en legde zijn ene been over het ander. Zijn gezicht stond stuurs. Hij is kwaad, dacht Kristin, maar zijn kwaadheid verdringt de angst. Bøe zat al meer dan dertig jaar in de landelijke politiek en was een van de meest vooraanstaande politici binnen de Conservatieve Partij. Naast hem zat Silje Gran van de Vooruitgangspartij; zij was de nieuwe ster binnen de partij en had een vlijmscherpe tong. Twee cameramannen en twee hostesses waren op de bovenste rij van de tribune gaan zitten. Frank Berthelsen van de Arbeiderspartij hapte naar adem, alsof hij zojuist had gehuild. Een grijze, trouwe politicus uit het oosten van het land die zich via de vereniging voor jonge arbeiders, de AUF, en het gemeentebestuur van Oslo omhoog had gewerkt en langzamerhand een van de bekendste gezichten van de partij was geworden omdat hij er nooit een geheim van maakte wat hij dacht. Het hoofd van de vreemdelingendienst, Grethe Aslaksen, had haar ogen gesloten en haar handen in elkaar geslagen, alsof ze zat te wachten op iemand die zou zeggen dat het voorbij was en dat ze allemaal naar huis konden. De tolk, Anette Wiik, babbelde wat met de twee asielzoekers.

Of zijn zij ook terroristen? dacht Kristin. Waarschijnlijk niet. Ze hadden net als de anderen hun mobiele telefoon moeten inleveren.

'Eis nummer één!' brulde Ramzan Jevlojev tegen de camera. 'Een vrij Tsjetsjenië!'

Dit wordt door alle televisiezenders over de hele wereld uitgezonden, dacht Kristin. Het grootste internationale nieuws sinds de tsunami.

'Eis nummer twee: alle Tsjetsjeense helden moeten worden vrijgelaten uit de gevangenis. De Tsjetsjeense president zal een lijst krijgen van alle mensen die we vrij willen hebben!'

We hebben geen enkele kans, dacht Kristin wanhopig.

Ramzan liet zijn stem zakken: 'Eis nummer drie: vijfentwintig miljoen euro in gebruikte, ongemerkte biljetten!'

Haar blik bleef hangen op de dode. Vijfentwintig miljoen euro... Tweehonderd miljoen kronen... Ze draaide zich om naar Ramzan. Hij sloeg zijn pistool tegen zijn handpalm. De draadjes liepen over zijn buik en zijn borst naar beneden naar zijn gordel met dynamiet. Zijn blik ontmoette de hare. Ze keek weg.

'Eis nummer vier: een vrijgeleide uit de studio en uit het land! Ik wil een vliegtuig hebben dat ons brengt naar waar wij heen willen!'

Kristin keek naar camera 2. Ze keek lang recht in de lens, alsof ze oogcontact kon voelen met iedereen in de regie. Aan het brandende rode lampje zag ze dat de camera aan het plafond het beeld registreerde dat naar de kijkers werd uitgezonden. Op die manier hoefden ze niet beelden uit te zenden die al te dichtbij waren. Ergens op de tribune hoorde ze iemand in tranen uitbarsten die probeerde het gesnik te onderdrukken.

'En ten slotte', zei Ramzan. Zijn ogen versmalden zich. Hij liep naar camera 3. 'Zend dit uit!' riep hij. Het rode lampje begon te branden. 'Eis nummer vijf. Ik heb de volgende boodschap', zei hij dreigend. Toen ging hij over in het Tsjetsjeens. Gedurende een halve minuut sprak hij indringend in zijn eigen taal in de camera.

2

Kanal ABC, *22.35 uur*

De gijzelingsonderhandelaar van de politie, Thomas Fjell, parkeerde zijn roestige, oude Peugeot een eindje van de ambulances vandaan. Hij ging met zijn vingers door het iets te lange donkere haar terwijl hij het strijdtoneel van politieauto's en gewapende politiemensen in ogenschouw nam. Hij had zich sinds vanmorgen niet meer geschoren en zijn gezicht was bespikkeld met grijze en donkere baardstoppels. Hij was zo'n type man van wie vrouwen vonden dat hij eerder ruig dan knap te noemen was: bruine ogen, smalle neus, hoog voorhoofd. Vijfentwintig jaar geleden had hij de fysieke eisen die de politieacademie stelde nog wel gehaald. Daar stond tegenover dat hij tot de scherpzinnigste rechercheurs van het politiedistrict Oslo behoorde.

Hij knikte tegen het hoofd van de ambulancedienst dat een reflecterend vest droeg waarop de tekst HOOFD MEDISCH TEAM stond. Op het grasveld was het Mobiel Medisch Team bezig met het opzetten van een provisorisch centrum voor acute hulpverlening, compleet met operatietafel, levensreddende medicijnen en technische apparatuur. Negen ambulances stonden klaar met geopende achterportieren.

Toen Fjell op een drafje naar de ingang van het televisiestation liep, hoorde hij het geklik van enkele tientallen camera's. Schjelderup zou wel de operationeel commandant zijn, dacht hij, niemand anders was in staat om zo snel een perscentrum uit de grond te stampen. De journalisten en persfotografen hadden zicht op alle politiewagens, de fotografen hadden dus iets te fotograferen terwijl ze stonden te wachten. TV 2 en NRK hadden toestemming gekregen om een gemeenschappelijk platform voor de tv-camera's en de reporters te bouwen.

Fjell onderdrukte een zelfingenomen lachje toen hij de receptie binnenliep en Schjelderup zag. Voor de grap salueerde hij voor Bjørnar Lehmann van de Delta-eenheid. Ze hielden beiden midden in hun gesprek op en leken, tot Fjells verbazing, opgelucht toen ze hem in het vizier kregen.

'Je komt als geroepen', zei Lehmann, maar door de toon wist Fjell niet zeker of hij het meende. Hij verdacht Lehmann er altijd van dat hij vond dat hij, Fjell, te toegeeflijk en zacht was. Of misschien is dat alleen maar een projectie van mijn eigen onzekerheid, dacht Fjell.

'Heb je het laatste nieuws al gehoord?' vroeg Schjelderup.

'Een dode?'

'En een lijst met eisen van hier tot Tokio. Succes met de onderhandelingen!' zei Lehmann veelzeggend.

'Ik heb gevraagd of ik jou kon krijgen,' zei Schjelderup, 'maar je was al onderweg. Kom!' Schjelderup trok Fjell met zich mee achter de receptiebalie naar een ruimte die al aardig op weg was een commandopost te worden. Lehmann sloop achter hen aan. 'Ik zet je hier neer', zei Schjelderup en hij wees naar een bureau dat vol stond met tv-schermen en communicatiemiddelen. 'Hiervandaan is er tweerichtingsverkeer met de gijzelnemers mogelijk. Maar nog beter: je hebt via alle camera's een compleet overzicht over studio 2.'

'Dit is de eerste keer dat ik op de televisie kan zien wat de gijzelnemers doen', zei Fjell.

'En niet alleen jij', zei Lehmann. 'Heel Noorwegen en zo meteen de hele wereld, vermoed ik.'

Fjell trok een bureaustoel naar het bureau en trommelde met zijn vingertoppen op het bureaublad. 'Hebben we al contact met de gijzelnemers?'

'Nog niet', zei Schjelderup. 'We wilden op jou wachten.'

'Mooi.'

'Maar hij heeft zijn eisen aan de kijkers gepresenteerd.'

'Dat is toch van de gekke. Laat me de opname zien! Zo snel mogelijk.'

'Komt in orde.'

'Hebben jullie al een strategie?'

'Eigenlijk niet', zei Schjelderup. 'De situatie is chaotisch en onoverzichtelijk. Nadat we contact met ze hebben gehad en begrijpen wat dit verdomme betekent, kunnen we pas gaan nadenken over onze aanpak.'

'We wachten nog even voordat ik contact met ze opneem. Ze murw maken. Is het gebouw ontruimd?'

'Alleen het gebied rond studio 2. De rest van de activiteiten in het gebouw vindt ver weg van de studio plaats.'

'Is het mogelijk dat de terroristen zich al schietend een weg naar buiten zullen banen?'

Lehmann schudde zijn hoofd. 'Als het tot een schotenwisseling komt, dan zal die in de gang voor de studio plaatsvinden. Ik kan...'

Hij zweeg toen de deur openging en een groep politiemensen, brandweermannen en medisch personeel binnenkwam.

'Ik heb een korte vergadering belegd met de verschillende eenheden en diensten', legde Schjelderup uit. Hij klapte in zijn handen en kreeg ieders aandacht.

'Mensen! Voor degenen die mij niet kennen, ik heet Aksel Schjelderup en ben de operationeel commandant van de politie. Ik ben de verantwoordelijke hier ter plaatse en jullie dienen allemaal aan mij te rapporteren! Rechts van mij staat Bjørnar Lehmann, hij leidt de Bijzondere Bijstandseenheid, die jullie ook kennen als de antiterreurorganisatie of Delta, en op de stoel zit Thomas Fjell; hij zal contact maken met de gijzelnemers en de onderhandelingen voeren. En zij rapporteren aan mij. Zowel het politiedirectoraat als het politiedistrict is bezig een crisisteam te formeren dat eindverantwoordelijk wordt voor de aanpak van deze situatie. De staf van het politiedirectoraat zal de naam PodStaf krijgen, terwijl de operationele staf van het hoofdbureau de naam OpStaf krijgt. Er zal een duidelijk verschil zitten tussen de functies van PodStaf, OpStaf en het crisisteam van de regering. Alle communicatie tussen hier en OpStaf verloopt via mij! We zijn bezig de situatie en de mensen tegenover wie we staan in kaart te brengen. Het is evident dat niemand, ik herhaal niemand, iets onderneemt met betrekking tot de studio of de gijzelnemers zonder dat het met mij besproken is. Ik wil hier geen helden hebben! Geen creatieve soloacties! Het Medisch Team en de brandweer moeten de ontwikkelingen afwachten. Medisch personeel is bezig uit te zoeken of er gijzelaars zijn die afhankelijk zijn van medicijnen. Wat betreft de familie: drie psychiaters en vijf speciaal opgeleide verpleegkundigen van het Ullevålziekenhuis hebben een crisiscentrum opgericht in de kantine. Voor zover we weten zitten er veertien gijzelaars en zes terroristen in de studio. Aangezien slechts enkelen van jullie eerder een dergelijke situatie hebben meegemaakt, zal Thomas Fjell een korte samenvatting geven van de situatie waarin de gijzelaars zich bevinden. Thomas?'

Thomas Fjell stond op, hij ging met zijn hand door zijn haar en knikte met een verlegen lachje naar de aanwezigen. 'Zoals jullie wel zullen begrijpen, gaan de gijzelaars nu door een soort hel. In een gijzelingssituatie draait alles om overleven. De eerste fase waar je als gijzelaar doorheen gaat, wordt gekenmerkt door het gevoel van in een shock te verkeren. Alles is onwerkelijk. Je kunt eigenlijk niet geloven dat je in zo'n situatie terecht bent gekomen. Je geeft de controle over aan de gijzelnemers. Na een poosje treedt fase twee in, waarin je denkt dat het probleem wel zo opgelost zal worden dat de bevrijding in aantocht is. Veel gijzelaars voelen zich verbonden met de gijzelnemer en dat versterkt het saamhorigheidsgevoel; dat is positief omdat het voor een gijzelnemer moeilijker is om iemand die hij kent iets aan te doen. Fase drie kenmerkt zich door wanhoop. De gijzelaar is moe, uitgeput en minder objectief. Velen geven het op. In deze fase is het van cruciaal belang je gevoelens onder controle te houden, agressie en provocatie te voorkomen. Tegelijkertijd is het belangrijk om de saamhorigheid vast te houden en de psychische weerstand en de drang tot overleven te versterken. Puur psychologisch...' Fjell zweeg even. 'Nee, ik zal jullie het psychologische reactiepatroon en de cognitieve responstheorie besparen. Aan de politieacademie geef ik een serie van acht colleges over dit onderwerp, maar dit moet nu maar voldoende zijn.'

Instemmend gemompel hier en daar.

'Hartelijk dank, dokter Freud.' Schjelderup draaide zich om naar Lehmann. 'Bjørnar, wil jij namens Delta nog iets zeggen?'

Bjørnar Lehmann deed een stap naar voren en liet zijn handen op zijn heupen rusten. 'De Delta-eenheid heeft de studio-ingang onder controle en heeft bij alle luchtkanalen, ventilatieschachten en rioolafvoeren een mannetje gezet. Verder opereren we het liefst in stilte.' Met een geheimzinnig lachje deed hij een stap naar achteren.

'Dus geen granaten?' grapte Schjelderup en hij oogstte zacht gegrinnik. Toen leek hij te beseffen dat de toon iets te losjes was. 'Goed. Bij een fysieke confrontatie met de terroristen kunnen we met de mogelijkheid te maken krijgen dat er meerderen van ons acute hulp nodig hebben, daarom verzoek ik het hoofd van het Medisch Team om de capaciteit op dit punt nader te onderzoeken. Bereid je voor op schotwonden, wonden ten gevolge van explosies, brandwonden en mensen in shock! Voor de zekerheid wil ik iedereen er ook nog even aan herinneren dat de volgende omstandigheden deze gijzelingsactie exceptioneel maken: alles wat er in studio 2 gebeurt wordt direct op televisie uitgezonden. Naar iedereen in Noorwegen, ja, naar iedereen ter wereld, voor zover ik weet. Tamelijk bijzonder. Onder de gijzelaars bevindt zich de minister van Buitenlandse Zaken. Ik neem aan dat iedereen begrijpt dat deze zaak een politieke lading zal krijgen. En dat er over belangrijke kwesties uiteindelijk een politieke beslissing zal worden genomen en niet een strategische hier ter plaatse. Ik wil ook nog even benadrukken dat dit een extreme situatie is voor ons allen. De gijzelnemers zijn gewapend met handwapens en bommen. En ze hebben, helaas, laten zien dat ze bereid zijn te doden. Niemand van ons is gewend om onder dergelijke omstandigheden te werken. Dit lijkt nog het meest op een oorlogssituatie!'

3

Hoofdredactie Kanal ABC, 22.35 uur

Gunnar Borg omhelsde Astrid Wahl voordat hij neerplofte in de leren stoel voor haar bureau en haar met bezorgde ogen aankeek.

Hij kende Astrid al vanaf de tijd dat ze leerling-journalist was en hij sterreporter bij *Dagbladet*. Vroeger... Ze deed de glazen deur naar de redactie dicht, waar de telefoon onafgebroken rinkelde. Bij de nieuwsredactie zeurde de redacteur van het Kanal ABC-journaal om een extra uitzending van het nieuwsprogramma *24 timer!*, maar ze hadden geen kanaal om op uit te zenden. De terroristen namen alle zendtijd in beslag.

'Het is mijn schuld', zei ze kort.

Hij keek haar vragend aan.

'Mijn schuld dat de gijzelaar is doodgeschoten.'

'Toe zeg, wat had jij kunnen doen?'

'Ik had de producent moeten vragen de uitzending weer te hervatten. Maar ik wilde eerst met de politie praten. Ik was te laf, Gunnar. Durfde geen besluit te nemen. Ik heb te veel tijd nodig gehad. Het duurde een eeuwigheid voordat er iemand bij 112 opnam. Toen was het te laat.'

De woorden bleven tussen hen in hangen.

'Ik kan heel wat op je aanmerken,' zei Gunnar, 'maar laf ben je nooit geweest.'

Ze werden onderbroken door de nieuwsredacteur van Kanal ABC, die op de deur klopte en zijn hoofd om de hoek stak: 'Astrid, de internationale tv-zenders en persbureaus bellen ons plat. Amerikaanse, Engelse, Duitse, Franse, Japanse, Australische... *you name it*. CNN. Sky News. BBC. Enex. ABC. CBS. Reuters. NB. EBY. AP...'

'Ik begrijp je punt!'

'Ze vragen allemaal toestemming om onze beelden uit te mogen zenden.'

'Zeg dat het oké is. Je geeft het met een halve minuut vertraging door. Voor het geval...' Ze keek snel naar Gunnar.

'Kunnen wij hetzelfde doen?'

'Niet zonder dat de terroristen het merken.'

'Informeer bij de politie wat ze aanraden te doen.'

4

NHO-congres, Sundvoldenhotel, 22.35 uur

'...en tegen de achtergrond van deze overwegingen zal de regering een reductie van de afgifte van de werknemerstoeslag toestaan in de grootte van...'

Minister-president Bjørn-Tore Viksveen werd onderbroken door een applaus dat duidelijk aangaf dat het al over halfelf was, dat het diner vergezeld was gegaan met veel rode wijn en dat de meesten al bezig waren met hun derde koffie met cognac. Lachend stak de minister-president zijn handen omhoog: 'Mijne dames en heren, jullie hebben me niet eens de gelegenheid gegeven om te zeggen hoe groot de reductie zal zijn!' Het applaus nam toe. Sommigen floten en riepen. De president van de NHO, de belangrijkste organisatie voor het Noorse bedrijfsleven, die vlak voor het spreekgestoelte van de premier zat, keek verstoord naar de restanten van zijn karamelpudding. 'Dus', ging de premier verder, 'zal de regering een reductie van de werknemerstoeslag toestaan...'

Eerst dacht hij dat de persoon die hem aan zijn mouw trok een NHO-directeur was die iets te veel had gedronken. Geïrriteerd draaide hij zich om en ontdekte tot zijn verbazing dat het zijn altijd correcte staatssecretaris Vidar Erichsen was. Viksveen fronste zijn voorhoofd. Hij kon zich de laatste keer niet herinneren, eigenlijk geen enkele keer, dat Erichsen hem echt tijdens een toespraak had onderbroken.

'Wat?' zei hij iets te hard, zodat de geërgerde uitbarsting via de geluidsinstallatie in de hele zaal te horen was.

Erichsen trok hem weg van de microfoon. 'De minister van Justitie!' Erichsen gaf de premier een mobiele telefoon. Nietbegrijpend hield hij deze tegen zijn oor. 'Hallo?'

'Het spijt me van de onderbreking!' De stem van de minister van Justitie was koel, waardoor Viksveen wist dat hij gespannen was. 'Minister-president, we hebben een situatie...'

Viksveen verstarde. Zelfs de minister van Justitie was nooit zó formeel.

'Ik bel u om u op de hoogte te stellen van het feit dat een groep Tsjetsjeense terroristen een halfuur geleden tijdens de talkshow *ABCDebatt* de controle heeft overgenomen.'

'Wat zeg je?'

'Een groep Tsjetsjeense terroristen...'

'Ik heb gehoord wat je zei! Wacht... Zou Bernt niet deelnemen aan het debat?'

In de stilte die viel begon de strekking van de woorden tot hem door te dringen. Viksveen begon zijn papieren bij elkaar te pakken.

'Bernt is een van de gijzelaars', bevestigde de minister van Justitie. 'Er zitten veertien gijzelaars in de studio. De terroristen hebben al iemand gedood...'

'Gedood?'

Een gedempt, afwachtend gemompel ging door de groep die nog steeds zat te wachten op de reductie van de werknemerstoeslag.

'...en ze zullen opnieuw schieten als de uitzending wordt afgebroken.'

5

Commandopost van de politie, 22.45 uur

Onderhandelaar Thomas Fjell klemde de koptelefoon op zijn oren en luisterde naar de geluiden uit studio 2. Tegen de achtergrond van het zwakke statische geruis hoorde hij zacht gesnik en gedempte stemmen. Een van de technici van de televisiezender was bezig met het in orde maken van twee headsets met koptelefoons en microfoons, zodat Fjell via deze verbinding direct met de gijzelnemers kon praten. Fjell had bovendien een tolk laten komen voor het geval delen van de onderhandelingen in de taal van de terroristen moesten plaatsvinden.

De eerste keer dat Fjell als onderhandelaar had opgetreden, was toen een beschonken psychopaat zijn vrouw en dochter overgoten had met benzine en ze dreigde in brand te steken. Fjell was binnengehaald als een held toen het hem gelukt was de gijzelaars vrij te krijgen. De waarheid was dat de desperado in slaap was gevallen terwijl ze zaten te praten.

Fjell spoelde de videoband terug die hij zojuist had gezien. Het beeld trilde even voordat Ramzan Jevlojev zich voor de camera opstelde. 'Als de politie komt,' hij liet de bommen die hij onder zijn jas droeg zien, 'sterven we allemaal! Ik ga dood! Jij gaat dood! Iedereen gaat dood!' Daarna kwam de opsomming van de eisen en vervolgens wendde hij zich tot een andere camera. De opname veranderde. Ramzan Jevlojev keek nu recht in de camera. 'Ik heb de volgende boodschap', zei hij. De rest volgde in het Tsjetsjeens.

'Is er iemand die weet wat het laatste deel van de boodschap inhoudt?' riep Fjell door de kamer. Maar niemand had er iets van begrepen. 'We moeten wachten op de tolk', mompelde hij voor zich uit.

Thomas Fjell was een vredelievende persoon. Als kind al had hij de gewoonte om zich met praten uit situaties te redden. Tijdens gijzelingsacties leefden er bij de politiemensen meestal twee opvattingen over de aanpak: de onderhandelingstactiek en de aanvalstactiek. Tot in de jaren zeventig was de eerste reflex van de politie, ook internationaal, om aan te vallen. Veel politiemensen, vooral de jongere, werden al snel ongeduldig als er uur na uur geen vooruitgang in de zaak zat. Dan werd het verleidelijk om met handgranaten en wapens naar binnen te stormen. Langzaam was de politietactiek veranderd van karakter. De laatste dertig jaar was de onderhandelingsstrategie steeds belangrijker geworden. Die nieuwe aanpak paste bij Thomas Fjells karakter. Hij wist dat stilstand en rust in hun voordeel werkten. De politie had immers nooit te weinig tijd. Hoe meer tijd er verstreek, des te vermoeider en wanhopiger zouden de gijzelnemers worden. Meestal was het de tijd – honger, dorst, vermoeidheid, angst, wanhoop – die de gijzelnemer in zijn greep kreeg, veel meer dan dreigementen, argumenten en lege beloftes. Daarom zag Fjell het als zijn belangrijkste taak om zo veel mogelijk tijd te rekken, om beslissingen uit te stellen, om te verwijzen naar andere verantwoordelijken. Hij mocht nooit ja of nee op de eisen zeggen, moest zich altijd beraden, uitstellen, nog wat uitzoeken bij anderen. Hij was goed in het leggen van contact met desperate gijzelnemers. De rust in zijn zware stem werkte kalmerend en wekte vertrouwen.

6

Op weg naar Oslo, 22.55 uur

De gepantserde limousine van de minister-president en de burgerauto van de politie naderden Sandvika. Beide auto's hadden de sirene aan. De blauwe zwaailichten reflecteerden in de grille en de achterruit.

Premier Bjørn-Tore Viksveen trachtte met de minister van Justitie te praten, maar door het lawaai van de sirenes had hij problemen hem te verstaan.

'Nee, jij moet optreden als de plaatsvervangende minister van Buitenlandse Zaken', riep hij in de telefoon. 'We moeten een crisisteam van de regering formeren. Om te beginnen wil ik jou erbij hebben, de ministers van Defensie en Binnenlandse Zaken en de respectievelijke secretarissen-generaal van de departementen, de secretaris-generaal van Buitenlandse Zaken en de secretaris-generaal van de regering. Roep de hoofdcommissaris en de commissaris van politie Oslo op!'

'Dan moeten ze uit hun operationele staf gehaald worden', zei de minister van Justitie. 'PodStaf is zojuist door het politiedirectoraat samengesteld. Het politiedistrict Oslo heeft al om half-elf een operationele eenheid opgericht, OpStaf.'

'Haal ze daaruit! We zijn er over krap tien minuten.'

Hij stopte de mobiel in zijn zak en zuchtte diep. Waarom nu? Noorwegen was tot nu toe altijd ontsnapt aan internationaal terrorisme. Zelfs de drie vliegtuigkapingen in Noorwegen konden nauwelijks tot terreuracties worden gerekend. De Lillehammermoord in 1973, toen de Israëlische geheime dienst de verkeerde man had geliquideerd, en de aanslag op William Nygaard in 1993, na het verschijnen van Salman Rushdies *De duivelsverzen*, waren de enige twee voorbeelden waar hij op kon komen. Terwijl het links-extremisme Europa in de jaren zeventig en tachtig in zijn greep hield, waren het de rechts-nationalisten in Noorwegen die achter de weinige, kleine terroristische aanslagen zaten. De politie had tijdens de oliecrisis plannen ontdekt met betrekking tot acties tegen de olieraffinaderij op Slagen en acties tegen de Egyptische en Israëlische ambassade na de Camp David-akkoorden. Binnen de veiligheidsdienst werd er ook gesproken over het feit dat de IRA en een West-Duitse terreurgroep contact hadden met de Sameaksjon en de Folkeaksjon over acties tegen de uitbreiding van de Alta-waterkrachtcentrale. Maar over het algemeen was Noorwegen verschoond gebleven van grote terroristische aanslagen. Tot nu toe. Hij vloekte inwendig. Dít kon hij drie maanden voor de verkiezingen werkelijk niet gebruiken.

'De media verlangen een persconferentie', zei staatssecretaris Vidar Erichsen.

'Alles op zijn tijd.'

'Ze zijn ongeduldig. Zowel de televisie als de radio heeft extra uitzendingen. De deadline van de kranten nadert. Ze vragen wanneer dan wel.'

De minister-president wierp een snelle blik op zijn horloge. 'Middernacht?'

'Het spookuur', zei Erichsen in een zeldzaam moment van geestigheid.

7

Studio 2, 22.58 uur

Twee terroristen hadden het lijk van Magomed naar de deur getrokken en het afgedekt met een plaid. Kristin volgde met haar ogen de contouren van het lichaam. Ze was misselijk. De angst zat als een knoop rond haar middenrif. Ze spiedde rond. Sommige gijzelaars liepen rusteloos rond. Roza kwam samen met Silje Gran, Grethe Aslaksen en een studiohostess uit de wc achter in de studio. Islam stond samen met Frank Berthelsen en een televisiefotograaf voor de deur te wachten. Ramzan Jevlojev was midden op de tribune gaan zitten.

Plotseling ontmoette zijn blik de hare. Koud, onderzoekend.

Meerdere gijzelaars fluisterden tegen elkaar. Alleen de minister van Buitenlandse Zaken zat apart. Twee cameramannen stonden nog steeds achter hun camera's, alsof ze de illusie wilden wekken dat dit hen allemaal niet aanging. De cameraman die de camera aan de hydraulische arm bediende, had de arm in een vaste positie gebracht.

Kristin liep naar Anette Wiik, de tolk. Anette was een vrouw van begin dertig met donker haar. De laatste jaren had ze in Moskou gewoond vanwege haar opleiding, maar nu was ze de hele zomer thuis. Een paar weken geleden had ze contact opgenomen met de tolk- en vertaalafdeling van Kanal ABC voor het geval ze een Russische of Tsjetsjeense vertaler nodig hadden.

'Hoe gaat het met je?' vroeg Kristin zacht en ze ging naast haar zitten.

Anette glimlachte vaag en ondoorgrondelijk.

'Alles is zo onwerkelijk', zuchtte Kristin. 'En wat een eisen. Maar wat zei hij helemaal aan het eind? In het Tsjetsjeens?'

'Vreemde dingen... Meer eisen...'

'Om wat?'

Anette beet zich op haar lippen. 'Je weet wel... bla, bla... dreigen iemand te doden... bla, bla... deadline om zes uur. Dat is over zeven uur. Maar er kan veel gebeuren in zeven uur.'

'Zei hij iets over wie hij dreigde te doden?'

'Tja, ja...'

'Anette?'

'Je wilt niet...'

'Wie dreigen ze dood te schieten?'

Anette slikte. 'Jou, Kristin.'

Een vijfentwintig jaar oude herinnering die me ineens te binnen schiet: Adelaar en ik zijn op jacht. Onder een boom vinden we een vogeljong dat uit het nest is gevallen. Verward en piepend trippelt hij over de grond. Pluizig, fragiel.

'Wat voor vogel is het, denk je?' vraag ik.

'In elk geval geen adelaar!' lacht hij.

En dan trapt hij op het vogeltje.

22.59 – 23.58

I

22.59 uur

Dus hij had hem opgespoord. Ramzan Jevlojev. Noemde hij zich nu zo?

Hij sloeg zijn armen over elkaar, zijn hart klopte als een bezetene. Hij zat met zijn rug tegen de muur met zijn knieën uit elkaar.

Nog steeds schoten de televisiebeelden door zijn hoofd. Ramzan Jevlojev... De engel der wrake.

Hij dacht: dat wordt een massacre. Een bloedbad. Die man kent totaal geen scrupules.

Het was totale chaos. En waarom zouden ze naar hem luisteren? Hij was slechts een stem in de nacht.

2

Studio 2, 23.00 uur

'Vind je me slecht?'

Kristin schrok op. Ze had niet gemerkt dat Ramzan dichterbij was gekomen. Als een schaduw...

'Ja', zei ze simpelweg.

'Je bent eerlijk.'

'Had je niet de moed om me te vertellen dat je me om zes uur gaat doodschieten?'

Er veranderde iets in zijn blik. Toen had hij zich weer onder controle. 'Hij komt', zei hij.

'Wie?'

'En als hij niet komt, dan sterf ik ook.'

'Het kan me niet schelen wat er met jou gebeurt.'

Hij grinnikte. 'Jij bent stoer!'

'Bespaar me! Jij bent gewoon meedogenloos.'

'Iedere oorlog heeft zijn slachtoffers. Ook onschuldige burgerslachtoffers.'

'En dat is tragisch.'

'Een oorlog kent geen rechtvaardigheid.'

'Dat zeg jíj?'

'Mijn volk is al honderden jaren in oorlog. We hebben niet gevraagd om een oorlog. De Russen hebben ons daartoe gedwongen.'

'En daarom ben jij bereid onschuldigen te offeren?'

'Zoals de Russen, de Amerikanen, de Britten en de Israëliërs tienduizenden onschuldigen hebben gedood.'

'In een oorlog, ja.'

'Onze oorlog is alleen maar anders.'

'Terroristen houden zich niet aan de spelregels.'

'Spelregels worden gemaakt door de machthebbers.'

'Maar er zijn tenminste regels! Terroristen maken hun eigen spelregels. En veranderen ze als het hun beter uitkomt.'

Hij snoof. Kristin keek hem koud aan. 'Er zijn mensen die menen dat de Tsjetsjenen zelf hebben bewezen dat ze niet in staat zijn om een eigen land te besturen.'

'We hebben nooit de kans gehad', zei hij langzaam.

'Of jullie hebben keer op keer jullie kans verspeeld. Net als de moslims in Afghanistan. Of de Irakezen.'

'Nu ben je bevooroordeeld.'

Ze schudde onverschillig met haar hoofd.

'Ik mag je wel.' Grinnikend keek hij haar aan. 'Daarom wordt het des te moeilijker voor me als ik je moet doden.'

3

Crisisteam van de minister-president, 23.05 uur

Toen premier Bjørn-Tore Viksveen en staatssecretaris Vidar Erichsen gehaast de vergaderruimte op de bovenste verdieping van het kantoor van de minister-president binnenkwamen, zaten de anderen van het crisisteam al te wachten: de minister van Justitie, de minister van Binnenlandse Zaken, de minister van Defensie, de regeringsraad, de secretaris-generaal van Buitenlandse Zaken, de secretarissen-generaal van de departementen van Justitie, Defensie en Binnenlandse Zaken, en de hoofdcommissaris van politie en de commissaris van de politie Oslo.

Viksveen gaf hun allemaal een hand voordat hij aan het hoofd van de rechthoekige tafel ging zitten. 'We komen direct ter zake', zei hij. 'Ik heb besloten een crisisteam van de regering te formeren om de ontwikkelingen goed te kunnen volgen en bovendien politieke eindverantwoordelijkheid te hebben. De operationele staven die het politiedirectoraat en het politiedistrict Oslo hebben geformeerd, dragen samen met het departement van Justitie de verantwoordelijkheid voor het politiewerk. Ons mandaat is het nemen van de noodzakelijke politieke beslissingen en erop letten dat de betreffende departementen zich houden aan de procedures en instructies en dat de onderlinge samenwerking tussen de departementen optimaal is. Een andere taak is het algemeen belang in de gaten houden. Het crisisteam heeft vanaf dit moment', hij duwde zo hard op tafel dat zijn knokkels kraakten, 'de verantwoordelijkheid.'

De premier haalde diep adem. 'Aangezien de minister van Buitenlandse Zaken een van de gijzelaars is, heb ik de minister van Justitie de opdracht gegeven zijn departement over te nemen. BZ zal contact opnemen met de Russische autoriteiten, allereerst via de ambassade.'

'Dat contact heeft inmiddels plaatsgevonden', bevestigde de secretaris-generaal van Buitenlandse Zaken. 'Ik heb telefonisch overleg gehad met ambassadeur Igor Voronin en we hebben afgesproken regelmatig contact te hebben.'

'Een van de redenen dat de minister van Defensie ook deelneemt,' ging de premier verder, 'is dat de situatie gevaarlijk veel lijkt op een oorlog op Noorse bodem met guerrillasoldaten van een vreemde natie. We moeten militaire troepen paraat hebben voor het geval de politie om bijstand verzoekt.'

'De Bijzondere Bijstandseenheid, de speciale eenheid van het leger, staat paraat', zei de minister van Defensie.

'Nu ik er zo over nadenk, laten we contact opnemen met de crisiseenheden van BZ en Justitie!' zei de minister van Justitie. 'Het BZ-team kan ervaring hebben opgedaan in vergelijkbare situaties in het buitenland.'

'Regel jij dat! We gaan verder! De minister van Binnenlandse Zaken is aanwezig omdat meerderen van de gijzelnemers waarschijnlijk politiek asiel hebben aangevraagd in ons land. We moeten tot op de bodem uitzoeken om wie het gaat.'

'De leiding van de vreemdelingendienst en de afdelingschefs van de betreffende instanties zijn al op de hoogte', zei de minister van Binnenlandse Zaken. 'Aangezien het hoofd van de vreemdelingendienst een van de gijzelaars is, heeft het plaatsvervangend hoofd de leiding op zich genomen.'

'Laat ik daaraan toevoegen dat de politie en de vreemdelingendienst ook druk bezig zijn met het vaststellen van de identiteit van de gijzelnemers', zei de commissaris van de politie Oslo. 'De vreemdelingenpolitie en de veiligheidsdienst coördineren hun zoektocht.'

De premier keek naar de tafel. 'Het is van belang nogmaals te onderstrepen dat de operationele en praktische uitvoering in handen is van de politie Oslo en niet van de regering.'

'Uiteraard', zei de commissaris.

'Zijn er', de premier wachtte even, 'politieke aspecten waarover we het moeten hebben?'

'Ik neem aan dat de oppositie om uitleg zal vragen', zei de staatssecretaris. 'Aangezien Silje Gran en Frank Berthelsen zich onder de gijzelaars bevinden, zal zowel de Vooruitgangspartij als de Arbeiderspartij de zaak met veel interesse volgen.'

'Des te belangrijker is het om een duidelijk onderscheid te maken tussen de politieke besluiten en acties van de politie.'

'Wat', vroeg de commissaris van politie, 'zijn de politieke besluiten?'

De premier keek naar de minister van Justitie. 'Ik ga ervan uit dat we de ontwikkelingen voorlopig afwachten?'

De commissaris keek onzeker van de een naar de ander. 'Dat betekent?'

'Het is uiteraard uitgesloten dat we de eisen inwilligen', zei de minister-president. 'We moeten tijd winnen. Wat zijn de eisen eigenlijk precies?'

De commissaris keek in zijn notities. 'Een vrij Tsjetsjenië. Een onbekend aantal Tsjetsjenen moet worden vrijgelaten. Vijfentwintig miljoen euro in gebruikte, ongemerkte biljetten. En ten slotte een vrijgeleide naar het buitenland! Bovendien waren er nog wat eisen in het Tsjetsjeens. We hebben dat gedeelte door een niet-beëdigde tolk laten vertalen. Een niet bij name genoemde persoon dient zich voor zes uur morgenvroeg gemeld te hebben. Zo niet, dan wordt Kristin Bye doodgeschoten. En vervolgens de minister van Buitenlandse Zaken.'

'Waarom is hij niet bij name genoemd?'

'Waarschijnlijk gaan de terroristen ervan uit dat hij zelf begrijpt dat er naar hem wordt gezocht.'

'Met andere woorden: we zijn gedwongen voor zes uur in te grijpen als die persoon zich niet meldt?'

'Dat', zei de commissaris van politie, 'zal een risicoafweging worden.'

'Iets preciezer?'

'Het leven van een gijzelaar moet afgewogen worden tegen het risico dat iedereen in de studio sterft. Een enkele keer kan het noodzakelijk zijn om een persoon te laten sterven om vele andere levens te redden.'

4

Studio 2, 23.15 uur

Jussup Idigov groeide op in een vervallen buitenwijk van de Tsjetsjeense hoofdstad Grozny. Een slimme jongen. Een scharrelaar. Iemand die zaken en dingen regelde in ruil voor geld. Toen hij achttien jaar was, had hij de leiding over een bende. Toen hij negentien was, werd hij opgepakt. Hij zat drie jaar in de gevangenis. Toen de Russische troepen Grozny bezetten, werd hij weer gearresteerd, ditmaal door een groep Russische parachutisten. Tijdens het negentien uur durende verhoor stierf hij bijna. Hij herinnerde zich de martelingen. Geen van de herinneringen had enig verband met de andere, die gruwelijke nacht had geen chronologie, er waren slechts brokstukken. Toen hij in een provisorische militaire gevangenis buiten Grozny weer bij zijn positieven kwam, bleek hij daar al drie maanden te zitten. Hij herinnerde zich er niets van. Zijn kameraden in de cel verzekerden hem dat hij met ze had gepraat en dat hij zijn taken die de Russen hem hadden opgedragen had gedaan. Maar hij herinnerde zich er helemaal niets van. Slechts flitsen van die nacht in handen van de Russische martelaren. Op een nacht werd de militaire gevangenis aangevallen door het volksleger, dat hun gearresteerde leider wilde bevrijden. De gevangenen werden gedood of konden ontsnappen. Jussup sloot zich aan bij de eenheid die hem had bevrijd. Zes jaar lang vocht hij in het volksleger. Uiteindelijk kon hij niet meer. In een donkere nacht vluchtte hij de bergen in. Hij stal van de boeren of kreeg wat eten toegestopt. Hij zag kans de grens naar Ingoesetië over te steken en daarna verder naar Noord-Ossetië en van daar naar Rusland. Uiteindelijk bracht de reis hem via Moermansk naar Finnmark, waar hij geregistreerd werd als Tsjetsjeense asielzoeker.

Hij was hier samen met zijn vriend, Sjapty. Ze woonden in een asielzoekerscentrum in Hadeland en hadden met enthousiasme ingestemd om deel te nemen aan het debat in de talkshow. De dagen waren lang, saai en grijs. Hoewel het landschap rond het asielzoekerscentrum mooi was, ging het op hun zenuwen werken.

Nu probeerde Jussup te begrijpen wat er gebeurde. Hij kende Ramzan Jevlojev niet. Er waren vele strijdende groepen in Tsjetsjenië en Ramzan moest de leiding hebben overgenomen nadat Jussup naar Noorwegen was gevlucht. Hij stond op en liep langzaam naar hem toe. Toen hij nog maar een paar meter van hem verwijderd was, richtte Ramzan zijn pistool op hem. Jussup stak zijn armen omhoog. 'Rustig aan, kameraad!' zei hij in het Tsjetsjeens.

'Wat wil je?'

'Praten.'

'Waarom?'

'Ik heb jarenlang voor onze zaak gevochten.'

'Dus wat doe je dan in dit land?'

Hij komt uit het zuiden, maar ik kan zijn dialect niet helemaal plaatsen, dacht Jussup.

'Mijn eenheid viel uit elkaar', antwoordde hij. 'De Russen zaten achter ons aan. Onze leider werd gedood. Ik kon ontsnappen.'

'Hoe heette je commandant?'

'Uvais. Kende je hem?'

'Ken jij Aslan Gairbekov?'

'Iedereen heeft toch wel van Aslan Gairbekov gehoord?'

'Maar ken je hem?'

'Nee. We hebben nooit samen gevochten.'

'Heb je hem ontmoet? Hier?'

'In Noorwegen? Nee. Is Aslan Gairbekov in Noorwegen?'

5

Commandopost van de politie, 23.20 uur

Onderhandelaar Thomas Fjell liet zijn kin op zijn duimen rusten. Hij zuchtte. Bijna halftwaalf. Hij moest nu contact opnemen met de gijzelnemers. Maar hij aarzelde. Het eerste gesprek was altijd het meest enerverend. En bepalend. Het was belangrijk dat ze de juiste toon vonden. Ze hoefden elkaar niet aardig te vinden, hoewel dat ook wel voorkwam, maar ze moesten elkaar respecteren, elkaar begrijpen.

'Ben je klaar, Thomas?' Operationeel commandant Aksel Schjelderup was zojuist de commandopost binnengekomen.

'Bijna.'

Hij was Schjelderup dankbaar voor zijn geduld. Hij moest zich als een atleet mentaal voorbereiden, zich concentreren, zich focussen. Hij wist beter dan wie ook dat er zich altijd iets uitzonderlijks afspeelde in de hoofden van de gijzelnemers en de gijzelaars. Een psychologische reflex ten gevolge van het feit dat ze waren opgesloten en hun leven op het spel stond. Sommigen ontwikkelden een vorm van claustrofobie. Anderen sloten zich op in hun eigen gedachten en ideeën. Een enkeling werd agressief en dwingend. Maar iedere situatie was anders. De personen met wie hij de minste problemen had, waren eigenlijk degenen die het meest onberekenbaar leken. De drugsverslaafden en de dronkelappen. Overvallers die niet op tijd weg konden komen en als wanhoopsdaad mensen in gijzeling hadden genomen. In dergelijke gevallen was het altijd een kwestie van tijd voordat ze opgaven. Met deze gijzelnemers was het anders. Het zou moeilijker zijn met ze te onderhandelen. Ze waren uitgekookter, gewiekster, rustiger. En gevaarlijker. Alles was gepland. Ze wisten wat ze wilden, hoe ze moesten handelen, ze wisten wat er kon gebeuren. Dergelijke gijzelnemers waren de politie meestal twee stappen voor.

Maar de tactiek was altijd dezelfde. Luisteren. Tijdrekken. De verantwoordelijkheid voor het nemen van besluiten afschuiven naar hoger geplaatsten. De onderhandelaar kon best sympathiek staan tegenover de eisen. Maar de beslissing om ze in te willigen was niet aan hem. Alles stond in het kader van tijdrekken. Het maakte niets uit of een belegering meerdere dagen duurde.

Fjell leunde achterover in zijn bureaustoel. Schjelderup stond nog steeds achter hem.

'Heb je al iets gehoord van de veiligheidsdienst?' vroeg Fjell.

'Niets.'

Hij wachtte met spanning de daderprofielen af. Als onderhandelaar had hij veel aan de psychologische analyses van de personen met wie hij te maken had. Als ze echt asielzoekers waren, zou zowel de vreemdelingendienst als de veiligheidsdienst veel informatie hebben die hij zou kunnen gebruiken bij de onderhandelingen. Een houvast waar hij wat aan had. Ging het om voormalige soldaten en deserteurs met een groot wantrouwen tegenover officieren? Of waren het loyale commando's met groot respect voor autoriteiten? Hoe meer hij te weten kwam, des te slimmer kon hij de onderhandelingstactiek aanpakken.

Buiten hoorde hij een sirene die nog een kreet slaakte voordat hij werd uitgeschakeld. Vlak daarna kwam een jonge geüniformeerde agent de kamer ingerend, gevolgd door een man met een schoudertas en met verwarde haren. De tolk.

Fjell gaf hem een hand. 'We hebben een opname van iets wat een van de gijzelnemers eerder deze avond heeft gezegd. Aan het eind zegt de gijzelnemer iets in het Tsjetsjeens. Nemen we aan. Ik wil weten wat hij zegt. Precies. Woord voor woord.'

De tolk speelde de geluidsband een keer af terwijl hij luisterde. Toen speelde hij hem nogmaals af terwijl hij noteerde. Op een paar plaatsen moest hij stoppen om de band even terug te spoelen. Hij schreef snel, met een gouden vulpen op een notieblok met gelinieerd papier. Toen hij klaar was, keek hij Thomas Fjell aan.

'Hij zegt het volgende: *Je denkt dat je je kunt verstoppen, jij rat. Maar we hebben je gevonden. En we zullen je uit je hol dwingen! Elk leven in deze studio is afhankelijk van jou. Als jij hier voor morgen zes uur niet bent, schieten we Kristin Bye dood. Om zeven uur schieten we de minister van Buitenlandse Zaken dood – tja, moet ik nog verdergaan? Nu, jij smerige rat, heb je eindelijk de mogelijkheid om de wereld te laten zien hoe heldhaftig jij bent!*'

6

Studio 2, 23.25 uur

De minister van Buitenlandse Zaken zat stijf rechtop en staarde leeg voor zich uit toen Ramzan Jevlojev voor hem bleef stilstaan.

'Mister Boe.' In het Engels klonk het als *Bow.* 'De minister van Buitenlandse Zaken zelf!'

'Maak je geen illusies!' barstte Bernt Bøe los op een toon waarin zowel daadkracht als paniek doorklonk. 'De Noorse politiek is duidelijk! We onderhandelen niet met terroristen! Mijn leven speelt hierin geen enkele rol.'

'Dus jij denkt dat het hier om jou gaat?'

'Het Noorse standpunt is duidelijk! Als we terroristen hun zin geven dan...'

'Jullie onderhandelen niet?'

'Precies!'

'Je wilt toch niet dat iedereen hier sterft?'

Bøe zoog tussen zijn tanden door lucht naar binnen.

'Natuurlijk willen jullie onderhandelen!' Ramzan Jevlojev ging naast Bøe zitten en hij legde een arm om zijn schouder.

'En jullie zullen precies doen wat ik zeg.'

Bøe kromp in elkaar.

'Zo niet, dan schieten we jullie neer', zei Ramzan zacht. 'Een voor een.'

Bøe maakte een geluid dat als 'há!' had moeten klinken, maar dat er als een hik uit kwam.

'En als het moet, laten we de studio de lucht in vliegen.'

'Dreigementen!'

'Heb je concrete bewijzen nodig dat ik geen loze dreigementen uit?'

Bernt Bøe keek onwillekeurig naar het lijk op de grond.

'Precies!' fluisterde Ramzan.

De minister keek demonstratief naar het plafond.

'Je weet dat we het serieus menen', zei Ramzan. 'Je leest toch wel kranten? Herinner je je de aanval op het ziekenhuis in Novije Atagij in 1996? De actie in het Dubrovkatheater in Moskou in 2002? Om het maar niet te hebben over de actie op de school in Beslan in Noord-Ossetië in 2004.'

'Schandalig!'

'Slachtpartijen uitgevoerd in naam van de democratie zijn ook schandalig.'

'Retoriek is geen verontschuldiging voor barbarij. De Noorse overheid kan en wil niet onderhandelen met terroristen! Dat is een onwrikbaar principe.'

'Niemand daarbuiten wil dat iemand hierbinnen zal sterven. Dus ze zullen met ons praten. Ze zullen proberen ons te overtuigen, ons voor de gek te houden. Denk je dat ik dat spel niet ken? Natuurlijk zullen jullie onderhandelen.'

'Maar om toe te geven aan de eisen? Nooit!'

'Je vergeet iets wezenlijks. Je vergeet dat we geen bankovervallers zijn die in een hoek worden gedreven. De politie is gewend met dergelijke lui te onderhandelen. Wij zijn vrijheidsstrijders. We zijn soldaten in oorlog. We zijn bereid om te sterven voor waar we in geloven! Onze acties maken indruk, meneer de minister. En net als Dubrovka en Beslan, zal dit', hij gebaarde met zijn hand, 'niet onopgemerkt blijven.'

7

Commandopost van de politie, 23.27 uur

Onderhandelaar Thomas Fjell nam de commandopost op. Een politieman en een technicus van de televisie waren bezig een kabel door te trekken van het plafond naar de technische apparatuur. Het faxapparaat liet een knorrig signaal horen. Vijf politiemensen kwamen met extra pc's aangelopen die gekoppeld werden aan de interne politielijnen.

Thomas Fjell sloot zijn ogen en zag Ramzan Jevlojev voor zich. Hij is gewoon een mens, dacht hij. Hij is ook kind geweest. Hij houdt van zijn moeder en is dol op bloemengeuren. Hij houdt van lekker eten, zon op zijn huid en iets kouds om te drinken op een hete zomerdag. Hij krijgt tranen in zijn ogen als hij ontroerd is. Net als ieder van ons. Hij is geen monster. Hij is een bange man met een missie, een visie. Hij speelt een rol, zoals ik de mijne speel. Hij is bereid ver te gaan om zijn doel te bereiken, hij is bereid te doden. Maar net als ik, is hij bang om dood te gaan.

Hij is gewoon een mens.

Fjell wist hoe makkelijk je bang kon worden voor de tegenpartij. Als je bang werd, kreeg je respect voor hem. En als je eenmaal voorbij de angst en het respect was, wachtte het volgende gevaar: dat je hem sympathiek begon te vinden.

Met een ballpoint verdeelde hij het vel papier voor hem op het bureau in vierkanten. Het noteren – van ingevingen, reflecties, associaties – was een wezenlijk deel van Fjells werkmethode. Na een poosje zouden de notities een patroon vormen dat je niet door de afzonderlijke gebeurtenissen kon ontdekken.

Het was zwaar om onderhandelaar te zijn. Maar hij wist dat hij goed was. Goed in luisteren, in begrijpen, goed in zich verplaatsen in de situatie en de denkwereld van de tegenpartij. En goed in zomaar wat praten, vertrouwen wekken. Omdat hij zelfverzekerd was, maar tegelijkertijd ook bescheiden. Omdat hij logisch en pragmatisch nadacht, zonder dat gevoelens hem in de weg zaten. Hij was kalm en bedaard. Daarom hadden ze hem nodig. Veel te veel collega's waren ongeduldig, opvliegend, provocerend. Zelf was hij verstandig en betrouwbaar. Hij was immers opgegroeid op een boerderij ergens in een vergeten dal van Telemarken tussen donkere sparrenbomen en ronde heuvelruggen. Collega's konden buiten zinnen raken, de tegenpartij uitschelden, dreigen. Een goede onderhandelaar is iemand die niet te veel zegt, die nooit zijn zelfbeheersing verliest.

'Fjell?'

Hij opende zijn ogen. Aksel Schjelderup keek op hem neer.

'Ik sliep niet', zei hij iets te snel. 'Ik dacht na.'

'OpStaf vraagt of we al contact hebben gehad'

Fjell zoog zijn longen vol lucht en ademde langzaam uit. Hij deed deze ademhalingsoefening meerdere keren. Hij dacht aan de colleges die hij op de politieacademie had gegeven. De studenten noteerden, ijverig en leergierig. Zijn stem in de collegezaal. De moeilijke woorden. Over cognitieve responstheorie, die als doel had de gedachtegang van de gijzelnemer in de richting van het perspectief van de onderhandelaar te sturen zodat de gijzelnemer het standpunt van de onderhandelaar zou gaan overnemen. Over hoofdroutes en perifere routes om de tegenpartij te overtuigen. Woorden, woorden, woorden... Voor Thomas Fjell ging het in de eerste plaats om vertrouwen, om respect, om openheid. En voor zover dat mogelijk was: eerlijkheid. Hij gaf zichzelf helemaal. Soms voelde hij zich vreselijk.

Fjell pakte de koptelefoon. Er was een klein microfoontje aan een dun stangetje bevestigd. Hij zette de opnameapparatuur aan en drukte op een knop waardoor hij via de luidspreker in de studio te horen was.

Schjelderup, Lehmann en nog enkele andere politiemensen gingen achter hem staan om het gesprek te kunnen volgen.

'Kan ik jullie aandacht even krijgen? Mijn naam is Thomas Fjell', zei hij in het Engels, 'en ik wil Ramzan Jevlojev vragen om naar de grijze telefoon aan de muur bij de deur te gaan, zodat we samen kunnen praten.'

Ramzan keek even rond voordat hij de telefoon in de gaten kreeg. Hij aarzelde een ogenblik. Toen liep hij uit het beeld van de ene monitor en verscheen weer in een ander. Toen hij Ramzan de telefoon zag pakken, schakelde Fjell over van de luidsprekers in de studio naar de studiotelefoon. Hij zette het geluid van de luidspreker in de commandopost harder, zodat de anderen konden horen wat Ramzan zei.

De lijn kraakte en ruiste. Een ogenblik vreesde hij dat de techniek het liet afweten, dat er geen verbinding was, maar toen hoorde hij de zwakke ademhaling van Ramzan Jevlojev.

'Mister Jevlojev? Are you there?'

Stilte.

'Mijn naam is Thomas Fjell, ik ben inspecteur bij de politie Oslo en men heeft mij gevraagd, mijn superieuren hebben gevraagd, of ik de verbindingslijn tussen hen en jou wil zijn.'

Punt voor punt deed hij wat hij volgens het boekje moest doen. Hij was open, eerlijk en persoonlijk. Hij reduceerde zijn eigen rol en vermeed het belaste woord 'onderhandelingen', dat de weg zou vrijmaken voor eisen.

Stilte.

'Mister Jevlojev?'

Maar Ramzan Jevlojev had al opgehangen. Schjelderup wees naar de ene monitor. Ramzan paradeerde met zijn handen op zijn rug door de studio. Alsof hij wist dat hij de eerste slag had gewonnen, dacht Fjell.

8

Buiten het Kanal ABC-gebouw, 23.28 uur

De bomexperts van het leger kwamen in een colonne van militaire voertuigen en civiele auto's aan. Mannen in dikke beschermende pakken waggelden uit de speciale camouflageauto's en werden het gebouw in gestuurd. Daar werden ze door de operationeel commandant op de hoogte gebracht van de situatie en hij vroeg hun paraat te blijven tot er een beroep op hen werd gedaan.

9

Studio 2, 23.35 uur

Jussup Idigov beefde. Het was jaren geleden dat hij zo bang was geweest.

Sjapty gaf hem een duw. 'Je bent gek!'

'Is dat zo?'

'Het scheelde niet veel of hij had je doodgeschoten!'

'Hij is niet goed snik.'

'Je moet hem niet provoceren!'

Ze zwegen. Sjapty had niet veel over zijn verleden verteld, maar uit wat hij had losgelaten had Jussup begrepen dat hij ook kampervaringen had. Er waren veel soldaten in Noorwegen. Een burgeroorlog leidt onvermijdelijk tot veel asielaanvragen van mensen met een militaire achtergrond.

'Zeg? Denk jij dat we kunnen ontsnappen?' Jussup knikte naar de deur.

Sjapty keek Jussup onzeker aan. 'Daar staat een wachtpost.'

'Als we met ons tweeën zijn, zal die vent de kans niet krijgen om te schieten of de bom tot ontploffing te brengen.'

'Maar die andere vijf dan?'

'Als we snel genoeg zijn, zijn we buiten voordat ze de kans hebben gehad om te reageren.'

Sjapty zag er verre van overtuigd uit.

'Luister eens', fluisterde Jussup. 'Hij houdt het pistool in zijn rechterhand. Hij heeft zijn linkerhand nodig om de bom tot ontploffing te brengen. Ik wil wedden dat het ontstekingsmechanisme op zijn buik of borst zit.'

'Hoe weet je dat?'

'Ik ben meerdere keren op dezelfde manier uitgedost geweest.'

Sjapty keek hem alleen maar aan.

'Het verrassingselement is in ons voordeel. Als jij de rechterarm onschadelijk maakt, zodanig dat hij zijn pistool kwijtraakt, dan grijp ik zijn linkerarm. Tegelijkertijd open jij de studiodeur. De anderen zullen niet begrijpen wat er gebeurt, laat staan dat het hun lukt om te schieten voordat we beiden buiten zijn.'

'Ik weet niet zeker of...'

'Luister, hoe groot zijn onze kansen hierbinnen?' Hij merkte dat hij iets te hard fluisterde, een beetje te gedreven, en hij liet zijn stem iets zakken. 'Denk je dat de Noorse overheid de eisen zal inwilligen? Nooit van je leven! Ze zullen ons afmaken, stuk voor stuk.'

10

Russische ambassade, 23.35 uur

'Gunnar!' Igor Voronin drukte de telefoon steviger tegen zijn oor. De ambassadeur zat in een comfortabele draaistoel achter zijn enorme bureau. 'Kan ik je helpen?'

'Kijk je naar de televisie?' vroeg Gunnar.

'Durf ik niet! Ik hoor vroeg genoeg wat er gebeurt.' Hij hoorde Gunnars zware ademhaling door de hoorn. 'Al nieuws over Kristin?'

Er gingen een paar seconden voorbij. Igor Voronin keek naar het bronzen naambordje dat schuin op het mahoniehouten bureau stond. *Ambassadeur Voronin.* Hij hield van de klank. *Ambassadeur van de Russische Federatie in Noorwegen.* Hij was ver gekomen. Toen hij geboren werd, woedde de Tweede Wereldoorlog nog. Hij overleefde de hongersnood. Zijn ouders waren loyale partijleden en zelf was hij politiek actief omdat hij besefte dat dat de juiste weg was naar welstand. Via Komsomol en de Communistische Partij kreeg hij al snel een eenvoudige baan bij de KGB.

'Igor,' begon Gunnar aarzelend, 'is er iets wat jij zou kunnen doen om ons te helpen? Wat dan ook?' Gunnars stem bromde in de hoorn. 'Weet jij iets wat mij zou kunnen helpen Kristin veilig en wel uit die studio te krijgen? Wat kun je doen? Wie zijn die duivelse bandieten? Wat willen ze?'

'Het doet me pijn.' Igor Voronin zuchtte. 'Bandieten, ja. Terroristen. Meedogenloze schurken. Je weet het, de Tsjetsjenen!'

'Bespaar me je Russische propaganda! Wie zijn ze? Waarom hebben ze Noorwegen uitgekozen als doelwit? Wat kunnen we doen? Er moet iets zijn. Iéts!'

Hij had Gunnar Borg nog nooit eerder horen smeken. 'We doen zoveel we kunnen! Ik heb zelf regelmatig telefonisch contact met de Noorse secretaris-generaal van het departement van Buitenlandse Zaken. Mijn medewerkers zijn bezig een verklaring op te stellen voor de Noorse overheid en de politie. Op formele basis. Ik zal kijken of ik op informele basis meer te weten kan komen. Maar ik kan niets beloven. Ik kan het alleen proberen.'

11

Studio 2, 23.40 uur

'Wat vind jij van de Tsjetsjeense vrijheidsstrijd?'

Silje Gran zat opgesloten in haar eigen angst toen Ramzan Jevlojev ineens voor haar stond met dat akelige lachje en zijn diepliggende ogen.

Ze verstarde. 'De Vooruitgangspartij heeft geen standpunt ingenomen met betrekking tot deze kwestie', stotterde ze. 'Maar je moet weten dat ik altijd sympathie heb gehad voor de Tsjetsjeense zaak! En voor jouw volk.'

'Wat politiek correct.'

Ze wist niet wat ze moest zeggen.

'Wat weet jij eigenlijk over Tsjetsjenië?'

'Niet zoveel.'

'Maar toch heb je sympathie voor onze zaak?'

'Gaan jullie ons doden?' flapte ze er uit.

'Als we moeten.'

'We hebben jullie niets gedaan!'

'Sinds wanneer is een oorlog rechtvaardig?'

'Je bent in Noorwegen!'

'Omdat een laffe rat hier zijn toevlucht heeft gezocht.'

Ze keek hem niet-begrijpend aan.

'Een rat die de pest overbrengt', ging hij verder. 'En ik zal hem vinden en hem uitroken.'

12

Crisisteam van de minister-president, 23.50 uur

'Mr. President!'

De stem van premier Bjørn-Tore Viksveen had een plechtige klank. De anderen in de vergaderruimte werden stil. Viksveen stond op. Zijn gezicht werd roodgevlekt. Hij kon een lachje niet onderdrukken. De mobiele telefoon was zo klein dat die verdween in zijn hand.

'Bedankt dat je even tijd voor me vrijmaakt', zei de Amerikaanse president joviaal. 'Ik weet dat je het erg druk hebt en maar weinig tijd voor me hebt, Viksveen.' Het kwam er als 'Wikeswen' uit.

'Ik voel me vereerd, meneer de president.'

'Ik wil op deze manier mijn ontzetting, en die van het Amerikaanse volk, overbrengen over de terroristische actie die onze bevriende natie Noorwegen heeft getroffen. Tegelijkertijd wil ik jullie alle hulp aanbieden die jullie eventueel nodig hebben. Ik heb mijn ambassadeur in Oslo instructies gegeven vierentwintig uur per dag beschikbaar te staan voor het geval de overheid, de politie, de veiligheidsdienst of het leger onze bijstand nodig heeft.'

'Dat stel ik, en mijn regering, zeer op prijs, meneer de president.'

'Deze gijzeling is een schokkend voorbeeld van het fanatisme en de wreedheid van het internationale terrorisme.'

'Duidelijker kan het niet geformuleerd worden.'

'Nog ernstiger wordt het als een vreedzaam land als Noorwegen wordt getroffen door redeloos terrorisme. Een land dat zoveel bijdraagt aan het internationale vredeswerk en ieder jaar de Nobelprijs voor de Vrede uitreikt.'

'Hartelijk dank voor uw medeleven, meneer de president.'

'In het Witte Huis hopen we dat het onheil dat Noorwegen nu getroffen heeft, nog meer landen zal stimuleren zich aan te sluiten bij de Verenigde Staten en de oorlog tegen het terrorisme. En als er iets is waarmee Amerika Noorwegen kan bijstaan, aarzel dan niet om het te vragen.'

'Hartelijk dank. Ik zal uw aanbod doorgeven, meneer de president.'

'Good luck, Mr. Viksveen, and God bless you all!'

'Thank you so much, Mr. President!'

Toen Viksveen ophing, bleef hij een ogenblik met glimmende ogen staan.

'De president van Amerika', zei hij voor zich uit. 'Hij heeft ons hulp aangeboden.'

'Stuurt hij een bommenwerper?' zei de minister van Justitie voor de grap.

Niemand lachte.

13

Studio 2, 23.58 uur

Jussup keek van Ramzan Jevlojev, die met Anette Wiik stond te praten, naar de terrorist die bij de studiodeur de wacht hield. Er waren twee uur verstreken sinds de terroristische actie was begonnen. De eerste spanning was uit het lichaam. De terroristen begonnen zich te ontspannen. Jussup herkende het psychologische mechanisme uit de tijd dat hij zelf terrorist was. Een gunstig moment om toe te slaan.

Hij knikte naar Sjapty.

Jussup liep nonchalant de tribune af. Sjapty simuleerde een hoestbui. Jussup ving de blik van de terrorist bij de studiodeur op en zijn gezicht klaarde op alsof ze oude bekenden waren. Met zijn armen en handen goed zichtbaar langs zijn lichaam liep hij naar de gijzelnemer. Tegelijkertijd bewoog Sjapty zich hoestend over de banken en ging op het puntje van de eerste bank zitten, op slechts enkele meters van Jussup en de terrorist vandaan.

'Hé, kameraad', zei Jussup in het Tsjetsjeens terwijl de terrorist zijn pistool optilde en op hem richtte.

'Stop!'

'Herken je me niet? Of heb je een broer? Ik heb bij Urus-Martan gevochten met een bevrijdingsgroep, samen met iemand die op jou lijkt! 1999? Urus-Martan?'

De terrorist schudde zijn hoofd.

'1999. Urus-Martan.' Hij draaide zich om en gebaarde naar zijn vriend. 'Sjapty, was het niet oktober '99 dat we de Russen bij Urus-Martan hebben aangevallen?'

Sjapty stond op en kwam naderbij terwijl hij het zich ogenschijnlijk probeerde te herinneren.

De terrorist deed een stap naar achteren. 'Blijf staan waar je nu bent!' Hij liet de loop van zijn pistool heen en weer gaan. 'Ramzan!'

Jussup en Sjapty trokken zich met hun armen in de lucht terug. 'Rustig aan,' zei Jussup, 'ik wilde alleen een praatje maken. We zijn landgenoten, ik dacht dat ik je kende!'

Ramzan duwde de pistoolloop tegen Jussups nek.

'Ik wilde alleen maar een praatje maken', jammerde Jussup. 'Ik dacht dat ik hem kende.'

Een van de andere terroristen, Roza, kwam aangerend en hield Sjapty onder schot.

'Waarom?' vroeg Sjapty. 'We vechten voor dezelfde zaak! Voor Tsjetsjenië!'

Ramzan ging zachter praten. 'Ik spuug op laffe ratten die vluchten. En ik zal geen seconde aarzelen jullie neer te schieten!'

Adelaar en ik groeiden op tussen de hoge bergen en de heldere rivieren die kolkend door het landschap van onze jeugd stroomden. We waren dikke vrienden. Arm, dat wel. Maar de natuur om ons heen was machtig. Mooi als een ansichtkaart. Ons leven, onze realiteit.

We waren meestal bij ons thuis. Ik vond het niet leuk bij Adelaar. Iets met zijn moeder en vader…

In die tijd was Tsjetsjenië ingelijfd bij de Sovjet-Unie, maar onze harten klopten nooit voor onze machtige buurman in het noorden. Degenen die televisie hadden nodigden altijd alle buren uit om de verrichtingen van het voetbal- en ijshockeyteam van de Sovjet-Unie te volgen. We moedigden de tegenstander aan. Als de Sovjet-Unie verloor, dan juichten we.

's Avonds bij het vlammenspel van het vuur vertelde papa ons eens over de tijd dat Tsjetsjenië een vrij land was. We zijn een heel klein land, slechts een miljoen mensen. Maar we zijn een trots en godsvruchtig volk. Door de eeuwen heen hebben mijn voorouders hun leven opgeofferd om het land te beschermen tegen de Russen.

Meer dan tweehonderd jaar geleden besloot de Russische tsaar dat het land van hem was. Wij weigerden. De soldaten brandden onze bossen plat, vernielden onze oogst, vergiftigden ons water, vermoordden onze vrouwen en kinderen. Omdat we weigerden ons land op te geven! In 1785 trokken wanhopige en razende mannen naar sjeik Mansur. Woedend verklaarde hij de heilige oorlog aan de ongelovigen, aan de indringers, aan de Russen. Hij was de eerste die ons verzet organiseerde. Daarna kwam Sjamil, onze held. Vijfentwintig jaar lang, van 1834 tot 1859, hield Sjamils leger stand tegen het Russische imperium. Ons gouden tijdperk. We hadden onze eigen staat in de bergen, waar we leefden naar de tradities van de islam en onze eigen oude gebruiken.

Europa las over Sjamils daden. Kranten bejubelden zijn vrijheidsstrijd. Sjamil begreep de vrije landen in het Westen verkeerd. Hij geloofde ze, vertrouwde ze. Maar toen hij dringend hulp nodig had, stond hij alleen.

Ook nu smeken wij de wereld om hulp. De VN, EU, VS*... Maar niemand luistert. We staan weer alleen. Niemand bekommert zich om ons. Niemand durft Rusland uit te dagen.*

Niemand, behalve wij.

De wolvenmensen.

23.59 – 00.10

1

Commandopost van de politie, 23.59 uur

Middernacht. Als vuurwerk schitterden de blauwe zwaailichten in de heldere glazen gevels van de aangrenzende gebouwen.

'Inspecteur?'

Onderhandelaar Thomas Fjell ontdekte Ramzan Jevlojev op de tv-monitor op hetzelfde moment dat hij zijn stem in de koptelefoon hoorde. Ik moet om te beginnen beter opletten, dacht hij. Hij ging rechtop in zijn stoel zitten. *23.59 uur*, noteerde hij op zijn notitieblok voor zich. *De gijzelnemer initieert contact.*

'Slaap je, inspecteur?'

'Helemaal niet!' antwoordde hij een beetje te monter en hij zette de luidspreker en de geluidsapparatuur aan. De anderen in de commandopost kwamen om hem heen staan.

'Inspecteur', herhaalde Ramzan. 'Konden ze niet iemand met een hogere rang sturen?'

Ongebruikelijk. Gijzelnemers daagden de autoriteit van de onderhandelaar zelden uit door opmerkingen over zijn rang te maken, en al helemaal niet als eerste commentaar. *Harde jongen*, noteerde hij.

'Je geeft geen antwoord, inspecteur. Was jij de enige die ze konden sturen?'

Tijdens gijzelingsacties was het belangrijk dat de onderhandelaar niet aan de top van de hiërarchie stond, hij moest niet degene zijn die beslissingen nam.

'Je moet me niet zien als de tegenpartij', probeerde Fjell. 'Ik kan geen ja of nee op je eisen zeggen. Ik zal proberen je eisen en standpunten zo goed mogelijk over te brengen aan mijn superieuren.'

'Flauwekul!'

Een moeilijk heerschap, dacht Fjell, iemand die je direct naar de strot vliegt. 'Maar eerst: is alles in orde in de studio?'

Ramzans rauwe lach maakte Fjell moedeloos. Hij stond tegenover een tegenstander die hij niet begreep. Hij zag geen kans om binnen in hem te kijken, hem te doorgronden, te begrijpen, de signalen te duiden. Zoals het in het begin vaak ging.

'We hebben een lijk en veertien gijzelaars die het in hun broek doen van angst', zei Ramzan. 'Niks is in orde.'

'Hebben jullie iets nodig? Water? Eten?'

'Inspecteur, is dit niet een beetje te groot voor jou?'

Daagt me uit, noteerde hij.

'Je hebt zeker nog nooit eerder met terroristen moeten onderhandelen, is het wel?'

Beschrijft zichzelf als terrorist, noteerde hij. *Grappig*. Fjell dacht na over een antwoord dat geen onzekerheid verraadde. 'Nee', zei hij eerlijk.

'Laat me raden. Ze roepen je op als een gevangene een celgenoot in gijzeling neemt. Of als een drugsverslaafde door het dolle heen raakt in een apotheek. Of als een dronkelap zijn ex-vrouw met een mes bedreigd. Heb ik gelijk?'

Fjell huiverde. Hoe kon hij dit weten?

'Ik heb een paar van dergelijke kwesties gehad, ja', gaf hij toe. In 1989 was zijn moeilijkste onderhandelingsopdracht geweest. Een bankovervaller was verrast door de politie en had daarop vier mensen gegijzeld. Hij eiste tien miljoen kronen, een vrijgeleide en kwijtschelding van zijn straf. Alle eisen waren onacceptabel. Meer dan acht uur hadden ze onderhandeld over iets wat er nooit zou komen. Dat had de bankovervaller ook ingezien. Toen hij een schot had gelost, had iedereen het ergste gevreesd. Maar hij had zichzelf doodgeschoten.

'Inspecteur?'

'Ik ben hier.'

'Was jij de beste die ze konden vinden, inspecteur? Ben jij de uitverkorene? Of was je toevallig op je werk, toevallig beschikbaar?'

'Ik heb me vrijwillig gemeld.'

'Ah. De zelfopofferende politieman. Iemand die zo graag een held wil zijn. Die het onmogelijke oplost.'

Fjell slikte. Kon hij verdomme gedachtelezen? *Psychische manipulatie*, noteerde hij, zo woest dat het papier verschoof.

'Maar heb je nu niet een beetje te grote opdracht op je genomen, inspecteur? Een gijzelingsactie, live op televisie. Is dat niet te groot voor jou?'

'Zo zie ik dat niet', antwoordde hij. Maar het was die duivel al gelukt om twijfel bij hem te zaaien. Wie was Thomas Fjell wel dat hij een dergelijke enorme klus kon klaren? Hoe moest híj het vastgelopen conflict oplossen? Zou de verantwoordelijkheid op zijn schouders rusten als de gijzelaars werden gedood? Moest niet iemand met meer kennis en ervaring deze ernstige en moeilijke gijzelingssituatie oplossen? Hij besefte dat Ramzan Jevlojev de lastigste tegenpartij was met wie hij ooit had onderhandeld.

'Jij denkt dat je in staat bent mij tot rede te brengen?' zei Ramzan.

Onderhandelingen voeren was een intellectuele en psychologische krachtmeting. Als onderhandelaar moest Fjell de sympathie en het respect van de tegenpartij winnen. Hij moest vertrouwen wekken. Maar het was gevaarlijk en emotioneel werk. Hij kon heel makkelijk sympathie opvatten voor de gijzelnemers. Dat gebeurde nogal eens, de onderhandelaar en de gijzelnemer hadden het gevoel dat ze een gemeenschappelijk lot deelden.

'Wat mij betreft gaat het niet om...'

'Jij denkt dat mijn soldaten en ik onze wapens zullen neerleggen en de studio uit zullen wandelen met de handen boven ons hoofd omdat jij zo'n geweldige onderhandelaar bent.'

Soldaten. Fjell noteerde het woord op het blok. *Belangrijk.* Hij zette drie strepen onder de woorden. Ze zien zichzelf als soldaten. Belangrijke informatie om ze te begrijpen.

'Ik denk niets, Ramzan.'

'Maar je hoopt het! Je hoopt dat je levens kunt redden. Je droomt over waardering. Heb je je daarom vrijwillig gemeld? Omdat je waardering wilt krijgen?'

'Ik heb me gemeld omdat ik hoopte dat ik iets bij kon dragen.'

'Omdat je weet dat de persoon die deze gijzelingsactie kan oplossen, een volksheld wordt. Maar denk je dat de persoon die daarin niet slaagt een mislukkeling is, een zondebok, een volksvijand?'

Ruziezoeker, schreef Fjell. Toen voegde hij daaraan toe: *Manipulerend!!!* en zette er drie dikke strepen onder.

'Zo kijken wij daar niet tegenaan', antwoordde hij stijf.

Ramzan lachte weer. 'Ik kan het aan je horen. Dat je daarvan droomt: ons tot rede brengen, ons laten inzien hoe hopeloos de situatie voor ons is, zodat we de gijzelaars vrijlaten en met onze handen boven het hoofd naar buiten komen. Zodat jou de eer toekomt het drama tot een goed einde gebracht te hebben. Je zou op de voorpagina's komen. In het journaal. Heb ik gelijk, inspecteur?'

Hij liet zijn hoofd achteroverhangen en keek naar het plafond en de kin van Schjelderup. Natuurlijk had die duivel gelijk.

'Inspecteur?'

'Je hebt gelijk als je zegt dat ik het conflict wil oplossen.'

'Je wilt geëerd worden als de politieheld die het heeft opgelost.'

Hij had nog nooit tegenover een dergelijke tegenstander gestaan. Iemand die zijn vakmatige ijdelheid aanviel, die vraagtekens zette bij zijn integriteit, twijfelde aan zijn motieven.

'We moeten gezamenlijk een oplossing vinden', zei Fjell.

'Jij en ik?'

'Jij en ik.'

'Inspecteur, wat geeft jou in hemelsnaam het idee dat wij gelijkwaardige tegenstanders zijn?'

2

Studio 2, 00.05 uur

Ze praten samen, dacht Kristin, dat is tenminste iets.

Ramzan Jevlojev stond met zijn rug naar de telefoon. Waarover konden ze eigenlijk onderhandelen? De eisen waren hopeloos. De Noorse overheid zou niet instemmen met dergelijke krankzinnige condities, en de Russische en Tsjetsjeense autoriteiten al helemaal niet.

Ze dacht terug aan de dag dat het allemaal begonnen was. Op een vrijdag, een paar weken na het drama in Beslan, had een Tsjetsjeense asielzoeker contact met haar opgenomen omdat hij over de gruwelijkheden in zijn vaderland wilde praten. Niet echt een onderwerp voor Kanal ABC, maar Ruslan Vlasov was beleefd en vasthoudend geweest en Kristin had een ontmoeting voorgesteld. Hij beweerde dat hij de leider was van een Tsjetsjeense groep in het volksleger die hij de hele tijd 'vrijheidsstrijders' had genoemd, maar die zonder enige twijfel guerrillastrijders waren. In het begin had ze sceptisch naar het verhaal geluisterd. Ze dacht dat hij haar gebruikte om op televisie te kunnen komen en groen licht te kunnen krijgen voor zijn asielaanvraag. Maar toen ze hem langzamerhand wat beter leerde kennen, verdween de scepsis. Bovendien weigerde hij op televisie te verschijnen. Hij moest aan zijn veiligheid denken, zei hij.

Het lukte haar, onvoorstelbaar maar waar, om de redactie ervan te overtuigen een documentaire te maken over Tsjetsjenië. Maar de Russische ambassade in Noorwegen was een veel koppiger tegenstander. Ondanks de stroom brieven, faxen, e-mails en telefoontjes, en uiteindelijk zelfs de steun van het ministerie van Buitenlandse Zaken, weigerde de ambassade een visum af te geven voor haar. De reden was onduidelijk, men had het slechts over veiligheidsproblemen en politieke oorzaken. Haar ergernis dat haar de toegang was geweigerd was een van de redenen geweest dat Kristin Tsjetsjenië als thema voor haar talkshow had genomen.

Het kwam niet als verrassing dat de ambassade weigerde mee te werken aan het debat.

3

Commandopost van de politie, 00.07 uur

Commandant Bjørnar Lehmann en operationeel commandant Aksel Schjelderup zaten samen met een bewaker te turen naar de bouwtekeningen van het ABC-gebouw. Kamer voor kamer namen ze de ruimtes rond studio 2 door. Voorlopig zag Lehmann slechts twee toegangsmogelijkheden: de studiodeur en een smal ventilatiekanaal.

'En wat is dit?' zei hij en hij wees naar een ruimte die op een schacht leek in de noordwesthoek van studio 2.

'Elektriciteitsruimte', legde de bewaker uit. 'Een kleine ruimte met distributiekabels, leidingen, relais, zekeringen, schakelaars.'

'Hoe komen jullie daarin?' vroeg Schjelderup.

'Dat proberen we te vermijden', lachte de bewaker. 'Je krijgt toegang via een deurtje in de hoek van de studio, achter het zeil.'

'Het zeil?'

'Een soort gordijn tussen de muur en de coulissen.'

'Dus wat gebeurt er als jij of een elektricien naar binnen moet?'

'Dan wurmen we ons zijwaarts tussen de muur en de coulissen, er zit niet meer dan dertig centimeter tussen de muur en het zeil. En dan moeten we ons laten zakken om door het lage deurtje te kunnen kruipen, dat slechts vijftig centimeter hoog is en dan maar hopen dat we de laatste tijd niet te veel zijn aangekomen.'

Lehmann duwde zijn wijsvinger op de tekening van de elektriciteitsruimte. 'Hoe lopen de kabels verder?'

'Via leidingen en kabelgoten. De kabelgoten naar de studio's lopen van de elektriciteitsruimte in de kelder onder de vloer door.'

'En als er nieuwe kabels getrokken moeten worden?'

'Een duivels karwei. Simpele klusjes lukken ons nog wel bovengronds. Maar als het om een grote klus gaat, moeten de elektriciens zich door de kabelruimtes persen. Smal en stoffig. Heel erg. Ratten en spinnen.'

'Komen ze via de kabelruimtes in de elektriciteitsruimte?' vroeg Schjelderup.

'Dat zou kunnen. Er zit een ijzeren luik in de vloer.'

'Luik!' riep Lehmann uit. 'Dus als we politiemensen via de kabelruimtes naar de elektriciteitsruimte sturen, dan kunnen ze in studio 2 komen via het deurtje achter het zeil?' Lehmann en Schjelderup wisselden een blik.

De bewaker keek hen ongelovig aan.

'Is dat mogelijk?' vroeg Schjelderup.

'Alles is mogelijk,' zei de bewaker, 'maar het is een duivels karwei! Nauw en vreselijk. En levensgevaarlijk! We moeten de stroom afsluiten voordat we iemand door de kabelruimte kunnen laten gaan.'

Lehmann zuchtte. 'En dan gaat het licht in de studio ook uit?'

'Nee hoor. De stroomvoorziening voor de studio's heeft twee onafhankelijke circuits, ook omdat het elektriciteitssysteem zodanig is aangelegd dat er na een bepaald aantal uren automatisch van net wordt gewisseld om de risico's van brand en overbelasting te voorkomen. Als er bijvoorbeeld in een net een stop doorslaat gaat het systeem automatisch over op het andere. Maar het is geen probleem de stroom van het ene net uit te schakelen.'

'En dan kunnen we veilig langs de kabelgoten kruipen?' vroeg Lehmann.

'Als je slank genoeg bent.'

4

Spoedbericht, persbureau NTB, 00.09 uur

telexbericht
Gijzelingsdrama –

Moskou (NTB) In een korte verklaring van de Russische president Vladimir Poetin wordt gemeld dat de president geschokt en bezorgd is over het feit dat Noorwegen verwikkeld is geraakt in het Russisch-Tsjetsjeense conflict. 'De gijzelingsactie laat opnieuw zien welk extreem geweld de Tsjetsjeense separatisten bereid zijn te gebruiken', schrijft Poetin in de verklaring die enkele minuten geleden op de Russische televisie is uitgezonden.

– – – – shb – pk – sk
00.09 uur 336 tekens

5

Crisisteam van de minister-president, 00.10 uur

De persconferentie van de premier begon tien minuten te laat en werd inderdaad zo'n chaos als Bjørn-Tore Viksveen al had gevreesd.

Toen hij de deur opende van de rechthoekige zaal waarin de pers zat te wachten, werd hij ontvangen door het intense licht van de televisielampen en het staccato geklik van zo'n vijftig fototoestellen. Hij kreeg de eerste vragen al naar zijn hoofd geslingerd toen hij van de deur naar de tafel met de microfoon liep. De stemming in de zaal was gejaagd, hectisch, geïrriteerd.

Hij ging rustig zitten op de stoel en schraapte zijn keel. Nog voor hij de openingswoorden – 'Zoals iedereen weet, is Noorwegen vanavond opgeschrikt door een zorgwekkende aanslag op onze democratie' – had kunnen uitspreken werden er al vijf vragen op hem afgevuurd. Hij kreeg hulp van staatssecretaris Erichsen bij het kalmeren van de zaal.

Met de handen gevouwen op de tafel voor zich nam hij de situatie en de politieke standpunten door. Halverwege de uiteenzetting besefte hij, tot zijn schrik, dat iedereen alles wat hij te zeggen had allang wist en dat hij alleen maar gemeenplaatsen zat te verkondigen. Toch noteerden de journalisten ijverig.

'De regering wil nadrukkelijk afstand nemen van dergelijke gewelddadige acties', zei hij. De woorden die op papier zo geruststellend hadden geleken, klonken nu hol en vanzelfsprekend. Hij keek op van zijn aantekeningen. 'Ik ben geschokt en bezorgd over wat er gebeurd is.' Zijn stem trilde. Verbaasd voelde hij dat er tranen in zijn ogen schoten.

'Een groep onschuldige mensen – met onder anderen mijn collega Bernt Bøe – wordt op een cynische manier gebruikt in een bloedig spel waar Noorwegen niet eens zijdelings bij betrokken is!'

Hij keek de zaal in. De journalisten hadden uitdrukkingsloze, starende gezichten. 'Zijn er nog vragen?'

Dat was dat.

Noem me gerust koppig en dwars. Wat mij betreft gaat het om trots! Ik draag het verlangen van mijn volk in mij.

Wat er met onze machtige buurman gebeurde, had altijd zijn weerslag gehad op de geschiedenis van Tsjetsjenië. Toen Rusland in 1917 zijn revolutie kreeg, riepen wij onze onafhankelijkheid uit. In de burgeroorlog die daarop volgde, moesten wij een kant kiezen. Wij kozen rood. Lenin had de onderdrukte natie vrijheid beloofd. Leugens… In plaats daarvan werden we een autonome sovjetrepubliek. Tsjetsjeense boeren werden gedwongen in een collectief te werken, de moskeeën werden gesloten, degenen die over vrijheid droomden werden vervolgd.

Tijdens de Tweede Wereldoorlog streden we tegen zowel Hitler als Stalin voor onze vrijheid. In 1944 deporteerde Stalin bijna iedereen, we werden weggerukt uit ons vaderland. Als vee werd de verzamelde Tsjetsjeense bevolking in goederentreinen gepropt en gedeporteerd naar Siberië en Kazachstan, 387.229 mensen volgens de officiële sovjetarchieven. Veel meer waren er toentertijd niet.

Het werd een volkerenmoord. De ijskoude winters, de tyfus, de honger en de vernedering kostten het leven aan meer dan honderdduizend Tsjetsjenen.

Tot 1957 bestond mijn volk niet. Pas vele jaren na de dood van Stalin mochten we naar huis. Grootvader en grootmoeder behoorden tot de groep die naar huis kwam. Maar naar wat? De Russen woonden in hun huizen, hadden hun banen, stalen hun olie. Alles moesten we verdragen.

De haat groeide. De haat en het verlangen naar vrijheid.

00.15 – 00.35

1

In de kabelruimte, 00.15 uur

Politieagent Vidar Mørch van de Bijstandseenheid lag op zijn rug in de kabelruimte onder de vloer en wrikte en kronkelde zich in de richting van de elektriciteitsruimte van studio 2. Hij was drijfnat van het zweet. Het was zo krap dat de punt van zijn neus tegen de stenen en het uitstekende ijzer schuurde. Hij schoof naar achteren zonder dat hij kon zien wat hem te wachten stond.

Opdracht: onderzoeken of de toegangsweg via de kabelruimte en de elektriciteitsruimte gebruikt kon worden voor een verrassingsaanval. Zoals zo vaak bij gecompliceerde en gevaarlijke opdrachten koos Lehmann ervoor om slechts één man te sturen. Niet alleen omdat hij niet meer levens wilde riskeren, maar ook omdat zijn ervaring was dat politiemensen bij een dergelijk onderzoek het beste alleen werkten.

'T1 aan T3,' zoemde de stem van Lehmann in zijn oortje, 'wat is de status?'

'Status: krap! Verdomde krap!' Het kleine microfoontje was aan zijn hals vast getaped.

Op zijn buik lag de zaklantaarn, er was geen plaats voor een lamp op zijn hoofd. Hij deed zijn mond dicht toen hij onder een spin door ging die of zo groot was of zo groot leek omdat hij zo dichtbij was. Waar leven ze hierbeneden van? dacht hij.

De lucht was warm en het rook naar bouwplaatsen, cement en verbrand isolatiemateriaal.

Normaal gesproken zou hij liever op zijn buik liggen en op die manier naar voren kruipen. Maar dan zou hij het ijzeren luik niet kunnen oplichten als hij daar was. En het was te krap om te kunnen draaien.

Ergens achter hem hoorde hij geritsel.

Muizen? Ratten?

Hij zag een nest voor zich met dikke, grote ratten met kale staarten en priemende ogen. Gewoonlijk was hij niet bang voor ratten. Maar zo krap als het hier was, zou hij geen kans maken als ze in een groep aanvielen.

Hij schoof de laatste meters naar de elektriciteitsruimte.

2

Studio 2, 00.19 uur

Ramzan Jevlojev klapte hard in zijn handen. 'Iedereen even opletten! Bedankt!' Hij keek rond. 'Aangezien het lot wil dat we een poos samen doorbrengen, wil ik graag zo veel mogelijk weten over jullie. Daarom komt Roza alles ophalen wat jullie hebben aan tassen, portemonnees, identificatiepapieren en dergelijke. De straf op dingen achterhouden is de dood! Ik zal persoonlijk degene neerschieten die probeert iets achter te houden. Begrepen?'

Hij keek van persoon naar persoon. Niemand durfde iets te zeggen, zich te verroeren of hem zelfs maar aan te kijken. Hij knikte naar Roza. 'Mooi. Dan gaat Roza nu beginnen.'

3

Elektriciteitsruimte, 00.20 uur

'T3 aan T1?'

'Hier T1.'

'Ik ben bij het ijzeren luik aangekomen.'

'Begrepen, T3. Kun je het open krijgen?'

Met een grote krachtsinspanning zag politieman Vidar Mørch kans om het luik een paar centimeters op te tillen. Voorzichtig, en met zo min mogelijk geluid, schoof hij het luik de elektriciteitsruimte in. 'T1, het luik is verwijderd.'

Hij voelde zich een slangenmens toen hij uit de kabelruimte omhoogkroop de donkere, krappe ruimte in. Hij deed zijn zaklantaarn aan.

'T1, ik ben binnen! Maar het is hier zo krap en vol dat ik betwijfel of je van hieruit een stormaanval kunt doen.'

'Voor hoeveel mensen is er plaats?'

'Hooguit vijf personen.'

'Begrepen.'

Hij scheen rond met de lantaarn. Het enige wat hij zag waren leidingen, relais, elektriciteitsmeters, zekeringen, dimmers, contactdozen en schakelaars. Hij hoorde de laagspanningsfrequentie zoemen. Op de grond lagen afgesneden kabels, isolatiemateriaal en een schroevendraaier.

Hij ging op zijn hurken zitten.

'T3 aan T1. Klaar om het deurtje naar studio 2 te openen.'

'Wees voorzichtig. Succes! Radiostilte op kanaal 8!'

4

OpStaf, politiebureau, 00.22 uur

De adjunct-commissaris en hoofd afdeling Criminaliteit van politie Oslo, die de leiding had over de operationele staf op het politiebureau terwijl de commissaris het crisisteam van de regering bijstond, bladerde afwezig door de papieren die zojuist op het bureau voor hem waren gelegd. Hij wendde zich tot het hoofd van de veiligheidsdienst recht tegenover hem.

'Heb je hiernaar gekeken?'

'De profielen?' Het hoofd van de veiligheidsdienst knikte.

De adjunct-commissaris drukte met zijn ballpoint op het bureau. 'Is je hetzelfde opgevallen?'

'Naast het feit dat de informatie erg onvolledig is?' Hij kuchte. 'Het is een grappig toeval dat ze allemaal in dezelfde week voor Pasen in Noorwegen zijn aangekomen en asiel hebben aangevraagd. En dat de achtergrond van iedere asielzoeker wel door een en dezelfde persoon verzonnen lijkt. En dat de ambassade geen van deze identiteiten kan bevestigen.'

'Zoiets.'

'Het zijn ongetwijfeld Tsjetsjenen. De tolk ter plaatse kan zelfs, volgens Schjelderup, aan de hand van een paar van die dialecten vaststellen uit welke stad die Tsjetsjenen komen.'

'Dus waarom hebben ze dan een valse identiteit?'

'En verzinnen ze een verhaal? Om toegang te krijgen tot de Noorse asielzoekerscentra?'

'Het klinkt naar een georganiseerde groep, als je het mij vraagt.'

'Een gezamenlijke Tsjetsjeense actie.'

De adjunct-commissaris gebaarde naar een assistent en vroeg hem deze papieren naar Fjell en Schjelderup in Kanal ABC te faxen.

5

00.25 uur

Duisternis in mijn ziel. Misdaden. Het bloed dat ik verspild heb.

Hij zat ineengedoken met zijn handen tegen zijn oren en met zijn ogen dicht, als een zeeanemoon die zich heeft opgevouwen tegen de stroming en de golven.

Hij had geen idee hoe laat het was. De tijd betekende niets meer.

Soms, 's nachts, kon hij ineens wakker worden in zijn bed in het asielzoekerscentrum van een droom die zo echt was dat zijn hart er nog minutenlang van bonkte. De blik van iemand die hij vermoord had... De smeekbeden van een vijand die inzag dat zijn eind naderde... De lichamen die hij had achtergelaten... Zoveel beelden, van een ander bestaan, een ander leven. *Duisternis in mijn ziel...*

Of hij spijt had?

Hij wreef zijn handen tegen elkaar. Er ontsnapte een kreet. Hij wílde geen spijt hebben. Hij stond achter alles wat hij had gedaan. Hij kon het uitleggen. Alles was anders in Tsjetsjenië. Maar nu, in Noorwegen, wist hij dat de realiteit, wat de realiteit ook mocht zijn, helemaal niet zo eenvoudig was als hij dacht.

6

Elektriciteitsruimte, 00.25 uur

Het deurtje was niet hoger dan vijftig centimeter. De deurklink van ijzer leek misplaatst op het kleine deurtje dat eruitzag alsof er een hobbit achter woonde.

Politieagent Vidar Mørch klemde zijn vingers rond de deurklink. Zijn handpalm was nat van het zweet.

Voorzichtig duwde hij de klink naar beneden. Hij merkte dat het mechanisme stroef ging. Waarschijnlijk was het lang geleden dat er iemand in de elektriciteitsruimte was geweest. Hij had de lantaarn tegen de muur gezet. Tegen de onbeschilderde betonnen muur kreeg het licht een spookachtig grauw schijnsel.

De klink kraakte.

Hij hield zijn adem in.

Zo voorzichtig als hij maar kon, duwde hij millimeter voor millimeter de klink naar beneden. Toen de klink niet verder naar beneden ging, begon politieagent Vidar Mørch de deur langzaam open te duwen.

Het felle studiolicht deed pijn aan zijn ogen. Hij luisterde. De knerpende deur kon niet helemaal open worden gedaan zonder dat die tegen het zeil aan kwam. In dat geval zou iedereen in de studio de beweging zien. Zou het toch mogelijk zijn om je langs de deur te wringen, en zou de Delta-eenheid zich kunnen verstoppen tussen de muur en het zeil om vervolgens de terroristen te kunnen aanvallen voordat ze iets in de gaten kregen?

7

Commandopost van de politie, 00.26 uur

'OpStaf vermoedt dat de terroristen bij een georganiseerde groep horen en dat het niet gaat om asielzoekers die elkaar toevallig hebben gevonden', zei operationeel commandant Aksel Schjelderup.

Thomas Fjell knikte. 'Daar zijn veel aanwijzingen voor.'

'Ze zijn allemaal in dezelfde week aangekomen', ging Schjelderup verder terwijl hij de fax van OpStaf doorlas. 'Hun achtergronden lijken erg op elkaar. Het lijkt allemaal gepland.'

'Een goed georganiseerde en geplande Tsjetsjeense terroristische aanslag op Noorse bodem.'

'Maar ook een beetje onprofessioneel?'

'Tja. Ze zijn langs verschillende punten Noorwegen binnengekomen. Kennelijk hadden ze geen idee dat dit type informatie verzameld wordt en centraal opgeslagen. Ze zijn gewend aan de Tsjetsjeense en Russische bureaucratie. Daar blijven informatie en papieren maanden, soms jaren, liggen voordat het in een centraal archief terechtkomt. Maar toch betekent het dat we niet met een spontane actie te maken hebben, maar met een goed geplande terroristische operatie.'

'Die gedachte staat me niet aan.'

'Al iets bekend over die Rus die jullie opgepakt hebben?'

Schjelderup sloeg zijn ogen ten hemel. 'Volgens OpStaf is hij een halfuur geleden vrijgelaten nadat ze hem eerst gecontroleerd hebben.'

8

Studio 2, 00.26 uur

'Ramzan!'

Een schelle uitroep. De terroriste Roza gebaarde wild naar de leider.

Ramzan, die bij de deur met Movzar stond te praten, rende door de studio.

Opgewonden legde Roza hem iets uit terwijl ze wees en gebaarde naar het zeil achter het podium van de programmaleider. Met militaire discipline dirigeerde Ramzan twee van de terroristen ieder naar een kant van het zeil. De twee andere terroristen verzamelden de gijzelaars in een groep.

De terroristen hielden de groep onder schot.

Ramzan kroop achter het zeil. De contouren van zijn schouder golfden langs het gordijn terwijl hij naar de hoek liep.

9

Elektriciteitsruimte, 00.27 uur

Het milde effect van de adrenaline maakte hem scherp en oplettend.

Uit de tekeningen wist politieagent Vidar Mørch dat hij nu in de hoek achter het zeil was waar de programmaleider meestal zat. Hij haalde diep adem, duwde tegen de deur en zorgde ervoor dat de deur niet tegen het zeil aan kwam. Hij legde eerst zijn ene hand en toen de andere op de studiovloer. Voorzichtig trok hij zijn schouders bij elkaar en ging eerst met zijn hoofd en toen met zijn bovenlichaam door de smalle deuropening. Het ging! Als de deur maar niet tegen het zeil aan kwam...

Hij beet op zijn tanden terwijl hij uit de elektriciteitsruimte kroop.

'T1 aan T3!'

Hij verstarde. De stem in zijn oortje galmde door zijn hoofd. Was Lehmann gek geworden? Kwaad, bijna panisch, rukte hij het oortje uit en gooide het de elektriciteitskamer in voordat iemand in de studio het geluid kon horen. Dit zou hij verdomme straks met Lehmann bespreken! Midden in een operatie de radiostilte verbreken! Stel je voor dat ze hem gehoord hadden! Hij bewoog niet. Hij haalde langzaam adem terwijl hij probeerde te kalmeren. Ik moet terugtrekken, dacht hij. Dit kan een waarschuwing zijn geweest. Lehmann zou de radiostilte niet hebben verbroken als het niet belangrijk was.

'T1 aan T3! Ben je daar? Er gebeurt iets in de studio!' zoemde het in het oortje, maar hij hoorde het niet. 'T3! Terug! Ik geloof dat er iemand aan komt! Terugtrekken!'

10

Commandopost van de politie, 00.28 uur

'Hij hoort het niet!' riep Bjørnar Lehmann uit. 'T3! Terugtrekken!' riep hij in de microfoon.

'Geeft hij geen antwoord?' vroeg Aksel Schjelderup.

Lehmann schudde zijn hoofd. 'T1 aan T3! Ramzan Jevlojev zit achter het zeil! Terugtrekken!' Hij keek zijn collega's wanhopig aan.

'Hoor je me? T3? Terugtrekken!'

Thomas Fjell draaide zich om naar zijn collega's. 'Wat is er verdomme aan de hand?'

11

Studio 2, 00.31 uur

Ramzan Jevlojev sleepte met iets. Wat zou hij in godsnaam gevonden kunnen hebben? dacht Kristin. Het kwam wel voor dat technici spullen achter het zeil schoven, maar aan de bewegingen te zien begreep Kristin dat hij iets met zich meetrok wat groot en zwaar was.

Toen hij eindelijk te zien was, zag ze dat hij een man over de studiovloer met zich meetrok.

Een bewusteloze politieman.

Eerst begreep ze er helemaal niets van. Politie? Achter het zeil?

Toen dacht ze: allemachtig, hebben ze geprobeerd via de elektriciteitsruimte binnen te komen?

12

Commandopost van de politie, 00.32 uur

Thomas Fjell keek wantrouwend naar de televisiemonitoren. Triomfantelijk toonde Ramzan Jevlojev zijn buit.

'Leeft hij?' vroeg Fjell.

Niemand antwoordde.

'Wie is het?'

'Vidar Mørch', zei Lehmann.

'Verkenning', zei Schjelderup.

Fjell draaide zich om naar zijn collega's. 'In de studio? Hoe is hij binnengekomen?'

'Kabelruimte', zei Lehmann.

'Elektriciteitsruimte', zei Schjelderup.

Fjell stond met zo'n woeste beweging op dat de stoel omviel en met een klap op de grond viel. Het werd doodstil in de commandopost.

'En wanneer', zei Fjell, 'waren jullie van plan geweest mij te informeren over deze verkenning?'

'Het spijt me!' zei Schjelderup.

'Hij moest alleen maar kijken of het een mogelijke toegang was', zei Lehmann kalm.

'Ik moet het weten als jullie tactische ingrepen doen. Dat weten jullie donders goed! Alles heeft invloed op de onderhandelingen! Alles!'

'Uiteraard', zei Schjelderup.

Fjell schudde vertwijfeld zijn hoofd. 'Nu hebben jullie de terroristen nog een gijzelaar gegeven om mee te onderhandelen. Een belangrijke gijzelaar: een politieman.'

Niemand zei iets.

'Bovendien hebben we respect verloren. Ramzan weet dat hij

ons niet kan vertrouwen.' Fjell zette de stoel weer overeind en plofte erop neer. Hij keek omhoog naar zijn twee collega's. 'Een onderhandeling bij een gijzeling is een delicate kwestie. Een intellectuele krachtmeting, een psychologisch gevecht. Het gaat daarbij niet alleen maar om tactiek, wapenuitrusting, verrassingsaanvallen, kracht, snelheid en sterkte.'

'Stop, stop!' riep Lehmann uit. 'We zijn geen Rambo's. Wij denken ook na. Als jouw onderhandelingen geen resultaat hebben, dan is het verdomd prettig dat wij er ook zijn, of niet?'

Fjell sloot een ogenblik zijn ogen en knikte. 'Het spijt me', zei hij. 'Natuurlijk heb je gelijk. Ik werd alleen wanhopig. Want nu heeft Ramzan niet alleen een nieuwe gijzelaar gekregen, maar ook nog eens honderdduizend bonuspunten.'

13

Studio 2, 00.35 uur

Jussup leunde voorover naar Sjapty en fluisterde: 'Ik geloof dat ik een beter plan heb.'

Sjapty schudde afwerend met zijn hoofd.

'Luister nou!' drong Jussup aan.

'Ze wilden schieten. Ons doodschieten!'

'Omdat alles te langzaam ging. Ze hadden de tijd om achterdochtig te worden.'

'Niet zo vreemd.'

'Ze hebben die politieman niet doodgeschoten!'

'Ze wilden hem als gijzelaar hebben.'

'We moeten sneller handelen! Directer! Ze moeten geen tijd hebben om te denken, om te reageren!'

'Wat had je dan gedacht?'

'Als we kans zien om de wachtpost bij de deur snel onschadelijk te maken, zullen we buiten zijn voordat de anderen kans zien om te schieten. Maar eerst moeten we verwarring scheppen.'

Sjapty keek nadenkend. 'En dan?'

'Als de aandacht van ons is afgeleid,' ging Jussup verder, 'vallen wij de wachtpost bij de deur aan.'

'Hij zal schieten. Roepen.'

'Dan zijn we al buiten.'

'Veel te veel risico.'

'En hoe zit het dan met hier blijven?'

'Veiliger.'

'Ben je gek?' Jussup verhief zijn stem, maar beheerste zich weer en ging verder: 'Deze terroristen zullen zich niet overgeven. En de Noorse autoriteiten zullen niet toegeven aan de eisen. Dus hoe denk jij dat het zal eindigen? Ik zal je vertellen hoe het eindigt! In een bloedbad! In een verdomd bloedbad!'

In het jaar dat ik dertien werd, sloeg Adelaar een klasgenoot bijna dood.

Ik was niet op school toen het gebeurde. Ik was in de stad om papa te helpen met het afleveren van een partij hout.

Later vertelde Adelaar dat de klasgenoot vals had gespeeld bij een balspel. De versie die de anderen gaven verschilde daar nogal van. Zij zeiden dat Adelaar zijn zelfbeheersing had verloren toen hij dreigde te verliezen. Adelaar had onze klasgenoot beschuldigd van vals spel. De jongen had heftig geprotesteerd. Adelaar duldde nooit tegenspraak. Het geringste protest maakte hem razend. Er was maar weinig voor nodig om hem zijn zelfbeheersing te laten verliezen. Hij had onze klasgenoot aangevallen met een woede die zelfs de volwassenen die te hulp waren geschoten, had bang gemaakt.

Gelukkig was ik sterker dan Adelaar. Daarom viel hij mij nooit aan. Maar vele malen zag ik dat hij daar wel zin in had.

Als Adelaar niet de lieveling van de rector was geweest, dan was hij vast van school gestuurd. Maar dat gebeurde niet. In plaats daarvan kreeg hij een mondelinge waarschuwing in de rectorskamer. Onze klasgenoot moest opgenomen worden in het ziekenhuis. Het duurde drie weken voor hij weer op school was.

00.40 – 00.59

I

Commandopost van de politie, 00.40 uur

'Dom, inspecteur, echt heel dom.'

Ramzan Jevlojev schudde zijn hoofd en maakte een corrigerend, smakkend geluid met zijn tong. De stem had de arrogante klank van een man die ervan genoot de controle te hebben.

'Hoe gaat het met hem?' vroeg Thomas Fjell.

'Hij heeft betere tijden gekend. Maar hij leeft. Voorlopig.'

'Wat bedoel je?'

'Je weet wat ik bedoel.'

'Hij is nog jong.'

'Ik ben ook nog niet stokoud!'

'Hij heeft twee kleine kinderen.'

'Hoor je hoe ik snik?'

'Ik wil alleen dat je dat weet.'

'Hij had een ander beroep moeten kiezen als hij bang was dat zijn kinderen zonder vader moesten opgroeien. Wat hadden jullie eigenlijk gedacht? Een onbewapende man de studio in sturen?'

'Verkenning', zei Fjell eerlijk.

'Niet echt gelukt.'

'Ramzan, ik geloof...' Hij aarzelde, omdat hij op het punt stond om persoonlijk te worden en zich daarmee buiten de grenzen van de onderhandelaar te begeven. 'Ik geloof dat je je stoerder voordoet dan je werkelijk bent.'

Stilte.

'Ik geloof dat je toneelspeelt. Om ons bang te maken.'

Stilte.

'Heb ik gelijk?'

'Waarom moet ik daar antwoord op geven?'

Goed zo, dacht Fjell tevreden. Zowel het antwoord als de klank vertelde dat hij iets had aangeroerd wat Ramzan een ongemakkelijk gevoel gaf.

'Hij heet Vidar Mørch', zei Fjell. De gijzelaars een naam geven, een persoonlijkheid, een identiteit, was een belangrijk onderdeel van de onderhandelingstactiek.

'Ik heb al een gijzelaar doodgeschoten', zei Ramzan heftig. 'Ik ben niet bang om er nog een dood te schieten.'

'Vidar Mørch', herhaalde hij. 'Papa van twee kleine kinderen.'

2

Russische ambassade, 00.40 uur

Ambassadeur Igor Voronin deed de televisie uit. De persconferentie van de Noorse regering was voorbij en het laatste kwartier hadden twee experts van de Noorse buitenlandpolitiek, samen met de Ruslandexpert van de televisie, in de studio van NRK de situatie geanalyseerd. Voronin kende de twee experts en de Ruslandspecialist – ze kwamen niet alleen vaak op bezoek voor gesprekken over internationale en Russische betrekkingen, maar de FSB had ook omvangrijke dossiers over meer persoonlijke kwesties samengesteld die vroeg of laat van nut konden zijn.

Hij kon niet naar de live-uitzending uit studio 2 kijken. De beelden van de doodsbange gijzelaars en die Tsjetsjeense klootzakken maakten hem misselijk. Bovendien had hij geen tijd. Hij moest het volgende telefonische onderhoud met de secretaris-generaal van het ministerie van Buitenlandse Zaken voorbereiden en een statusrapport voor het MID klaarmaken.

Voronin verbaasde zich over het feit dat premier Viksveen de media zo slap had aangepakt. In plaats van de vragen helder en direct te beantwoorden, was hij ontwijkend, sullig en onzeker geweest, alsof hij niet precies had geweten wat hij moest zeggen.

Het behoorde toch tot de elementaire kennis van de psychologie in de politiek dat hij zelfverzekerd en autoritair had moeten optreden. Bluffen desnoods. Voronin dacht: een onzekere politicus is net als een laffe hond. Gedoemd te verliezen.

Hij keek op zijn horloge. Bijna kwart voor één.

Was het echt al een uur geleden dat Gunnar had gebeld? Het kwam niet vaak voor dat Gunnar om hulp vroeg. De FSB-mensen waren druk bezig informatie te verzamelen over de terroristen, maar voorlopig hadden ze niets gevonden.

Vreemd. Hij had op zijn minst een voorlopig rapport en een analyse verwacht. Maar nee. Niets. Hij leunde over het bureau en pakte het toestel voor gecodeerd telefoonverkeer dat hij gebruikte als hij communiceerde met het departement. Pjotr Jeremejev had nachtdienst bij het MID. Hij antwoordde kortaf, het leek wel een blaf. Dus moest hij voor Voronin kans had gehad iets te zeggen al gezien hebben waar het telefoontje vandaan kwam: 'Voronin? Waar zijn jullie daar mee bezig?'

Voor Pjotr Jeremejev waren alle steden buiten Moskou 'daar'. Voronin voelde een golf van ergernis omhoogkomen, alsof de ambassade ook maar enige blaam trof voor deze actie van die Tsjetsjeense hyena's.

'Pjotr,' begon hij, 'die Tsjetsjeense ratten…'

'Ambassadeur!' onderbrak Pjotr hem.

'Wat kun je me vertellen?'

De aarzeling duurde maar een seconde, maar het was genoeg voor Voronin om te weten dat er iets verkeerd zat.

'Omwille van het uitzonderlijke karakter van deze zaak', zei Pjotr plechtig, alsof hij van papier las, 'wordt al het contact met de Russische ambassade in Noorwegen met betrekking tot deze kwestie overgedragen aan afdeling Twaalf.'

'Afdeling Twaalf?'

'Ik zal je onmiddellijk doorverbinden met afdeling Twaalf.'

Hij wordt afgeluisterd, dacht Voronin verbaasd. Hij weet dat er iemand meeluistert en dat het dezelfde persoon is die hem verteld heeft wat hij moet zeggen.

Afdeling Twaalf…

Een klik. Een korte pauze. Een diepe, sonore stem: 'Afdeling Twaalf.'

Voronin trachtte de stem thuis te brengen. Kende hij hem?

'Met Igor Voronin,' zei hij stijf en formeel, 'ik ben de ambassadeur van de Russische Federatie in Noorwegen, met wie spreek ik?'

'Voronin!' riep de stem uit, alsof ze oude strijdmakkers waren die elkaar eindelijk gevonden hadden.

'En u bent?'

'Jullie hebben een situatie in Oslo, geloof ik. Goed dat u op uw post zit. Het moet bijna één uur bij jullie zijn.'

Het eerste wat Voronin opviel was dat de onbekende zijn naam niet wilde zeggen. Het tweede was dat de uitdrukking 'een situatie' een formulering was die vaak door FSB-mensen en hoge militairen werd gebruikt. En ten derde viel het op dat deze persoon goed op de hoogte was van 'de situatie'.

'Afdeling Twaalf?' vroeg Voronin.

'Een pure formaliteit.'

'Waarom?'

Stilte. Hij is het niet gewend dat iemand vragen aan hem stelt, dacht Voronin. Hij is iemand naar wie geluisterd wordt, iemand die gewend is gehoorzaamd en gerespecteerd te worden. Gevreesd.

'Laten we zeggen dat het zo besloten is, Voronin. Afdeling Twaalf houdt contact met u en de ambassade over de situatie in Oslo. Begrijpt u dat?'

Gebiedend. Er was geen ruimte voor discussie. Voronin had deze vorm van overheersing in geen dertig jaar meer gevoeld. In de tijd dat het vaderland de Sovjet-Unie heette.

Hij haalde diep adem. 'Uiteraard, meneer...?'

Een korte pauze. Voronin merkte dat de onbekende lachte.

'Noem me maar Ismael.'

3

Studio 2, 00.45 uur

Snøhvit! Kristin beet op haar onderlip. *Wie zorgt er voor Snøhvit?* Ze had de kat gekocht op de dag dat ze het had uitgemaakt met haar vriend Christoffer en ze had de ravenzwarte kat uit balorigheid Snøhvit, Sneeuwwit, genoemd. Snøhvit was honderdmaal aanhaliger dan Chris en gaf nooit antwoord. Na Chris had ze geen andere vriend gehad, ze had geen zin in weer een teleurstelling. Bovendien was ze zo beroemd dat ze nooit wist of ze niet vielen voor de diva Kristin Bye. Privé was ze niet dezelfde persoon als op de voorpagina's en de televisie. De diva Kristin Bye was een actrice, iemand die voor presentatrice speelde, iemand die op premières schitterde, iemand die ad rem en geestig reageerde op domme interviews in weekbladen en zaterdagkranten. Kristin wist niet eens of ze de bekende Kristin Bye eigenlijk wel mocht. Iedere avond, als ze thuiskwam van haar werk en het licht aandeed in haar grote, lege appartement aan de Bygdøy allé, kroop ze in elkaar op de bank samen met Snøhvit, die haar kopjes gaf tegen haar gezicht. De echte Kristin hield van thee en rode wijn en Paulo Coelho en romantische komedies die ze huurde op dvd.

Gunnar, dacht ze. Hij zou er wel aan denken! Hij had een reservesleutel van haar appartement. Hij wist waar het kattenvoer stond. Hij kon zelfs de kattenbak verschonen. Als hij er maar aan dacht! Als ze hem goed inschatte, dan stond hij nu voor Kanal ABC op haar te wachten. Of hij zat boven bij Astrid Wahl. Ze vroeg zich af of die twee meer waren dan goede vrienden. Gunnar en Astrid? Toch moeilijk om je dat voor te stellen. Maar ze wist dat hij vroeger een charmeur was. Ooit in de oudheid...

Ze had Gunnar altijd bewonderd. Toen hij haar begin jaren negentig had geholpen een vaste baan te krijgen bij *Dagbladet*, was hij een van haar nestors bij de krant. Maar ze was daar niet lang gebleven. Na vier jaar, kort voor Gunnar met pensioen ging, nam ze een aanbod van Kanal ABC aan.

Ze keek rond. De bewusteloze politieman was gekneveld en met tape vastgemaakt aan een van de aluminiumbuizen die deel uitmaakten van de constructie waarop de publieke tribune stond. Frank Berthelsen, van de Arbeiderspartij, was dicht tegen de studiowand in een plastic stoel gaan zitten. Hij was bleek en hij zweette. Bezorgd liep ze naar hem toe. Berthelsen zat met zijn handen gevouwen en zijn ellebogen rustten op zijn dijen. Zijn borst ging in een hoog tempo op en neer, alsof hij snakte naar lucht. Kristin ging op haar hurken naast hem zitten. 'Hoe gaat het?'

Hij keek haar even aan, trachtte te glimlachen, maar zijn gezicht vertrok zich in een grimas. O god, dacht ze, laat hem niet gaan huilen!

Hij kneep zijn ogen dicht en beet zo hard op zijn tanden dat de huid rond zijn jukbeen strak werd getrokken.

'Berthelsen?'

'Het is mijn borst', fluisterde hij. Hij keek haar aan en knikte, alsof hij het woord 'hart' niet wilde uitspreken. 'Zo'n vreselijke pijn.'

'Heb je al eerder problemen met je... borst gehad?'

Zijn ogen vulden zich met tranen. Ze pakte zijn hand om zijn pols te controleren. Zijn huid was klam en koud. Ze duwde haar vingertoppen tegen de binnenkant van de pols. Zijn hart ging als een razende tekeer. Hij haalde hikkend adem.

'Ik zal met ze gaan praten', zei ze.

'Nee! Wacht! Dat moet je niet doen. Ik weet niet of ze... Zeg niets, alsjeblieft!'

'Er moet een dokter naar je kijken!'

Zijn ogen waren groot van angst. 'Nee!' fluisterde hij. Alsof door het serieus nemen van de pijn het allemaal reëler werd, de dood een stap dichterbij werd gelokt; alsof alles wel over zou gaan als hij alleen maar stil, roerloos, geluidloos zou zitten wachten.

'Laten we het nog even aankijken', zei ze. 'Ik zal iemand vragen bij je te komen zitten.'

4

Commandopost van de politie, 00.45 uur

'Inspecteur? Is de antiterreureenheid al ter plaatse?'

Ramzan stond met zijn rug naar de camera. Maar Fjell kon bijna het sluwe lachje horen.

'We hebben hier wat we nodig hebben, Ramzan', zei Fjell. Hij moest het gesprek wegleiden van alles wat over wapens, versterkingen en gewapende oplossingen ging. 'Hoe gaat het met Vidar Mørch?'

'Inspecteur, welke cursus heb jij gevolgd?'

'Cursus?'

'Cursus in onderhandelingspsychologie. Laat me raden: aan de politieacademie?'

Bekend met het begrip 'onderhandelingspsychologie', noteerde hij. De ijdelheid in hem bracht hem in de verleiding om te antwoorden: nee, ik was in Quantico, tijdens de speciale FBI-cursus in onderhandelingstactiek met gijzelaars, de beste in mijn groep. Maar daar had hij ook geleerd dat hij zijn eigen rol, zijn eigen positie, beslist niet moest overdrijven. Fjell lachte zacht. 'Je zult wel geen hoge dunk van me hebben.'

'Dat heb ik ook niet.'

Geïrriteerd stelde Fjell vast dat hij zich verongelijkt voelde. Hij moest zijn gevoelens uitschakelen. Net als alle onderhandelaars wilde hij, heel diep vanbinnen, dat zijn tegenstander hem aardig vond en respecteerde. 'Hoe gaat het in de studio?'

'Domme vraag, inspecteur.'

'Hebben jullie iets nodig?' Fjell wist dat hoe langer de gijzeling duurde, des te groter de kans was op een goede afloop. Daarom was het een van zijn opdrachten om tijdsdruk en snelle beslissingen te vermijden. 'Hebben jullie behoefte aan een arts?'

'Misschien een psycholoog?' Ramzan Jevlojev barstte in lachen uit.

'Medicijnen, heb je gecontroleerd of een van de gijzelaars medicijnen gebruikt?'

'We moeten ergens dood aan gaan.'

'Je hoopt toch niet dat een van je gijzelaars sterft aan een astma-aanval of...?'

'Inspecteur!' Het klonk als een zweepslag. 'Tweeënhalf uur geleden heb ik een gijzelaar doodgeschoten. Denk je dat ik me druk maak over het wel en wee van de gijzelaars?'

Fjell ging met zijn vingertop langs zijn neusrug. 'Nee, dat zal wel niet. Maar tegelijkertijd weet je dat het mensen zijn die je om je heen hebt, mensen zoals jij en ik...'

'Bespaar me je sentimentele gelul!'

Mooi, dacht Fjell. Een gevoelsuitbarsting. *Toont gevoelens*, schreef hij op. Mooi. Hij was niet zo koud als hij wilde doen voorkomen. Met zijn ogen volgde Fjell de draaiende spoelen van de bandrecorder die het gesprek opnamen.

'Inspecteur!' De stem had een scherp randje gekregen, dat verheugde Fjell omdat hij wist dat het mogelijk was om tot hem door te dringen, gevoelens bij hem op te wekken.

Warm, bijna vaderlijk: 'Ja?'

'We hebben eten nodig. En koud, vers water. Het kraanwater is lauw en muf.'

Eindelijk! De eerste echte eis, de eerste onderhandelingskaart. De eisen over Tsjetsjenië, het geld en de vrijgeleide waren onredelijk. Maar water en voedsel, waren eisen waarmee hij iets kon.

'Ik noteer. Water en voedsel. Ik zal het doorgeven.'

'Dat hoef je niet over te brengen. Het is een eis. Een bevel. Ik wil binnen een halfuur water en eten hebben. Zo niet, dan schiet ik een gijzelaar dood. Misschien de politieman. Misschien Kristin Bye. Misschien de minister van Buitenlandse Zaken. We zullen zien.'

'Ik begrijp het. Ik zal mijn best doen. Je hoeft niet de hele tijd te dreigen.'

'Je best doen? Hoor je niet wat ik zeg? We onderhandelen nu niet, inspecteur, ik heb een eis en jij moet die inwilligen!'

'Ik hoor wat je zegt. Ik zal het doorgeven en mijn best doen.

Maar je weet dat ik daar niet over beslis. Als mijn superieuren aarzelen, kan ik ze dan iets namens jou toezeggen?'

Schel: 'Wat?'

'Jij moet me er iets voor teruggeven. Het een of ander. Twintig liter water en voldoende eten tegen twee gijzelaars? Iets moet mijn superieuren tot samenwerken bewegen.'

'Ik wist niet dat je problemen had met zowel je gehoor als je verstand, inspecteur. Ik zei zojuist dat het geen onderhandelingen zijn. Als we niet binnen dertig minuten water en eten krijgen, sterft een gijzelaar!'

Ramzan smeet de hoorn erop. Op de monitor zag Fjell hoe de terrorist met zijn schouders schokte terwijl hij weg marcheerde van de telefoon. Fjell lachte. 1-0. Op het notitieblok schreef hij het tijdstip en de eis: water en eten. Toen leunde hij voorover naar de politieradio en nam contact op met Aksel Schjelderup.

5

Studio 2, 00.47 uur

Met een kreun die overging in een geeuw, kwam politieagent Vidar Mørch weer bij zijn positieven.

Hij knipperde met zijn ogen. Waar was hij? Zijn hoofd deed pijn en klopte. Hij had het gevoel dat hij een buil ter grootte van een appel op zijn achterhoofd had. Verkeersongeluk? Hij herinnerde zich niets. Wat had hij in zijn mond? Waarom kon hij zich niet bewegen? Was hij verlamd?

Hij raakte in paniek, zijn lichaam schokte.

Hij zat aan iets vast. Vastgebonden? Gekneveld?

Met een krachtsinspanning tilde hij zijn hoofd op. Pijnscheuten gingen van zijn hoofd door zijn hele lichaam.

Tv-studio...

Langzaam herinnerde hij het zich weer.

Iets moest zijn achterhoofd hebben geraakt. Iets hards. Iets zwaars.

Een voor een kwamen de beelden weer terug.

Terroristische aanslag... Kabelruimte... Elektriciteitsruimte... Deurtje...

Hij draaide zijn hoofd om. Studio 2. Vastgemaakt met tape aan een aluminiumbuis in de coulissen.

Iemand moest hem achter het zeil hebben opgewacht. En hem hebben neergeslagen toen hij eruit kwam kruipen.

Hij voelde de neiging opkomen om te braken, maar hij raakte in paniek toen hij zich realiseerde dat hij gekneveld was en dan zou stikken in zijn eigen braaksel. Wanhopig probeerde hij regelmatig en rustig adem te halen door zijn neus.

Kristin Bye keek ongerust naar Frank Berthelsen. Grethe Aslaksen, hoofd vreemdelingendienst, zat bij hem en hield zijn hand vast. Ze streelde hem voorzichtig over zijn hand. Berthelsens huid was vaalgeel, zijn ogen stonden mat. Kristin had Silje Gran de situatie uitgelegd en zij was ervan overtuigd dat ze het tegen de gijzelnemers moesten zeggen, zodat Berthelsen hulp van een arts kon krijgen.

'Hij wil niet', zei Kristin.

'Hij is niet in staat uit te maken wat het beste is voor hem. Kijk naar hem! Hij ziet eruit alsof hij ieder moment een hartaanval kan krijgen. Hij moet naar een arts!' zei Silje Gran.

'Ik zal met...' ze aarzelde, omdat ze niet wist hoe ze de terroristen moest noemen, 'ze praten.' Ze stond op, haalde diep adem en liep in de richting van Ramzan.

6

Commandopost van de politie, 00.50 uur

'Water? Eten?' Operationeel commandant Aksel Schjelderup ging op een van de bureaus in de commandopost zitten en keek van Thomas Fjell naar Bjørnar Lehmann.

'Daar heeft hij om gevraagd', zei Fjell. 'Wat zegt OpStaf?'

'OpStaf vraagt wat wij vinden.'

'En wat vinden wij?' vroeg Fjell.

'Laten we ze uithongeren', stelde Lehmann voor met een lachje dat aangaf dat hij misschien een grapje maakte.

'Water en voedsel zijn goede troeven om mee te onderhandelen', constateerde Fjell.

Lehmann kuchte. 'We moeten er in elk geval over nadenken of we iets verdovends in het water zullen doen.'

'Iets verdovends?' herhaalde Fjell onzeker.

Schjelderup schudde zijn hoofd. 'Je denkt toch niet dat de terroristen zo onvoorzichtig zijn dat ze allemaal tegelijk drinken?'

'Misschien niet tegelijk. Maar ze moeten ongelooflijke dorst hebben na drie uur in die warme televisiestudio.'

'De meesten zullen wel kraanwater hebben gedronken.'

'Maar toch. Nu kunnen ze ijskoud, vers water krijgen. We kunnen een middel toevoegen dat pas over een uur of twee werkt. Het is niet de bedoeling dat ze buiten westen raken, maar dat ze moe worden, sloom en ongeconcentreerd. Ze zullen die reactie nooit in verband brengen met het water dat ze gedronken hebben.'

'Stel je voor dat een van hen buiten westen raakt en de bom tot ontploffing komt?' waarschuwde Fjell.

'Als de bommen echt zijn, kunnen ze nooit zo krachtig zijn. Ik geloof dat ze vooral bedoeld zijn om schrik aan te jagen.'

'Dat neem je maar aan, Bjørnar. Zijn we bereid om de levens van gijzelaars op het spel te zetten gebaseerd op een aanname?'

'We riskeren een bloedbad', zei Schjelderup.

'We riskeren hoe dan ook een bloedbad!' zei Lehmann.

'Dergelijke verdovende middelen werken bij alle mensen verschillend', zei Fjell. 'Vrouwen merken het effect het eerst. Dan de kleinste mannen. En ten slotte de grootste mannen. Ik zou liever een uitwisseling van gijzelaars voor willen stellen. Een gijzelaar of twee tegen voedsel en water. Zonder een verdovend middel.'

'Ramzan leek niet bereid om over wat dan ook met ons te willen praten', zei Schjelderup.

Fjell trok zijn schouders op. 'Hij moet zo reageren. Hij speelt een rol. Net als ik.'

'Denk jij dat je hem onder druk kunt zetten?' vroeg Lehmann.

'Weet ik niet. Het is de moeite waard dat te onderzoeken. Hij begint tekenen te vertonen van stress.'

'Hoezo stress?' zei Schjelderup.

'Tekenen van gevoelens', zei Fjell. 'Hij is niet alleen maar onmenselijk. Stoer en koppig, jazeker, en een koelbloedig moordenaar, ja, maar toch een mens met gevoelens.'

'Jij ziet kans om in ieder mens iets positiefs te zien, Thomas', zei Schjelderup.

'Er is nóg een mogelijkheid...' zei Lehmann.

'Ja?' zeiden Fjell en Schjelderup tegelijk.

'Gas.'

Noch Fjell noch Schjelderup zei iets.

'In tegenstelling tot een verdovend middel in het water werkt gas onmiddellijk en gelijktijdig.'

'Wat voor gas?' zei Schjelderup.

'En hoe wil je dat daarbinnen krijgen?' vroeg Fjell.

'Ik heb een paar mannen opdracht gegeven de werking van verschillende gassen uit te zoeken in een ruimte vergelijkbaar met studio 2', zei Lehmann. 'Mijn voorstel is, als we gas gebruiken, om een mannetje het ventilatiekanaal van de studio in te sturen. Er lopen ventilatiekanalen langs het plafond in de studio en het is mogelijk dat een van mijn jongens daardoorheen kruipt naar het rooster boven de studio om daar het gas vrij te laten.'

Schjelderup en Fjell zagen er sceptisch uit.

'Risicovol', zei Schjelderup.

Lehmann trok zijn schouders op. 'Alles wat we doen is risicovol.'

'Heb je het al met OpStaf over dit idee gehad?' vroeg Schjelderup.

'Ik wilde eerst het idee bij jullie ventileren.'

'Ventileren?' lachte Fjell. Lehmann en Schjelderup begrepen niet waarom hij lachte.

'Ik stel voor dat je het voorstel verder met OpStaf overlegt, zodat de hoge heren erover na kunnen denken', zei Schjelderup. 'In de tussentijd moet Thomas doorgaan met het bewerken van Ramzan.'

'Zullen we om vier gijzelaars vragen in ruil voor water en voedsel?' vroeg Fjell.

'Dat moeten we maar proberen. Dan kun je het reduceren tot een of twee gijzelaars als hij dwars blijft liggen.'

'En wat als hij een gijzelaar dreigt dood te schieten?'

'Dan', zei Schjelderup, 'krijgt hij toch water en voedsel.'

7

Studio 2, 00.59 uur

Jussup knikte naar Sjapty. Ze hadden geluk. Kristin Bye praatte met Ramzan Jevlojev. Waar was ze eigenlijk mee bezig, voerde ze haar eigen onderhandelingen? Stom mens, dacht Jussup, ze begrijpt niet dat er mannen zijn met wie niet te praten valt. De enige taal die ze verstaan, zijn daden.

Jussup zat op de onderste bank, het dichtst bij de man bij de deur. Sjapty stond iets verderop voorovergebogen, alsof hij in elkaar was gezakt van ellende. Maar eigenlijk was hij bezig met een kabel strak te trekken die hij even daarvoor, toen hij deed alsof hij zijn schoenveters strikte, rond de voet van een instabiel statief met een grote, witte lichtreflector had gebonden. Noch het statief noch de lichtreflector was erg zwaar en daarom zou het een koud kunstje zijn om die om te laten vallen door het straktrekken van de kabel.

Klaar, vormde Jussup geluidloos met zijn lippen. Sjapty knipperde duidelijk met zijn ogen. Jussup gluurde naar Kristin en Ramzan. Waar hadden ze het over? Hij zag dat Ramzan naar de politicus liep die als een aardappelzak in een stoel tegen de muur hing. Jussup hield zijn hand discreet voor zich. Toen begon hij met zijn vingers te tellen: vijf... vier... drie... twee... één! Hij balde zijn vuist. Sjapty wikkelde de kabel rond zijn hand en trok.

Op het moment dat het statief en de reflector begonnen te wankelen, liet Sjapty de kabel los en stond op.

'Hé, hé!' riep hij en hij wees naar de reflector. Een van de gijzelaars schreeuwde.

Zowel Jussup als Sjapty was al op weg naar de wachtpost bij de deur voordat de wankele constructie met een harde klap op de studiovloer smakte. Sjapty greep de rechterhandpalm van de man om te voorkomen dat hij zou schieten. Jussup pakte razendsnel de deurklink vast.

Jezus, dacht Jussup, het gaat ons lukken!

Het eerste schot trof hem in de schouder. Hij draaide zich half om en zag hoe Sjapty overmeesterd dreigde te worden door de wachtpost. Wie had geschoten? Hij duwde de deurklink naar beneden en bukte zich om het volgende schot te ontwijken. Hij zag kans om de studiodeur op een kier te krijgen. In een fractie van een seconde dacht hij nog: het lukt me, voordat hij het schot hoorde en de pijn in zijn nek voelde.

In 1991, het jaar dat de Sovjet-Unie ineenstortte, verliet Adelaar de bergen waarin we waren opgegroeid. Vele jaren zouden verstrijken voordat ik hem weer zag.

Onze gekozen president Doedajev riep de onafhankelijkheid uit. Jeltsin brieste en stuurde zijn troepen, maar die ontmoetten zo'n felle weerstand dat ze met de staart tussen hun benen afdropen. De tijd van de anarchie... Paramilitaire bendes heersten. Mensen werden gekidnapt, gemarteld, geliquideerd. De maatschappij viel uiteen.

Mijn geliefde land...

In oktober 1994 werden Doedajev en Grozny aangevallen door Russisch gezinde troepen van Umar Avturkhanov. Grozny werd ingenomen. Slechts zeven mensen werden gedood. Tsjetsjenen aarzelen altijd lang met elkaar te doden. Dan staat hun namelijk de bloedwraak te wachten. De troepen trokken zich net zo snel terug als ze gekomen waren.

Opgetogen door het gebrek aan weerstand ondernamen de Russen een maand later net zo'n aanval. Een bloedig fiasco. Ze dachten dat het leger van Doedajev uit elkaar was gevallen. Sufferds! De Russische soldaten hadden een baard laten staan om op Tsjetsjenen te lijken. Ze hielden niemand voor de gek. Ze werden afgeslacht.

In december was er een Russische invasie op volle sterkte. We hadden geen kans. Grozny kwam in Russische handen. Doedajev werd gedood. Tienduizenden en tienduizenden Russische soldaten walsten over ons heen.

1995... Het jaar van de duivel. Het jaar waarin ik mijn hele familie verloor.

01.00 – 01.15

I

Commandopost van de politie, 01.00 uur

Voor onderhandelaar Thomas Fjell leek het alsof alles tegelijk gebeurde. De gebeurtenissen werden gecomprimeerd in tijd; samengeperst, zodat de seconden oplosten en met elkaar één geheel vormden.

Eerst: de schoten. Scherpe geluiden via de luidsprekers.

Daarna: Lehmanns stem: 'Schot gelost! Ieder op zijn post!'

Toen: gekraak in de radio en Schjelderups rustige stem: 'U-nul-vijf-alfa aan alle eenheden! Er zijn schoten gelost in studio 2!'

Op de televisieschermen zag Fjell dat de terroristen een levenloos lichaam in het blikveld van de camera trokken. Fjell trachtte te zien wie het was. De man lag met zijn gezicht naar beneden.

Schjelderup kwam de commandopost binnengerend. 'Zag je iets?'

'Er is een man neergeschoten', zei Fjell. 'Ik kan niet zien wie. Ze hebben hem zojuist in beeld getrokken.'

'Moeten we binnenvallen?' vroeg Lehmann.

'Nu?' Schjelderup staarde van het televisiescherm naar Lehmann.

'Gewoon een vraag.'

'Het lijkt erop dat alles weer tot rust is gekomen', zei Fjell. 'Ik zal het controleren bij Ramzan. Via de telefoon.'

'Doe dat', zei Schjelderup.

Fjell leunde voorover naar de microfoon en riep Ramzan op via de luidsprekers in de studio. Toen de terrorist eindelijk de hoorn pakte, zag Fjell dat hij in de camera keek.

'Wat is er gebeurd?'

'Een incidentje.'

'Kun je dat wat specificeren?'

'Twee van onze gasten hadden besloten dat ze het hier niet meer leuk vonden.'

'Twee?'

'We hebben er één overmeesterd. En de ander neergeschoten.'

'Leeft hij?'

'Nog wel.'

2

Studio 2, 01.02 uur

De stank van de kruitdamp deed haar denken aan de viering van de nationale feestdag op 17 mei op het schoolplein toen ze nog klein was en de jongens in de klas naar Zweden waren geweest om Chinees vuurwerk te kopen. Kristin Bye zat op haar knieën naast de bewusteloze Jussup. Ze had de zijden sjaal van Silje Gran rond de schotwond in zijn nek gebonden. Gran duwde een kledingstuk tegen zijn schouder. 'Hoe ernstig is het?' vroeg Gran.

'Moeilijk te zeggen', antwoordde Kristin. 'Er is een kogel dwars door zijn nek gegaan en een andere door zijn schouder.'

De zijden sjaal was doordrenkt van het bloed.

'Kan de halsslagader geraakt zijn?'

'Dan zou hij toch nog meer bloeden?' Kristin keek op naar Ramzan Jevlojev. 'Hij heeft een arts nodig! Voordat hij doodbloedt!'

Ramzan draaide zich om zonder een woord te zeggen.

'Het kan ze niets schelen', fluisterde Silje Gran gelaten.

Sjapty, de andere asielzoeker die geprobeerd had te vluchten, lag als een bundeltje achterin bij de coulissen. Ze hadden hem bewusteloos geslagen voordat ze zijn polsen en enkels met tape hadden vastgemaakt.

De minister van Buitenlandse Zaken, Bernt Bøe, zat onbeweeglijk op de plek waar hij voordat het programma was begonnen plaats had genomen. Hij schrok op door Kristins blik. Alsof hij geslapen had en net wakker werd. Hij stond op en vroeg of hij ergens mee kon helpen.

'Graag!' zei Kristin.

Hij maakte de knoop van zijn stropdas los en deed hem af.

'Wat doe je?'

'Een kompres!' Hij gaf haar zijn stropdas. 'Bind dat om de schotwond in de nek! Druk iets anders tegen de wond in de schouder!'

Kristin bond de stropdas rond de nek, maar het was moeilijk om hem strak aan te trekken zonder dat ze Jussup wurgde. Met trillende handen duwde Kristin met haar vingers tegen de bloedende wond. Er druppelde vers bloed uit.

'Heremetijd', fluisterde Silje Gran.

'Hij gaat dood!' riep Kristin naar Ramzan.

3

Russische ambassade, 01.03 uur

'Ratten!' riep ambassadeur Igor Voronin uit.

De chef van de veiligheidsdienst van de ambassade, Aleksandr Valeriy, keek hem vragend aan en gaf hem de documenten van de geheime dienst waarom hij had gevraagd.

'Ze zien zichzelf als moedige wolven en dappere adelaars,' ging Voronin sarcastisch verder, 'maar als puntje bij paaltje komt, zijn ze niets anders dan ratten, hyena's, aasgieren, boeven, uitschot.'

Toen hij klein was, vertelde zijn moeder altijd verhaaltjes waarin de Tsjetsjenen de schurken waren. Ze dreigde met de Tsjetsjenen als hij zijn bonen en waterige kool niet opat en ze vertelde dat er Tsjetsjenen in het donkere struikgewas zaten die kleine Russische kinderen pakten. Uiteraard wist ambassadeur Igor Voronin dat de waarheid niet zo simpel was. Maar toch had hij nog steeds het idee dat er iets onzuivers in de ziel van de Tsjetsjenen zat. Gemengd bloed. Velen van hen zagen eruit als

Europeanen, maar waren moslim in hart en ziel. Ze waren niet te sturen. Ze hadden zich nooit onderworpen aan de Russische overheersing. Tolstoj en Poesjkin hadden dat zo treffend beschreven in hun boeken. Zelfs in West-Europa hadden de naties geleerd te leven met grenzen en overheersers die door de geschiedenis waren opgedrongen. Maar niet de Tsjetsjenen. Als honden met hondsdolheid hadden ze zich vastgebeten in hun verleden en weigerden ze zich te onderwerpen, weigerden ze zich neer te leggen bij de loop van de geschiedenis. Generatie na generatie vochten ze verbeten tegen de overheersing. Logisch dat een dergelijke koppigheid iets met de volksaard doet, dacht Voronin terwijl hij in zijn koffie roerde.

Monica was slechts één voorbeeld van wat dat uitschot kon doen met mensen.

'Heb je contact gehad met de Noorse autoriteiten?' vroeg Valeriy.

Voronin knikte, hij zei niets.

'We zijn altijd veel te voorzichtig met ze geweest', ging Valeriy verder.

'Voorzichtig?'

'Ze lijken wel ongehoorzame kinderen! Als je ze te lang hun gang laat gaan, zul je ze nooit discipline bij kunnen brengen.'

Voronin dacht een ogenblik dat hij het had over de Noorse overheid, daarna dacht hij dat hij het over de terroristen in studio 2 had. Toen begreep hij pas dat het om het opstandige Tsjetsjeense volk ging.

'Een goede vergelijking', zei Voronin. 'Hoewel ik moet toegeven dat de Russische troepen zich tien jaar geleden tijdens de oorlog niet al te netjes hebben gedragen. Maar wat kun je anders verwachten van jonge Russische soldaten die geconfronteerd worden met terreur, guerrilla-aanvallen, kidnappingen en doorgesneden kelen?'

'Oorlog is oorlog!'

'Sommigen laten zich imponeren door de onbedwingbare strijdlust van de Tsjetsjenen. Maar is het iets anders dan koppigheid van de moslimactivisten van het ergste soort?'

'Precies, meneer de ambassadeur! Het is een paar honderd jaar geleden dat de tsaar de Kaukasus innam! Honderdvijftig jaar geleden werd de Kaukasus ingelijfd bij het Russische rijk! En nog steeds vechten ze voor onafhankelijkheid. Nog steeds!'

Met een slome beweging controleerde de ambassadeur zijn Tag Heuer-horloge dat hij van een Duitse relatie had gekregen. Op hetzelfde moment ging het toestel voor gecodeerd telefoonverkeer over. Moskou. De chef veiligheidsdienst trok zich haastig terug uit de kamer.

'Ambassadeur Voronin!' antwoordde hij met zijn zware stem.

'Ambassadeur!' Ismael.

Stilte.

Hij test me, dacht Voronin. Hij laat de stilte op mij inwerken. Maar ik ben niet bang voor de stilte. Hij belde. Laat hij maar praten.

'Bent u daar, ambassadeur Voronin?'

'Uiteraard.'

'Die bandieten hebben nog een gijzelaar neergeschoten.'

'O, ja?'

'Een vluchtpoging.'

Voronin keek zwijgend voor zich uit.

'Ik wil de volgende keer dat ik bel een statusrapport. Over een klein uurtje.'

'Ik zal Valeriy vragen er een op te stellen.'

'Ambassadeur Voronin?'

'Ja?'

'Volgt u eigenlijk de live-uitzending?'

'Nee.'

'Niet?'

'Ik word er misselijk van!'

'U moet echt kijken, Voronin.'

'Ik denk het niet.'

'Ik kan u beloven dat u iets zult ontdekken wat u zal interesseren en u met stomheid zal slaan!'

4

Studio 2, 01.05 uur

Helemaal in het begin van zijn carrière in het Storting had Frank Berthelsen tijdens een debat de spoedeisende hulp in de districten ter sprake gebracht. Hij was een jonge politicus geweest, met aandacht voor de mensen die afhankelijk waren van hulp en steun van de overheid, en nu, meer dan dertig jaar later, realiseerde hij zich hoe onkwetsbaar en onsterfelijk hij zich toen had gevoeld. De pijn joeg door hem heen. Hij dacht: zou ik sowieso hulp krijgen als mijn hart stopt? Als ze die stakker die daar op de grond ligt dood te bloeden niet helpen, waarom zouden ze dan een oude politicus van de Arbeiderspartij met hartproblemen helpen? Hij staarde hulpeloos naar de stervende Tsjetsjeen. Hij dacht aan zijn vrouw, die vast bij goede partijgenoten zat die zich om haar bekommerden, en aan zijn twee kinderen. Keken ze naar de televisie? De pijn brandde achter zijn borstbeen. Hij was misselijk. Als het nog erger werd moest hij overgeven. De pijn straalde uit naar zijn maag, linkerarm en -schouder. Hij had het koud.

Hartinfarct.

Zo, nu was het eruit.

Geen twijfel mogelijk. Hij zat in een televisiestudio, omringd door gewapende terroristen en kreeg een hartinfarct. Hoe verdomd veel pech kon een mens hebben?

5

Crisisteam van de minister-president, 01.10 uur

'Nu komt hij', zei staatssecretaris Vidar Erichsen.

Het crisisteam van de regering had gezapt naar Sky News, de beelden van studio 2 waren in een klein vierkantje in de rechterbovenhoek te zien. Het hoofdbeeld liet de ingang van Downing

Street 10 zien, de woning en het kantoor van de premier van Groot-Brittannië. De schijnwerpers van de televisie verlichtten de beroemde zwarte deur toen deze werd geopend. De premier kwam naar buiten en ging voor de microfoons staan die slechts een paar meter van de deur stonden opgesteld.

'Goedenavond', zei de Britse premier met een lachje naar de journalisten, alsof het hem speet dat hij hen midden in de nacht uit bed had gehaald om aan het werk te gaan. 'Ik wil een korte verklaring afleggen. De regering van Hare Majesteit wil haar diepe leedwezen overbrengen voor de zinloze terroristische actie die op dit moment gaande is in een televisiestudio in Noorwegen. Onze landen hebben door de eeuwen heen een hechte en vertrouwelijke band opgebouwd. Niet alleen via onze koninklijke families, maar ook via de handel, het toerisme, wetenschappelijke en culturele uitwisselingen. Namens het Britse volk wil ik mijn collega-premier Bjørn-Tore Viksveen meedelen dat de pijn die het Noorse volk nu treft, een pijn is die wij Britten met hen meevoelen. We wensen de Noorse overheid succes met hun strijd tegen het terrorisme en we hopen dat het drama zal eindigen zonder dat er nog een mensenleven verloren gaat.'

6

Studio 2, 01.15 uur

Kristins handen waren besmeurd met bloed toen ze Jussup overliet aan Silje Gran, die zijn hoofd voorzichtig in haar schoot legde terwijl ze haar handen tegen de schotwonden drukte. Een ogenblik vroeg Kristin zich af waaraan ze haar handen af kon vegen, uiteindelijk veegde ze het bloed gewoon aan haar rok af. Ze liep naar Frank Berthelsen, die de twee bovenste knoopjes van zijn overhemd had losgeknoopt om makkelijker te kunnen ademhalen. Het hoofd van de vreemdelingendienst, Grethe Aslaksen, zat nog steeds bij hem en hield zijn hand vast. Zijn gezicht was vaalgeel en de pupillen gitzwart.

'Hoe gaat het met je?' vroeg Kristin zacht en ze ging op haar hurken zitten.

'Hoe gaat het met hém?' fluisterde Berthelsen en hij gebaarde naar Jussup.

'Hij bloedt vreselijk.'

'Gaat hij dood?'

'Ik weet het niet.'

Berthelsen snakte naar lucht.

'Maar hoe is het met jou?' herhaalde ze.

Hij haalde adem met korte, snelle stoten. De blik die hij haar toewierp, verving alle woorden die hij niet uitsprak. Kristin knikte geruststellend naar hem, toen kwam ze overeind en liep ze op Ramzan Jevlojev af, die was neergeploft op de tribune.

'Nee', zei hij voordat ze iets had kunnen zeggen.

'Het zijn er twee', zei ze. 'Ze hebben allebei doktershulp nodig.'

'Twee?'

'Frank Berthelsen. Zijn hart. Het is ernstig. Hij is bezig dood te gaan. Kunnen we ze niet naar buiten laten gaan? Alsjeblieft?'

'Speel je poker?'

'Poker?'

Hij sloeg zijn armen over elkaar. 'Hoe meer gijzelaars ik weggeef, des te minder troefkaarten ik in mijn hand heb.'

'Ze hebben geen waarde als ze doodgaan.'

'Ze hebben nog minder waarde als ze hier niet zijn.'

'Welk doel je met deze actie ook hebt, ik begrijp niet dat...'

'Hou je mond!'

'...je geen respect hebt voor...'

'Mond dicht! Ik ben hier niet om met jou te discussiëren over politiek.'

'Politiek? Hoe zit het met moraal?' Ze keek hem lang aan. Toen schudde ze haar hoofd.

Hij droomde over de beek die door het bosje stroomde aan de rand van de stad waar hij opgroeide. Het borrelende water, de hoge rietstengels, de verblindende zon, het geruis van de stad in de verte... Hij droomde over een late herfstmiddag toen hij op zijn rug lag in het gras met de hemel boven zich.

Jussup opende zijn ogen. De pijn was een zwaar, dof gevoel. Ze hebben me neergeschoten, dacht hij, ik ben neergeschoten.

Een stem: 'Hij is bij kennis.'

Er zat een vrouw boven hem die haar handen tegen zijn nek en schouder duwde. Hij herkende haar niet. Ze hadden een kledingstuk rond zijn nek gebonden. Was hij daar getroffen? Zaten de kogels nog in zijn lijf of waren ze er aan de andere kant weer uit gegaan? Hij voelde zich slap en had een droge mond.

De vrouwenstem: 'Hij heeft veel bloed verloren.'

Ga ik hier dood? dacht hij. In een televisiestudio, in een land ver weg van mijn vaderland? Hij dacht aan al die jaren dat hij Grozny had overleefd. De aanslagen, berovingen, schotenwisselingen, mijnen... En nu ging hij hier dood? In het land waar hij dacht eindelijk veilig te zijn? Hij kreeg de morbide drang om te gaan lachen. Maar de geluiden die uit zijn mond kwamen leken op gerochel. 'O, machtige Allah', kreunde hij.

'Nou, nou', fluisterde ze.

Nu herkende hij haar. De vrouw uit de politiek.

Hij herinnerde zich dat hij een keer ging jagen met zijn vader in de bergen. Hij zag het dier voor zich dat ze hadden geschoten. Minutenlang had het dier met wijdopen ogen en schokkende poten op de grond gelegen voordat het stillag. Zo voel ik me nu ook, dacht hij. Als een dier dat ligt te wachten tot het doodgaat.

01.16 – 01.59

1

Commandopost van de politie, 01.16 uur

'Ik heb je vraag om water en voedsel doorgegeven aan mijn superieuren', zei Thomas Fjell.

Ramzan Jevlojev snoof ongeduldig.

'Ze zijn uiteraard bereid jullie eten en drinken te geven,' ging Fjell verder, 'maar ze vroegen zich ook af wat ze in ruil daarvoor krijgen.'

Ramzan zweeg zo lang dat Fjell op de monitor moest kijken of hij niet was weggegaan.

'Ze vroegen zich af wat ze – in – ruil – daarvoor – krijgen?' vroeg Ramzan.

'De normale procedure in dergelijke situaties is dat beide partijen geven en nemen.'

'Wij hebben de gijzelaars. Jullie hebben… niets!'

We hebben de macht over jouw leven, dacht hij. Maar hij zei het niet.

'Je kunt je bereidwilligheid tonen door iets te geven in ruil voor voedsel en water.' Opnieuw vermeed hij het woord 'gijzelaar'.

'Bereidwilligheid?'

'Je zou bijvoorbeeld Silje Gran en Grethe Aslaksen kunnen laten gaan.'

'Waarom?'

'Of Bernt Bøe en Kristin Bye.'

Door de namen van de gijzelaars te noemen, gaf Fjell ze een identiteit, waardoor het voor de gijzelnemer moeilijker werd ze als onpersoonlijke objecten te zien die hij kon offeren. Tegelijkertijd probeerde hij de gijzelnemer de indruk te geven dat hij aan zijn kant stond, dat het zij tweeën tegen al die anderen was.

'Geen sprake van.'

'Ik zal je onwil aan mijn superieuren overbrengen. Maar ik waarschuw je, Ramzan, ze hebben besloten dat je moet laten zien dat je wilt onderhandelen, want zij willen je voedsel en water geven. Je weet het, de autoriteiten!'

'Ik moet eten en water hebben!'

'Je hoeft niet te schreeuwen.'

'Eten! Water!'

'Ik heb je eis genoteerd. Zoals gezegd zal ik...'

'Nu!'

'Ik begrijp dat je ongeduldig bent. Maar je moet begrijpen...'

'Nee! Nu!'

'Ik zal de argumenten overbrengen...'

'Je moet ons eten en water geven!'

'Zoals je weet, beslis ik daar niet over, maar ik zal...'

De verbinding werd verbroken.

Aksel Schjelderup en Bjørnar Lehmann stonden tijdens het hele gesprek achter hem. Fjell draaide zijn bureaustoel en ademde uit. 'Ja, ja, het kon erger eindigen.'

Schjelderup zuchtte diep. 'Ik moet naar de familie, ze wachten op nieuws. Hebben we iets goeds te melden?'

Fjell keek hem medelevend aan en schudde zijn hoofd.

'Hoe', vroeg Bjørnar Lehmann, 'kon dit nog erger eindigen?'

'Hij heeft ons geen tijdslimiet gegeven. Het eerste gebod van een gijzelnemer is het geven van krappe tijdslimieten!'

2

OpStaf, politiebureau, 01.19 uur

'Wat vinden jullie van de voorstellen? Gas? Verdovend middel in het water? Of verder onderhandelen? Wie heeft een mening?'

De adjunct-commissaris wierp een blik op zijn afdelingshoofden. De mannen rond de tafel van de operationele staf haalden hun schouders op.

'Persoonlijk ben ik van mening dat het risico groter is dan de winst', zei de adjunct-commissaris. 'De kans dat de gijzelnemers beseffen wat er aan de hand is voordat ze zelf onschadelijk zijn gemaakt is te groot. Ze zouden kunnen gaan schieten of de bommen tot ontploffing kunnen brengen.'

'Nou, dát is in Moskou in elk geval niet gebeurd', zei het hoofd van de veiligheidsdienst. 'De terroristen hebben niet geschoten of hun bommen tot ontploffing gebracht toen de Russen het gas in het Dubrovkatheater pompten. Dat er zoveel doden zijn gevallen kwam door het gas.'

'Een heel ander type operatie', zei het hoofd van de afdeling Geweldsdelicten. 'De troepen stormden het theater binnen tegelijk met het binnenpompen van het gas. Het gebied was veel groter. Het aantal gijzelaars enorm. In studio 2 gaat het om veel kleinere verhoudingen; de kleine, smalle deuren zullen de snelheid waarmee onze troepen naar binnen kunnen ernstig beperken.'

3

Studio 2, 01.22 uur

Hoe lang duurt het voordat je doodgaat aan een hartinfarct? Frank Berthelsen probeerde zich te herinneren wat hij daarover had gelezen. Tijdens het debat in het Storting over de spoedeisende hulp van de ziekenhuizen aan de rand van de stad hadden ze de onderzoekstabellen bekeken van het aantal sterfgevallen afgezet tegen het aantal kilometers naar het ziekenhuis. Binnenkort zou hij zelf zo'n getal zijn. Statistiek.

De vuurklauw klemde zich in een regelmatig ritme vast rond zijn hart. Iedere ademhaling was pijnlijk. Zo, dacht hij, is het om dood te gaan. Een langzaam proces. De organen houden ermee op. Degenen die alleen maar doodgaan, omvallen en van het ene moment op het andere hun laatste adem uitblazen, hebben geluk.

Het was niet de dood op zich waar hij bang voor was. Maar het was de tijd die het kostte om dood te gaan. De angst. De pijn.

Hij dacht aan zijn gezin. Ze zouden zich wel redden. Zijn vrouw Sigrid was nog niet zo oud dat ze geen nieuwe man kon vinden. De kinderen waren gesetteld. Maar toch, hij miste het leven nu al. Naar het Storting rijden of het partijkantoor, 's avonds laat thuiskomen en het eten nog op het fornuis vinden. Die kleine dingen van een gewone dag. Voor de meesten van ons, dacht hij, is het leven een opeenhoping van kleine gebeurtenissen.

Zou hij buiten bewustzijn raken als zijn hart ermee ophield? Hij hoopte het. Soms, net voordat hij in slaap wilde vallen, kon hij ineens wakker schrikken en moest hij op de rand van zijn bed gaan zitten omdat hij het idee had dat zijn hart een keer had overgeslagen.

Hij keek de studio rond. Zijn gezichtsvermogen was beperkt, mistig.

Wat voor plek is dit om dood te gaan? dacht hij. Een onvrijwillige deelnemer aan een wereldomvattende realityshow. Wat een onwaardige manier om te sterven.

4

Crisisteam van de minister-president, 01.40 uur

'Gas?' Premier Bjørn-Tore Viksveen fronste sceptisch zijn voorhoofd. 'Dat moet een puur politieke keuze worden. Ik vind het risicovol klinken.' Hij keek de commissaris van politie Oslo, die schuin rechts tegenover hem zat, vragend aan. Buiten fonkelde Oslo in het nachtelijk duister.

'Mijn mensen staan op dit moment sceptisch tegenover het gebruik van gas en verdovende middelen', zei commissaris Elsebeth Røed. 'Delta heeft dit als mogelijkheid gelanceerd als we een alternatief nodig hebben voor de onderhandelingen. Maar ik heb begrepen dat de meesten voorlopig tegen een dergelijke drastische aanpak zijn.'

'Ik zie geen reden om het conflict te verscherpen', zei de

minister-president. 'Als we een fout maken, dan weten we waar de verantwoordelijkheid zal liggen.' Hij hoorde direct hoe leeg dat klonk en voegde eraan toe: 'Wat we helemaal niet willen is het leven van de gijzelaars op enigerlei wijze in gevaar brengen.'

5

Russische ambassade, 01.45 uur

Na de vergadering met de veiligheidsdienst van de ambassade, de geheime dienst en de afdeling Informatie en vervolgens een telefonische vergadering met het Noorse departement van Buitenlandse Zaken, volgde ambassadeur Igor Voronin tegen zijn zin de raad op van Ismael om naar de live-uitzending uit studio 2 te kijken.

Hij was in de war van de aansporing. Wat zou Ismael bedoeld kunnen hebben? Iets wat hem zou interesseren? Alsof hetgeen hij op het scherm zou zien iets anders teweeg zou brengen dan een neiging tot overgeven.

De camera liet een overzichtsbeeld zien. De terroristen en de gijzelaars zaten her en der verspreid over de studio, sommigen alleen, anderen in groepjes. Uitschot, die terroristen! Hij staarde naar de aanvoerder en probeerde hem te herkennen van de ontelbare berichten en stapels informatie die het MID en de FSB doorstuurden. Maar niets aan Ramzan Jevlojev riep herkenning bij hem op. Hij liet zijn blik over het televisiescherm gaan. Kristin Bye, Gunnars zogenaamde dochter, stond met haar armen over elkaar de studio rond te kijken en ze leek razend. Niet zo vreemd. Een flinke dame, had Gunnar gezegd. Daar twijfelde hij niet aan.

Verrassend genoeg was een van de terroristen een vrouw. Ze stond met haar rug naar de camera, maar het lange haar dat over haar schouders golfde, verraadde haar. Hij wilde wedden dat ze een 'zwarte weduwe' was, die gedwongen werd om zich als terroriste met zelfmoordbom te wreken voor de dood van haar man. Ze draaide zich om naar de camera.

Voronin zette zijn ellebogen op tafel en vormde met zijn vingers een brug. Hij liet zijn kin op zijn duimen rusten terwijl hij die stakkers in studio 2 bekeek. Beneden op de Drammensvei trok een auto op. Ergens in de ambassade klonk geruis in een buis.

Plotseling verstarde hij. Zijn hart begon zo hard te kloppen dat zijn oren begonnen te piepen. Hij greep de armleuningen vast. Zijn handen klemden zich vast aan het gladde leer.

Zajotsjka!

Dat kon toch niet waar zijn! Hij snakte naar adem.

U moet echt kijken, Voronin. Ik kan u beloven dat u iets zult ontdekken wat u zal interesseren en u met stomheid zal slaan!

Met zijn blik op het televisiescherm kwam hij langzaam overeind. De bureaustoel ontving de verandering in het zwaartepunt met een vriendelijk gekraak. Dat is toch niet mogelijk! Hij sloeg tegen zijn voorhoofd en kneep zijn ogen dicht.

Zajotsjka?

6

Studio 2, 01.48 uur

Kristin Bye streelde Jussup over zijn haar. Zijn ogen rolden in de kassen. Hij was lange periodes buiten bewustzijn. De keren dat ze kans zag contact met hem te maken, rochelde hij onverstaanbaar. Hij is stervende, dacht ze, hij is mijn gast, in mijn studio, in mijn programma en nu gaat hij dood.

Roza wierp een snelle blik op hem.

Recht voor haar, op een plastic stoel, hapte Frank Berthelsen naar adem. De glans was uit zijn ogen verdwenen.

Ze liet haar hand over Jussups wang en kin gaan. Hij sloeg zijn ogen op. Hij keek haar recht aan. Ze glimlachte geruststellend. *'It'll be all right'*, fluisterde ze. Hij opende zijn mond, alsof hij wilde antwoorden, maar hij zei niets. Zijn ogen rolden in de kassen. Ze schudde hem. Hij rochelde zacht.

Frank Berthelsen hoestte. Ze wierp een bange blik op hem. Grethe Aslaksen, die bij hem zat, klopte hem zachtjes op zijn rug.

De andere gijzelaars waren zwijgend bij elkaar gaan zitten, alsof ze in stilte troost bij elkaar zochten en ze de terroristen er niet aan wilden herinneren dat ze er waren.

Opnieuw ontmoette ze de blik van de terroriste Roza. Een vrouw moest toch medelijden hebben met een stervende? Maar de blik van Roza was koud en vijandig en uiteindelijk richtte Kristin zich tot Ramzan. Hij zat op de publiekstribune en bestudeerde, met zijn benen gespreid en het pistool in zijn schoot, zijn nagels.

7

Russische ambassade, 01.51 uur

Zajotsjka. Ambassadeur Igor Voronin keek van zijn trillende handen naar de televisie. Zijn hart was weer gekalmeerd. Maar hij voelde zich nog steeds verdoofd en bang.

Zajotsjka was haar koosnaampje. 'Konijntje'. Hij had haar de laatste jaren niet zo vaak gezien. Door omstandigheden, dacht hij. Altijd door omstandigheden. De eerste twee jaar was hij niet eens van haar bestaan op de hoogte geweest. En toen… toen was dat vreselijke gebeurd. Met Monica. De tragedie die alles had veranderd.

Jarenlang was hij samen geweest met Zajotsjka en vooral de laatste tien jaar had hij het idee dat ze een band hadden.

Wat deed ze hier. In Noorwegen? Nu?

Wat een domme vraag, dacht hij onmiddellijk.

U moet echt kijken, Voronin. Ik kan u beloven dat u iets zult ontdekken wat u zal interesseren en u met stomheid zal slaan!

Hoe kon Ismael weten van Zajotsjka? Dit moest een lek aan de Noorse kant zijn. Hij had nog nooit iemand iets verteld over haar. Hoe kon Ismael nu weten dat hij een dochter had?

8

01.58 uur

Hij werd met een schok wakker.

Automatisch zocht hij naar een klok. Hoeveel tijd was er verstreken?

Het duurde een paar seconden voor de werkelijkheid tot hem doordrong.

Had hij echt geslapen? Hij werd kwaad op zichzelf. Geslápen? Hoe was dat mogelijk?

Wankelend kwam hij overeind. Hij had een droge mond. Zijn handen deden pijn van al het bonken op de deur. Hoe lang had hij geslapen?

'Hallo?' riep hij.

De echo galmde door de ruimte.

9

Commandopost van de politie, 01.59 uur

'Insecten en dieren die zich in een bedreigende situatie bevinden, hebben drie keuzes', zei Thomas Fjell. 'Sommige houden zich dood. Andere vluchten. En sommige vliegen de tegenstander naar de strot.'

Hij keek naar Bjørnar Lehmann van de Bijstandseenheid en naar operationeel commandant Aksel Schjelderup. Achter hen stond een groepje politiemensen mee te luisteren, nieuwsgierig naar de biologieles van Fjell.

'Het opgesloten zijn is een van de bedreigendste situaties die een mens zich kan voorstellen', ging hij verder. 'Als je aan claustrofobie lijdt, weet je waarover ik het heb. Een lift die tussen twee etages blijft hangen. Geen weg naar buiten. Een kist die dichtgetimmerd wordt terwijl jij daarin ligt. Bestaat er een ergere vorm van angst?'

Fjell knikte naar de televisieschermen. 'In vele opzichten is de situatie bij hen daar nu zo. Voor de gijzelnemers, maar vooral voor de gijzelaars. Ze zijn opgesloten met een constante doodsangst. Dat doet iets met hen. Ze zijn wanhopig. Als ze onder druk komen te staan, weet niemand waartoe ze in staat zullen zijn.'

Hij zette zijn vingers tegen elkaar. 'Na de terroristische aanslag op het World Trade Center kozen veel mensen die ingesloten zaten ervoor om te springen van de bovenste verdiepingen. Ze sprongen niet allemaal om aan de warmte, de rook en de vlammen te ontsnappen. Sommigen sprongen omdat ze niet op het onvermijdelijke wilden wachten. Ze wisten dat ze doodgingen. Ze wisten dat de vluchtroutes versperd waren. Ze wisten dat ze geen kans maakten. In plaats van op de dood te wachten, kozen sommigen ervoor die op te zoeken. Ze sprongen.'

Fjell schoof zijn kantoorstoel naar achteren. 'Waarom vertel ik dit? Omdat ik wil dat jullie weten dat deze situatie heel snel kan eindigen in een bloedbad. De studio is als een benzinetank. Het kleinste vonkje... De gijzelnemers en de gijzelaars zitten op een breekpunt. Een verdacht geluidje... Een provocatie... Het allerkleinste voorval kan de studio laten exploderen. Zowel letterlijk als figuurlijk.'

'Uitgaande van wat jij nu zegt,' zei Lehmann, 'klinkt het bijna alsof we nu moeten ingrijpen. Voordat er iets gebeurt. Als we nu een inval doen, hebben we in ieder geval het voordeel dat we ze verrassen. Als we wachten tot de terroristen beginnen te schieten, dan hebben zij die voorsprong en dat voordeel. We kunnen veel winnen door zelf initiatief te nemen.'

'De onderhandelingen zijn nog niet hopeloos. Nog niet!' zei Fjell. 'Ze zijn op iets uit, maar ik krijg daar nog geen vat op. Ze handelen niet logisch, niet volgens de psychologieboeken. Er is iets met ze wat wij niet weten, iets wat wij niet zien, niet begrijpen.'

Lehmann sloeg zijn armen over elkaar. 'Krijgen de terroristen niet hoe dan ook het psychologische overwicht als we tijd blijven rekken? Hoe langer de actie duurt, des te moeilijker wordt het voor ons om te onderhandelen. En dat weten ze.'

'Wij hebben de controle. En dat weten ze.'

'Hebben we dat? Heb jíj de controle? Want ik heb verdomme de controle niet.'

'Voorlopig hebben wij de controle.'

'Persoonlijk', zei Lehmann, 'zou ik zeggen dat wij hulpeloze getuigen zijn van wat de terroristen besluiten te doen!'

'We hebben geen keus.'

'Ze hebben er al twee neergeschoten. Twee mensen! We kunnen ze daar niet mee door laten gaan!'

'Het is niet gezegd dat ze daarmee doorgaan. De eerste moord was een cynische demonstratie van macht. De terroristen moesten ons laten zien dat het menens was. Het tweede schot was om een vluchtpoging te verhinderen. Als er een derde komt... Misschien is dat een paniekreactie?'

'We kunnen niet stil zitten toekijken hoe de gijzelaars worden doodgeschoten als de deadline verstreken is', zei Schjelderup.

Fjell keek op de klok. 'Nog vier uur voor ze Kristin Bye doodschieten.'

'Wat doen we als die Mister X opduikt?' vroeg Lehmann. 'We kunnen hem toch niet zomaar de studio in sturen?'

'Als hij komt dan kunnen we hem gebruiken als troefkaart. We kunnen hem, theoretisch, ruilen voor gijzelaars. Het hangt er helemaal van af wie hij is. Hoe we hem te pakken krijgen.' Hij dacht na. 'Maar je hebt helemaal gelijk: het is niet goed om nog een gijzelaar naar binnen te sturen.'

'Wat nu als hij niet komt?' zei Schjelderup.

Fjell haalde bijna onmerkbaar zijn schouders op.

'We kunnen toch niet toestaan dat hij Kristin Bye en Bernt Bøe vermoordt', zei Lehmann. 'Dat spreekt voor zich. We móéten voor zes uur ingrijpen.'

'De vraag is hoeveel mensen er gedood worden als we binnenvallen om één leven te redden', zei Fjell.

'Bedoel je dat we Kristin Bye en Bernt Bøe moeten opofferen om het leven van de andere gijzelaars te redden?'

Fjell zuchtte peinzend. 'Wat een rekensom! Als al die twintig mensen in de studio sterven omdat we het leven van één of twee proberen te redden, is dat dan niet erger? Er gebeurt iets!' riep Fjell uit. Op de monitor zag hij dat Ramzan Jevlojev naar de interne telefoon liep. Direct daarna ging de telefoon voor hem over. Hij zette het geluid van de luidsprekers harder en zette de koptelefoon met de microfoon op. Ramzans stem: 'Inspecteur! Waar is het eten? Waar is het water?'

'Alles is onder controle.'

'Waar is het, vroeg ik.'

'Voorlopig staat het hier voor de deur.'

'Breng het naar binnen! Nu!'

'We moeten praten.'

'We hebben niets om te bespreken!'

'Mijn superieuren zeggen dat je het eten en het water krijgt zodra je een van de gijzelaars hebt vrijgelaten als teken van goede wil.'

'Geen sprake van.'

'Het is moeilijk om jullie iets te geven als jullie niet bereid zijn ons daarvoor iets terug te geven.'

'Wij zijn hier degenen met de macht, inspecteur, vergeet dat niet.'

'Natuurlijk, maar als we deze kwestie willen oplossen...'

'Die is opgelost als onze eisen zijn ingewilligd!'

'Maar op weg daarheen moeten beide partijen laten zien dat ze bereid zijn tot onderhandelen.'

'Ik ben jou helemaal niets verschuldigd!'

'Dat begrijp ik. Maar je moet begrijpen dat...'

'Vijftien minuten! Ik bel je over vijftien minuten! Als je dan niets beters te melden hebt en ons geen water en eten geeft, schieten we een gijzelaar neer. Vijftien minuten, inspecteur! Kwart over twee!'

Ik herinner me de dag dat het gebeurde beter dan welke dag in mijn leven ook. Een woensdag in 1995. Het jaar van de duivel.

De lucht was helder en de bergen staken messcherp af tegen de hemel. Ik was het bos in geweest en had wat klein wild geschoten. Mijn maag rammelde. Ik had een beetje ijskoud water gedronken uit een beekje dat naar beneden sijpelde in de richting van de rivier, maar sinds het ontbijt had ik niet meer gegeten. Ik vroeg me af wat mama zou maken van het vlees. Een verrukkelijke ragout? Een gekruide stoofschotel? Het water liep me in de mond. Onbewust ging ik harder lopen.

Het waaide een beetje. Slechts hier en daar was er een wolkje te zien aan de blauwe hemel.

Ik had zowel mijn geweer als de zak met wild op mijn rug toen ik boven op de heuvel kwam en het pad nam dat naar ons huis liep. Op dat moment kreeg ik het gevoel dat er iets niet klopte. Ik kan nog steeds niet uitleggen wat precies mijn aandacht trok. Maar ik bleef staan en ik snoof de geuren op, net als de dieren doen die ik net geschoten had. Ik zag het huis tegen de bekende achtergrond van bergen en heuvels en het dal met de rivier die door het landschap meanderde. Een smal pluimpje rook kwam uit de schoorsteen. Toen hoorde ik gelach. Een schreeuw die verstomde. En toen: een schot.

Ik begon te rennen. Het bloed bonkte in mijn oren en ik kreeg een metaalsmaak in mijn mond. Het geweer en de zak stootten tegen mijn rug en heupen.

Ik was nog maar een paar honderd meter van ons huis toen ik ze zag. Vijf soldaten kwamen uit ons huis. Russen. Lallend en schreeuwend duikelden ze de trap af en liepen het erf op. Drie van hen knoopten hun broek dicht. Als ze beter hadden opgelet, dan hadden ze me gezien. Maar ze letten nergens op. Ik kroop weg achter een struik. Ze zongen dronkemansliedjes. Twee mannen hielden hun fles omhoog. Ze moesten de wodkaflessen hebben gevonden die papa verstopt had achter de lege trommels in het keukenkastje en die hij als een mullah bewaakte. Alleen als er mensen op bezoek waren en papa echt wilde uitpakken, kwam er een van de flessen op tafel.

Vanuit mijn schuilplaats keek ik naar de Russische soldaten die op het erf rondliepen en een kozakkendans probeerden te doen. Ik had een droge mond van angst. Hadden ze mama en papa iets aangedaan? Of mijn grote broer of mijn kleine zusje? Een van de soldaten liep naar de rand van het erf en gaf over. De anderen lachten. Een soldaat draaide zich om en pieste op de trap. Een van de soldaten ging achter hem staan en maakte obscene gebaren met zijn heupen. Gelach. Geroep. Gelal. Toen de flessen leeg waren, werden ze tegen de stenen muur kapotgegooid, en terwijl het geluid van het uit elkaar spattende glas zelfs mij bereikte, verdwenen de Russen achter het huis. Een auto startte. Een militaire terreinwagen kwam stotend tevoorschijn, hij keerde en reed slingerend weg.

Ik schoot overeind en draafde het pad af. Ik zag het allerergste voor me. Mijn handen beefden. Mijn knieën waren zo week dat ik maar amper overeind kon blijven.

Ik bleef staan toen ik op het erf kwam, alsof ik het huis niet goed durfde te benaderen.

'Mama?' riep ik. 'Papa?'

Een windvlaag krulde de rookpluim uit de schoorsteen om.

Ik kwam naderbij.

'Mama?'

Ik zette een eerste voet op de trap.

'Papa?'

Ik duwde de deur open.

'Is daar iemand?'

Toen ging ik naar binnen.

02.02 – 02.40

I

Studio 2, 02.02 uur

Over vier uur ben ik dood...

Voor het eerst die nacht hield die gedachte Kristin in een ijselijke, verlammende greep. Verbijsterd besefte ze dat het gevaar om gedood te worden geen abstracte dreiging was, maar een reëel risico. Vier uur... Ze volgde Ramzan Jevlojev met haar ogen toen hij naar de interne telefoon liep. Ze had geen idee met wie hij daarbuiten sprak. Iemand van de politie? Hij leek kwaad. Ze hadden ergens nee op gezegd.

Zou ze haar waardigheid kunnen bewaren als ze voor Ramzan neerknielde en ze het pistool tegen haar slaap voelde? Of zou ze in elkaar zakken, doodsbang en snikkend? Ze zag de voorpagina's van de kranten van morgen al voor zich: *Live gijzelingsdrama! Terreurdaad in live-uitzending! Kristin Bye vermoordt tijdens gijzelingsdrama! Live vermoord! Bye in bloedbad!*

Hoewel de airconditioning aanstond, was het klam en bedompt in de studio. Alsof ze de lucht inademden die de anderen zojuist hadden uitgeademd. Ze had hoofdpijn. Ramzan praatte met Edil, ze vermoedde dat hij de ondercommandant was. Edil zag er een paar jaar ouder uit dan Ramzan en hij straalde een rust uit die niet kalmerend werkte, maar eerder beangstigend was. Ramzan gebaarde nu met zijn armen en legde Edil iets uit wat hij aanhoorde zonder een spier te vertrekken.

Ik ga dood, dacht ze. Over vier uur schieten ze me dood. Als er geen wonder gebeurt. Ze probeerde rustig te blijven. Ze moest niet in paniek raken. Ze sloot haar ogen en probeerde haar moeder, vader, grootouders, het rotsblok in Juvdal voor zich te zien. Ze trachtte rustig te worden van deze beelden. Maar het enige wat ze kon denken was: ik wil niet dood! Vertwijfeld keek ze neer op Jussup, die bloedend op de grond lag, met zijn hoofd op de schoot van Silje Gran. Af en toe deed hij zijn ogen open, maar ze wist niet in hoeverre hij bij bewustzijn was. Hij gaf geen antwoord als ze tegen hem sprak. De blik was wazig en afwezig. Zouden ze hem echt laten doodgaan? En hoe zat het met Frank Berthelsen? Grethe Aslaksen zat nog steeds bij hem om hem moed in te spreken. Ze zag dat het steeds slechter met hem ging. *Míjn verantwoordelijkheid. Míjn gasten. Míjn collega's.* De terroristen hadden haar voor de gek gehouden. Politici, experts, asielzoekers, haar eigen collega's van Kanal ABC... Iedereen werd gevangengehouden omdat zíj haar werk niet goed genoeg had gedaan.

Ze keek naar camera 3. Hoewel de beelden niet werden doorgegeven aan de kijkers, wist ze dat iemand van de regie – en waarschijnlijk ook de politie – de monitoren van iedere camera volgde. Ze had de handmicrofoon weggelegd, maar ze had nog steeds de knoopmicrofoon die vastzat aan haar blouse en verbonden was met een zendertje dat aan haar broekriem zat. Ze deed haar arm achter haar rug en schakelde de zender in. 'Alsjeblieft, help ons', zei ze zacht in de microfoon. 'Jussup gaat bijna dood. Berthelsen heeft problemen met zijn hart. Ze gaan ons doodschieten! Help ons!' Ze kneep haar ogen dicht. Toen ze die weer opende stond Ramzan voor haar. Ontging die man nou helemaal niets? Zonder een woord te zeggen rukte hij het microfoontje van haar blouse. 'Slim', mompelde hij. Hij draaide haar om en haalde de zender weg. Glimlachend, alsof haar ongehoorzaamheid hem amuseerde, schudde hij zijn hoofd.

'Zullen we gaan zitten?' vroeg hij.

'Sinds wanneer vraag jij toestemming om iets?'

Hij leidde haar naar de bank. Ze gingen zitten. 'Moe?'

Ze keek hem aan. Waar kwam die plotselinge bezorgdheid vandaan? 'Uiteraard', zei ze. 'Moe. Bang.'

'Niet zo vreemd.'

Ze was verrast door de oprechtheid waarmee hij het zei. Misschien had hij de rol van slechterik een minuutje naast zich neergelegd.

'Ga jij of een van de anderen mij doodschieten?' vroeg ze.

'Niemand schiet als hij komt.'

'Wie?'

'De rat.'

'Wie is hij?'

'Iemand die jij kent.'

'O?'

'Aslan Gairbekov.'

'Wie? Ik ken niemand die zo heet.'

'Leugens.'

'Denk maar wat je wilt.'

'Waar is hij?'

Ze schudde haar hoofd.

'Ik weet dat je hem kent.'

'Ik ken hem niet!'

'Wáár is hij?'

'Ik weet niet wie hij is, dat zeg ik toch!'

'Je liegt!'

'En jij bent gek.'

Ramzan keek haar een ogenblik aan met een blik die ze niet kon duiden. Ergens in de studio hoestte iemand. *Vier uur…*

'Je haat me', zei hij.

Ze keek naar de grond, ze wilde zich niet laten manipuleren.

'Je haat me omdat je me denkt te kennen.' Ramzan vouwde zijn handen voor zijn borst en staarde naar het plafond. 'Maar weet je eigenlijk wel wie ik ben? Werkelijk? Heb je het recht mij te veroordelen?'

Ze krabde nerveus in haar nek.

'Alle mensen hebben een verleden, een achtergrond', zei hij. 'Ik weet niets van de jouwe. Zelf ben ik opgegroeid in de bergen, in een huis vlak bij een beek.'

Ze wist niet wat ze moest zeggen.

'We waren arm. Het kwam wel voor dat mijn maag knorde als

ik naar bed ging, maar we leden nooit honger. En in de loop der jaren kregen we het beter.'

Nog steeds zweeg ze.

'Je vraagt je af hoe ik zo'n slecht mens ben geworden. Wat me tot dit monster heeft gemaakt? Wil je het weten? Wil je het werkelijk weten? Ik zal je vertellen waarom. Mijn land is verkracht. En dat niet alleen. Mijn hele familie is afgeslacht!' Hij keek in haar ogen. 'Mijn ouders. Mijn broer en zusje. Allemaal zijn ze afgeslacht.'

Ze zuchtte hard en sloot haar ogen.

'Je denkt misschien: geven zijn wraakgevoelens hem het recht anderen af te slachten?'

Die gedachte was bij haar opgekomen.

'Ik heb een doel, een visie', zei hij dromerig. 'En soms moeten kleine idealen wijken voor grote. Af en toe moeten sommigen geofferd worden om vele anderen te redden.'

'Verontschuldigingen...'

'Vind je dat? Denk eens na. De wereldgeschiedenis is één groot voorbeeld van hoe het lot van het individu altijd ondergeschikt is aan de grotere doelen. Denk je dat Caesar aan een soldaat heeft gevraagd of hij het rechtvaardig vond om te sterven voor het Romeinse Rijk? Bekommerden de farao's zich om het wel en wee van de slaven toen ze de piramides bouwden?'

Mijn hemel, iemand die aan grootheidswaanzin lijdt, dacht ze. 'Ik heb niets te maken met jouw oorlog.'

'Dat zal iedereen vinden. Zelfs de soldaten die sterven voor hun eigen land zullen denken: waarom ik? Het leven is niet rechtvaardig.'

'Ik ben geen soldaat.'

'Dat zijn we allemaal.'

'Ik wil niet dood!' riep ze uit.

'Dat wil ik ook niet. Maar we kunnen niet altijd zelf kiezen.'

2

Spoedbericht, persbureau NTB, *02.05 uur*

telexbericht
Gijzelingsdrama –

Stockholm/Kopenhagen (NTB) In een gemeenschappelijk telegram van de Zweedse en Deense regering aan premier Bjørn-Tore Viksveen schrijven de Zweedse premier Göran Persson en de Deense premier Anders Fogh Rasmussen dat de Scandinavische landen samen één zijn in hun strijd tegen het internationale terrorisme. 'Noorwegen kan rekenen op onze warmste sympathie en volledige steun in deze tijden van beproeving', staat er in het telegram.

– – – – sbj – fd – gk
02.05 uur 411 tekens

3

Commandopost van de politie, 02.12 uur

'Inspecteur! Jij bent er vroeg bij! Drie minuten te vroeg! Ik hoop dat dit goed nieuws betekent?'

Ramzan Jevlojevs stem verraadde geen enkele emotie. Thomas Fjell duwde de koptelefoon met het microfoontje zo hard tegen zijn wang dat het pijn deed.

'Luister, Ramzan, ik heb een voorstel.'

'Voorstel?' Kwaad: 'Ik dacht dat ik duidelijk was geweest: er sterft een gijzelaar als je me niet binnen drie minuten eten en water brengt.'

'Ik weet...'

'Stérft!'

'Luister naar me. Alsjeblieft. Ik heb een goed voorstel.' Fjell zuchtte theatraal. 'Ramzan... niet alleen jij zet me onder druk. Mijn superieuren doen dat ook. Je weet hoe bazen zijn. En...'

'Jouw bazen kunnen me geen donder schelen! Jij kan me geen donder schelen! Er is maar één ding dat me iets kan schelen. Water! Eten! Over... bijna twee minuten!'

'Het water en het eten staan klaar. Mijn superieuren willen een teken van bereidwilligheid hebben. En nu komt mijn voorstel aan de orde.'

Stilte. Een goed teken, dacht Fjell. Hij luistert. Hij is niet zo compromisloos als hij wil doen voorkomen.

'Je kunt me helpen, Ramzan. En ik kan jou helpen. Want jij hebt een probleem. Je hebt twee problemen. Je hebt een gijzelaar die gewond is en je hebt een gijzelaar die dood kan gaan aan een hartstilstand. Geen van beiden is een goede troefkaart. Beiden scheppen onrust in de studio. Ze hebben geen enkel nut. Voor mij zijn ze als troefkaart al oninteressant. Ze zijn beiden stervende, Ramzan. Ze zijn waardeloos.'

Stilte.

'We kunnen zowel jouw probleem als het mijne oplossen. Ik krijg twee gijzelaars van je. Mijn superieuren zijn tevreden. Jij laat zien dat je wilt samenwerken. Jij bent twee problemen in de studio kwijt. En je krijgt eten en water. En iedereen is tevreden. Wat zeg je daarop, Ramzan?'

Stilte.

'Niemand lijdt gezichtsverlies', ging Fjell verder. 'Iedereen behoudt zijn trots. Iedereen heeft gekregen wat hij wilde.'

Langzaam, alsof het geluid ergens vanuit zijn maag omhoog borrelde, begon Ramzan te lachen. 'Je bent brutaal, inspecteur.'

Een compliment, dacht Fjell. Hij noteerde de woorden en het tijdstip op het notitieblok. *02.14 uur. Brutaal. Compliment.* Twee strepen eronder. *Milder??*

'Je kunt de Tsjetsjeen krijgen', zei Ramzan. 'Hij maakt alleen maar rotzooi. Met die Noor wachten we nog even.'

'Hij kan doodgaan.'

'Doodgaan doen we vroeg of laat allemaal.'
'Ik wil ze alletwee graag hebben.'
'Maar je krijgt er één.'
'Wat moet je met een gijzelaar die...?'
'Nog een halve minuut', zei Ramzan. 'Dertig seconden. Als we het niet eens worden schieten we een gijzelaar dood.'
Hij meent het, dacht Fjell. Alsof hij zijn gedachten kon lezen, zei Ramzan: 'Je weet dat ik het meen.'
'Kunnen we er niet over praten?'
'Hm, wie moet ik doodschieten? Kristin Bye? De minister van Buitenlandse Zaken? De tolk?'
'Ramzan...'
'Vijftien seconden.'
'Luister naar me...'
'Tien seconden.'
Fjell hoorde het metalen geluid van een pistool dat geladen werd.
'Wacht!'
'Ja?'
'We krijgen de gewonde.'
'Ja?'
'En jij krijgt eten en water.' Fjell liet zijn hoofd zakken. Hij had wel kans gezien die gewonde gijzelaar eruit te krijgen. Maar deze ronde had hij verloren.

4

Russische ambassade, 02.15 uur

'Kijkt u nu naar de televisie, ambassadeur Voronin?' vroeg de man die zich Ismael noemde.
'Hoe wist u het van haar?'
Zacht gelach. 'Voronin... Ik dacht dat u, beter dan wie dan ook, begreep dat we alles weten.'
Wij. Weten. Alles.

'Als vader had u beter op uw dochter moeten passen', ging Ismael verder.

'Ik...'

'Ik weet het. U hebt het druk. En de ironie van het lot wil dat u in Noorwegen bent terwijl zij...' Met instemmend gebrom liet Ismael de woorden wegsterven.

'Wie bent u?' bulderde hij.

'Waar is Aslan Gairbekov?' vroeg Ismael.

Aslan Gairbekov. Die Tsjetsjeense verzetsleider die ergens in Noorwegen zat als asielzoeker.

'Ik weet het niet... Wie bent u?' herhaalde Voronin.

Ismael zweeg. Lang. Oké, dacht Voronin, dan geeft hij maar geen antwoord.

'Aslan Gairbekov...' zei Voronin overdreven geduldig.

'Via onze contacten hebben we ontdekt dat Aslan Gairbekov hier in dit land geregistreerd staat als asielzoeker, maar onder een geheime identiteit. Het is mogelijk dat hij de eis van de terrorist op televisie gehoord heeft en op weg is naar Oslo.'

Ismaels ademhaling klonk door de telefoon. Regelmatig en diep.

'Waar is Valeriy?'

Voronin fronste zijn voorhoofd. Valeriy was al jarenlang chef veiligheidsdienst in Oslo. Het wilde wel wat zeggen dat Ismael naar hem informeerde. 'Valeriy zit in zijn kantoor.'

'Jullie moeten de zaak echt beter volgen.'

'We hebben geen onbegrensde mogelijkheden. En het zou helpen als jullie wezenlijke informatie met ons deelden.'

'We hebben een opdracht voor je.'

'Ja?'

'Op Gardermoen, de luchthaven van Oslo, staat een Aeroflottoestel dat vanmiddag om halfeen had moeten vertrekken.'

'Hád moeten vertrekken?'

'Helaas moesten de passagiers omgeboekt worden. Vanwege een technisch mankement.'

'Wat voor technisch...?'

'Het vliegtuig moet gereedgemaakt worden voor het vervoer

van zes terroristen en een kleiner aantal gijzelaars.'

'Wat zegt u?'

'Stuur een operationele eenheid van de ambassade. Valeriy kan de praktische zaken wel regelen. De gezagvoerder en de bemanning logeren in het Quality Airport Hotel Gardermoen. De gezagvoerder en de rest van de crew moeten vanaf drie uur middernacht gereedstaan voor vertrek.'

'Dit begrijp ik echt niet.'

'Maakt niet uit.'

'We weten niet hoe lang die actie...'

'Voronin, voer de order nu maar uit.'

'Ik ben niet gewend om...'

Ismael hing op.

5

Commandopost van de politie, 02.20 uur

'Inspecteur?'

Ramzan Jevlojevs stem klonk zacht, hees en fluisterend.

'Ik ben hier', antwoordde Fjell.

'We wachten op het eten en het water.'

'Het staat voor de deur. Alles is klaar.'

'En luister eens?'

'Ja?'

'Als jullie iets in het eten of het water hebben...'

'We zijn niet dom.'

'Ik verzeker je, als jullie iets met het eten of het water...'

'We hebben helemaal niets gedaan.'

'De gijzelaars moeten eerst proeven.'

'Uiteraard.'

'Als er iets met hen gebeurt...'

'Dat gebeurt niet.'

'Jullie kunnen de gewonde ophalen zodra we ervan overtuigd zijn dat het water en het eten niet vergiftigd zijn.'

...isn't contaminated, noteerde Fjell. *Mogelijk een militaire achtergrond?*

'We willen hem graag zo snel mogelijk hebben zodat hij medische hulp kan krijgen', zei Fjell.

'Jullie krijgen hem als wij zeggen dat het in orde is.'

6

Studio 2, 02.25 uur

De pijn was het punt in het universum dat de verbinding vormde met het bewustzijn. Een brandend, kloppend punt dat zijn gloeiende draden verspreidde over zijn hele lichaam.

Jussup gleed in en uit een bewusteloosheid. Alles was verankerd in een punt van pijn dat klopte en steeds opvlamde. Af en toe, als hij weer even bijkwam, en opkeek naar de vrouw die hem over zijn haar streelde en haar hand tegen de wond in zijn nek drukte, werd de pijn zo hevig dat hij weer in de duisternis terugviel, terugging naar zijn herinneringen, naar de lege ruimte waarin de pijn een koude, verre zon leek. Als hij daarna weer zijn ogen opende, zat ze daar nog steeds: de vrouw. Hij wist niet wie ze was; hij zag een rivierbedding voor zich waar hij als kind had gespeeld en de zonneschijn die door het gebladerte viel.

'Gaat het?'

Silje Gran keek op naar Kristin Bye, die over haar heen gebogen stond.

'Nee', antwoordde ze. In de Vooruitgangspartij, zowel binnen de partij als in de fractie, stond ze erom bekend dat ze kortaf reageerde als ze geen goed humeur had.

'Domme vraag', gaf Kristin toe en ze ging op de bank naast haar zitten.

Silje Grans blik werd milder. 'Ik wilde niet bot zijn. Maar dit...' Ze gebaarde met haar hand. 'Ik raak zo ongelooflijk, verschrikkelijk gefrustreerd door de laksheid van de politie en de overheid.'

'We weten niet waarmee ze bezig zijn.'

'We weten in elk geval dat er tot nu toe nog niets is gebeurd.'

'Ben jij bang?'

Ze haalde snel adem door haar neus. 'Maar natuurlijk.'

'Weer een domme vraag.'

'Welnee, ik bedoelde het niet zo.'

'De politie zal zo wel komen en er een eind aan maken.'

'Jij leeft met die hoop, begrijp ik.'

'Natuurlijk komen ze!'

'Wees niet zo naïef. Er gebeurt hier helemaal niets zolang Bjørn-Tore Viksveen de leiding heeft.'

'Denk jij dat de politiek hierin de dienst uitmaakt?'

'Alles is politiek.'

'In dat geval zal hij ook niet de verantwoording voor een fiasco willen nemen.'

'O, ik ken Viksveen. Hij zal gegarandeerd zijn handen schoon weten te houden als de zaak niet loopt zoals hij wil. En als de politie succes heeft, zal hij maar al te graag delen in de eer.'

'Maar de premier beslist niet over de politie.'

'Hij kan besluiten nemen over wie en wat hij maar wil.'

'Ik betwijfel of de politie zich zal laten leiden door de premier.'

'De politie is volslagen in paniek over hoe deze situatie moet worden opgelost.'

'Ze hebben toch wel enige ervaring.'

'De Noorse autoriteiten zijn nooit voorbereid geweest op zoiets als dit. Niet op iets groots. Deze situatie kunnen ze niet hanteren.'

Kristin Bye zuchtte en schudde haar hoofd. Silje Gran keek op haar horloge. Op dat moment bonsde er iemand op de studiodeur.

7

Buiten het Kanal ABC-gebouw, 02.27 uur

Journalisten, persfotografen en televisiemensen die in een grote groep bijeen stonden aan de andere kant van de straat – binnen de afzetlinten die politiemensen onder elkaar wel 'schapenlinten' noemden – stampten ongeduldig op de grond. Velen spraken via mobieltjes met hun nieuwsredacties. De eerste edities werden al gedrukt, maar de grootste kranten hadden personeel paraat staan om een tweede en een derde editie en een extra editie voor de middag te maken.

NRK, TV 2 en TV Norge verzorgden live-uitzendingen. Met toestemming van Kanal ABC lieten ze in een vierkantje rechtsboven op het scherm de beelden zien uit studio 2, zodat je gelijktijdig kon zien wat er gebeurde in de studio en het gewone programma kon volgen.

Om halfdrie 's nachts keken er drie miljoen Noren naar de televisiereportage van de terroristische actie. Wereldwijd keek er bijna een half miljard mensen.

8

Studio 2, 02.27 uur

Geir Wilhelmsen, politieman en groepsleider van de Bijstandseenheid van de politie Oslo, bonkte met gebalde vuist tegen de ijzeren studiodeur. Lehmann had verteld dat de deur geluiddicht was, maar dat ze het gebonk wel zouden horen. Zijn hart klopte snel. Hij had van deze sidderende spanning gedroomd toen hij bij de politie wilde. Deze gecontroleerde angst. Meester over de situatie.

Op de grond voor hem stond een krat met voedselpakketten, koekjes en fruit. Rechts van hem stond een plastic jerrycan met twintig liter water. Zijn superieuren – Lehmann, Schjelderup en Fjell – hadden hem grondig geïnstrueerd. Hoe hij zich moest gedragen, wat hij niet moest doen, hoe hij moest reageren op verschillende situaties, wat ze hem zouden kunnen vragen, wat hij dan moest antwoorden... Alles hadden ze doorgenomen, geanalyseerd en bediscussieerd. 'Succes', hadden ze nog geroepen. Op dat moment voelde hij zich verschrikkelijk alleen. Hij moest naar binnen bij de terroristen. Het risico was groot dat hij zelf een van de gijzelaars werd. Hij had zijn vriendin een kort sms'je gestuurd – *hvj* – voordat hij het eten en het water had opgepakt en gedecideerd de gang van studio 2 was in gelopen.

Hij wachtte een ogenblik, toen klopte hij weer aan. Tweemaal. Hij wilde geen ongeduldige indruk maken. Hij moest niet provoceren.

De deurklink ging naar beneden. Langzaam ging de deur open. Het eerste wat hij zag was de loop van een pistool. Daarachter: twee donkere ogen.

'Food! Water!' zei hij en hij liet zijn open handpalmen zien. De deur werd nog een stukje verder geopend. Achter de man in de deuropening stonden twee andere mannen met getrokken pistool. De eerste man keek de gang in en nam Geir op. 'Kom naar binnen! Nu!' schreeuwde hij in het Engels.

Geir pakte de jerrycan met water in zijn rechterhand en het krat met eten in zijn linker en stapte snel naar binnen.

'Stop! Sta stil!'

Het verraste hem hoeveel kleiner de studio in werkelijkheid was. Op televisie leek de studio veel groter.

Onder een plaid, voor hem op de grond, lag het lijk van de eerste gijzelaar die was doodgeschoten. Even verderop zag hij de gewonde Tsjetsjeen. Hij herkende Kristin Bye. Achter de tribune zag hij de benen van zijn collega, Vidar Mørch, die vastzat aan een van de buizen. Achter de mannen die hun wapen op hem gericht hielden, kwam Ramzan Jevlojev aangelopen. Geir bleef stilstaan, hij zette het eten en het water niet neer. Je moet de terroristen al het initiatief laten nemen, had Fjell gezegd. Doe niets wat onzekerheid kan oproepen. Zij zullen je vertellen wat je moet doen.

'Water? Eten?' vroeg Ramzan.

Tamelijk overbodige vraag, dacht Geir. Hij knikte.

'Down! Down! Down! Down!'

Geir schrok, hij zette het water en het eten neer en zakte langzaam op zijn knieën.

'*Down, pig!* Op de grond! Ga op je buik liggen! *Down*!'

Hij ging op zijn buik liggen en spreidde zijn armen en benen uit. Iemand duwde een knie in zijn rug. Hij voelde handen die hem snel en geroutineerd fouilleerden. Toen draaiden ze hem op zijn rug en herhaalden ze het fouilleren. Toen ze klaar waren, trokken ze hem weer omhoog.

'Is de Noorse overheid nog van plan om snel iets te ondernemen?' riep een vrouw. Geir keek op. Silje Gran van de Vooruitgangspartij. 'Hoe lang zijn jullie eigenlijk van plan te wachten?'

'Shut up!' schreeuwde Ramzan.

Twee terroristen pakten het eten en het water. De ene rukte het papier van een van de voedselpakketten, hij pakte een boterham en rook er achterdochtig aan.

'Als jullie iets in het eten of het water hebben gedaan...' zei Ramzan dreigend.

'No, no!' zei Geir en hij tilde zijn handen op. 'Niets.' Hij probeerde ontwapenend te glimlachen. 'Kan ik... iets meenemen?' Fjell had hem opgedragen niet het woord 'gijzelaar' te gebruiken.

Ramzan keek hem lang aan. 'Nee', zei hij.

Geir aarzelde. Ze hadden hem erop voorbereid dat hij zowel een gijzelaar mee zou kunnen krijgen als een nee zou kunnen horen. Hij moest onder geen enkele omstandigheid in discussie gaan. Toch voelde het als zo'n enorme verspilling om zijn leven in gevaar te brengen zonder dat hij het leven van een gijzelaar kon redden.

'Of wacht', riep Ramzan uit. Een klein lachje speelde rond zijn lippen. 'Neem hem mee!' Hij knikte naar het lijk onder de plaid.

Geir slikte. Hij sloeg de plaid terug en greep de handen van de dode.

'Eruit!' beval Ramzan en hij gebaarde hem met een handbeweging weg te gaan.

Een van de terroristen opende de deur. Geir trok het lijk achter zich aan de deur uit. Twee terroristen hielden hem onder schot. Hij trok Magomed met zich mee. De studiodeur klapte dicht.

Silje Gran kroop in een hoek van de publiekstribune in elkaar. Ze probeerde het gevoel van wanhoop te stoppen. Ze was gewend de controle te hebben. Nu voelde ze zich machteloos. Paniek lag op de loer. De Noorse overheid zou nooit toegeven aan de eisen. Niet zolang Viksveen premier was. En de terroristen zouden nooit opgeven. Ze waren veel te doelgericht, veel te concreet wat betreft hun eisen. Eerlijk gezegd zou de overheid hun meer tegemoet moeten komen, vond ze. Uiteindelijk ging het om onschuldige Noorse burgers. De Tsjetsjenen vochten een rechtvaardige vrijheidsstrijd tegen een eeuwenlange Russische overheersing. Zou iemand tijdens de oorlog de Noorse verzetsmensen 'terroristen' hebben genoemd? Zij namen wel geen onschuldigen in gijzeling, maar veel burgers werden onschuldige slachtoffers van het verzet. Silje Gran draaide zich om en liet haar kin op haar handen rusten. In feite zou het van de overheid en de politie niet onredelijk zijn als ze een paar eisen inwilligden. Zodat er mensen uit deze hel konden vertrekken. Waarom kostte het zoveel tijd? Zo typerend voor de regering-Viksveen! Traineren, uitstellen, vertragen... Zo verdomd typerend! De terroristen hadden hun eisen nu al meer dan vier uur geleden kenbaar gemaakt. Nog steeds hadden ze niets van de autoriteiten gehoord. Was het dan vreemd dat de terroristen ongeduldig werden? De politici en de politiemensen voelden zich vast heel veilig in hun open, ruime kantoren terwijl ze naar de televisie keken alsof dit een spannende actiefilm was. Maar wel verdomme, dacht ze, hebben we er niet allemaal recht op dat dit opgelost wordt? Ik wil niet dood. Ik wil niet sterven in een afgrijselijke televisiestudio terwijl mensen in hun huiskamer zitten toe te kijken. Ik wil niet doodgeschoten worden of in de lucht vliegen omdat de overheid geen kans ziet om de situatie te hanteren of de eisen in te willigen. Allemachtig, iedere dag gaan er staatsleiders tegen hun principes in akkoord als ze daartoe door de omstandigheden gedwongen worden. Ze kunnen hun principes en edelmoedigheid toch overboord gooien als er zoveel levens op het spel staan! Eigenlijk kon ze wel begrijpen dat de terroristen razend werden. Ze wist niet wat ze ervan denken moest. Ze wilde hier alleen maar uit! Weg! Uit!

9

Commandopost van de politie, 02.36 uur

'Bedankt voor de spullen', zei Ramzan.

'Wanneer kunnen we de gewonde man verwachten?' vroeg Thomas Fjell.

'Je kent de regels.'

'Hij heeft medische hulp nodig.'

'Jullie krijgen hem als we zeker weten dat jullie geen toverpoeder in het water of het eten hebben gedaan.'

'Wat dat betreft moet je ons vertrouwen.'

'Doe niet zo dom.'

'Schiet dan op.'

'Tijd, inspecteur, is het enige wat wij onbeperkt hebben.'

Hij hing op.

'Wanneer kunnen we de gijzelaar ophalen?' vroeg Bjørnar Lehmann en hij trommelde met zijn vingers op zijn dij.

'Gauw', zei Fjell.

'Hij kan ons voor de gek hebben gehouden, dat weet je!'

'Zo'n type is hij niet.'

'Vertrouw je hem?'

'We hebben een afspraak. Daar houdt hij zich aan.'

'Je bent veel te goed van vertrouwen.'

'Hij wil niets geven voordat ze er zeker van zijn dat er aan het eten en het water niets… je weet wel, is toegevoegd waar ze niet van opknappen.'

Lehmann gromde.

Maar wanneer kunnen we de gijzelaar ophalen, dacht Thomas Fjell.

10

Crisisteam van de minister-president, 02.40 uur

'De politie rapporteert dat het eten en het water is afgeleverd', zei staatssecretaris Vidar Erichsen.

Premier Bjørn-Tore Viksveen, die een statusrapport zat te lezen van de staf van het politiebureau, keek niet eens op toen hij vroeg: 'Zijn er gijzelaars vrijgelaten?'

'Nog niet', zei politiecommissaris Elsebeth Røed.

'Ze hopen dat er twee gijzelaars worden vrijgelaten,' voegde Erichsen eraan toe, 'de man die is neergeschoten plus Frank Berthelsen. Maar het is onduidelijk of ze er meer dan één krijgen.'

'Berthelsen?'

'Waarschijnlijk niet', zei Røed. 'Onze contactpersoon denkt dat het de man wordt die is neergeschoten.'

'Waarom Berthelsen niet? Als hij hartproblemen heeft...' De premier keek half vragend en half verontwaardigd naar de commissaris.

'De terroristen tillen niet zo zwaar aan de hartproblemen van Berthelsen. Terwijl de man die dood ligt te bloeden een probleem betekent dat ze kwijt willen.'

02.41 – 03.00

I

Studio 2, 02.41 uur

Vreemd, dacht Kristin Bye, hoe tijd zo oneindig snel kan gaan en zo onbegrijpelijk langzaam. Twintig minuten voor drie. Nog drie uur en twintig minuten voordat de deadline verstreken is. Vier uur en veertig minuten sinds de nachtmerrie begon. Na zo'n lange tijd was de angst een constant gevoel geworden. Door de angst was ze afwisselend opgewonden en verdoofd. Ze was nu op een punt gekomen dat ze dacht dat er maar moest gebeuren wat er gebeuren moest; zij kon er toch niets aan veranderen.

Moesten ze Jussup niet ophalen? Ramzan Jevlojev had gezegd dat ze hadden afgesproken dat ze hem zouden vrijlaten. Kristin was opgelucht geweest door die mededeling. Onderhandelen was mogelijk. Het was mogelijk om hier levend uit te komen.

Ze keek naar Frank Berthelsen. Een marteling. Ze konden hem toch laten gaan zodat hij medische hulp kon krijgen. Of wilden ze dat hij doodging aan een hartstilstand? Dan was hij als gijzelaar toch niets meer waard? Ze begreep hun logica niet.

Ze had gemerkt dat de zes terroristen vaste posten in de studio bemanden. Ze wisselden, volgens een patroon waar Kristin geen vat op kon krijgen, regelmatig van positie. De deur, de tribune, de opslagplaats van de coulissen, het toilet. Van een paar terroristen wisten ze nooit precies waar ze zaten. Het leek alsof de hele operatie een nauwkeurig ingestudeerde militaire manoeuvre was.

2

Commandopost van de politie, 02.50 uur

'Ik moet toegeven, inspecteur, ik moet toegeven.'

Thomas Fjell probeerde Ramzan Jevlojevs stem te duiden. Ironisch? Spottend? Schertsend? Hij bedacht dat dát de treffendste uitdrukking was. Schertsend...

'Wat bedoel je?'

'Niemand heeft tot nu toe last gehad van het water en het eten.'

'Zoals ik al tegen je gezegd had, Ramzan. We zijn niet dom.'

'Hm.'

'Wanneer kunnen we hem ophalen?'

'Wie?'

Een steek in zijn maag. 'De gewonde man. Onze afspraak?'

'O, die.' Een kort lachje. 'Kom maar. Ik heb hem niet nodig.'

'Ik stuur twee mannen met een brancard.'

'Inspecteur?'

'Ja?'

'Geen onzin?'

'Uiteraard niet.'

'Geen verklede mannen ván de antiterreureenheid met grappige wapens verstopt in de brancard?'

'We spelen geen spelletje.'

'Goed. Want dat doe ik ook niet. Je kunt de mannen die naar binnen komen zeggen dat er constant zes wapens op hen gericht zijn. En we hebben de bommen ook nog.'

'Ze zullen blij zijn dat te horen.'

'Het kleinste trucje...'

'We snappen de boodschap.'

'Een enkele misstap...'

'Ik begrijp het!'

'Goed zo. Want je moet goed bedenken, inspecteur, dat zelfs als jullie in aantal en wapenuitrusting in de meerderheid zijn, dat wij idealisten zijn. Wij zijn bereid te sterven voor onze zaak.'

Ingestudeerde slogans??? schreef Fjell op het notitieblok.

'Een enkele misstap,' ging Ramzan verder, 'en zes vrijheidsstrijders brengen een hoeveelheid springstof tot ontploffing die de studio zal omtoveren in een slachthuis.'

'Ramzan, ik...'

'En nog iets anders, inspecteur!'

'Ja?'

'Stop met me Ramzan te noemen.'

'Dat is je naam, toch?'

'Denk je dat ik niet begrijp wat je probeert te doen? Een band te scheppen tussen jou en mij? Iets wat je geleerd hebt tijdens je cursus, inspecteur?'

3

Receptie Kanal ABC, 02.52 uur

'Wat denk je?' vroeg Bjørnar Lehmann enthousiast.

Aksel Schjelderup aarzelde. De operationeel commandant keek nadenkend de gang in naar studio 2.

'Het ventilatiekanaal?' herhaalde hij nadenkend.

'De tekeningen zijn bijzonder overzichtelijk', zei Lehmann en hij spreidde de bouwtekeningen uit over de receptiebalie. 'Het ventilatiekanaal begint hier', hij zette een vinger op een vierkant dat een machinekamer voorstelde, 'en loopt boven de gang hiernaartoe', hij trok zijn wijsvinger verder over het papier, 'en eindigt hier!' Hij duwde hard op een groot vierkant. Studio 2.

Aksel Schjelderup hoestte.

'Allereerst ben ik van plan er een mannetje in te sturen om de boel te verkennen', zei Lehmann. 'Volgens de bewaker is het rooster van hetzelfde type als elders in het gebouw; op die manier is het mogelijk om in de studio te kijken en te onderzoeken hoe effectief een gasaanval via het ventilatiekanaal kan zijn.'

'Een groot risico! Is dat verstandig? Na wat er met Mørch is gebeurd?'

'De hele situatie kent een groot risico. We sturen hem de studio niet in. Hij moet alleen maar observeren en zich dan terugtrekken. Ze willen hem in geen geval via het ventilatiekanaal in de studio brengen.'

'Ik weet het eerlijk gezegd niet...'

'Als we ons laten leiden door angst, kunnen we net zo goed direct opgeven. We moeten de mogelijkheden die er zijn onderzoeken! We moeten aanvallend opereren! Met alle respect voor Thomas Fjell... deze situatie zit muurvast! Die zal nooit door onderhandelingen worden opgelost, nooit!'

'Wat zegt Thomas?'

'Ik heb het nog met niemand gehad over het voorstel, ik wilde jouw mening eerst horen.'

Schjelderup keek naar de bouwtekeningen. Uiteindelijk was hij degene die de leiding ter plaatse had. Als er iets verkeerd ging, dan droeg hij daar de verantwoordelijkheid voor. 'Ik stel voor dat we met Fjell en OpStaf overleggen als de gijzelaar eruit is gehaald', zei Schjelderup en hij dacht: ben ik laf omdat ik de verantwoordelijkheid zo veel mogelijk probeer te spreiden?

4

Studio 2, 02.53 uur

Silje Gran sloeg haar ogen op. Had ze geslapen? Ze dacht van niet. Of toch wel? Ze was een paar minuten weg geweest. Recht achter haar hoorde ze het geroezemoes van zachte stemmen. Door de rijen banken zag ze twee terroristen staan. Ze had altijd een zekere sympathie gevoeld voor het Tsjetsjeense volk. Zelfs al verachtte ze de brutaliteit die de meeste extreme Tsjetsjenen aan de dag legden, ze bewonderde hun idealisme en moed om tegen hun bezetters te vechten. Hoewel ze nooit terrorisme zou verdedigen, begreep ze diep in haar hart de vrijheidsdrang die hen dreef. Was het soms niet zo dat het doel de middelen heiligt? De vrijheidsstrijd van de Tsjetsjenen leek in vele opzichten op het

Noorse verzet tijdens de oorlog. Een verbeten guerrillaoorlog tegen een machtige tegenstander. Maar nu, met een doodvonnis dat iedere minuut dichterbij leek te komen, besefte ze dat de mensen die zij voor vrijheidsstrijders had gehouden, voor hun slachtoffers doodgewone moordenaars waren. De gedachte dat ze misschien dood kon gaan, was onwerkelijk. Waren regels en principes belangrijker dan haar leven? Belangrijker dan de levens van de gijzelaars?

Twee politiemannen van de Bijstandseenheid hadden uniformen, vesten en een brancard geleend van het ambulancepersoneel. Precies om zeven minuten voor drie stonden ze voor de zware studiodeur. Toen de deur openging, grepen ze beiden de handgrepen van de brancard stevig vast. Met getrainde blik verkenden ze de studio terwijl ze naar de gewonde man liepen: afmetingen, afstanden, de posities van de gijzelaars en de gijzelnemers. Ze namen de wapens op die de hele tijd op hen gericht waren en de bommen die vastzaten op het lichaam van de terroristen.

De gewonde gijzelaar lag met zijn hoofd op de schoot van Silje Gran. De twee politiemannen legden een kompres aan op de schouderwond en op de met bloed doordrenkte stropdas die de vrouw tegen zijn nek duwde. Toen trokken ze een bandage strak rond zijn hals met een opengeknipt gedeelte aan de voorkant zodat hij vrij kon ademhalen. De half bewusteloze man trachtte iets te zeggen. De politiemannen pakten hem bij zijn benen en armen en tilden hem op de brancard, waarop ze hem in stabiele zijligging legden. Ze gespten hem vast met riemen. Het kompres was alweer doordrenkt van het bloed. Ze tilden de brancard op en droegen hem naar de deur. De pistoolmonden volgden hun bewegingen.

De terrorist die de deur bewaakte, duwde die zo ver open dat ze de studio helemaal uit konden lopen voordat ze de bocht van negentig graden naar rechts de smalle gang in moesten maken. Achter hen viel de ijzeren deur met zo'n klap dicht dat ze eerst dachten dat een van de bommen in studio 2 was afgegaan.

In de studio probeerde Frank Berthelsen op te staan toen de twee mannen met de brancard naar buiten verdwenen, alsof hij wilde roepen 'wacht op mij' en ze wilde gebaren terug te komen. Er ging een schok door hem heen. Hij hikte. Zijn ogen rolden in de kassen en zakten toen dicht. Met een plof viel hij terug in zijn stoel en vervolgens zakte hij half op zijn zij. Grethe Aslaksen moest hem omhoogduwen. 'Help!' riep ze en ze keek wanhopig rond. Terwijl Frank Berthelsen uit de stoel gleed en op de grond zakte, kwam Kristin aangerend. Hij haalde stotend adem.

'Zijn hart!' riep ze naar Ramzan Jevlojev, die hen wantrouwend volgde. *'Heart attack!'* Toen hij niet reageerde voegde ze daaraan toe: '*Doctor*! Hij heeft een arts nodig!'

Ramzan bleef staan en nam Frank Berthelsen op. 'Hij ademt', zei hij ten slotte en hij draaide zich om.

5

In het ventilatiekanaal, 02.56 uur

Politieman Geir Wilhelmsen van de Bijstandseenheid kroop langzaam door het nauwe ventilatiekanaal. Het licht van de lantaarn op zijn hoofd was gedempt, zodat het hem niet zou verraden wanneer hij het rooster in studio 2 naderde. Hij trachtte zo min mogelijk lawaai te maken. Niemand wist hoe ver het geluid in de lange buis droeg. Het kanaal was gemaakt van aluminium of ijzer, hij wist het niet precies. Het zilverkleurige metaal leek een beetje mee te geven als hij zich met zijn knie verder duwde.

'T5 aan T1, geluidscheck', fluisterde hij. Er was een gevoelige microfoon aan zijn wang vastgemaakt.

'T1 aan T5, begrepen', kraakte Lehmanns stem in zijn oortje.

Hij zat nu ergens boven de gang voor studio 2. Volgens de tekeningen zou het kanaal binnenkort een bocht van negentig graden naar links maken. Dan zou hij recht boven de studio zijn. Na vijf meter zou hij in het gedeelte met openingen komen. De bewaker had hem gewaarschuwd daar niet te dichtbij te komen, want hij kon niet garanderen dat de constructie hem dan hield. Maar hij zou de studio via die openingen kunnen observeren.

'T5 aan T1, ik ben bijna bij studio 2', fluisterde hij.

'T1 aan T5, begrepen.'

Hij voelde zich kwetsbaar zonder kogelvrij vest. Maar met het stijve, zware vest zou hij zich niet soepel genoeg kunnen bewegen door de smalle buis. Meter voor meter kroop hij verder. Gelukkig was de binnenkant van het ventilatiekanaal helemaal glad, met nauwelijks waarneembare lasnaden. Zijn armen waren gestrekt en hij trok zich verder terwijl zijn benen duwden. Als hij aanleg had gehad voor claustrofobie, dan zou hij heel goed een paniekaanval kunnen krijgen bij de gedachte dat hij zich niet kon omdraaien en dat hij zich de hele weg terug achterwaarts moest bewegen. Maar het enige waarop hij zich concentreerde was de volgende meter. Af en toe, als zijn gedachten een minuutje vrijaf wilden, zag hij zijn vriendin Renate voor zich met hun zoontje Truls van elf maanden. Renate was nog steeds thuis, maar ze hadden vanaf augustus een oppas en dan zou Renate weer beginnen met werken. Als ze allebei weer volledig aan het werk waren, konden ze misschien dat oude autowrak omruilen voor een nieuwer model.

Toen het zwakke licht van zijn hoofdlantaarn op de zilveren wand voor hem scheen, voelde hij dat zijn hart sneller ging kloppen. Voorzichtig, om geen geluid te maken, kroop hij door de hoek van negentig graden. Hij bleef even liggen om weer op adem te komen. Nu zat hij recht boven de studio.

Zacht: 'T5 aan T1, ik ben voorbij de negentiggradenhoek boven de studio.'

'T1 aan T5, begrepen. Succes en wees voorzichtig. Radiostilte op kanaal 8!'

Geluidloos tijgerde hij verder. De bewaker had hem verzekerd dat het ventilatiekanaal aan solide banden hing die verankerd zaten in het plafond, zodat het veel meer dan het gewicht van een man kon dragen. Toch moest hij eraan denken wat er zou gebeuren als de hele buis losliet en op de grond zou smakken.

Hij strekte zijn handen naar voren en schoof weer een halve meter vooruit.

6

Studio 2, 02.59 uur

'Ssst!'

Ramzan Jevlojev verstarde, als een vos die iets in het struikgewas had gehoord bleef hij met gespitste oren staan.

Iedereen werd stil.

Ramzan hield zijn rechterhand met zijn pistool in de lucht terwijl hij ze met zijn linkerhand tot stilte maande. Kristin keek naar de studiodeur. Kwam er nu een aanval? Zou de politie de studio binnenstormen? Wie zou er gewond raken? Zouden de terroristen de bommen tot ontploffing brengen? Zouden ze allemaal sterven?

Ramzan blikte waakzaam rond. Daar! Daar was het geluid weer! Een hol, metalig geluid. Kristin herkende het niet en wist niet waar het vandaan kwam. Ramzan draaide zich om en rende over de studiovloer met zijn blik gericht op het plafond. Kristin begreep niet waar hij naar keek. Er was geen plaats voor mensen boven de schijnwerpers. En aan het plafond zaten alleen maar schijnwerpers en het ventilatiekanaal.

Brullend richtte Ramzan zijn pistool op het dak en schoot. Er begonnen mensen te schreeuwen.

7

In het ventilatiekanaal, 03.00 uur

Het eerste schot zond een straal van fel licht door het ventilatiekanaal. Politieman Geir Wilhelmsen hapte naar adem en schoof snel naar achteren. Het volgende schot boorde zich op slechts een halve meter afstand van hem door het ventilatiekanaal heen.

Het kraakte in het oortje: 'T1 aan T5, wat gebeurt er?'

'Ze schieten!'

'T5, zo snel mogelijk terugtrekken, ik herhaal, nu terugtrekken!'

Toen het derde schot viel, dacht hij dat hij vast was blijven zitten aan een stuk verwrongen metaal aan de binnenkant van het ventilatiekanaal. Vreemd dat ik dat niet eerder heb gemerkt, dacht hij. Maar bijna tegelijkertijd besefte hij: ik ben gewond! Hij was ergens in zijn zij getroffen, in de buikstreek, maar hij kon niet precies voelen waar. Zijn handen had hij voor zich en het kanaal was te nauw om bij de wond te komen met zijn handen.

'T1, ik ben geraakt!'

Panisch kronkelde hij zich naar achteren.

'T1 aan T5, ben je gewond?'

Een nieuw schot boorde zich door het metaal en door zijn onderarm. Hij onderdrukte de drang om te gaan schreeuwen van angst en pijn.

'Ik ben geraakt! Twee schoten!'

Toen zijn been tegen de wand bij de negentiggradenhoek aanstootte, raakte hij een ogenblik in paniek omdat hij dacht dat het kanaal geblokkeerd was. Maar op hetzelfde moment besefte hij dat de hoek in het kanaal ook zijn redding betekende.

Ver onder zich in de studio hoorde hij hard geroep. Om hem heen werd het kanaal doorboord met schuine strepen van licht.

Papa lag met zijn rug en hoofd tegen de muur, onder een brede baan bloed die hij had getrokken toen hij naar beneden was gezakt. Ze hadden meerdere malen op hem geschoten en de schoten hadden hem in de borst getroffen. Hij moest in korte tijd zijn doodgebloed. Voor papa hoop ik dat ze hem eerst hebben doodgeschoten. Zodat hij niet hoefde mee te maken wat voor walgelijke dingen ze met zijn gezin hadden gedaan.

Ik vond mijn oudere broer in de keuken. Zijn hoofd lag een halve meter van zijn lichaam verwijderd. Zijn ogen staarden leeg naar de vloer. Met zijn bloed hadden ze 'Dood aan de moslimterroristen' op de muur geschreven, alsof hij een wrede en fanatiek religieuze koppensneller was.

Ze hadden mijn kleine zusje met zich meegenomen naar haar slaapkamer en op de grond lagen de kleren die ze van haar lijf hadden gerukt. Ze lag naakt op haar bed, dat bij het raam stond, met haar ene voet op de vensterbank en de andere op de grond. Het leek wel of ze sliep. De blauwe plekken en de zwellingen in haar nek vertelden dat ze gewurgd was nadat ze haar verkracht hadden. Op haar borsten zaten beetwonden. Huilend keek ik weg terwijl ik haar op haar buik draaide en een plaid over haar heen spreidde.

Mama was doodgeschoten. Ze hadden haar in het tweepersoonsbed vermoord nadat ze met haar klaar waren. Haar rok was opgerold tot aan haar buik. Het schot had een roos van bloed op haar borst achtergelaten.

Ik legde papa's deken over haar heen en drukte haar ogen dicht.

03.01 – 03.16

I

03.01 uur

De doden zochten hem 's nachts op.

Sommige hadden een naam. Maar de meeste waren anoniem. Gezichten in de nacht. Sommige waren beschuldigend en kwaad. Andere verdrietig. Sommige jammerden, onverstaanbaar. Maar ze staarden hem allemaal aan. Zoons en broers. Vaders en echtgenoten. Je hebt iets van ons gestolen, zeiden hun blikken. Je hebt mijn leven gestolen. Mijn echtgenote moest een nieuwe man zoeken. Mijn moeder lacht niet meer. Mijn vader kwijnt weg. Mijn zoons hebben geen hoop meer.

Hoeveel levens heb ik genomen? Hij had ze nooit geteld. Honderden als hij de autobommen en de nachtelijke aanslagen, waar hij verantwoordelijk voor was, meerekende.

Soldaten doden, zei hij tegen zichzelf. Maar toch kon hij daarin geen troost vinden. Niet 's nachts, als de doden voorbijkwamen.

Wandaden. Waanzin. Slechtheid. De geheimen die hij met zich meedroeg en die hij nooit, nóóit, met iemand wilde delen.

Als ze nou gewoon naar hem hadden geluisterd, dan had hij deze catastrofe kunnen afwenden. Hij duwde zijn vuisten tegen zijn slapen, hij durfde de gedachte niet te denken. De herinneringen zouden hem breken. Met zijn vuisten bonkte hij hard tegen zijn slapen. Maar de gedachten waren er; de herinneringen, de beelden. Hij viel op zijn knieën terwijl hij met zijn vuisten tegen zijn hoofd bonkte.

2

In het ventilatiekanaal, 03.03 uur

'T1 aan T5?'

Het was hem gelukt om in het ventilatiekanaal boven de studio door de hoek van negentig graden heen te komen. Nu lag politieagent Geir Wilhelmsen te snakken naar adem.

Nog steeds gingen er schoten door de metalen buis waarin hij zojuist nog gezeten had. Als doffe dreunen echode het geluid door de lange, nauwe buis.

Hij had een brandende pijn in zijn buik en onderarm. Zijn spieren trilden.

'T1 aan T5, ben je daar nog?'

'Ik ben er nog.'

'T5, status!'

'Ik ben voorbij de hoek.' Zijn stem brak. 'Ben buiten het bereik van de kogels.' Hij kreunde. 'Getroffen door twee kogels. Omvang van de wonden onduidelijk.'

'T5, ben je wel volledig bij kennis?'

Aarzelend: 'Ik ben duizelig.'

'T5, ben je in staat om er zelf uit te komen?'

Zijn hart bonkte zo heftig dat hij niet kon antwoorden. Het draaide voor zijn ogen. Hij snakte naar adem en hij moest overgeven.

'T1 aan T5, *come in*!'

Hoe ver had hij gekropen voordat hij hier was? Twintig, dertig meter? Nu moest hij die heel lange weg achterwaarts afleggen. En waarom was het nat in de buis? Niemand had gezegd dat er water kon staan. Zijn hand gleed weg toen hij zich tegen het gladde metaal wilde afzetten. Hij keek omhoog om te zien of het condens was die naar beneden druppelde. Maar hij zag niets. Toen hij zijn hoofdlamp weer naar beneden richtte, zag hij dat het geen water was. Het was bloed.

3

Spoedbericht, persbureau NTB, *03.03 uur*

telexbericht
Gijzelingsdrama –

Oslo (NTB) Er zijn meerdere schoten gelost in studio 2. De politie wil niet zeggen of er doden of gewonden zijn gevallen. Volgens de televisiebeelden is geen van de gijzelaars getroffen.

– – – – aka – ol – bk
03.03 uur 196 tekens

4

Commandopost van de politie, 03.04 uur

'Jij onbetrouwbare leugenaar!'

De stem van Ramzan Jevlojev klonk razend. Onderhandelaar Thomas Fjell sloot zijn ogen. Kwaadheid maakt een mens irrationeel en moeilijk om mee te praten. Je raakt je zelfbeheersing kwijt, zegt dingen die je niet meent. Het was nu van belang hem te kalmeren.

'Leugenaar?' vroeg hij rustig. Door het herhalen van de woorden van de tegenpartij, hoefde je niet direct te reageren op de beschuldigingen.

'Je bent een verdomd onbetrouwbare, valse leugenaar!'

'Waarom zeg je dat, Ramzan?'

'Houd je niet van de domme. Er ligt een dode politieman in het ventilatiekanaal boven me! Hij was dom. Wees niet net zo dom, inspecteur!'

Hij denkt dat hij Geir W. gedood heeft, noteerde Fjell. Hij wilde niet verraden dat de politieman niet dood was. Hoe minder hij wist, hoe beter het was.

'Het spijt me,' zei Fjell, 'maar waar heb je het over? Dode politieman? In het ventilatiekanaal?'

'Je stelt me teleur! Je denkt dat je me makkelijk voor de gek kunt houden. Ik dacht dat je respect voor me had.'

Respect! noteerde hij. 'Ik respecteer je, Ramzan. Maar ik begrijp niet waar je het over hebt', loog hij en hij noteerde de leugen op een vel papier voor zich: *03.04 uur: ik zeg dat ik niets weet over politieman in ventilatiekanaal! Leugen!*

'We hebben hem doodgeschoten!'

'Je moet begrijpen dat ik geen deel uitmaak van het politieteam en de operationele eenheid', blufte hij. 'Ik heb geen idee waar zij mee bezig zijn. Ik ben hier om de onderhandelingen te voeren. Ik zit hier in mijn eentje. Dus als iemand iets doms heeft uitgehaald, dan spijt me dat. Geef me een paar minuten om het uit te zoeken.'

5

Crisisteam van de minister-president, 03.05 uur

'Geschoten?' Minister-president Bjørn-Tore Viksveen stond half op en liet zijn lichaam rusten op zijn vuisten die op het bureau leunden.

'Helaas', zei commissaris Elsebeth Røed. 'Volgens de voorlopige rapporten van onze operationeel commandant ter plaatse werd er een politieman beschoten tijdens een verkenningsopdracht in een ventilatiekanaal boven de studio.'

'Maar in hemelsnaam, dat lijkt toch net James Bond?' zei de premier.

'Vanuit de visie van de politie was...'

'Is hij dood?'

'Hij zit nog steeds in de buis en heeft voortdurend contact met zijn superieuren via zijn zendertje.'

'Dus hij leeft?'

'Aangezien hij reageert op radio-oproepen, is dat een redelijke aanname', zei de commissaris droogjes.

'Ik dacht dat dergelijke acties door ons goedgekeurd dienden te worden?'

'Ik heb begrepen dat de regering alleen besluiten neemt over de grote lijnen ten aanzien van de aanpak van de terroristen. Het gewone politiewerk en de verkenningsoperaties worden dientengevolge geleid door onze mensen ter plaatse. Als de minister-president de leiding over die details wil, moeten we...'

Premier Viksveen maakte een afwerend gebaar naar haar. Zijn blik liet zien dat zijn gedachten alweer heel ergens anders waren.

6

Studio 2, 03.06 uur

Ze begreep niet wat er gebeurd was, waarom ze geschoten hadden, wat Ramzan Jevlojevs woede had opgewekt. Kristin Bye liep onrustig door studio 2 terwijl ze probeerde te begrijpen wat er aan de hand was geweest. Zonder enige reden was Ramzan als een wilde naar het plafond gaan schieten. En al snel waren er twee anderen bij gekomen. Eerst dacht ze dat het de camera aan het plafond was die ze probeerden te raken. Maar die zat verderop in de hoek. Toen vroeg ze zich af of ze een van de schijnwerpers probeerden te raken. Maar daar was geen reden voor.

'Waarom hebben ze geschoten?' fluisterde ze tegen Bernt Bøe, de minister van Buitenlandse Zaken, die met zijn armen over elkaar alle gebeurtenissen zat op te nemen.

Hij schrok op. 'Ik weet het niet', zei hij eerst. Toen voegde hij daaraan toe: 'Misschien zat er een politieman in het ventilatiekanaal?'

Kristin keek omhoog. Politieman? In het ventilatiekanaal?

'Er is toch geen ruimte voor een mens in die buizen?'

'Als de betreffende persoon niet al te veel last heeft van claustrofobie.'

'En ze hebben op hem geschoten? Maar hoe hebben ze hem ontdekt?'

'Ze hebben hem vermoedelijk gehoord.'

Ze keek omhoog. Het ventilatiekanaal blonk zilverwit.

'Kristin Bye!'

Ramzans stem klonk als een zweepslag. De terrorist liep naar haar toe. In zijn hand had hij haar portemonnee. Hij bleef voor haar staan en trok haar met zich mee, weg van de anderen.

'Je moeder?' Hij liet haar een foto zien die vele jaren geleden op de familieboerderij in Juvdal was genomen.

'Hm.' Ze knikte angstig.

'En dit?'

'Christoffer. Mijn ex.'

'En hoe zit het met deze?' Hij liet haar een krantenfoto zien die ze van Ruslan Vlasov had gekregen. Het was een vergeeld portret dat uit een Russische krant was geknipt. Op de korrelige foto zag Ruslan eruit als een grimmige, oude man.

Ze zweeg.

'Is hij je vriend?'

Ze lachte verbluft. 'Nee!'

'Maar waarom heb je dan een foto van hem in je portemonnee?'

'Omdat', zei ze aarzelend, 'ik hem ken.'

'Wie is hij?'

'Ruslan Vlasov', zei ze aarzelend. Ze wilde Ruslan hier eigenlijk niet bij betrekken, maar ze durfde niet te liegen. Het leek wel of hij hem herkende.

'Ruslan? Vlasov?' Ramzan Jevlojev begon te lachen. 'Ruslan Vlasov? Noemt hij zich zo? Heeft hij je dát verteld?'

Ze keek hem niet-begrijpend aan.

'En jij geloofde dat echt?' zei hij.

'Ja?'

'De overheid heeft hem een valse identiteit gegeven. Hij heet niet Ruslan Vlasov.'

'O, nee?'

'Vlasov is niet eens een Tsjetsjeense naam, het is Russisch! Die man', hij wapperde met de uitgeknipte foto, 'is Aslan Gairbekov.'

Er ging een schok door Kristin. Aslan? De man op wie ze jacht maakten? Wilden ze dat Ruslan naar de studio kwam? Ruslan... Aslan? Maar waarom? En waarom kwam hij niet? Ze wist dat hij gezien moest hebben wat er gebeurd was. Hoe konden de Tsjetsjenen weten dat hij haar bron was? Ze had geloofd dat hij Ruslan heette, maar zelfs dát had ze nooit tegen iemand gezegd. Zelfs niet tegen Gunnar. Zelfs hoofdredactrice Astrid Wahl, die hem had ontmoet toen ze een paar belangrijke documenten in de safe in haar kantoor hadden gedaan, wist niet hoe de Tsjetsjeen heette.

'Ken je hem goed?' vroeg Ramzan.

'Niet zo.'

'Waar is hij?'

'Ik weet het niet.'

'Is hij hier?'

'Ik weet niet waar hij is, ik heb hem al een hele tijd niet meer gezien', loog ze.

'Wanneer heb je hem voor het laatst gezien?'

'Dat herinner ik me niet. Weken geleden.'

'Waar woont hij?'

'In een asielzoekerscentrum.'

'Waar?'

'Dat heeft hij me nooit gezegd.'

'Leugens.'

'Het is waar! Hij deed erg geheimzinnig.'

'Je beschermt hem.'

'Denk je dat ik bereid ben om voor hem te sterven?'

Ramzan keek haar lang aan. 'Waarschijnlijk, neem ik aan.'

'Doe niet zo dom.'

Hij grinnikte. 'Ik mag jouw stijl wel.' Toen ze geen antwoord gaf, keek hij haar zo begerig aan dat ze voor het eerst deze nacht bang was dat ze verkracht zou worden: 'Ik hou van stoere vrouwen.'

7

Spoedbericht, persbureau NTB, *03.06 uur*

telexbericht
Gijzelingsdrama –

Jeruzalem (NTB) Een woordvoerder van de Israëlische regering zegt dat de gijzeling in Noorwegen 'weer een voorbeeld is van de nietsontziende islamitische terreur die geen grenzen kent'. De woordvoerder zegt dat de regering niet kan uitsluiten dat de Tsjetsjeense terroristen banden hebben met Palestijnse groeperingen.

– – – – wcd – fl – sd
03.06 uur 314 tekens

8

In het ventilatiekanaal, 03.06 uur

Meter voor meter schoof hij achterwaarts het ventilatiekanaal uit. Hij gleed in zijn eigen bloed. Een halve minuut geleden had hij overgegeven. Zijn hoofd suisde.

'T1 aan T5, ben je daar?'

'Hier', fluisterde politieman Geir Wilhelmsen zwak in de microfoon.

'Hou vol, jongen, we hebben je er bijna uit.'

Hij ademde zwaar. Het leek of er geen lucht zat in zijn longen. Zo nauw. De buis was zo oneindig lang. Hij kon zich alleen maar naar achteren duwen door zijn handen af te zetten tegen het bloederige metaal. Hij dacht aan Renate en zijn zoontje. Ze waren tenminste gestopt met schieten. Nu was hij verlost van dat duivelse geluid. Maar hij begreep niet waar al die kleurrijke visjes vandaan kwamen. Ze zwommen heen en weer voor zijn ogen: groene, rode, blauwe, gestreepte. Luchtvisjes, dacht hij. Vreemd dat ik ze niet gezien heb toen ik naar binnen kroop.

In het oortje: 'T5, we kunnen je nu zien!'

Wie zien me?

'Geir!'

Een stem. In zijn oor? In de buis? Wie?

'Help', mompelde hij.

Een luchtvisje zwom voor zijn gezicht langs.

'Geir!'

Toen hij de hand voelde die zijn enkel vastgreep, schrok hij zo dat hij zijn hoofd stootte tegen het ventilatiekanaal.

'Geir! Ik ben het. Vegard! Ik zal je naar buiten helpen!'

'T5', mompelde hij.

'T1 aan T5, je hebt T4 vlak achter je. Het is Vegard. Blijf rustig liggen, we hebben een touw aan Vegard gebonden zodat we jullie er beiden uit kunnen trekken. Blijf heel rustig en ontspannen liggen.'

Een schooltje luchtvisjes kwam van de andere kant van het ventilatiekanaal aangezwommen. Terwijl hij ze scherp probeerde te zien, zakten zijn ogen dicht.

9

Studio 2, 03.07 uur

Ramzan Jevlojev trok Kristin aan haar haren naar camera 1. Zijn vuist was begraven in haar lange, blonde haar.

'Gebruik deze!' riep hij in de camera terwijl hij het haar van Kristin als een trofee vasthield. Hij duwde zijn pistool tegen haar slaap.

Na enkele seconden brandde het rode lampje.

'Aslan,' zei hij in het Tsjetsjeens, 'Aslan Gairbekov, jij laffe rat, ik spreek tegen je! Ik had gedacht dat je uit jezelf zou komen. Ik dacht dat het genoeg was dat je me zag. Ik heb me vergist. Jij bent niet de held die iedereen denkt dat je bent, is het niet? Je bent laf, Aslan. Durf je daarom niet te komen? Betekent het leven van je journalistenvriendin dan niets voor je?'

Hij tilde haar bijna op aan haar haren. Ze jammerde wanhopig. 'Ik heb je een deadline gegeven, Aslan.' Hij grijnsde in de camera. 'Laat ik mijn ultimatum herhalen. Voor het zes uur is verwacht ik jou in deze studio. Hoor je me? Dat is over minder dan drie uur! Als je niet komt,' hij hield Kristins haar met zijn linkerhand vast en duwde met zijn rechterhand het pistool tegen haar slaap, 'dan ben ik genoodzaakt haar dood te schieten! Hoor je me? Om zes uur.'

10

Commandopost van de politie, 03.07 uur

'Ramzan Jevlojev? Hier is inspecteur Fjell weer.'

De terrorist had Kristin Bye met zich meegetrokken naar de telefoon. Op het scherm zag Fjell dat Ramzan met de telefoon in zijn ene hand stond en met het pistool in de andere. Kristin Bye lag als een hoopje op de vloer onder hem.

'Hoor je me?' vroeg Fjell. Hij wist dat hij hem hoorde. Maar hij wilde hem rustiger maken door hem te dwingen op gewone vragen antwoord te geven.

'Ik luister.'

'Ik heb een verklaring voor wat er gebeurd is in het ventilatiekanaal. En het spijt me echt. Maar eerst vraag ik je: waarom gedraag je je zo hardhandig tegenover Kristin Bye?'

Zacht, emotieloos: 'Ik hou er niet van als mensen tegen me liegen.'

'Heeft zij gelogen?'

'Ze doet alsof ze nauwelijks iets weet over Aslan Gairbekov.'

Aslan Gairbekov. Fjell zette een dikke streep onder de naam. 'Wie is hij?'

'Begin jij nu ook niet. Jullie weten wie hij is!'

'We zijn nu bezig dat uit te zoeken,' hij maaide wild met zijn armen naar de collega's aan de tafel achter hem om ze aan te sporen haast te maken, 'maar eerlijk gezegd heb ik geen flauw idee. Rus? Tsjetsjeen?'

'Maakt op het moment niet uit. En jullie hebben tijd genoeg om te ontdekken wie hij is.'

'Wacht je op Aslan Gairbekov? Heb ik dat goed begrepen?'

Zuur: 'Je bent scherp, inspecteur.'

'Waar is hij?'

'Als ik dat wist, had ik hem zelf gehaald.'

'Dus hij bevindt zich op een onbekend adres?'

'Jullie hebben hem goed verstopt.'

Hem verstopt??? schreef Fjell op het notitieblok. *Asielzoeker???*

'Zit hij in Noorwegen?'

'In een asielzoekerscentrum.'

Asielzoekerscentrum, noteerde Fjell. 'Waar?'

'Geheim, geheim, geheim! Ik weet verdomme niet waar hij zit!'

'Hebben jullie geprobeerd hem te vinden?'

'Maandenlang.'

Maandenlang. Geheim adres??? Controleer bij vreemdelingen-politie, veiligheidsdienst, vreemdelingendienst!!!

'Waarom wil je hem te pakken krijgen?'

'Mijn zaak, inspecteur.'

'Als we je moeten helpen met hem op te sporen, moeten we zo veel mogelijk weten.'

'Zorg maar dat je hem vindt!'

'We zullen het proberen.'

'VIND HEM!'

Fjell haalde diep adem. 'We zullen hem vinden.'

'Je hebt minder dan drie uur.'

'Wat betreft de politieman in het ventilatiekanaal... Ik heb de zaak onderzocht.'

Stilte.

'Het spijt me van het misverstand dat ontstaan is.'

Fjell noteerde op het papier recht onder de vorige leugen: *Misverstand.*

'Probeer me niet voor de gek te houden, inspecteur.'

'Ik heb een voorlopig rapport van de operationele staf gekregen, die niet met mij heeft samengewerkt,' loog Fjell – maak de schuldigen tijdens een kritieke fase in de onderhandelingen altijd tot een abstracte grootheid – 'en het klopt inderdaad dat er een politieman in het ventilatiekanaal zat. Het was trouwens een ongewapende persoon die de boel moest verkennen.' Hij slikte, hij had altijd problemen met liegen. 'Die verkenningsoperatie was overigens niet goedgekeurd door de centrale leiding en was een impulsieve actie van een jonge, onervaren politieagent. Je weet hoe ze kunnen zijn op die leeftijd.'

Terwijl hij sprak noteerde Fjell de steekwoorden: *voorlopig rapport, operationele staf, ongewapende persoon, niet goedgekeurd, jonge, onervaren politieagent.*

'In elk geval hebben jullie een slechte leiding.'

Hij gelooft me!!! 'Het spijt me echt. Hij was overijverig.'

'Zijn er nog meer die de held willen uithangen?'

'Meer zijn er niet. Ik beloof het je!'

'Het is hem duur komen te staan.'

'Heel spijtig', zei Fjell. Hoe vreemd het ook mag klinken, hij moest degene met wie hij onderhandelde kunnen begrijpen. Hij moest zelfs proberen sympathie voor hem te voelen. In 1995 was hij naar een gijzeling in een gevangenis in Østlandet geroepen. Een moordzuchtige gevangene die een verhouding had gekregen met een medewerkster in de gevangenis, had haar in gijzeling genomen en eiste vrijheid en geld. Met behulp van dossiers had Fjell ontdekt dat de gijzelnemer een zoon van vijftien jaar had. Net als de medewerkster. Voorzichtig was Fjell gaan praten over de twee jongens, over de toekomst die hun wachtte als de gevangene zijn dreigement om zijn vriendin en zichzelf te doden uitvoerde. Door de focus te verleggen naar de kinderen, had Fjell langzaam kans gezien de man in te laten zien dat hem buiten ook een toekomst wachtte en dat hij ook verplichtingen had tegenover de beide jongens. Na veertien uur had hij de gijzelaarster laten gaan, onder de voorwaarde dat Fjell regelmatig terug zou komen voor een praatje. Fjell had het beloofd. En hij had zijn belofte gehouden. Zo'n drie keer per jaar legde hij de lange weg naar de gevangenis af om met hem te praten. Want het was niet zo dat Fjell de mensen met wie hij onderhandelde haatte. Hij probeerde echt om ze aardig te vinden. Dat was niet zo eenvoudig. Maar hij probeerde het. Hoe wanhopig of slecht ze ook leken. Voor zover het mogelijk was, moest Fjell zich verplaatsen in de psyche van de gijzelnemer. Hij moest hem begrijpen. Thomas Fjells enige opdracht was, en dat was belangrijker dan wat dan ook, inclusief waarheid en oprechtheid, de gijzelnemer zover zien te krijgen dat hij zich overgaf zonder dat de gijzelaars gewond raakten of gedood werden.

In dit geval, dacht Fjell, moest er ook nog een wonder gebeuren.

II

Receptie Kanal ABC, *03.10 uur*

'T1 aan T5, je bent er bijna uit. Hoor je me, Geir?'

Vier collega's tilden politieagent Geir Wilhelmsen uit het ventilatiekanaal. Hij was bewusteloos en besmeurd met zijn eigen bloed. 'Wat verschrikkelijk', mompelde iemand. Ze legden hem in stabiele zijligging. Snel trokken ze het bovenste gedeelte van het uniform uit. Twee artsen verbonden met stevige kompressen en bandages de wonden aan de onderarm en in de buikstreek. Op dat moment kwam hij weer bij bewustzijn. Hij keek verdwaasd rond. 'Waar zijn de vissen?' vroeg hij.

Ze tilden hem op een brancard en droegen hem naar de ambulance.

12

Commandopost van de politie, 03.12 uur

'Hebben jullie al iets meer gevonden over Aslan Gairbekov?' vroeg Fjell ongeduldig.

'Hij staat niet geregistreerd', zei Schjelderup, die meekeek over de schouder van een politieagent die achter de computer zat.

'Controleer bij de veiligheidsdienst, de vreemdelingendienst, de vreemdelingenpolitie. Het lijkt erop dat hij een valse identiteit heeft.'

'OpStaf en de veiligheidsdienst zijn ermee bezig.'

'Aslan Gairbekov?' riep een vrouwelijke rechercheur die aan het eind van de tafel zat. 'Ik heb een heleboel over hem gevonden via Google!' Ze tuurde naar het scherm: 'Aslan Gairbekov. Tsjetsjeense guerrillaleider. Geboren in 1970. Sloot zich in 1995 aan bij de verzetstroepen. Werd later commandant van een groep die achter een hele rij paramilitaire aanvallen tegen de Russische troepen zat. Is gevaarlijk, maar politiek gematigd. Verklaard tegenstander van de extremistische groeperingen in Tsjetsjenië. Tegen aanvallen op burgers. Is van mening dat Rusland de oorlog heeft verklaard aan Tsjetsjenië en ziet daarom Russische soldaten in Tsjetsjenië als legitieme militaire doelen. Verdwenen, vermoedelijk gedood, toen Russische troepen zijn groep in december 2003 opspoorden en versloegen.'

'En nu zit hij ergens in een asielzoekerscentrum in Noorwegen?' zei Fjell verbijsterd.

'Ze willen wraak nemen', zei Schjelderup. 'Daarom proberen ze hem op te sporen. Zijn eigen soldaten zitten achter hem aan!'

13

Studio 2, 03.13 uur

Kristin Bye keek handenwringend van Frank Berthelsen naar Ramzan Jevlojev. Het was duidelijk onmogelijk om verstandig met hem te praten; hij was razend na dat voorval met die politieman in het ventilatiekanaal. En het was net zo duidelijk dat Frank Berthelsen bezig was dood te gaan. De joviale politicus van de Arbeiderspartij lag op de studiovloer te snakken naar adem. Zijn vaalgele gezicht baadde in het koude zweet. Af en toe sperde hij zijn ogen even open. Hij weet dat hij bezig is dood te gaan, dacht Kristin, hij gaat langzaam en met veel pijn dood en weet dat niemand hem kan helpen als hij niet weg mag. Ze streelde met haar handpalm over zijn voorhoofd.

Silje Gran, die even had liggen doezelen, kwam naar hen toe, ze pakte Berthelsens hand. 'Als de overheid niet snel wat doet...' zei ze zacht en woedend.

'Wát doet dan?' fluisterde Kristin.

Silje Gran staarde haar kwaad aan.

'Kun je niet met ze gaan praten?' fluisterde Grethe Aslaksen en ze knikte naar de terroristen.

'Ik heb het geprobeerd,' zei Kristin, 'maar ze willen niet luisteren.'

'Het is in elk geval makkelijker om met hen te praten dan met de Noorse overheid', siste Silje Gran.

'Probeer het dan nog een keer. Hij gaat dood als we niets doen!' zei Aslaksen.

Met een zucht stond Kristin op en liep naar Ramzan, die omhoog naar het ventilatiekanaal stond te kijken. Gelukkig druppelde er geen bloed meer uit. 'Mr. Jevlojev?' zei ze respectvol.

Hij richtte zijn blik op haar.

'*Please*,' zei ze, 'hij is bezig dood te gaan aan een hartaanval.'

'Is hij al gestopt met ademen?'

'Nee. Hij ademt. Nog wel.'

Ramzan trok met een onverschillig gezicht zijn schouders op.
'Alsjeblieft', herhaalde Kristin. 'Hij gaat dood!'
'Net als de meesten van ons.'
'Begrijp je dan niet...?'
Voordat ze goed en wel begreep wat er gebeurde, had hij haar vastgegrepen en de loop van het pistool hard tegen haar kin geduwd.
'Ik begrijp wat je zegt.' En met zijn gezicht zo dicht bij het hare dat ze zijn adem kon voelen, voegde hij er zacht aan toe: 'En ik zeg je dat het me niets kan verdommen, begrepen?'
'Ja!' zei ze geschrokken.
Ramzan trok Kristin met zich mee naar een van de camera's. 'Ik schiet haar dood!' schreeuwde hij. 'Nu! Horen jullie, verdomde leugenaars en bedriegers! Ik schiet haar dood!'

14

Commandopost van de politie, 03.14 uur

'Hij bluft', zei Bjørnar Lehmann.
Thomas Fjell bestudeerde het drama op de monitor voordat hij opkeek naar zijn collega. 'Bluft?'
'Hij schiet haar niet dood.'
'Hoe kun je daar zo zeker van zijn? Ze hebben Geir in het ventilatiekanaal beschoten.'
'Alles was doorgesproken met Schjelderup', zei Lehmann defensief.
'Het punt is dat ze bereid zijn te doden.'
'Maar nu wordt hij niet onder druk gezet of bedreigd. Hij is gewoon kwaad. Daarom denk ik dat hij bluft.'
'Ramzan is razend. Met zijn tolerantieniveau is het net zo waarschijnlijk dat hij schiet als dat hij niet schiet.'
'Ik geloof dat hij bluft!' herhaalde Lehmann.
'En als hij schiet? Wat dan?'
'Dan', zei Bjørnar Lehmann, 'heb ik me vergist.'

15

Studio 2, 03.16 uur

Ramzan Jevlojev duwde de pistoolloop zo hard tegen de slaap van Kristin dat er een rood rondje ontstond.

'Ik geloof dat dat hoerenjong een lesje nodig heeft', siste hij in haar oor. 'Ze hebben verdomme nog steeds niet goed begrepen dat ik het meen!'

Ze hoorde hoe de woede zijn stem vervormde.

'Ze denken dat ze kunnen bluffen, liegen en tijdrekken! Ze denken verdomme dat ze een smeris naar binnen kunnen brengen', hij bonkte met de loop tegen haar slaap, 'zonder dat ze daarvoor gestraft worden!'

Haar knieën knikten. Ze zou in elkaar zijn gezakt als hij haar niet had vastgehouden. Nu ga ik dood. Hij kan ieder ogenblik schieten. Ze was zo misselijk dat ze de neiging had over te geven. Haar hele lichaam trilde. Nu vermoordt hij me…

Vanuit haar ooghoek zag ze dat Silje Gran kwam aanlopen.

03.17 – 03.52

1

Politiebureau, 03.17 uur

Memo

Van: Medewerker/Veiligheidsdienst
Aan: Leider/OpStaf
Tijd: 03.17 uur
Pag.: 1/1
Voorlopige data uit dossier nr. 1293/23A/090104 van de vreemdelingendienst, de vreemdelingenpolitie en de veiligheidsdienst, voor het eerst gedateerd op 9/1/2004

Aslan Gairbekov (hierna AA) geboren in Tsjetsjenië in 1970.
AA is op 5/1/2004 in Oslo geregistreerd als asielzoeker.
AA arriveerde via Moskou en had geen reisdocumenten of identificatiepapieren.
AA's vingerafdrukken zijn zonder resultaat gecontroleerd via Eurodac.
AA heeft tijdens politieverhoren in de periode januari-maart 2004 toegegeven mensen te hebben gedood, maar hij zegt zelf dat de moorden gepleegd zijn tijdens legitieme oorlogshandelingen tegen een bezettingsmacht (Rusland) en op meelopers van de bezetter.
Omdat er verdenkingen bestaan dat AA medeplichtig is geweest aan terroristische en/of terroristisch gelijkende acties in Tsjetsjenië, werd de zaak volgens voorschrift ook aan de veiligheidsdienst voorgelegd. AA werd uit veilig-

heidsoverwegingen – gebaseerd op zijn eigen verklaringen – een geheime identiteit en verblijfplaats in Noorwegen aangeboden (zie ook dossier: 178374/C – beperkte inzage). Gegevens over AA's identiteit en verblijfplaats kunnen verkregen worden na toestemming van leiding/de veiligheidsdienst.
De voorlopige conclusie van de vreemdelingendienst is dat het onder de huidige omstandigheden niet verstandig is AA terug te sturen naar Tsjetsjenië of Rusland.
AA's zaak is nog steeds in behandeling bij de vreemdelingendienst, de veiligheidsdienst en de vreemdelingenpolitie. Meer informatie volgt.

2

Studio 2, 03.18 uur

Silje Gran liep met ferme passen langs Kristin en Ramzan en ging voor de camera staan die hen filmde.

'Nu zijn jullie lang genoeg passief geweest!' zei ze opgewonden en ze staarde recht de camera in. Ze was buiten adem van opwinding.

Kristin voelde dat Ramzans greep iets verslapte. Hij trok haar opzij en gebaarde naar Anette Wiik. 'Wat zegt ze?' zei hij. 'Vertaal!'

'Al vijf uur zitten we als gijzelaars in deze televisiestudio!' zei Silje Gran met trillende stem. 'Al vijf uur lang leven we onder een onmenselijk druk. En wat hebben jullie daarbuiten', ze wees in de camera, 'voor ons gedaan? Wat heeft de Noorse overheid gedaan? Wat hebben de politie en de regering-Viksveen gedaan om het conflict op te lossen?'

Fluisterend vertaalde Anette het in het Tsjetsjeens of het Russisch. Kristin hoorde het verschil niet.

'Precies!' ging Silje Gran verder. 'Niets! Níéts! zeg ik. Helemaal niets!'

Ze klonk alsof ze op een partijcongres de toespraak van haar leven hield.

'Moeten onze levens geofferd worden? Omdat de regering-Viksveen en de politie zo apathisch en besluiteloos zijn? Hoe lang moeten wij nog lijden – want dát doen we, we líjden! – omdat we zijn overgeleverd aan een machteloze regering?'

Ze sloeg haar armen over elkaar.

'Ik verdedig het moorden niet. Ik verdedig het terrorisme niet. Dat snapt iedereen die weet waarvoor ik sta. Maar de overheid zou misschien eens kunnen luisteren naar wat deze activisten willen. Vrijheid voor hun land? Is dat zo onredelijk? Is Noorwegen ze ook maar een millimeter tegemoetgekomen? Het vredelievende land Noorwegen, dat zich anders in elk conflict op de aardbol mengt? Heeft het vredelievende Noorwegen ook maar een vinger uitgestoken om Tsjetsjenië te helpen? En is iemand nu van plan een vinger uit te steken om ons uit onze gevangenschap te bevrijden? Nou? Hoe zit het met de Noorse toenadering? Laat me raden... De politie bereidt een verrassingsaanval voor die ertoe zal leiden dat de meesten van ons sterven. Wat heeft dat voor zin?'

Anette vertaalde de boodschap voor Ramzan. Terwijl hij het volgde voelde Kristin dat Ramzans greep langzaam verslapte.

'De Tsjetsjenen zijn geen monsters. De Tsjetsjenen zijn een warm en trots volk. Toch krijgen het uitschot en de extremisten onder hen de kans om de mening van de hele wereld te vormen over waar zij voor staan en de strijd die zij voeren. De Tsjetsjenen snakken naar onafhankelijkheid. Is dat verkeerd? Moet het verlangen van een volk naar vrijheid niet serieus worden genomen omdat een paar extremisten onder hen veel te ver gaan?'

Silje Gran keek geroutineerd in de camera.

'Iedereen die me kent, weet dat ik de laatste ben die geweld verdedigt. En ik verdedig de wandaden van deze mannen hier vanavond niet. Maar ik ben niet bereid te sterven voor de principes van de Noorse overheid! Ik geloof dat ik namens allen hier in de studio spreek als ik de overheid met klem vraag te luisteren, écht te luisteren. Het is echt mogelijk oplossingen te vinden die geen mensenlevens kosten. De Tsjetsjenen hebben een reden waarom ze dit doen! Hebben jullie ooit overwogen dat de reden misschien de moeite waard is om over na te denken? Heeft iemand zich al afgevraagd of Noorwegen in elk geval een paar van de eisen zou kunnen inwilligen? Of stemt het hele Noorse volk volmondig in met het Noorse beleid, wat betekent dat wij, iedereen hier in studio 2, levende mensen van vlees en bloed, dat wij gewoon geofferd moeten worden aan de principes? Dat geloof ik niet. Principes doen het het best op papier en als gedachteoefeningen. Maar vraag jezelf eens af: hoe belangrijk zijn deze principes voor jou als het jouw nek is waartegen een mes gedrukt wordt?'

Ze keek in de camera.

'Denk na! Stel je voor dat jíj hier in deze studio zat!'

3

Commandopost van de politie, 03.20 uur

'Het stockholmsyndroom', stelde Thomas Fjell vast.

Aksel Schjelderup schudde zijn hoofd.

'Het gevoel van saamhorigheid dat ontstaat als gijzelaars en gijzelnemers te lang samen zijn', legde Fjell uit.

'Ik weet wat het stockholmsyndroom is', zei Schjelderup en hij citeerde uit het lesboek van de politieacademie: 'De uitdrukking stamt van een gijzelingsdrama in de jaren zeventig aan de Norrmalmstorg in Stockholm, toen bankovervallers een groep mensen in gijzeling namen die zich langzamerhand solidair ging voelen met de mannen die de gijzelaars gevangenhielden. Ze richtten hun agressie tegen degenen die hen moesten redden, dus tegen de politie. Maar bij een politica?'

'In een dergelijke stressvolle situatie kunnen gijzelaars zich makkelijk gaan identificeren met de gijzelnemers en begrip hebben voor hun eisen. Dat geldt net zo goed voor politici als voor andere stervelingen. Politici zijn ook mensen', grinnikte Thomas

Fjell. 'En het zijn mensen die gewend zijn de controle, de macht, het overzicht, het commando te hebben. Nu is Silje Gran hulpeloos. De bedreiging komt zowel van binnen – de terroristen – als van buiten – de politie, de overheid, iedereen die de kwetsbare balans tussen gijzelnemer en gijzelaar kan bedreigen.'

'Dus jij denkt dat het voor hen makkelijker wordt als ze sympathiseren met hun aanvaller?'

'In zekere zin. Omdat het op dat moment eigenlijk de terrorist is die beslist over de veiligheid van de gijzelaar. Tegen ons.'

'De mensen die weigeren toe te geven aan de eisen waardoor ze gered zouden zijn.'

'En die een fysieke dreiging vormen. We zouden kunnen aanvallen! Omdat zij hun lot delen met de terroristen, accepteren de gijzelaars hun kijk op de situatie.'

'Het klonk bijna alsof ze jou bekritiseerde.'

Fjell lachte minzaam. 'Silje Gran weet echt niet hoe de onderhandelingen verlopen. Voor haar zijn wij aan deze kant een abstracte grootheid. Wij zijn de overheid, een heerlijke mengelmoes van politici en politiemensen en mensen die in staat moeten zijn om haar leven te redden. Als er niets gebeurt, is het heel natuurlijk dat ze denkt dat wij incompetent zijn.'

'Ze leek goed kwaad!'

'Razend. Maar wat ze tegen ons zegt is: help me, het maakt me niet uit hoe, maar alsjeblieft, help me! Dat is wat ze zegt.'

'Kunnen we haar dan helpen?'

'Zeg het eens, ja, zeg het eens.' Fjell knikte nadenkend. 'Wat is het laatste nieuws over Aslan Gairbekov?'

'Niets bijzonders behalve dan een memo van de veiligheidsdienst. Ik heb zojuist de fax via OpStaf gekregen. Het spijt me van de kwaliteit.' Schjelderup gaf hem een fax die zo onder de inktstrepen en vegen zat dat die bijna onleesbaar was. 'Ik heb om een nieuw faxapparaat gevraagd.'

Met veel moeite kon Fjell de tekst lezen. 'AA werd uit veiligheidsoverwegingen – gebaseerd op zijn eigen verklaringen – een geheime identiteit en verblijfplaats in Noorwegen aangeboden', citeerde hij.

'Ik heb het gecontroleerd. Volgens de veiligheidsdienst woont hij in een asielzoekerscentrum in Valdres.'

'Is hij daar aanwezig?'

'We hebben het plaatselijke politiebureau wakker gebeld.'

'Wanneer kunnen ze daar zijn?'

'We hebben het over Valdres, man! Lokaal politiebureautje! Grote afstanden!'

Fjell zuchtte en bestudeerde de slecht leesbare fax. In de rechterbovenhoek zat een klein, onduidelijk pasfotootje van Aslan Gairbekov. Lang, golvend haar, volle baard.

Hij lijkt op Jezus, dacht Thomas Fjell.

4

Studio 2, 03.22 uur

'Geweldig!' barstte Ramzan Jevlojev los. Tijdens de donderpreek van Silje Gran had hij Kristin losgelaten en zijn pistool achter zijn riem gestoken. Nu applaudisseerde hij enthousiast.

Ongemerkt was Kristin weggeslopen. Het leek hem niets uit te maken. De razernij was weggeëbd.

Ze beefde over heel haar lichaam, haar hoofd deed pijn van het getrek aan haar haren.

'Je moet niet denken dat ik het geweld goedkeur omdat ik jouw motieven verdedig', zei Silje Gran.

'Dat respecteer ik.'

'Ik had er behoefte aan om mijn oprechte mening te verkondigen.'

'Ik ben geïmponeerd.'

'Nou, ik had het niet tegen jou.'

'Het stond me toch aan wat ik hoorde.'

Kristin zakte neer op een tribunebank. Direct kwam Anette bij haar om haar te troosten.

Ze was niet verrast dat Silje Gran de terroristen verdedigde. In de loop van de nacht waren hun levens onlosmakelijk met elkaar verbonden geraakt en samen vormden ze een gemeenschappelijk front tegen de overmacht daarbuiten.

'Zeg,' fluisterde Anette, 'waarom werd hij ineens zo kwaad op je?'

'Ramzan? Om vele redenen. Hij is kwaad omdat er een politieman in het ventilatiekanaal zat. Kwaad omdat ik zeurde dat hij Frank Berthelsen moest laten gaan. Kwaad omdat hij denkt dat ik lieg over iemand die ik ken.'

'Iemand die je kent?'

'Hij heet Aslan-nog-wat.'

'De man die hij hier wil hebben? Ken jij hem?'

'Dat doe ik kennelijk. Onder een andere naam.'

'Denk jij dat hij komt?'

'Misschien krijgt hij wel geen toestemming van de politie. Ik weet het niet.'

'Weet jij waar hij is? Denk je dat hij kijkt?'

'Ik weet dat hij kijkt.'

5

Valdres, 03.33 uur

Het blauwe zwaailicht scheurde als bliksem het nachtelijk duister open. De twee politieauto's raceten zonder sirenes in noordelijke richting over de provinciale wegen. De haastige koplampen lichtten de lentebleke korenvelden, de donkere muren van naaldbossen en zilvergrijze bergwanden op. Wachtmeester Bjarne Bø zat achter het stuur van de eerste politieauto. Hij had thuis voor de televisie gezeten om het onwerkelijke gijzelingsdrama in Oslo te volgen toen de telefoon ging. De politie Oslo. Bø was rechtop in zijn stoel gaan zitten. De persoon die de terroristen zochten, Aslan Gairbekov, bevond zich in het geheim en onder een andere identiteit in een asielzoekerscentrum in zijn district. Het asielzoekerscentrum lag op een halfuur rijden van het politiebureau.

Hij had drie agenten gebeld, ze zaten allemaal voor de televisie het gijzelingsdrama te volgen en na vijf minuten waren ze allen in uniform op weg naar het noorden.

Er waren bijna geen auto's op de weg. De politieauto's reden langs verlaten akkers, stille kerkhoven en door stadskernen waar, naar het blauwe licht te oordelen, in vele huizen de televisie aanstond. Iedereen kijkt, dacht Bjarne Bø, niemand kan midden in het drama de televisie uitzetten.

Het was nog vijftien minuten naar het asielzoekerscentrum. Via de politieradio waarschuwde Bø zijn collega's om uiterst voorzichtig te zijn. Dit ging niet om een plaatselijke dronkelap. Niet eens om een gewone asielzoeker die met een mes zwaaide. Hier was sprake van een mogelijke terrorist van het ergste en meest cynische soort! Niemand kon inschatten wat voor kerel die Aslan Gairbekov kon zijn.

Ze reden de steile helling op, langs een bergwand waar een paar honderd jaar geleden struikrovers actief waren, zo wist de wachtmeester. Het blauwe licht schitterde in de nacht.

6

Russische ambassade, 03.35 uur

Toen het speciale toestel voor gecodeerd telefoonverkeer overging, wist ambassadeur Igor Voronin dat dit een eindeloze nacht zou worden. Hij schraapte zijn keel voor hij de hoorn met een bijna plechtige waardigheid opnam. 'Ambassadeur Igor Voronin', zei hij formeel.

'Het is ochtend in Moskou', zei Ismael met een fluwelen stem. 'Zijn de Moskouse ochtenden in juni niet altijd bijzonder mooi?'

'Ik heb de ochtend altijd als een teken van hoop gezien', zei ambassadeur Voronin dubbelzinnig. 'Maar het is nog steeds nacht in Oslo, hoewel de zon zo wel op zal komen.'

'Het lijkt goed te gaan met uw dochter, de omstandigheden in aanmerking genomen.'

Stilte.

'Geeft u geen antwoord?'

'Wat wilt u?'

'Er gaan geruchten dat de politie onze vriend, die door de Noorse overheid onder een valse identiteit in het asielzoekerscentrum is geplaatst, op het spoor is.'

Geruchten... Wie waren ze, die informanten die hem voorzagen van inlichtingen?

'Dat wordt gezegd.'

'Dan hopen we dat hij snel zo dapper zal zijn om studio 2 in te gaan.'

'Dat hopen we.'

'Hoe staat het met het vliegtuig op Gardermoen?'

'Volgens de laatste rapporten is alles in orde. De bemanning is geregeld, Aeroflot en Gardermoen zijn op de hoogte. De gezagvoerder, de copiloot en twee anderen staan klaar voor take-off.' Hij wachtte even. 'We wachten op nadere orders.'

'Een prijzenswaardige instelling, ambassadeur Voronin, prijzenswaardig. Ambassadeur, we willen dat u een kleine kwestie met de Noorse overheid opneemt.'

'O, ja?'

'We willen dat Noorwegen een vliegtuig klaarzet dat de Tsjetsjenen het land uit kan brengen.'

Voronin viel stil.

'Bent u er nog?'

'Ik begrijp het niet. We hebben toch ons eigen vliegtuig klaarstaan?'

'Denk daar niet aan. We moeten met parallelle plannen werken. Dat herinnert u zich vast nog wel uit uw tijd bij de KGB.'

'Waarom...?'

'Ambassadeur Voronin, de hand die de beste kaarten heeft wint. Of niet?'

'Ik begrijp niet wat...'

'De orders van het departement zijn als volgt, ambassadeur: u dient de Noorse overheid ervan te overtuigen dat men een vliegtuig op Gardermoen klaarmaakt om de terroristen het land uit te brengen als de situatie in de televisiestudio, laten we zeggen, opgelost is.'

'De Noorse overheid zal nooit ingaan op een dergelijk verzoek.'

'Zeg nooit nooit, ambassadeur.'

'Als de situatie is opgelost, zoals u het zo treffend uitdrukt, zal de overheid strafvervolging wensen voor de terroristen.'

'Maar het is mogelijk dat een van de onderhandelingsvoorwaarden een vrijgeleide uit het land zal zijn.'

'Nauwelijks voor te stellen.'

'Tegen het vrijlaten van alle gegijzelden? Denkt u dat de Noorse overheid de levens van de gijzelaars op het spel zal zetten omwille van haar principes?'

'Uitgaande van mijn kennis omtrent het Noorse standpunt ten aanzien van terrorisme, kan ik me niet voorstellen dat ze die Tsjetsjeense bastaards laten gaan.'

'Officieel misschien niet. Maar als ze gelijktijdig weten dat we ons na de landing ontfermen over de betreffende personen?'

'Ontfermen?'

'We hebben het overzicht en de controle.'

'Ontfermen, Ismael?'

'De situatie is niet zo onoverzichtelijk als die eruitziet.'

'Ik snap niet wat er met dat woord bedoeld wordt.'

'Denk er niet aan, ambassadeur Voronin. Uw opdracht is om de Noorse overheid er onmiddellijk van op de hoogte te stellen dat wij, die uiteindelijk de verantwoording dragen voor deze bandieten, uiteraard alles in gereedheid hebben gebracht om op te ruimen. Het enige wat Noorwegen hoeft te doen, is een vliegtuig leveren.'

'Wat ze waarschijnlijk niet zullen doen.'

'Maak geen problemen voor ze er zijn. Het departement vraagt u om de Noorse overheid aan te moedigen een vliegtuig beschikbaar te stellen. Het verzoek afslaan is een zaak van de Noorse overheid, niet van u.'

'Uiteraard.'

'Prima, ambassadeur Voronin.'

'En het Aeroflotvliegtuig?'

'Dat blijft gereedstaan. En luister, vertel onze Noorse vrienden niets over dat vliegtuig.'

'Uiteraard niet.'

'Prima, ambassadeur. Succes. We rekenen op u.'

7

Studio 2. 03.40 uur

Hoeveel uur lag hij al bij de coulissen? Politieagent Vidar Mørch wist het niet. Zijn hoofd deed pijn als een open vleeswond. Na de harde klap verkeerde hij in een toestand tussen bewusteloosheid en slapen. De manier waarop ze hem hadden vastgemaakt, maakte het hem moeilijk een comfortabele lighouding te vinden. Door de knevel om zijn mond had hij steeds de neiging over te geven.

'Hoe gaat het met de held?'

Ramzan Jevlojev stond boven hem.

Je weet dat ik geen antwoord kan geven, zak.

'Is het misschien moeilijk voor je om antwoord te geven met zo'n lap voor je mond?' Hij grinnikte. 'Dan moet je je mond maar houden! Klootzak!'

Het was kwart voor vier toen het licht in studio 2 uitging.

De abrupte overgang van licht naar donker was bijna een fysiek gevoel. Iemand huilde. Er ontsnapte een hik uit Kristin. Nu valt de politie aan, schoot het door haar heen.

Ramzan Jevlojev brulde iets in het Tsjetsjeens. De terroristen antwoordden een voor een. Kristin hoorde hoe ze hun wapens in gereedheid brachten. De noodverlichting wierp een spookachtige gloed over de studio. Lampjes wezen de weg naar de uitgang. Drie terroristen stonden met getrokken pistool bij de deur.

Ze wachten op de politie, dacht Kristin. De volgende gedachte was: ze waren voorbereid op zoiets. Daarom stonden er al drie klaar. Ze hadden dit geoefend!

Ramzan Jevlojev rende van de studiodeur naar het zeil. Hij gaat het deurtje controleren, dacht ze. Kort daarna kwam hij weer terug met getrokken pistool. De schijnwerpers aan het plafond begonnen te knipperen. Op hetzelfde moment ging ook de noodverlichting uit.

8

Commandopost van de politie, 03.46 uur

'Ramzan Jevlojev? Met inspecteur Fjell. Hoor je me?'

Thomas Fjell zat in de commandopost in het stikdonker. Wanhopig drukte hij op de microfoonknop. De monitoren en dataschermen waren dood. Rond hem renden collega's met zaklantaarns. De lichtbundels sneden als laserstralen door de duisternis.

'Weet iemand of de luidspreker in de studio tijdens stroomuitval werkt?' vroeg Fjell.

'Geen idee', antwoordde Aksel Schjelderup. 'Waar is verdomme die bewaker?'

'In de kamer hiernaast!' antwoordde een stem.

'Haal hem. Snel!'

Een collega rende weg.

'Ik heb geen beeld', zei Fjell.

'Dat is ons kleinste probleem', zei Schjelderup.

'De terroristen zullen de stroomuitval opvatten als een provocatie. De aanloop naar een bestorming.'

'Wat moeten we doen?'

'Ik weet het niet, Aksel. Ik weet het niet!'

Twee politiemannen kwamen aangerend met de bewaker.

'Wat is er gebeurd?' zei Schjelderup.

'Ik begrijp het niet!' De stem van de bewaker klonk gespannen. 'Dit moet niet kunnen gebeuren. Dit gebeurt nooit!'

'Het licht is uitgegaan!' riep Schjelderup. 'Het studiolicht, de noodverlichting, alles. Waarom?'

'De noodverlichting?' De bewaker keek rond alsof hem iets begon te dagen. 'Is zowel het licht als de noodverlichting uitgevallen?'

'Dat zie je!'

'Ik moet naar de elektriciteitsruimte!'

'Waar?'

'In de kelder!'

'Ik ga mee', zei Schjelderup. Hij wees twee politiecollega's aan. 'Neem een paar extra zaklampen mee en volg me!'

9

Studio 2, 03.48 uur

'Ik schiet! *I will shoot him*!' schreeuwde Ramzan Jevlojev. Naar het geluid te oordelen stond hij aan het eind van de publiekstribune.

O, mijn god, de politieagent! Hij wil de politieagent doodschieten!

'Horen jullie me? Inspecteur! Ik meen het!'

Niemand hoort hem, dacht Kristin. De camera's, het beeld, het geluid… alles is weg. Niemand zal zijn dreigementen horen.

'Fucking police! I will shoot him!'

Kristin hoorde dat een van de gijzelaars hard huilde. De duisternis om haar heen was volkomen.

'I will shoot him!'

Zijn woorden weergalmden in de duisternis. De klank in zijn stem maakte Kristin doodsbang.

10

De elektriciteitsruimte in de kelder, 03.50 uur

Voor de tweede maal die nacht draaide de bewaker de zware ijzeren deur naar het transformatorstation in de kelder van Kanal ABC van het slot.

'Verdomme, verdomme, verdomme', vloekte hij.

'Waarom is het licht uitgegaan?' herhaalde Schjelderup zijn vraag.

'Ik had eraan moeten denken', zei de bewaker.

Schjelderup kon aan zijn stem horen dat hij bang was.

'Waaraan moeten denken?'

'Ik moest dat ene elektriciteitsnet uitschakelen zodat die man van de Bijstandseenheid niet geroosterd zou worden.'

'Ja?'

'Heb ik verteld dat we twee elektriciteitsnetten hebben?'

'Je zei dat het geen probleem was om maar één net te gebruiken.'

'Normaal gesproken niet. Maar ik ben één ding vergeten.' In het licht van de lantaarns zag hij lijkbleek. 'Normaal gesproken hebben we nooit live-uitzendingen die meer dan een uur duren. Omdat een televisiestudio zo krankzinnig veel stroom kost, niet in de laatste plaats door al die schijnwerpers, hebben de ingenieurs toen Kanal ABC gebouwd werd, een systeem ontworpen waardoor het ene net, lang voordat het andere net overbelast begint te raken, het overneemt. Of als een stop, tegen alle verwachtingen in, doorslaat, dan zal de stroomvoorziening automatisch via het niet-gebruikte net gaan. Het is geen enkel probleem om het systeem aan te passen en dat heb ik ook gedaan door het ene net eerder deze nacht uit te schakelen. Maar ik heb er nooit aan gedacht dat het systeem, omdat de studio al meer dan zes uur al die stroom nodig had, automatisch zou overschakelen naar het andere net. We hadden het nog weken uit kunnen houden met dat ene net, maar slechts voor een paar uur per keer.'

'Dus wat er gebeurd is,' zei Schjelderup, 'is dat er automatisch van het ene stroomnet, dat overbelast dreigde te raken, naar een ander stroomnet, dat uitgeschakeld was, is overgeschakeld?'

'En niet alleen dat. De stoppen van de noodverlichting, die voorzien worden door een eigen noodaggregaat, raakten na dertig seconden overbelast omdat het studiolicht automatisch op zoek gaat naar een onbezet net. Bij gebrek aan een gewoon net nam het stroom van het noodaggregaat. Maar het aggregaat is slechts

berekend op de noodverlichting. Daarom viel al het licht uit.'
'Kun je het oorspronkelijke stroomnet niet inschakelen?'
'Natuurlijk!'
'Snel dan, man! Snel!'

11

Studio 2, 03.51 uur

'I will shoot him now!' zei Ramzan zacht. Zijn stem had een angstaanjagende, holle klank.

Kristin kneep haar ogen dicht en ze stopte haar vingers in haar oren.

Ver weg, gedempt, hoorde ze Ramzans dreigementen.

Als hij het maar niet doet, dacht ze.

Iemand snikte.

Hij dreigt gewoon, dacht ze.

Toen het schot viel, schrok ze zo erg dat ze gilde. Ze was niet de enige. Iemand, ze dacht dat het Silje Gran of Grethe Aslaksen was, krijste hysterisch.

12

De elektriciteitsruimte in de kelder, 03.52 uur

De bewaker schakelde een serie knoppen uit en zette een andere serie aan. Er begon iets te piepen. De tl-lampen in de keldergang begonnen te knipperen. Binnen enkele seconden was het licht terug.

De bewaker keerde zich om naar de politiemensen, die hun lantaarns uitdeden.

'Zo', zei hij met een schaapachtig lachje.

Als ik ziek was, cirkelde mama met een zorg en liefde om mij heen waarvan ik pas veel later in mijn leven de omvang besefte. Ze maande mijn broer en zusje tot stilte, wikkelde me in plaids en dekbedden, trok vleesbouillon van mergpijpjes en ging op de bedrand zitten om me spannende verhaaltjes te vertellen. Als ik koorts had en mijn ogen opsloeg, drijfnat van het zweet en bibberend van de kou, zat ze daar met een vochtige lap en veegde ze behoedzaam over mijn voorhoofd. Die lieve ogen keken bezorgd. Nog steeds kan ik me haar glimlach voor de geest halen; die warme, bezorgde glimlach die haar gezicht in iets engelachtigs omtoverde.

Na de slachtpartij heb ik mijn huis in brand gestoken.

Ik was mezelf niet. Ik wilde alle herinneringen aan de vernederingen en gruwelijkheden die mama, papa, mijn grote broer en mijn kleine zusje hadden moeten doorstaan laten verdwijnen.

Daarna sloot ik me aan bij het volksleger.

3.55 – 4.18

1

Spoedbericht, persbureau NTB, *03.55 uur*

telexbericht
Gijzelingsdrama –

Oslo (NTB) Tijdens een stroomstoring hebben de gijzelnemers de politieman doodgeschoten die in gijzeling was genomen, zo blijkt uit de live-uitzending van Kanal ABC.

– – – – aka – ol – bk
03.55 uur 181 tekens

2

Valdres, 03.56 uur

Ze zetten het zwaailicht uit toen ze het asielzoekerscentrum, dat ooit een legerplaats was geweest, naderden. De politieauto's reden het erf op en het grind knerpte onder de banden toen ze bij de hoofdingang stopten. Er brandde licht achter de ramen. Jon Flatabø, het hoofd van het asielzoekerscentrum, kwam al naar buiten toen wachtmeester Bjarne Bø uit de auto stapte. Ze hadden elkaar zojuist door de telefoon gesproken. Bø had hem opdracht gegeven niets te ondernemen voor zij er waren.

'Is hij aanwezig?' vroeg wachtmeester Bø buiten adem.

'Sinds het ontbijt is hij niet meer gezien. Hij zit veel alleen op zijn kamer. Of hij traint buiten.'

‘Hoe zit het met de andere mensen in het asielzoekerscentrum?’

‘We kennen hem onder een andere naam. Ruslan Vlasov.’ Zijn tong struikelde over de medeklinkers. ‘We dachten dat hij Russisch was.’

‘Hebben de asielzoekers vanavond naar de televisie gekeken?’

‘Is er iemand die niet kijkt?’

‘Maar niemand hier weet dat degene die zij kennen als Ruslan, de Aslan is die de terroristen zoeken?’

‘Ik heb niets gezegd.’

‘Je moet ons zijn kamer wijzen.’

‘Kamer 307. Kom maar met me mee.’

‘Nog een ogenblik. Aangezien dit een gewapende actie is, moeten we onze wapens en uniformen in orde maken.’

‘Gewapend?’ vroeg Flatabø ongelovig.

‘We weten niet met wie we te maken hebben. We moeten het zekere voor het onzekere nemen.’

3

Commandopost van de politie, 03.57 uur

Aksel Schjelderup slikte. ‘Doodgeschoten?’

Fjell knikte naar de monitor. ‘Helaas.’

‘O, grote god!’ riep Schjelderup uit.

‘Verdomde klootzak!’ siste Bjørnar Lehmann. Met tranen in zijn ogen staarde hij naar het beeld van zijn collega op de studiovloer.

‘Familie?’ vroeg Fjell.

‘Ik hoop dat ze niet kijken’, zei Schjelderup.

‘Ik zal ervoor zorgen dat iemand ze waarschuwt’, zei Lehmann.

‘Waarom hebben ze hem doodgeschoten?’ vroeg Schjelderup.

‘Stressreactie’, zei Fjell. ‘Ze hebben de stroomuitval opgevat als een politieactie. We konden niets horen, maar we zijn ervan overtuigd dat ze gedreigd hebben hem dood te schieten als het licht niet weer werd aangedaan. Uiteindelijk konden ze de druk niet langer aan. Totale duisternis kan dat effect op iemand hebben.'

'En toen hebben ze hem zomaar doodgeschoten?'

'Toen hebben ze hem doodgeschoten.'

'Monsters', zei Lehmann.

4

Crisisteam van de minister-president, 03.58 uur

Ik word gebruikt, dacht hij, maar ik weet niet hoe en waarom.

Ambassadeur Igor Voronin en de eerste secretaris van de Russische ambassade namen de lift naar de etage van de minister-president, waar de vergaderruimte was. Zwaar ademend, alsof hij de hele weg vanaf de ambassade gelopen had, voelde hij de zuiging van de lift, terwijl de cijfers van de etages voorbij zoefden. *Ik ben een radertje in een machine die ik niet ken.*

Tot zijn verbazing stond premier Bjørn-Tore Viksveen hem op te wachten toen de liftdeur openging. Ze gaven elkaar een hand met gepaste hartelijkheid. Toen hij aan alle leden van het crisisteam was voorgesteld, nam Igor Voronin plaats aan de vergadertafel.

'U hebt de Noorse overheid verzocht een bijeenkomst te beleggen?' begon de premier in het Engels.

'Allereerst wil ik, namens Rusland, mijn sympathie betuigen aan Noorwegen en het Noorse volk, die het slachtoffer zijn geworden van deze laffe aanval van Tsjetsjeense terroristen. En de regering van mijn land heeft mij gevraagd om u onze bereidwillige medewerking aan te bieden om, voor zover mogelijk, dit op zijn zachtst gezegd delicate probleem dat ontstaan is, op te lossen.'

Hij voelde dat iedereen ongeduldig werd. Deze breedsprakige manier van formuleren waren de Noren niet gewend, maar toch zag hij geen kans om zich op een andere manier uit te drukken als hij de rol van ambassadeur vervulde.

'Laat ik benadrukken dat de Russische Federatie zich bijzonder verantwoordelijk voelt voor de situatie waarin uw land verkeert', ging hij verder en hij vouwde zijn handen op het tafelblad voor zich. 'Wij, en niet u, hebben een probleem met die Tsjetsjeense schurken. Daarom is de Russische Federatie uiteraard bereid om heel ver te gaan in het aanbieden van hulp aan de Noorse overheid voor, laten we zeggen, het regelen van dit probleem.'

'En op wat voor manier', vroeg de minister-president, 'had de Russische Federatie gedacht hulp te kunnen bieden?'

'U moet niet vergeten, meneer de minister-president, dat we honderden jaren ervaring hebben met het hanteren van... dit Tsjetsjeense probleem.'

'Met wisselend resultaat, meneer de ambassadeur.'

'We zijn het gewend schurken aan te pakken. Op onze manier. We hebben ervaring in het onderhandelen met ze. We weten wanneer onderhandelingen tot niets leiden en wanneer een vastgelopen conflict alleen opgelost kan worden met behulp van puur machtsvertoon.'

'Zonder enige twijfel', zei de minister van Justitie.

'Ik hoop dat u begrijpt, ambassadeur Voronin, dat er uiteraard geen sprake van kan zijn dat de Russische overheid de aanpak van deze situatie overneemt', zei de minister-president.

'Nee, uiteraard niet, uiteraard niet! Een Russisch politieoptreden op Noorse bodem, dat zou wat zijn!' Hij lachte.

De anderen rond de tafel lachten aarzelend mee.

'We weten allemaal', zei Voronin, 'dat bilaterale samenwerking tussen twee bevriende naties op verschillende niveaus plaatsvindt. Niet alle samenwerking moet, laten we zeggen, even open en officieel plaatsvinden. Zo moet het ook zijn, daar zal iedereen in deze kamer het wel over eens zijn.'

Iedereen in de zaal knikte.

'Ook in deze zaak', ging hij verder, 'kunnen we discreet samenwerken om het doel dat we hebben te bereiken: de vrijlating van ongedeerde gijzelaars en ervoor zorgen dat de schurken zonder onnodig gebruik van geweld achter slot en grendel verdwijnen.'

'Hoe?' vroeg de minister-president.

'Namens het ministerie van Buitenlandse Zaken van de Russische Federatie heb ik als ambassadeur van mijn superieuren de opdracht gekregen, met respect voor de Noorse soevereiniteit en onafhankelijkheid, om Noorwegen te verzoeken, voor het geval het nodig blijkt te zijn, een vliegtuig gereed te hebben staan om, indien noodzakelijk, de Tsjetsjeense terroristen uit Noorwegen te krijgen en naar Rusland te brengen, zodat de regering van mijn land de verantwoordelijkheid voor de verdere afhandeling op zich neemt.'

De premier leunde naar voren. 'Om het op een andere manier te formuleren: jullie willen dat Noorwegen de terroristen naar Rusland stuurt?'

'Aangezien Noorwegen niet zal willen dat Rusland een vliegtuig stuurt om ze op te halen, vragen we Noorwegen, voor alle zekerheid, een vliegtuig in gereedheid te brengen om, als dat nodig blijkt te zijn, de gijzelnemers het land uit te brengen.'

'Ambassadeur Voronin, u kent het Noorse standpunt ten aanzien van het terugzenden van misdadigers naar een land waar men nog de doodstraf kent.'

'De Russische Federatie zal uiteraard alle juridische traktaten en bilaterale afspraken op dat gebied respecteren.'

'Jullie beloven met andere woorden dat jullie hun niet de doodstraf zullen geven als de terroristen uitgeleverd worden aan Rusland?'

'Meneer de minister-president, op de kwestie rond de onafhankelijke rechtspraak en het staatsapparaat evenals op de bilaterale overeenkomsten omtrent een pragmatische oplossing ten aanzien van het Noorse standpunt over uitlevering aan landen met de doodstraf, komen we zeker terug en daar zullen we vast overeenstemming over bereiken. Het allerbelangrijkste op dit moment is, los van deze kwesties, de ontwikkelingen voor te zijn, zodat de tijd ons niet inhaalt. Met andere woorden: het is in ieders belang dat er een vliegtuig gereedstaat als we in de situatie belanden dat de onderhandelingen uitmonden in een mogelijke uitlevering van de gijzelnemers.'

'We zullen uiteraard het verzoek in overweging nemen', zei de premier aarzelend en hij wierp een onzekere blik op de minister van Justitie.

'Dat stelt de Russische Federatie op prijs.'

'Het gaat hier om twee kwesties', zei de premier. 'De eerste gaat over het in gereedheid brengen van een vliegtuig, de tweede gaat over het uitleveren van de terroristen aan Rusland.'

'Het een volgt niet automatisch op het ander, meneer de minister-president. Mijn advies is het vliegtuig klaar te zetten zodat jullie geen kostbare tijd verliezen als de situatie zich voordoet. Het Russische aanbod om de terroristen op te nemen is bedoeld als een helpende hand die uitgestoken wordt voor het geval jullie in een situatie terechtkomen waarin jullie eigenlijk geen plek hebben om ze naartoe te sturen omdat geen enkel land ze wil opnemen. Bijvoorbeeld.'

'We moeten het aanbod zorgvuldig bestuderen voordat we een besluit kunnen nemen.'

'Dat ligt voor de hand, meneer de minister-president.'

'Het initiatief is ietwat ongewoon.'

'Dat geef ik toe. Maar de situatie is ongewoon. En ongewone situaties eisen ongewone initiatieven, meneer de minister-president.'

5

Valdres, 04.06 uur

Kamer 307 lag aan het eind van een lange gang met allemaal dezelfde deuren. Groen linoleum op de vloer, beige houten wanden met goedkope reproducties. De vier politiemannen en het hoofd van het asielzoekerscentrum liepen langzaam door de gang. Uit sommige kamers hoorden ze gedempte geluiden komen, van gelach, muziek en van televisies die in uiteenlopende talen het nieuws doorgaven. Stel je voor dat je uit de jungle of de woestijn of een grote stad komt en je belandt hier, midden in de dichte bossen van Valdres, dacht wachtmeester Bjarne Bø. Hij hield zijn dienstpistool in zijn rechterhand. De politie Oslo had weliswaar niets gezegd over een opdracht met een verhoogd risico. Of dat Aslan Gairbekov gevaarlijk was. Maar je kon nooit weten.

Ze bleven voor kamer 307 staan.

Het hoofd van het asielzoekerscentrum, Jon Flatabø, wilde op de deur kloppen. Maar Bjarne Bø greep hem stevig vast bij zijn schouder en trok hem weg. Hij ging op zijn hurken zitten en gluurde door de kier tussen de deur en de deurpost. 'Op slot!' fluisterde hij geluidloos. Toen knikte hij snel naar zijn collega's, die hun posities innamen. Twee van hen tilden een stormram op.

6

Commandopost van de politie, 04.07 uur

'Je hebt een familieman gedood', zei Thomas Fjell. 'Vader van kleine kinderen en echtgenoot. Voetbaltrainer van een pupillenteam. Een echte en eerlijke politieman.'

'Stop met die kletspraat!'

Zelfs door de woede heen had Ramzan Jevlojevs stem een vreemde klank. Alsof hij eigenlijk spijt had. Fjell beet op zijn ballpoint. Had hij gevoelens? Achter die façade van stoerheid en wreedheid? Was hij iemand die schoot als hij bang was en onder druk stond, was hij iemand die doodde om zijn macht te demonstreren als hij niet kreeg wat hij wilde?

'Ik wilde alleen dat je het wist. Hij zal door velen gemist worden.'

'Hou je mond.'

Emotioneel!!! schreef hij op het papier voor zich. *Heeft hij spijt??? Niet zo stoer als hij ons wil doen geloven???*

'Wat waren jullie van plan?' vroeg Ramzan.

'Van plan?'

'Doe niet zo onnozel. Waarom hebben jullie het licht uitgedaan?'

'Stroomstoring.'

'Nonsens! Zo makkelijk kun je me niet voor de gek houden.'

'Het was pech. Ik hou je niet voor de gek.'

'Flauwekul!'

'Het is de waarheid. De elektriciteitsinstallatie van de studio is zo opgebouwd dat het van het ene net naar het andere overschakelt als er overbelasting dreigt. In dit geval was er geen tweede net beschikbaar om naar over te schakelen. Het licht viel in het hele gebouw uit. Bij ons ook. Alles was donker.'

'Leugenaar!'

'Denk eens na, Ramzan. Als de stroomstoring gepland was, zouden we hebben aangevallen. Hebben we je aangevallen voordat het licht weer aanging? Is me iets ontgaan?'

Ramzan verviel in stilzwijgen. 'Inspecteur,' zei hij ten slotte, 'heb jij ooit een mens gedood?'

Fjell balde zijn vuist en hield een triomfantelijk *yes!!!* binnen. De anderen in de kamer keken hem vragend aan. Haastig krabbelde hij op het notitieblok: *04.07 uur. Nieuwsgierig naar mij. Goed contact tot stand gekomen. Positief!!! Toont echte gevoelens!!!*

'Nog nooit', antwoordde hij. En voegde er toen aan toe: 'Gelukkig.'

'Het vreemde is', zei Ramzan, 'dat je eraan gewend raakt. De eerste keren doet het iets met je. Maar dan... Daarna raak je eraan gewend.'

Fjell zweeg. *Gewend te doden. Maar ik geloof niet dat hij dat meent (of?).* Hij tekende een krul voordat hij verder schreef: *Nu praat ik met de échte Ramzan Jevlojev, niet met de Slechte, Nietsontziende Terrorist.*

'Ik hoop dat nooit te hoeven meemaken', zei Fjell. 'Iemand doden. Of eraan gewend raken om te doden.'

Ramzan lachte. Een emotieloos, overdreven lachje.

'Waarom heb je gevraagd naar Aslan Gairbekov?' vroeg Fjell.

Het gelach verstomde. 'Hij heeft minder dan twee uur. Om zes uur dood ik Kristin Bye!'

7

Valdres, 04.10 uur

Met een enorm lawaai versplinterde de zware stormram de eenvoudige deur. De halve deur viel de donkere kamer in, de rest bleef aan een scharnier bungelen. Wachtmeester Bjarne Bø schopte het andere deel van de deurpost naar binnen en stormde de kamer in met zijn pistool in de aanslag. Achter hem knipte een van zijn collega's zijn krachtige zaklantaarn aan.

Leeg.

Wachtmeester Bjarne Bø bleef met getrokken pistool staan alsof hij niet leek te begrijpen dat er niemand in de kamer was. Een collega deed de plafondlamp aan.

Een bed. Een bureau. Een boekenkast. Een kast. Dichte gordijnen.

'Is hij er niet?' vroeg Jon Flatabø buiten de kamer.

Bø deed het pistool weer in de holster en keek voor de zekerheid onder het bed en in de kast. Toen draaide hij zich om naar de anderen. 'De vogel is gevlogen', zei hij slechts.

8

Studio 2, 04.09 uur

'Arme man', fluisterde Kristin Bye en ze boog zich over Frank Berthelsen heen, die op zijn zij op de grond lag te snakken naar adem. Ze vermoedde dat hij niet hoorde wat ze zei. Maar toen ze zijn hand drukte, drukte hij terug.

Ze keek naar de dode politieman. De terroristen hadden een plaid over hem heen gelegd.

'Hoor je me?' fluisterde ze in Berthelsens oor. Slap drukte hij haar hand. 'Hou vol!' fluisterde ze, terwijl ze wanhopig zocht naar een paar troostende woorden. Maar ze kon niets bedenken.

'Het is gauw voorbij', loog ze. 'Ze zijn bezig met onderhandelingen over een uitwisseling. Ik heb gehoord dat jij boven aan de lijst staat om de studio uit te mogen. Buiten wachten artsen en een ambulance en wat er verder nog nodig is.'

Hij gaf een zacht kneepje.

'Hij kan horen wat je zegt', fluisterde ze tegen Grethe Aslaksen. 'Hij kan in je hand knijpen. Kun je niet een beetje tegen hem praten? Hem opmonteren? Zijn hand vasthouden?'

'Natuurlijk', fluisterde Grethe Aslaksen.

'Laat hem niet opgeven!'

Kristin liet de stervende man over aan Aslaksen, die zijn hand vastpakte en tegen hem begon te fluisteren. Zijn ene been trilde. Hij gaat gauw dood, dacht Kristin.

De terroristen stonden ieder op hun eigen post. Onaangedaan en rustig. Met uitzondering van Ramzan Jevlojev had geen van hen een woord gezegd in de loop van de nacht.

De minister van Buitenlandse Zaken ging meer en meer op een standbeeld lijken. Stil en onbeweeglijk zat hij op zijn plaats. Of, dacht Kristin, hij heeft zijn zenuwen volledig onder controle, alsof hij mediteert, of hij is verlamd van schrik. Op de eerste rij van de publiekstribune zat Anette leeg voor zich uit te staren, alsof ze in shock was. Kristin ging naast haar zitten. Anette keek haar aan, ze wilde iets zeggen, maar barstte in huilen uit.

'Ik… had… niet… gedacht… dat… hij…' snikte ze.

Kristin suste haar.

Ramzan wierp een geërgerde blik op hen. Hij liep rusteloos rond in de studio, als een veldheer die wacht tot de veldslag kan beginnen.

9

Spoedbericht, persbureau NTB, 04.10 uur

telexbericht
Gijzelingsdrama –

Oslo(NTB) De politieman die eerder deze nacht gewond raakte tijdens een verkenningstocht in een ventilatiekanaal van Kanal ABC, is buiten levensgevaar. Volgens het persbericht van het Ullevålziekenhuis is hij getroffen door twee kogels, één in de onderarm en één in de zij, maar geen van de kogels heeft vitale organen geraakt.

– – – – aka – ol – bk
04.10 uur 313 tekens

10

Crisisteam van de minister-president, 04.12 uur

Toen ambassadeur Igor Voronin de vergaderzaal had verlaten, bleven de leden van het crisisteam naar elkaar zitten kijken in afwachting van iemand die het woord zou nemen.

Uiteindelijk schraapte de minister van Justitie zijn keel. 'Het verzoek is vanzelfsprekend onacceptabel.'

'Volkomen', zei de minister van Binnenlandse Zaken.

'Ongehoord', zei de minister van Defensie. 'Ze bieden aan de jurisdictie van Noorwegen over te nemen.'

De commissaris van de politie Oslo knikte. 'We kunnen ze niet het land uit sturen en ze overlaten aan de rechtspraak van een vreemde macht.'

De minister-president zei niets. In plaats daarvan zat hij te wippen op zijn bureaustoel. De anderen keken elkaar aan.

'Of niet, Bjørn-Tore?' zei de minister van Justitie. 'Volkomen onacceptabel?'

De premier plaatste zijn ellebogen op tafel. 'In principe wel, ja', antwoordde hij.

'In principe?' riep de minister van Defensie uit.

'We kunnen uiteraard geen terroristen het land uit sturen zonder dat ze hier berecht zijn. En we kunnen ook niet samenwerken met de Russen om dit probleem op te lossen. De verantwoordelijkheid berust geheel en al bij Noorwegen.'

'Mooi zo!' zei de minister van Justitie.

'Maar! De ambassadeur heeft me op een idee gebracht.' De minister-president keek de commissaris van politie aan, die rechtop ging zitten. 'Is het feit dat ze allemaal in een hermetisch afgesloten studio zitten niet het belangrijkste probleem?'

'Jazeker', zei de commissaris aarzelend.

'Ik ben geen expert op het gebied van tactiek, maar zou het niet in het voordeel van de politie zijn als de terroristen en de gijzelaars uit de studio waren?'

'In zekere zin wel', gaf de commissaris toe.

'Ik denk hardop,' zei de minister-president, 'maar als we inderdaad een vliegtuig hebben klaarstaan en de terroristen laten geloven dat ze een vrijgeleide uit het land hebben... Zouden we ze daarmee niet uit de studio kunnen lokken zodat de politie het conflict makkelijker met offensieve middelen zou kunnen aanpakken?'

11

Commandopost van de politie, 04.15 uur

'Hij was er niet!'

Operationeel commandant Aksel Schjelderup stopte zijn mobiele telefoon in zijn binnenzak en zond een wanhopige blik naar Fjell en Lehmann.

'Wie was niet waar?' vroeg Fjell in verwarring.

'Aslan Gairbekov. De lokale politie zit in het asielzoekerscentrum. Hij is weg.'

'Weten ze waar hij zit?' vroeg Lehmann.

Schjelderup schudde zijn hoofd. 'De politie praat nu met de medebewoners en de leiding.'

'Dat is verdomde pech.'

'Ze moeten toch weten waar hij is?' vroeg Fjell.

'Asielzoekers zijn vrij het centrum te verlaten en te reizen waarheen ze willen.'

'Dus waarschijnlijk is hij ervandoor gegaan?'

'Daar lijkt het op.'

'Is er een opsporingsbericht uitgegaan?'

'OpStaf zorgt daar nu voor.'

'Midden in de nacht!' stelde Lehmann vast.

'Waar zou hij kunnen zijn?'

'Misschien bij een vrouw?' stelde Lehmann voor en hij floot.

'Dan hebben ze vast niet naar de televisie gekeken vanavond.' Schjelderup vertrok zijn mond tot een lach.

Lehmann keek op de klok. 'Als Aslan Gairbekov niet wordt gevonden, wordt Kristin Bye over een uur en vijfenveertig minuten doodgeschoten.'

12

OpStaf, politiebureau, 04.18 uur

'Een vliegtuig klaarzetten?' vroeg de chef van de veiligheidsdienst verbluft.

'Toegeven aan de eisen?' riep de chef van de afdeling Georganiseerde Misdaad uit.

'Wacht, wacht, wacht!' zei de adjunct-commissaris met beide handen in de lucht. 'Volgens de commissaris is de minister-president zelf met het idee gekomen. Met een tactische bedoeling. En ze hebben ons ook gevraagd naar onze mening.'

'Welke bedoeling?' vroeg de chef van de operationele dienst.

'Het is de bedoeling de terroristen en de gijzelaars in een bus te zetten die hen naar vliegveld Gardermoen brengt.'

'Volkomen tegen onze principes', zei de chef van de veiligheidsdienst.

'Ik ben nog niet klaar! Op Gardermoen staat weliswaar een vliegtuig klaar, maar niet om te vliegen! We parkeren het vliegtuig bij de GA-terminal om ze in open terrein te kunnen aanvallen.'

De chef van de veiligheidsdienst keek vragend naar de chef Georganiseerde Misdaad, die zijn hoofd schudde. 'Nou ja,' gaf hij toe, 'het is belangrijk dat we ze uit die studio krijgen.'

'Maar waarom dan toch dat vliegtuig klaarmaken?' vroeg de chef van de veiligheidsdienst aarzelend.

'De terroristen kunnen buiten informanten hebben die aan hen rapporteren', legde de chef van de operationele dienst uit. 'Misschien hebben ze ook nog andere inlichtingenbronnen; een medewerker op Gardermoen, iemand bij de politie.'

'Als we ze uit de studio hebben', zei de adjunct-commissaris, 'en in een bus en eventueel op een lopende band tussen de bus en het vliegtuig, dan hebben we eindelijk de mogelijkheid om het probleem actief aan te pakken.'

'Je bedoelt om ze met scherpschutters uit te schakelen?'

'Als dat nodig mocht blijken te zijn', zei de adjunct-commissaris. 'Of met schokgranaten, traangas en wat Delta nog meer wil gebruiken om de gijzelaars vrij te krijgen zonder dat daarbij onnodige slachtoffers vallen.'

'Bij de FBI spreken ze in dat geval van "acceptabele slachtoffers"', zei de chef van de afdeling Geweldsdelicten.

'Er zijn al twee doden gevallen', zei de adjunct-commissaris. 'We weten dat de terroristen bereid zijn te doden om hun doel te bereiken. Mijn vraag aan jullie is: zijn wij dat ook?'

Ik ben een krijger die geen angst kent. Van Tsjetsjeense asielzoekers die niet weten wie ik ben, heb ik gehoord dat ze nog steeds over mij praten.

In 1996 hebben we de Russen aangevallen. We heroverden Grozny. Jeltsin werd zwak. De Russen durfden geen tegenaanval in te zetten.

Wapenstilstand. Wij hadden gewonnen.

Hoewel... gewonnen? Er lagen zeventigduizend lijken op het slagveld toen de Russen zich vernederd terugtrokken. Maskhadov en generaal Lebed ondertekenden in Khasavjurt een vredesverdrag. Het Tsjetsjeense volksleger had de slag gewonnen, maar niet de oorlog.

De onrust bleef.

Van goede contacten kreeg ik af en toe iets te horen over Adelaar. Het ging uitstekend met hem.

In 1997 kozen we Maskhadov tot onze president. Een sprankje hoop. Een rechtvaardige keuze. Maar de anarchie en wetteloosheid gingen door. Het islamitische extremisme vierde hoogtij. De gevreesde wahabieten, die hun religieuze denkbeelden van de gewetenloze islamieten uit Saudi-Arabië hadden, vonden een wankele basis in ons land. Na eeuwenlange onderdrukking waren de maatschappelijke structuren verdwenen. De anarchie en criminaliteit groeiden aaneen tot een gewelddadige symbiose met het nieuwe religieuze denken. In 1999 namen de wahabieten Dagestan in, waar ze een onafhankelijke moslimstaat wilden stichten. De meesten van ons begrepen niets van deze invasie. Onze president, Maskhadov, bood aan de Russen bij te staan in hun strijd tegen deze schurken.

Maar in de ogen van de rest van de wereld waren we allemaal schurken. De Tsjetsjenen. De moslims.

De druk op Tsjetsjenië nam toe. Bommen ontploften in Moskou. Twee flatgebouwen stortten in. De Tsjetsjenen kregen de schuld.

Kwam goed uit, niet? Velen van ons denken dat de FSB *en de Russische overheid er zelf achter zaten. Ze hadden een reden nodig om de oorlog weer te beginnen. Door haat tegen ons te zaaien onder de Russen, was het niet moeilijk burgers zover te krijgen zich op te offeren voor de zaak.*

Jeltsin had er genoeg van. Of beter gezegd, het volk achter hem. In de zomer van 1999 was een nieuwe macht bezig voet aan de grond te krijgen in Moskou. De machtige FSB*-chef Vladimir Poetin werd de nieuwe president. Hij mobiliseerde het leger om de opstand neer te slaan. De Russen heroverden de gebieden in Dagestan. Ze zonden honderdduizend soldaten naar Tsjetsjenië. Grozny, dat ironisch genoeg Russisch is voor 'verschrikkelijk', werd platgewalst. De vrijheidsstrijders vluchtten de bergen in. Honderdduizend vluchtelingen renden voor hun leven. Het jaar daarna ging de oorlog weer verder, hoewel de Russen beweerden dat ze hadden gewonnen. In het bergachtige Tsjetsjenië konden ze het niet winnen van ons.*

Eindelijk werd de wereld wakker. De geruchten over de wreedheden van de Russen bereikten de internationale media. Men las over de martelingen, de verkrachtingen, de moorden. Amerika zette Poetin onder druk. De VN *eiste een internationaal onderzoek naar oorlogsmisdaden en misdaden tegen de mensheid die begaan waren door de Russen en, helaas, ook door onszelf.*

Alsof een onderzoek zou helpen...

04.19 – 04.56

I

Studio 2, 04.19 uur

Anette Wiik zat dicht tegen Kristin Bye aan, die een arm om haar schouder had geslagen. Anette beefde.

'Het komt wel goed', zei Kristin. Het klonk hol en inhoudsloos.

Anette keek haar met betraande ogen aan. 'Ben jij bang om dood te gaan?'

'We gaan niet dood, echt niet.' Ze trachtte te glimlachen.

'Arme Kristin!'

'Dit is niet erger voor mij dan voor jou.'

'Ik vraag me af hoeveel pijn het doet. Als ze schieten...'

'Ze gaan ons niet doodschieten!'

'...en hoe lang het duurt. Van het moment dat de kogel je raakt tot je sterft.'

'Zo moet je niet denken.'

'Als zíj ons niet doodschieten, doet de politie het wel.' Anette barstte weer in tranen uit. 'Waarom komt hij niet?'

'Wie?'

'Aslan.'

'Wie heeft zin hier vrijwillig binnen te gaan?' Haar poging om te lachen leek het meest op een hik.

'Weet jij waarom ze willen dat hij komt?'

'Dat moet iets met het verleden te maken hebben. Hij is een Tsjetsjeen.'

'Waar denk jij dat hij zit?'

Instinctief schudde ze haar hoofd, ze wist niet wie hen kon horen. De laatste keer dat ik hem zag, dacht ze, zat hij op de redactie, twee etages boven ons.

2

Commandopost van de politie, 04.20 uur

'De premier vraagt om een bloedbad', zei Thomas Fjell.

'Voor het geval het je nog niet is opgevallen: het is al een bloedbad', zei Bjørnar Lehmann.

'De premier heeft wel een punt', zei Aksel Schjelderup. Hij had zojuist het voorstel om een vliegtuig in gereedheid te brengen en de gijzelnemers en de gijzelaars daar per bus heen te rijden kort uit de doeken gedaan. 'Zolang ze in studio 2 zitten, kunnen ze net zo goed opgesloten zitten in een kerker.'

'Ze kunnen neerschieten wie ze willen en wanneer ze dat willen!' zei Lehmann. 'Als we ze uit de studio krijgen, dan wordt het een open en rechtvaardig gevecht. Dan nemen wij het initiatief over.'

'In de praktijk betekent het dat jouw scherpschutters de terroristen moeten uitschakelen?' zei Fjell.

'Dat zou heel goed kunnen', gaf Lehmann toe.

'En als de bommen tot ontploffing komen...'

'Ik neem aan dat ze die onklaar maken voordat ze de studio verlaten', zei Schjelderup.

'Neem aan...' herhaalde Fjell.

'Uit ervaringen bij soortgelijke acties blijkt dat het aantal doden veel lager kan zijn dan vooraf gevreesd werd', zei Lehmann. 'In de verwarring die ontstaat als we aanvallen, en als de eerste scherpschutters raak schieten, zullen de anderen zich zonder twijfel overgeven en zich op de grond laten vallen.'

'Maar zullen we niet eerst de onderhandelingsstrategie helemaal uitproberen?' drong Fjell aan. 'De man die ze zoeken kan nog steeds opduiken en onze troefkaart worden. Als hij het doel van de terroristen is, zal de zaak volledig veranderen.'

'We moeten dan wel op erg veel hopen', zei Schjelderup.

'Het betekent een nederlaag als we de gijzelnemers met de gijzelaars naar Gardermoen sturen', zuchtte Fjell. 'Dan sturen wij aan op een gewelddadige oplossing.'

'Onder omstandigheden die wij, niet zij, controleren', stelde Lehmann.

'We moeten de hoop niet opgeven dat we via onderhandelingen dit conflict kunnen oplossen', zei Fjell. 'De meeste gijzelingsacties worden opgelost door middel van onderhandelingen! Daar ergens buiten is een man die de sleutel is voor de oplossing. Waarom is hij zo belangrijk voor hen? Misschien valt alles op zijn plaats als we begrijpen wie hij is.'

'Als we eerst eens wisten waar hij nu is', zei Schjelderup.

'Als hij opduikt... Zijn jullie dan van plan hem studio 2 in te sturen?' vroeg Lehmann.

'Ik weet het niet.'

'Voor mij staat dat gelijk aan een man de dood in sturen.'

'We veroordelen veel meer mensen tot de dood als we het niet doen', zei Fjell.

'Strikt gesproken beslissen niet alleen wij daarover', zei Schjelderup.

'We moeten luisteren naar wat ze daarover op het politiebureau en in het crisisteam te zeggen hebben.'

3

Valdres, 04.28 uur

'Waarom is hij zo vaak in Oslo geweest?'

Wachtmeester Bjarne Bø keek Jon Flatabø, het hoofd van het asielzoekerscentrum, vragend aan. Ze waren naar Flatabø's kamer gegaan, waar hij koffie had gezet. De kamer was groot en saai. Buiten de kamer klonken opgewonden stemmen. Het was niet onopgemerkt gebleven dat de politie een deur had ingeramd.

'Dat is mijn zaak niet', zei Flatabø. 'Ze zijn vrij om te gaan waarheen ze willen en wanneer ze dat willen. Hij had het druk met iets.'

'In Oslo?'

'Ja. Maar ik weet niet waar. Of bij wie.'

'Misschien heeft hij een vrouw ontmoet.'

'Zo simpel is het vaak.'

'Of had hij misschien een opdracht? Iets wat te maken had met wat er nu gebeurt in Kanal ABC.'

4

Hoofdredactie Kanal ABC, 04.33 uur

'Daar ben ik weer.' Ambassadeur Igor Voronins stem.

'Een ogenblik.' Gunnar Borg lachte verontschuldigend naar Astrid Wahl en wees naar zijn mobiel. Alsof ze niet allang begrepen had dat hij gebeld werd. Zelf zat ze aan de telefoon en werd ze uitgescholden door een televisiekijker die dacht dat Kanal ABC over lijken ging om de kijkcijfers maar omhoog te krijgen.

Gunnar liep het kantoor uit. 'Ja Igor, nu kan ik praten.'

Zijn oude vriend zuchtte diep en hartgrondig.

'Is er iets gebeurd?' vroeg Gunnar.

'Heb je tijd om even hierheen te komen?'

'Naar de ambassade?'

'Dat zou fijn zijn.'

'Ik moet hier echt blijven, waar Kristin...'

'Het is belangrijk.'

'Kunnen we niet...?'

'Belangrijk!'

Gunnar fronste zijn voorhoofd. Voronin had nog nooit zo tegen hem gesproken. 'Wat is er gebeurd?'

'Alsjeblieft', zei Igor Voronin. 'Het gaat om Kristin... En iets wat ik nu aan je wil bekennen. Maar niet via de telefoon, Gunnar.'

5

Commandopost van de politie, 04.42 uur

'Voor. Alle. Zekerheid?' vroeg Thomas Fjell weifelend en met overdreven nadruk op ieder woord.

'OpStaf heeft dat gemeld', antwoordde Aksel Schjelderup. 'Het hele crisisteam is voor het in gereedheid brengen van een vliegtuig – voor alle zekerheid – zoals de premier had voorgesteld. Door de groep uit de studio te halen, kunnen we het aantal doden onder de gijzelaars beperkt houden. De politie krijgt het overwicht. Meer mensen, meer slagkracht, het verrassingsmoment.'

'En het vliegtuig?'

'Ze zullen nooit aan boord gaan. Dat is duidelijk.'

'En wat vindt het crisisteam van het feit dat we misschien fysiek moeten ingrijpen?'

Schjelderup aarzelde. 'Ze menen dat dat een beslissing is die de politie moet nemen, daarin kan de staf van de premier zich niet mengen.'

'De duivel moge ze halen.'

Schjelderup zuchtte.

'Jij en ik weten wat dat betekent?' vroeg Fjell.

'Jazeker...'

'Bjørnars jongens zullen ze dood moeten schieten!'

'Vat het niet persoonlijk op, Thomas.'

'Ik vat het niet persoonlijk op.'

'Je hebt fantastisch werk geleverd.'

'Alsjeblieft...'

'Je moet het niet zien als kritiek op je onderhandelingsstrategie.'

'...wil je niet dat toontje aanslaan?'

'Er zijn bijna zeven uur verstreken. Wóórden zijn niet meer voldoende. We zijn genoodzaakt iets te doen. Voor zíj iets doen.'

'Ik doe de hele tijd iets. Ik maak ze week. Ik kneed ze. De tijd staat aan onze kant! Ik kan dit voor elkaar krijgen!'

Schjelderup legde zijn hand kameraadschappelijk op Fjells schouder. 'Jij bent vasthoudend. Je bent een prima kerel. Maar binnenkort zul je zelf inzien dat de kans op een oplossing langs de weg van onderhandelingen gereduceerd is tot nul. De woorden hebben verloren, Thomas.'

6

Studio 2, 04.43 uur

Frank Berthelsen lag te schokken op de grond. Grethe Aslaksen streelde hem over zijn voorhoofd.

'Hoe lang kun je eigenlijk een hartaanval overleven?' vroeg Kristin, die naast Anette Wiik zat. Anette mompelde dat ze geen flauw idee had. De minister van Buitenlandse Zaken, Bernt Bøe, draaide zich om. 'Een hartaanval dient zo snel mogelijk behandeld te worden, maar je kunt het tot een paar uur na de aanval volhouden', zei hij monotoon, alsof hij iets herhaalde wat hij zojuist uit het hoofd had geleerd. 'Zodra de patiënt behandeld wordt, zal de arts bloedverdunnende middelen toedienen, nitroglycerine, morfine en zuurstof. De overlevingskans hangt af van de schade die er aan de hartspier is toegebracht.'

Kristin en Anette keken de minister vragend aan.

'Ik heb hetzelfde meegemaakt', legde hij uit. 'Twaalf jaar geleden.'

Silje Gran lag languit op een bank achter hem. Kristin betwijfelde of ze sliep. Was het sowieso mogelijk om onder deze omstandigheden te slapen? Waarschijnlijk vluchtte ze in zichzelf en sloot de wereld buiten. Kristin had zin om hetzelfde te doen. Maar ze kon het niet. Ze moest wakker blijven, op haar gasten passen, verantwoordelijkheid dragen.

7

Spoedbericht, persbureau NTB, *04.44 uur*

telexbericht
Gijzelingsdrama –

Caïro (NTB) De Arabische Liga – de organisatie van drieëntwintig moslimlanden – heeft in een gemeenschappelijke verklaring afstand genomen van de terroristische actie in Oslo. In de verklaring wordt gesteld dat 'de moslims in de wereld in opstand moeten komen tegen de barbaarse wreedheden die onschuldige burgers treffen'.

– – – – teg – ol – bk
04.44 uur 325 tekens

8

Valdres, 04.44 uur

Wachtmeester Bjarne Bø had er een zware dobber aan om informatie los te krijgen uit de asielzoekers. Niemand leek iets te weten. Degenen die Aslan alias Ruslan kenden, herinnerden zich niet dat hij in Oslo was geweest of wat hij daar had gedaan.

Niet zo vreemd dat ze bang zijn voor de politie, dacht Bø. Velen van hen zijn op de vlucht voor de overheid in hun vaderland. De politie is de vijand.

Een voor een kwamen de asielzoekers naar zijn kamer, sommige met bange ogen, andere sceptisch en vijandig. Bø stelde zijn vragen. De asielzoekers weigerden te antwoorden. Of ze ontweken heel behendig de vragen. Sommigen keken niet-begrijpend naar het plafond. Anderen schudden met hun hoofd wanneer hij op antwoord zat te wachten.

Ze beschermen hem, dacht wachtmeester Bjarne Bø. Sommigen weten het wel. Sommigen kennen hem. Maar ze vertrouwen me niet. Ze vertrouwen de politie niet. En ze beschermen hem.

9

OpStaf, politiebureau, 04.45 uur

Zodra het crisisteam van de minister-president de operationele staf van de politie groen licht had gegeven voor het in gereedheid brengen van een vliegtuig – voor alle zekerheid – begon de politie routinematig met het doorzoeken van Gardermoen, de luchthaven van Oslo. Welk vliegtuig er binnen was, welk vliegtuig verwacht werd, welke vertrekken er voor morgenochtend en -middag gepland stonden. De lokale politie-eenheid op het vliegveld en de politie van Romerike werden op de hoogte gesteld. De leiding van het vliegveld werd gevraagd aanwezig te zijn en voorbereid te zijn op alle eventualiteiten, inclusief de sluiting en evacuatie van het vliegveld als de onderhandelingen ertoe zouden leiden dat de gijzelnemers naar Gardermoen werden gebracht.

Al snel kwam de politie te weten dat een Aeroflotvliegtuig, SU 212, vertrektijd 12.30 uur naar Moskou, het vertrek had geannuleerd vanwege een 'niet nader gespecificeerd technisch mankement'. Die informatie werd routinematig door de verkenningseenheid doorgegeven aan OpStaf.

Tegelijkertijd werd besloten dat er een bus besteld moest worden die in de buurt van Kanal ABC moest staan voor het geval er behoefte was aan een transportmiddel voor de gijzelnemers en de gijzelaars. De bus zou bestuurd worden door een politieman in burger.

10

Russische ambassade, 04.56 uur

Gunnar Borg werd door een van de secretarissen van de ambassade naar het enorme kantoor van Igor Voronin gebracht. De secretaris deed de deur met een eerbiedige knik achter Gunnar dicht.

'Gunnar!' Igor Voronin omhelsde hem voordat hij hem stevig de hand drukte. 'Bedankt voor je komst.'

'Had ik een keus?' gromde Gunnar.

Voronin ging hem voor naar een zithoek met leren meubilair dat helemaal niet deed denken aan Russische nuchterheid. In de hoek stond een televisie aan.

'Je hebt me nieuwsgierig gemaakt', zei Gunnar.

Igor schraapte zijn keel. 'Weet je, Gunnar? Ik heb je dit nooit verteld...' Hij wachtte even.

'Me wat verteld?'

'Mijn grote geheim.'

'En dat is?'

Igor Voronin keek naar de grond. 'Gunnar, ik heb een dochter.'

Gunnar schoof zijn bril naar het puntje van zijn neus. 'Jij? Een dochter? Dat wist ik niet. Ik dacht dat je twee zoons had.'

'Twee zoons. En een dochter.'

'Mijn hemel.'

'Ik heb nooit over haar gesproken.'

Gunnar keek hem nieuwsgierig aan.

'Ze is geboren,' hij glimlachte, 'je weet wel... uit een affaire.'

Gunnar dacht dat hij Igor kende. Kennelijk niet. 'Waarom heb je me nooit over haar verteld? Meer dan dertig jaar, Igor...'

Voronin legde zijn handen rond zijn omvangrijke buik. 'Er zijn dingen waar een man niet trots op is.'

'Maar toch.'

'Ik was gewild, Gunnar.'

'Jíj?'

'Niet dat toontje, ik was toen heel charmant', lachte hij gemaakt.

'Jij? Gewild?'

'Een diplomate. Getrouwd. We kregen een verhouding. Het ging zoals het ging. Ze werd zwanger. Ze kreeg Zajotsjka in 1973. Pas in 1975 hoorde ik van haar. Toen was Zajotsjka twee jaar.'

'Dus hoe oud is ze nu, begin dertig? Gefeliciteerd, had ik bijna gezegd. Zie je haar weleens?'

'Veel te weinig.'

'Waar is ze nu?'

Igor Voronin gebaarde met zijn handen. 'Ik begrijp er niets van, Gunnar! Niets!' Een pijnlijke trek gleed over zijn gezicht.

'Igor?'

'Ze zit daar,' zei hij en hij wees naar het televisietoestel, 'in studio 2!'

11

Studio 2, 04.56 uur

Kristin keek op de klok. Vier minuten voor vijf.

Nog een uur!

Waarom gebeurde er niets? Waarom kwam hij niet?

De secondewijzer zweefde boven de cijferplaat.

Ze draaide zich om naar Anette. Ze keken elkaar een seconde of twee aan.

Nog een uur…

Adelaars worden alleen in de bergen geboren. Zo luidt het gezegde. Tsjetsjenen houden van bergen. Iedereen die op de vlaktes in het noorden woont, mist de bergen. Daar klopt ons hart. In de schaduw van de duizend meter hoge toppen vinden we onze identiteit. Onze voorvaderen daalden de bergen af en gaven ons land de naam die wij gebruiken: Itsjkeria.

Tsjetsjenië is de naam die de Russen gebruiken, de naam van het eerste plaatsje dat ze veroverden. We zijn eraan gewend geraakt dat de wereld het goedvindt dat de Russen ons zo noemen. Tsjetsjenen. Schurken. Terroristen.

Woorden van de Russen.

Een Tsjetsjeen kan zijn voorvaderen generaties lang vernoemen. Hij weet hoe ze gestorven zijn. Wij vereren onze afkomst. Misschien waren het wel de Vikingen die ons respect voor onze afkomst en ons verleden bijbrachten? Een van de stamvaders van ons land was Gardas Erik. Wie was hij? Een Viking? De Vikingen hebben ook door onze bergen getrokken. Ik heb altijd bewondering gehad voor de Vikingen en hun moed.

04.59 – 05.30

1

Valdres, 04.59 uur

'Wat zeg je me nu?' wachtmeester Bjarne Bø keek ineens de Somalische asielzoeker aan.

'Ik zegde', herhaalde de asielzoeker moeizaam, 'dat hij... afspraak... had... met journalist... in Oslo.'

De woorden kwamen er in stoten uit, alsof hij bij ieder woord even moest stoppen en nadenken.

'Moest hij naar een journalist in Oslo? Vandaag?'

'Weet niet vandaag. Gisteren. Ik weet... hij vaak... had afspraak... met journalist... in Oslo.'

'Welke journalist?'

'Weet niet journalist.'

'Weet je van welke krant?'

'Hij zegde niet wie... wilde niet zeggen.'

'Het enige wat je weet, is dat het een journalist in Oslo was.'

'Ja, ja. Journalist in Oslo.'

Bjarne Bø toetste het nummer in van zijn contactpersoon bij de politie Oslo.

2

Russische ambassade, 05.01 uur

Ambassadeur Igor Voronin had net koffie ingeschonken voor Gunnar en zichzelf toen staatssecretaris Vidar Erichsen van de minister-president belde. Erichsen hakkelde eerst voordat hij stijf en formeel mededeelde dat 'Noorwegen de raad van Rusland zou opvolgen en een vliegtuig op Gardermoen in gereedheid zou brengen'. Hij haastte zich om te zeggen dat dit niet betekende dat de terroristen zonder meer uitgeleverd werden, maar dat dit werd gedaan 'voor alle zekerheid' zodat ze geen tijd zouden verliezen áls het noodzakelijk bleek te zijn een vliegtuig beschikbaar te stellen.

Voronin bedankte voor de bereidwilligheid en wijsheid van Noorwegen.

'Dit is toch idioot', zei hij toen hij ophing.

'De bereidwilligheid en wijsheid van Noorwegen?' vroeg Gunnar met opgetrokken wenkbrauw.

Voronin vertrok zijn gezicht tot een grimas. 'Ik moet een telefoontje naar het MID plegen.' Hij haalde diep adem en toetste het nummer in Moskou. Al na twee keer bellen nam Ismael op.

'Ik heb zojuist van de staatssecretaris van de premier vernomen dat Noorwegen ons verzoek om een vliegtuig in gereedheid te brengen inwilligt', zei Voronin.

'Heel goed.'

'Hij benadrukte dat het gereedmaken geen garantie is dat ze tijdens de onderhandelingen zullen instemmen met uitlevering van de terroristen.'

'Dat is begrijpelijk.'

Er viel een stilte.

'Goed werk, ambassadeur Voronin. Je dochter zou trots op je zijn!' zei Ismael en hij hing op.

Voronin liet de hoorn met een klap vallen en bleef Gunnar aan zitten kijken. 'Ik word gebruikt', zei hij zacht.

'Gebruikt?'

Voronin sloeg met zijn vlakke hand op het bureau. 'Ik dacht dat ik de vertegenwoordiger van mijn land in Noorwegen was. Maar ik weet verdomme niet meer wie ik vertegenwoordig. Ze gebruiken me. Een nuttige idioot.'

Gunnar zei niets.

Voronin kuchte. 'Ik praat met je als een oude vriend en niet als de Russische ambassadeur.'

'Je hebt nog nooit als de Russische ambassadeur tegen me gesproken.'

'Er is zoveel dat ik nu niet begrijp.'

Er lag een grapje voor op Gunnars tong, maar hij kon aan de stem van de ambassadeur horen dat hij niet in de stemming was voor grapjes. 'Waar ging dit over?'

'Je begrijpt dat ik de regels overtreed wanneer ik jou hier toelaat en alles laat horen.'

'Dus waarom doe je het dan?'

'Omdat jij de enige vriend bent die ik in deze wereld heb, Gunnar.'

'Doe niet zo melodramatisch.'

Hij leek het niet te begrijpen. 'Omdat ik vannacht niet Ruslands belangen verdedig. Omdat ze me erbuiten houden', ging hij verbeten verder. 'Ik word gebruikt. En ik weet verdomme niet aan welke kant ik sta!'

'Jij staat aan de kant waar men wil dat dit goed zal aflopen.'

'Ik hoop het. Maar ik ben er verdomme niet zeker van.'

'Wat is er gebeurd, Igor? Waarom ben je zo geagiteerd?'

'Ik was eerder vannacht bij een vergadering. Met de staf van de minister-president. Het ministerie van Buitenlandse Zaken in Moskou had mij opdracht gegeven de Noorse overheid te vragen een vliegtuig gereed te zetten voor een eventuele uitlevering van de terroristen.'

'Dus dáár belde Erichsen zojuist over?'

'Dat is het punt niet. De kwestie is dat er iets gebeurt waar niemand controle over heeft.'

'Waarom zeg je dat?'

'Waarom werd ik naar de premier gestuurd om voor te stellen dat ze een vliegtuig in gereedheid moeten brengen? Niets klopt. Iedereen weet dat de overheid nooit zal toestaan dat de terroristen Noorwegen verlaten.'

'Misschien willen ze de terroristen de studio uitlokken?'

'Maar dat is nog niet alles. In Moskou voeren ze iets in hun schild. Mijn vaste contact bij het MID is vervangen door een onbekende man met een codenaam. Alsof het weer de Sovjet-Unie in 1970 is. Hij is verbonden aan afdeling Twaalf.'

'Afdeling Twaalf?'

'Die is zo geheim dat ze officieel niet eens bestaat binnen de organisatie. Alleen ambtenaren op het hoogste niveau en directeuren van het MID zijn op de hoogte van de activiteiten van afdeling Twaalf.'

'Heb je iets daarvan aan de Noorse overheid verteld?'

'Niets, Gunnar. Ik kan dat niet. Ik ben geen spion. Geen agent. Ik kan dit niet aan de Noorse overheid verraden!' Hij legde nadruk op het woord 'overheid'. 'Dat zou niet loyaal zijn. Een ambassadeur moet doen wat hem gevraagd wordt.'

'Jij moet gewoon je werk doen.'

Igor Voronin stond op en liep om het grote bureau heen. Hij liet zich met een plof op de lege stoel naast Gunnar vallen. 'Ik heb je vannacht het grootste geheim uit mijn leven verteld', zei hij zacht. 'Ik heb je over mijn dochter verteld. Omdat jij de enige bent die...' hij glimlachte voor zich uit, 'ja, je moet weten... Gunnar, ik ben bang!'

'Bang?'

'Er is nog meer. Ik zou je dit niet moeten vertellen. Maar ik ben in de war. Ik vrees dat ik gebruikt word zonder dat ik begrijp hoe.'

'Op wat voor manier?'

Igor Voronin wachtte even. 'Ik heb de Noorse overheid gevraagd een vliegtuig in gereedheid te brengen dat de terroristen naar Rusland kan brengen. Mooi, prima. Maar... mijn contact binnen het MID heeft mij ook gevraagd te zorgen dat er een Aeroflotvliegtuig gereedstaat op Gardermoen.'

'Nog een vliegtuig?'

'In het diepste geheim. Dus waarom willen ze twee vliegtuigen paraat hebben staan? Twee vliegtuigen, Gunnar. Ik begrijp het niet.'

'Denk je dat er sprake is van dubbelspel?'

'Wat is er nu écht aan de hand?'

'Misschien is er voor alles een logische verklaring', zei Gunnar. Vijftig jaar journalistieke ervaring had hem onder andere één ding geleerd: de eerste, meest voor de hand liggende, verklaring hoeft niet altijd de beste of de juiste te zijn.

3

OpStaf, politiebureau, 05.02 uur

'Aslan Gairbekov zou bij een journalist in Oslo kunnen zijn', zei de adjunct-commissaris en hij legde de mobiele telefoon op tafel.

'Bij welke journalist?' vroeg de chef van de veiligheidsdienst.

'Kristin Bye?' opperde de adjunct-commissaris. 'Eerlijk gezegd weet ik het niet. Die informatie komt van een asielzoeker in het asielzoekerscentrum in Valdres. Hij heeft de wachtmeester verteld dat Aslan vaak in Oslo was en dat hij daar met een journalist sprak.'

'Maar hij weet niet met wie?'

'Nee.'

'Ik zal nagaan of de veiligheidsdienst hier iets over weet.'

'We moeten een groep formeren die de mogelijke journalisten onderzoekt. En laten we bij de hoofdredactrice van Kanal ABC controleren of het Kristin Bye geweest kan zijn.'

'Hoeveel journalisten zijn er in Oslo? We moeten ze verdelen in groepen. Kranten, tijdschriften, televisie, radio, internet. En ga met het hoofd Informatievoorziening bespreken welke redacties het meest voor de hand liggen.'

4

Commandopost van de politie, 05.08 uur

Journalist. Aslan Gairbekov. Thomas Fjell had het gevoel dat hij iets belangrijks over het hoofd zag, iets waar hij geen vat op kon krijgen, terwijl zijn hersenen in alle stilte bezig waren te rubriceren, catalogiseren en analyseren. Maar wát? Aslan Gairbekov. Tsjetsjeense asielzoeker. Guerrillaleider. Gevlucht uit zijn vaderland, voor het regime en de Russen. Bij een Noorse journalist. Waarom? Kennelijk om zijn verhaal te vertellen. Aan wie? Kristin Bye? Waarschijnlijk. Maar waarom zat hij dan niet in de studio als deelnemer aan het debat? Omdat hij onder een valse identiteit in Noorwegen woont. In het diepste geheim.

Fjell tuurde op de monitoren die alle activiteiten in de studio lieten zien. Meer dan zeven uur waren verstreken. De druk op hen nam toe. Niet alleen op de gijzelaars, maar ook op de gijzelnemers. Ramzan Jevlojev sprak met de tolk, Anette Wiik. Ze lachte om iets wat hij zei. Positief, dacht hij. Hoe meer ze samen praten, des te moeilijker het wordt voor de terroristen om ze te doden. De gijzelaars konden het stockholmsyndroom gaan ontwikkelen, terwijl de gijzelnemers op hun beurt de slachtoffers sympathiek konden gaan vinden. Daarom zorgden professionele gijzelnemers ervoor afstand te bewaren tot hun slachtoffers, vaak door ze te knevelen, vast te binden en in een andere kamer te plaatsen. Niemand moest een persoonlijke band krijgen. Fjell observeerde de terroristen op de monitoren. Wat was hun opdracht? Waarom zo'n risicovolle actie in een Noorse televisiestudio? Welk verband was er dat hij niet zag? Een verband waarin zijn onderbewustzijn allang zijn tanden had gezet.

'Neem me niet kwalijk', Aksel Schjelderup tikte Fjell op zijn schouder. 'Ik wil je alleen even het laatste nieuws overbrengen van de toestand van de gijzelaar die naar het Ullevålziekenhuis is overgebracht, hij heet...' Schjelderup controleerde zijn schrijfblokje, 'Jussup Idigov, zijn toestand wordt "bevredigend" genoemd. Schotwond in de nekspier en in de schouder, ernstig, veel bloedverlies, maar niet levensbedreigend.'

'Hartelijk dank. Al nieuws over Geir Wilhelmsen?'

'Hij is net opgenomen op de intensive care. Ik zal je op de hoogte houden.'

Thomas Fjell dacht: als alles naar de verdommenis gaat, kan ik tenminste zeggen dat ik kans heb gezien er één gijzelaar uit te krijgen. Dat is in elk geval iets.

5

Russische ambassade, 05.10 uur

Ambassadeur Igor Voronin legde de telefoon neer. 'Chef veiligheidsdienst.'

'Heeft hij jou gebeld?' riep Gunnar uit.

'Hij vroeg of ik wist met welke journalist Aslan Gairbekov contact had gehad. Ik kon hem daar uiteraard geen antwoord op geven. Ik ga echt geen dingen verraden. Je weet het... Discretie.'

'Maar je weet wie die journalist is?'

'Kristin Bye.'

'Kristin? Juist ja. Niet zo onwaarschijnlijk, ze werkte aan een project waarbij een Tsjetsjeense asielzoeker betrokken was. Ze heeft me nooit iets over hem verteld. Kristin is professioneel.'

'Ik weet het omdat Kristin een visum had aangevraagd voor Moskou en Tsjetsjenië om een programma te maken dat het leven van Aslan Gairbekov als uitgangspunt nam. Je weet het, onze geheime dienst is er een ster in om in de meeste visumaanvragen samenzweringstheorieën te zien.'

'Waarom vroeg de veiligheidsdienst ernaar?'

'De politie heeft ontdekt dat Aslan Gairbekov in Oslo zit, bij een journalist. Het halve politiekorps zoekt naar die journalist.'

'En ze weten niet dat het om Kristin gaat?'

'Kennelijk niet.'

'Ik moet ze dat vertellen, Igor.'

'Daarom vertel ik je het ook. Zodat jij de boodschapper kunt zijn. Maar je hebt de informatie niet van mij.'

'Wie ben jij?' vroeg Gunnar terwijl hij zijn mobieltje opviste.

6

Studio 2, 05.10 uur

Haar schedel was pijnlijk na de hardhandige behandeling. Kristin ging met haar handen door haar haren. Toen ze met haar vingertoppen langs de gevoelige haarwortels ging, brandde haar hoofdhuid. *Ze hebben de Tsjetsjeense man gedood. Ze hebben die politieman gedood. Waarom zouden ze mij niet doden? Omdat ik zo speciaal ben? Maar ik ben niet specialer dan Magomed en de politieman.* Plotseling kreeg ze het gevoel te moeten huilen. Haar ogen prikten, haar keel werd dik. Ze beet haar tanden op elkaar, ze dacht aan Gunnar en aan haar kat, Snøhvit, ze dacht aan de zomers op de boerderij. Ze dacht aan haar ouders en broer Halvor, die alledrie dood waren. *Ze kunnen me niet zomaar doden!*

7

Commandopost van de politie, 05.11 uur

'Operationeel commandant!' blafte Aksel Schjelderup in de hoorn. De telefonist had zojuist een telefoontje doorverbonden dat geloofwaardig en interessant leek.

Het was een zware, rustige stem. De stem van een oudere man. 'Mijn naam is Gunnar Borg', zei hij, half vragend, alsof de naam hem iets moest zeggen. 'Journalist Gunnar Borg?' gromde de stem.

Natuurlijk! De *Dagbladet*-legende. Oorlogscorrespondent en misdaadverslaggever die met Kristin Bye had samengewerkt aan de Aquariuszaak en de Juvdalzaak.

'Borg!' riep Schjelderup uit. 'Ik heb het vreselijk druk. Kan ik je ergens mee helpen?'

'Ik heb begrepen dat jullie niet alleen op zoek zijn naar Aslan

Gairbekov, maar ook naar de Noorse journalist die hij bezocht heeft?'

'Wat weet jij?'

'Die journalist is Kristin Bye.'

'Dat vermoedden we al. Weet jij iets meer?'

'Ik ben op de hoogte van Kristins project met die Tsjetsjenen, maar uit veiligheidsoverwegingen heeft ze alle namen en identiteiten voor zich gehouden.'

'Maar Aslan Gairbekov is een van haar bronnen?'

'Ik heb alle reden om dat aan te nemen, ja.'

Schjelderup hield zijn hand op de hoorn en zei tegen de aanwezigen in de kamer: 'De journalist die we zoeken ís Kristin Bye!' Toen zei hij in de hoorn: 'Hoe weet je dat?'

'Het spijt me. Ik mag mijn bron niet verraden!'

'De heilige eed van de journalist?'

'Er is meer. Ik ben te weten gekomen dat de premier vannacht een vergadering heeft gehad met vertegenwoordigers van de Russische overheid. Ik weet verder dat Noorwegen gevraagd is een vliegtuig in gereedheid te brengen.'

'Dat is vertrouwelijke informatie. Als jullie hiermee naar buiten komen...'

'Kalm aan, ik ben allang met pensioen. Mijn enige drijfveer is een bijdrage leveren aan de vrijlating van Kristin en de andere gijzelaars.'

'Ik vertrouw je.'

'Ik heb informatie dat de Russen zelf bezig zijn hun eigen vliegtuig in gereedheid te brengen.'

'Hun eigen vliegtuig?'

'Een Aeroflotvliegtuig. Op Gardermoen.'

'We hebben iets gehoord over een Aeroflottoestel. Maar wat bedoel je met "in gereedheid brengen"?'

'Ik ken de details niet', antwoordde Gunnar. 'Maar ik wilde jullie toch informeren.'

8

Crisisteam van de minister-president, 05.15 uur

'Ik weet niet of je tijd hebt?' Staatssecretaris Vidar Erichsen hield een stapel papieren omhoog voor de minister-president, Bjørn-Tore Viksveen.

De premier wreef in zijn bloeddoorlopen ogen. 'Wat is het?'

'Telegrammen, faxen... steun- en sympathiebetuigingen van verschillende landen en regeringen.'

'Kun je het samenvatten?'

'Ja, naast de berichten die we al ontvangen hadden, komen deze uit', terwijl hij sprak begon hij in de papieren te bladeren, 'landen als Finland, IJsland, Frankrijk, Spanje, Griekenland, België, Italië, Oostenrijk, Zwitserland, Cuba, Argentinië, Brazilië, Japan, China, Vietnam, Thailand, Singapore, Canada, Australië, Egypte, Madagaskar, Zuid-Afrika, Marokko, Mozambique, Ethiopië, Nigeria, Somalië, Zambia, Zimbabwe... Tja, enzovoorts, enzovoorts.' Hij gebaarde met zijn hand die de papierstapel vasthield.

'Dat is... aardig', zei de premier.

'Opvallend weinig uit moslimlanden', merkte de minister van Justitie droogjes op.

9

Commandopost van de politie, 05.20 uur

Thomas Fjell, Aksel Schjelderup en Bjørnar Lehmann zaten aan de vergadertafel in de commandopost. Fjell trommelde met zijn ballpoint op het notitieblok terwijl hij door de stapel politiedocumenten en faxen heen ging. Hij voelde zich gefrustreerd. Waar was Aslan Gairbekov? Kristin Byes journalistieke project was in nevelen gehuld en iedereen die ervan wist, wist slechts een beetje. Geef me een dag, dacht Fjell, dan ben ik in staat het totaalbeeld te zien. Hij had meerdere teams het gebouw in gestuurd om, samen met mensen van Kanal ABC, te controleren of Aslan Gairbekov niet in een van de kantoren zat. Kleine kans. Maar de moeite waard om te controleren. Twee politiemensen zaten samen met Astrid Wahl in Kristins kantoor om haar papieren door te nemen. Hoewel een dergelijk onderzoek indruiste tegen alle journalistieke ethische principes, had de hoofdredactrice ermee ingestemd.

'Wacht verdomme een ogenblik!' Fjell stond plotseling op en wapperde met een fax waarop hij had zitten kijken. 'Schjelderup... Jij zei dat die Rus die eerder vanavond was opgepakt, is vrijgelaten?'

'Had niets met de zaak te maken, volgens OpStaf.'

'Is dit hem?' Fjell gaf Schjelderup de fax die hij in zijn handen had.

'Rijden onder invloed? Hè? In bewaring gesteld. Opgepakt om 22.22 uur?' Schjelderup fronste zijn voorhoofd terwijl hij de fax las. 'Sergej Habibulin? Promillage van 0,6? Wat is dit verdomme?' Hij bladerde in zijn notitieboekje. 'Onze man is om 22.18 uur opgepakt. Bij de receptie. En om 22.24 uur naar het politiebureau gebracht.'

'Wat is er met hem gebeurd?'

'Volgens verbalisant Øksnvad was hij zo buiten zinnen van woede dat hij in een isoleercel is gezet om af te koelen voor hij verhoord werd.'

'Is hij verhoord?' vroeg Fjell.

'Nu begrijp ik er helemaal niets meer van. Hebben we twee Russen opgepakt?'

'Weet je of hij verhoord is?' herhaalde Fjell.

'Bij aankomst op het bureau hebben OpStaf en de veiligheidsdienst de verantwoordelijkheid over hem overgenomen. Ik heb begrepen dat hij verhoord is voordat hij weer werd vrijgelaten.'

Fjell trok de fax van de veiligheidsdienst tevoorschijn die over Aslan Gairbekov ging. Hij wees met zijn vinger naar de onscherpe foto. 'Kan het deze kerel zijn geweest die jullie hebben opgepakt?'

Schjelderup leunde voorover en tuurde naar de onduidelijke foto. Hij schudde zijn hoofd. 'De Rus die wij hebben opgepakt had kortgeknipt haar en was gladgeschoren.'

'Maar mijn lieve hemel, Aksel, als hij, nadat de foto is gemaakt, zijn haar geknipt heeft en zich geschoren heeft, zou het hem dan kúnnen zijn?'

Schjelderup trok zijn schouders op. 'Onmogelijk te zeggen. De foto is niet goed genoeg. De fax is te onduidelijk.'

'Maar probeer het! Is het mogelijk?'

Schjelderup bestudeerde de foto langdurig. 'Verdomme, ik weet het niet', mompelde hij. Hij pakte de mobiele politieradio en riep de adjunct-commissaris op: 'Wat is de status van die Rus die eerder deze avond is opgepakt?'

De adjunct-commissaris gromde. 'Die journalist die geprobeerd heeft studio 2 in te rijden? Hij had een promillage van 0,6. Hij is na verhoor weer vrijgelaten om...'

Schjelderup hoorde de adjunct-commissaris bladeren in wat papieren, '23.58 uur. Ik wil wedden dat hij bij zijn collega's voor Kanal ABC rondhangt. Als hij niet naar huis is gegaan om zijn roes uit te slapen.'

'Ik heb het niet over hem', zei Schjelderup kalm.

'Niet?' De adjunct-commissaris zweeg. Schjelderup hoorde hoe hij door zijn papieren ging. 'Ik moet op zoveel dingen letten', mompelde de adjunct-commissaris.

'Die Rus die we om 22.18 uur in het gebouw van Kanal ABC hebben opgepakt.'

Woest gezoek en geblader. Toen was het een ogenblik stil voordat Schjelderup de adjunct-commissaris opgelucht hoorde uitademen: 'Alles onder controle!'

'Dat houdt in?'

'Hij zit nog in de isoleercel.'

'Nog steeds?'

'Daar lijkt het op. Volgens de verbalisant was hij een beetje opstandig.'

'Øksnvad', zei Schjelderup.

'O, Øksnvad', herhaalde de adjunct-commissaris veelzeggend.

'Maar ís hij verhoord?'

'Hij is bij aankomst verhoord door de veiligheidsdienst.' De stem klonk aarzelend.

'Is dat bevestigd?'

'Dat zie ik nergens staan.'

'Heb jij het proces-verbaal?'

Schjelderup hoorde hoe de adjunct-commissaris weer druk begon te bladeren.

'Er moet hier iets fout zijn gegaan', zei de adjunct-commissaris stijfjes. 'Het lijkt erop dat alleen die ene Rus verhoord is. Degene met dat promillage. Na de blaastest, die een promillage van 0,6 aangaf, werd Sergej Habibulin naar een arrestantencel gebracht voordat hij door Laberg van de afdeling Openbare Orde werd verhoord. Die ander zou om elf uur door Grung van de veiligheidsdienst worden verhoord. Maar ik zie hier dat Grung om kwart voor elf naar PodStaf is overgegaan. Een kwartier dus nadat die Rus in de isoleer is gezet.'

Niemand zei iets.

'En de opdracht is niet doorgegeven aan iemand anders?'

'De zaak kreeg... een lage prioriteit.'

Bullshit, en dat wisten ze beiden.

'Volgens de verbalisant was de arrestant zo buiten zinnen dat hij meende dat het beter was om hem wat af te laten koelen voordat we een poging deden om met hem in contact te komen.'

Ze wisten beiden wat Øksnvad verstond onder 'wat af te laten koelen'. Een elleboog in het middenrif en een schop tegen je kont.

'Wat je me probeert te zeggen', zei Schjelderup, 'is dat jullie vergeten zijn hem te verhoren?'

'De man van de veiligheidsdienst kreeg een andere opdracht', zei de adjunct-commissaris ontwijkend.

'En wie heeft zijn opdracht overgenomen?' Schjelderup besefte dat het klonk als een superieur die zijn ondergeschikte tot de orde riep.

'Ik moet dat nog preciezer nakijken. De situatie is hier nogal hectisch. Ik neem aan dat de veiligheidsdienst het niet zo belangrijk heeft gevonden om hem, gezien de omstandigheden, onmiddellijk te verhoren.'

'Hectisch? Hoe denk jij dat het hier is?'

'Overigens hebben we op dit tijdstip geen tolken op het bureau.'

'Als hij is wie wij denken dat hij is, dan spreekt hij zowel Noors als Engels.'

'En wie denken jullie dat hij is?'

Schjelderup ademde uit via zijn neus. 'Als zijn identiteitspapieren op naam van Ruslan Vlasov staan, is er alle reden om aan te nemen dat hij Aslan Gairbekov is.'

10

05.25 uur

Hij was met zijn rug tegen de betonnen muur in slaap gesukkeld. In zijn droom leunde hij tegen de oude, kromme boom beneden bij de rivier. De zon zat verstopt achter het gebladerte.

Op het moment dat hij voetstappen hoorde was hij klaarwakker. Al die jaren in levensgevaar hadden zijn zintuigen gescherpt.

Hij stond rechtop toen de deur openging. Buiten stonden twee jonge agenten te wachten en een gedistingeerde man die met heel zijn voorkomen en houding en de gouden strepen op zijn schouders uitdrukte dat hij een hoger geplaatste persoon was. Ze gebaarden naar hem. Hij liep de cel uit. De twee jongemannen gingen aan weerszijden van hem staan, alsof ze bang waren dat hij zou vluchten.

11

Studio 2, 05.25 uur

Ze hebben vast een plan! Kristin Bye keek naar de grote klok boven de studiodeur. Vijf voor halfzes. Nog vijfendertig minuten. Ach ja, ze hadden vast een slim plan om alle gijzelaars te redden.

Vijfendertig minuten… Hoeveel tijd is dat eigenlijk? De tijd die het een tandarts kost om een gaatje te boren en te vullen. De tijd die het Christoffer kostte om met haar te vrijen als hij gedronken had… De tijd die de bus afgelopen zomer nodig had om van vliegveld Hellenikon in Athene naar het hotel in Piraeus te rijden. De tijd die je nodig had om brownies in de oven te bakken.

Hij is toch niet gevlucht? Hij heeft me toch niet al die tijd voor de gek gehouden? Maar nee, ze kon zich niet voorstellen dat hij gevlucht was. Ze wist een heleboel niet van de man die zich Ruslan Vlasov noemde. Ze besefte dat hij veel van zijn voorgeschiedenis voor haar achter had gehouden. Maar hij had altijd moedig, eerlijk, recht door zee en rechtschapen geleken. Hij was niet het type om ervandoor te gaan.

Of wel?

12

Commandopost van de politie, 05.26 uur

'De man van wie we hopen dat hij Aslan Gairbekov is, is op het moment op weg naar zijn verhoor', zei operationeel commandant Aksel Schjelderup.

'Wie verhoort hem?' vroeg Thomas Fjell.

'De adjunct-commissaris zelf.'

Fjell onderdrukte een lachje, de adjunct-commissaris had de kritiek op de verwisseling van de twee Russen niet alleen serieus, maar ook persoonlijk opgevat.

'Hoe groot is de kans dat hij Aslan Gairbekov is?' vroeg Schjelderup.

'Groot.'

'Zal hij dat toegeven?'

'Waarom zou hij dat niet?'

'In deze zaak', zei Schjelderup, 'lijkt iedereen wel iets te verbergen te hebben.'

13

Politiebureau, 05.27 uur

De adjunct-commissaris begeleidde hem naar de verhoorkamer en verzocht hem plaats te nemen aan een eenvoudige tafel. Hij haalde diep adem, alsof dit een lang en intensief verhoor zou worden.

'Voordat we beginnen', zei hij, 'moet ik je volledige naam hebben.'

'Aslan Gairbekov.'

De adjunct-commissaris keek langzaam op van zijn papieren.

'Waarom heb je niet...?' begon hij, maar hij besefte dat er geen logisch vervolg op deze vraag was.

'Ik ben in Kanal ABC opgepakt. Ze dachten dat ik een van de terroristen was.'

'Waarom heb je niets tegen ons gezegd?'

'Ik heb het geprobeerd. Geloof me, ik heb het geprobeerd. Eerst toen ik opgepakt werd. Daarna toen ik op het bureau was. Maar jullie hebben me direct in de isoleercel gegooid. Ik heb geprobeerd het uit te leggen! Niemand wilde luisteren.'

'Weet jij waarom de terroristen eisen dat jij naar de studio komt?'

'Uiteraard. Ze zitten achter me aan.'

'Waarom?'

'Een lang verhaal. Een lang en ingewikkeld verhaal.'

14

Commandopost van de politie, 05.30 uur

'Staf aan Thomas Fjell, over.'

'Hier Fjell.'

'Adjunct-commissaris bevestigt dat de arrestant zich Aslan Gairbekov noemt.'

'Yessss!' brulde Fjell en hij stak een gebalde vuist omhoog. De anderen in de kamer keken hem verbluft aan; Fjell toonde zelden zijn gevoelens. 'Breng Aslan Gairbekov zo snel mogelijk hierheen.'

'Hij wordt nog verhoord. Maar ik zal doorgeven dat...'

'Zeg tegen de adjunct-commissaris dat hij onmiddellijk het verhoor moet afbreken!' zei Fjell. 'Aslan Gairbekov moet als de sodemieter in een politieauto met gillende sirenes door het stille Oslo hierheen worden gebracht!'

Ik zou heel veel kunnen vertellen over de jaren in het volksleger. Over het leven in de bergen, waar de Russen ons nooit vonden. Over de dagen waarop we ons in goedgezinde dorpjes waagden waar we voedsel en warme kleding kregen. Over de aanvallen op de Russische militaire colonnes door BTR*'s,* BRDM*'s, jeeps en tanks. Over de acties met sluipschutters op troepen jonge, beschonken Russen, die kotsten, kermden en stierven als jammerende zwijnen. Over de gevechten met de elitetroepen van het* FSB *Alfa,* GRU*'s militaire Spetsnaz, en de parachutisten,* VDV*. Ik zou kunnen vertellen over de aanslagen op de militaire bases Khankala en Prokhladny. Over ontmoetingen met hulpeloze dienstplichtigen en de bendes van kontraktniki, de huursoldaten die vrijwillig naar Tsjetsjenië waren gekomen om te vechten. Velen van hen waren criminelen op de vlucht voor de Russische politie. Ik zou kunnen vertellen over landmijnen. Granaten. Sluipschutters. Over de nachtelijke operaties waarin we collaborateurs, Russische officieren en soldaten onschadelijk maakten.*

Ik zou heel veel kunnen vertellen... Maar ik geloof dat ik dat maar niet doe.

05.31 – 05.45

1

Studio 2, 05.31 uur

'Lieve God, ik wil niet sterven.' Kristin had stiekem haar handen gevouwen. De woorden slopen bijna onhoorbaar van haar lippen. 'Lieve, lieve God, laat me niet doodgaan. Ik wil niet dood, alstublieft.'

Ze keek verstolen rond, om te zien of iemand haar betrapt had op wat ze deed.

'God, u weet dat ik ben wie ik ben, dat ik niet naar de kerk ga, en dat ik heel veel verkeerd heb gedaan, maar als u bestaat, weet u dat ik heel diep vanbinnen mijn kindergeloof heb bewaard. Alstublieft, God, laat me leven! Ik wil niet dood. Ik ben zo bang, God, lieve God, luister naar mijn gebed en laat me leven, alstublieft, zorg dat Aslan Gairbekov naar de studio komt en dat de terroristen ons laten gaan en dat alles goed afloopt zonder dat er nog meer mensen doodgaan, alstublieft.'

Nogmaals keek ze om zich heen. Niemand keek naar haar. Ze voelde zich dom. Ze had niet meer tot God gebeden sinds ze een klein meisje was. Ze geloofde niet eens in God. Niet echt. Toch had ze gebeden. *Je bent een huichelaarster, Kristin. God is geen automaat waarin je een gebed stopt zodat dat verhoord kan worden.* 'Ik weet dat ik niets verdien', fluisterde ze voor zich uit. 'Maar toch. Als u bestaat, lieve God, laten ze mij dan niet doden of een van de anderen. Alstublieft. In de naam van Jezus, amen.'

2

Op weg naar Kanal ABC, 05.32 uur

Voor de tweede keer die nacht zat Aslan Gairbekov in een politieauto met gillende sirenes. Ditmaal zat hij op de achterbank van een Volvo die blauw zwaailicht wierp in de etalages en op de gevels. Hij zat tussen twee stevige politiemannen in. Ze hadden hem handboeien omgedaan. Het was duidelijk dat ze onzeker waren over zijn werkelijke identiteit, over zijn rol in dit drama. Niet zo vreemd. Voorin, naast de chauffeur, zat een politieman met een MP5 en een kogelvrij vest aan.

De handboeien schuurden tegen de knokkels van zijn hand.

De politieauto reed midden op de weg. De weinige auto's die op dit vroege tijdstip op de weg waren, weken uit. Als ze op stukken kwamen waar geen kruispunten waren, zette de chauffeur de sirene uit. In de wonderlijke stilte die dan volgde, kon Aslan de banden op het asfalt of de keitjes en het zware gebrom van de motor horen. Iedere keer als ze een kruising naderden, zette de chauffeur de sirene weer aan. De chauffeur remde stevig voor elk kruispunt, maar zodra hij zich ervan vergewist had dat er geen verkeer aan kwam, trok hij zo snel op dat Aslan in de zitting werd geduwd.

Niemand had iets tegen hem gezegd. Maar hij wist dat ze op weg waren naar Kanal ABC.

3

Commandopost van de politie, 05.33 uur

'Het is nog minder dan een halfuur voordat de deadline verstreken is, inspecteur. Ik hoop dat u belt met goed nieuws?'

Thomas Fjell wachtte een ogenblik om te weten te komen of Ramzan Jevlojev kalm of gespannen was.

'Inspecteur?'

Fjell glimlachte tevreden. *Ongeduldig*, noteerde hij. Een goed teken. Als hij te kalm was, zou dat kunnen betekenen dat hij onwaarschijnlijk ontspannen was of dat hij beschikte over kennis die Fjell niet had. Maar zo langzamerhand begon Fjell te ontdekken dat zelfs Ramzan menselijk was.

'Ik ben er', antwoordde hij met een lach in zijn stem. Hij nam aan dat Ramzan ook de stem en de reacties van zijn tegenpartij analyseerde. Nu trachtte Fjell een overvloed aan signalen uit te zenden: dat hij de controle, het commando, de leiding had. 'We moeten praten.'

'Heb je het tegen mij?'

'Als we je Aslan Gairbekov geven, wat heb je dan voor mij?'

Stilte.

'Is hij gekomen?'

'Ja.'

Ramzan juichte in zijn eigen taal.

'Maar zoals je begrijpt', zei Fjell, 'is het in strijd met alle principes om je nog een gijzelaar te geven. Eens temeer omdat je geen enorme wil tot onderhandelen laat zien. En dan bedoel ik echt enorm.' Hij was heel bewust weinig concreet, om zichzelf en Ramzan niet vast te pinnen op eisen en tegeneisen die niemand zou kunnen inwilligen.

Ramzan was geruime tijd stil. Toen zei hij: 'Ik kan je niet alle gijzelaars geven. De gijzelaars zijn ondanks alles mijn levensverzekering en mijn troefkaarten.'

Goed teken, dacht Fjell. Dat hij zelf uitgaat van álle gijzelaars, betekent dat hij moet onderhandelen met alle gijzelaars als uitgangspunt. 'O, ja?' zei Fjell fijntjes en hij liet Ramzan met zichzelf onderhandelen.

'Aan hoeveel denk jij?'

'Allemaal.'

'Geen sprake van.'

'Ik ben een slechte onderhandelaar als ik je de gijzelaars laat houden en je er nog eentje bij geef.'

'Zie hier mijn genereuze aanbod: als ik Aslan Gairbekov krijg, geef ik jou alle gijzelaars minus drie.'

Fjell was verrast. Zelfs in zijn meest optimistische bui had hij niet durven hopen dat hij er zoveel uit zou krijgen. Omdat hij al een tegeneis voor op zijn tong had liggen, bleef hij nadenken over wat hij nu zou zeggen. Ramzan had de leiding overgenomen. Maar dat hinderde niets. Met slechts drie gijzelaars ontstond een heel andere situatie. Het ergste zou dan voorbij zijn.

'Welke drie had je in gedachten?'

Het leek of Ramzan nadacht, maar hij had uiteraard al lang geleden beslist: 'Anette Wiik. Makkelijk als je een tolk hebt. De minister van Buitenlandse Zaken, zodat jullie niets proberen uit te halen.' Hij liet een stilte vallen. 'En tot slot Kristin Bye, natuurlijk.'

'Zoals je begrijpt moet ik een dergelijke oplossing met mijn superieuren bespreken.'

'Dan moet je haast maken, inspecteur. We hebben nog maar vijfentwintig minuten.'

4

Commandopost van de politie, 05.35 uur

De telefonische vergadering startte om vijf over halfzes. De deelnemers waren: de operationeel commandant, onderhandelaar Fjell, OpStaf en PodStaf en het crisisteam van de regering. De adjunct-commissaris leidde de vergadering.

'Prettig dat iedereen een paar minuten vrij heeft gemaakt zodat we de meningen kunnen inventariseren met betrekking tot verschillende aspecten van deze actie', zei hij. 'We moeten op twee punten ons standpunt bepalen omtrent verzoeken die ons bereikt hebben. De Russische overheid heeft ons gevraagd een vliegtuig in gereedheid te brengen om de gijzelnemers het land uit te zetten. We moeten de voor- en nadelen afwegen van het naar buiten laten gaan van de terroristen en de gijzelaars. Daarnaast is Aslan Gairbekov eindelijk... ja, boven water gekomen, om het zo maar te zeggen.'

Operationeel commandant Aksel Schjelderup leunde voorover naar de microfoon: 'Wil hij geruild worden tegen de gijzelaars?'

'Zeker!' zei de adjunct-commissaris. 'Hij beweert dat de terroristen op hem uit zijn, dat deze actie om hem gaat.'

'Zei hij waarom?' vroeg een stem. De minister-president.

'Nee.'

'Maar zijn bewering wordt bevestigd door de eis van de terroristen dat ze hem in de studio willen hebben', zei Schjelderup.

'Er zijn vele redenen die rechtvaardigen dat we hem niet uitleveren', zei de premier.

'Hem uitleveren betekent dat we hem in een levensgevaarlijke situatie brengen', stelde de minister van Justitie. 'Uit principe kunnen we toch nauwelijks toestaan dat een persoon op deze manier zijn eigen leven op het spel zet.'

'Aan de andere kant', zei de premier, 'heb ik begrepen dat er veel onschuldige gijzelaars vrijgelaten worden als Aslan Gairbekov studio 2 in gaat.'

'Ze houden slechts drie gijzelaars', betoogde Fjell. 'Bøe, Wiik en Bye.'

'Hoewel het een duivels alternatief is...' de premier schraapte zijn keel, 'op deze manier redden we wel vele levens.'

'Zonder meer', zei de adjunct-commissaris. 'Wat blijft is de vraag waarom de terroristen zo bezeten achter hem aan jagen. En wat er gaat gebeuren als ze hem hebben.'

'Dan komen we op de zaak terug zodra de operationele leiding ter plaatse hem verhoord heeft', zei de premier.

'En nu de kwestie van het vliegtuig', zei de adjunct-commissaris. 'De Russische ambassadeur heeft Noorwegen verzocht een vliegtuig beschikbaar te stellen zodat de terroristen Noorwegen uitgezet worden en naar Rusland worden gebracht.'

'Op zich onacceptabel', zei de premier.

'Maar zoals u zelf al hebt aangegeven,' zei de adjunct-commissaris, 'geeft een dergelijk plan ons de mogelijkheid de gijzelaars en de terroristen uit de studio te krijgen en in een bus te stoppen. En het is evident dat de bus en het stuk tussen de studio en het vliegtuig een veel bruikbaarder operationele basis vormen voor een tegenaanval.'

'Hoe groot is de kans om via onderhandelingen tot een oplossing te komen?'

Fjell nam het woord: 'Door Aslan Gairbekov is de situatie dramatisch veranderd. Niet alleen wordt het aantal gijzelaars wezenlijk kleiner, maar ik neem aan dat de gijzelaars hun eisen ook zullen bijstellen.'

'Tegelijkertijd wil ik erop wijzen dat de actie al zeven uur aan de gang is', zei de adjunct-commissaris. 'Uit ervaring weten we dat de zenuwen, ook van de gijzelnemers, op dit tijdstip uitgeput raken. Ik vrees dat een nieuwe ronde onderhandelingen, nadat ze Aslan Gairbekov hebben gekregen, heel makkelijk tot niets kan leiden. Of niet, Fjell?'

5

Tegenover de commandopost van de politie, 05.37 uur

Ze leidden hem langs de receptie van Kanal ABC naar een kaal kantoor. Aslan Gairbekov ging op een stoel midden in de kamer zitten. Direct daarna kwamen er twee politiemannen, een met grijs en een met lang haar. Aslan herkende de grijze van de arrestatie bij de receptie. Ze gaven hem een hand. De langharige gaf hem een fax die een kopie was van het verhoor dat had plaatsgevonden nadat hij zich als asielzoeker had gemeld.

'Ben jij dit?'

Aslan keek naar de onduidelijke, korrelige foto die per fax verzonden was. 'Zoals jullie kunnen zien heb ik mijn haar laten knippen en heb ik me geschoren.'

'Wat gebeurde er verdomme vannacht, Aslan Gairbekov?' zei de langharige met een gemaakt lachje.

'Ik zat boven bij de redactie. Ik wilde het risico niet lopen dat een paar Tsjetsjenen me zouden herkennen. Onmiddellijk toen ik zag wat er gaande was, ben ik naar beneden naar de receptie gegaan om jullie te helpen. De politie te helpen! Ik wilde voorstellen dat ik de studio binnen zou gaan. Ik wilde uitleggen wie de terroristen eigenlijk waren, waarom ze gekomen waren. Maar jullie wilden niet luisteren! Jullie hebben me in de boeien geslagen!'

'Het spijt ons', zei de grijze. 'We waren bang dat jij... tja, een van hen was.'

'Ik heb geprobeerd het uit te leggen! Maar jullie hebben me in de isoleercel gegooid.'

'Nogmaals, het spijt ons. U hebt niet de geduldigste persoon getroffen.'

'Maar de hele nacht?'

'Er was een misverstand ontstaan. Wij dachten dat je Russisch was. Een Rus die bijna gelijktijdig werd binnengebracht, werd wel verhoord en vervolgens vrijgelaten. Tegelijkertijd kreeg de man die jou zou verhoren een andere opdracht. In de chaos is de opdracht blijven liggen. Hier dachten wij dat jij de persoon was die verhoord en vrijgelaten was.'

'Aslan,' zei de langharige, 'waarom hebben de terroristen tweemaal gedreigd iemand dood te schieten als jij je niet bij hen meldde?'

Hij glimlachte, niet omdat de vraag grappig was, maar omdat de vraag zo gecompliceerd was. 'Om een lang verhaal kort te maken,' zei hij, 'ze zijn gekomen om mij en bepaalde documenten op te halen die erg veel waard zijn voor hen.'

'Waarom?'

'Zoals ik al zei... een lang verhaal. We hebben geen tijd om daar nu op in te gaan. Later. Nu moeten we een eind maken aan deze actie.'

'Ben jij, of was jij, betrokken bij de activiteiten van de terroristische groep die nu met deze actie bezig is?'

'Integendeel. Het zijn leugenaars. Ze maken al tijden jacht op me. Nu hebben ze me gevonden.'

'Waarom maken ze jacht op jou?'

'Een ingewikkeld verhaal. Jullie moeten hen niet geloven. Ze houden jullie voor de gek. Ze zitten alleen maar achter mij aan. Mij en mijn documenten.'

'Je hebt tegenover de politie verklaard dat je deel hebt genomen aan gewapend en gewelddadig verzet in Tsjetsjenië.'

'Nee! We zijn geen verzetsstrijders. We hebben een volksleger. We zijn in oorlog!'

'Is er reden om aan te nemen dat jouw voorgeschiedenis verband houdt met deze actie?'

'Uiteraard.'

'Maar je wilt niet vertellen waarom.'

'Een andere keer. Ruil me tegen de gijzelaars.'

'Wil je vrijwillig naar de gijzelnemers toe?' vroeg de grijze politieman.

'Ik wil niet dat er nog meer onschuldige slachtoffers vallen.'

'Denk je dat de gijzelnemers een dergelijke ruil zullen toestaan?'

'Ze moeten mij hebben. Ik ben de reden waarom deze hele actie plaatsvindt. Ze zullen de gijzelaars laten gaan als ze mij hebben. Ze zullen er misschien een paar houden, voor de zekerheid, maar slechts tijdelijk.'

'Het is in strijd met alle principes om gijzelnemers nog een gijzelaar te geven.'

'Is het niet beter dat er vele onschuldigen worden vrijgelaten in ruil voor mij? En als het echt verkeerd afloopt, is het dan niet beter dat ik sterf, degene die de hele situatie heeft veroorzaakt, dan dat die onschuldige gijzelaars in studio 2 sterven?'

De politiemannen keken hem aan.

'Bovendien', zei Aslan, 'kan ik jullie belangrijke informatie over de gijzelnemers geven.'

'Wat voor informatie?'

'Ramzan Jevlojev is geen Tsjetsjeense asielzoeker. Dit is een dekmanteloperatie. Hij is ook geen Tsjetsjeense terrorist. Hij is een Tsjetsjeense verrader. Een overloper. Iemand die zich bij Rusland heeft aangesloten in plaats van zijn eigen land te steunen. Hij heeft zijn ziel verkocht aan Rusland, aan het Russische leger, aan de oligarchen.'

De politiemannen namen hem onzeker op.

'Heel die zogenaamde terroristische actie is een quasi-militaire operatie met één doel: mij uit mijn schuilplaats hier in Noorwegen lokken.'

'Waarom?'

'Ik weet te veel', zei hij vaag. 'De terroristen zijn niet degenen voor wie ze zich uitgeven. Ze zijn moordenaars, ja, maar ze worden niet gedreven door een ideologie.'

'Ze zijn bereid te doden.'

'Zonder meer. Maar ze zijn niet bereid te sterven.'

'Wat bedoel je?'

'Ze hebben een plan dat hun verzekert van een goed pensioen. Dit zijn geen mensen die een actie beginnen waarbij ze voor de zaak kunnen sterven. Ze zijn hier omdat iemand in Rusland hun een vermogen moet hebben aangeboden als ze slagen. De bommen die ze aan hun lichaam hebben vastgemaakt zijn niet echt. Ik ken drie van die schurken. Degenen die zich Ramzan, Movzar en Edil noemen. Zo heten ze niet. En geen van hen is bereid zichzelf op te blazen. Ik ben ervan overtuigd dat de bommen op hun lichaam niet echt zijn. Ze bluffen om jullie bang te maken.'

De politiemannen keken elkaar aan.

'Hoe kun je daar zo zeker van zijn?'

'Het zijn geen idealisten. Het zijn huursoldaten. Bandieten. Ze worden gedreven door geld. Waarom zouden ze bereid zijn zichzelf op te blazen? Zou een bankovervaller de bank binnengaan met de bedoeling zichzelf op te blazen als de overval mislukt? Zelfmoordenaars met bommen zijn idealisten die ergens in geloven. Het enige waarin deze schurken geloven is geld.'

'Maar die pistolen...'

'Die pistolen zijn natuurlijk echt. Ze zijn bewapend om zichzelf te kunnen verdedigen. En, indien nodig, gijzelaars te liquideren. Maar als ik politieman was, zou ik denken dat een vijand die gewapend is met pistolen minder gevaarlijk is dan iemand die bommen bij zich draagt.'

6

Studio 2, 05.41 uur

Nog negentien minuten. Kristin volgde op de grote studioklok de zweefvlucht van de secondewijzer. Rond, rond, rond...

Aslan Gairbekov was niet van plan te komen. Ze besefte het nu. Hij zou zich anders allang gemeld hebben. Waarom zou hij de nachtmerrie van de gijzelaars tot op de laatste minuut willen rekken? Onlogisch. Hij was gewoon niet van plan te komen. Of omdat hij het niet durfde of omdat de politie dat weigerde. Ze vroeg zich af of de politiemensen bereid waren haar leven op te offeren voor hun principes.

Ze keek naar Ramzan. Hij kauwde op iets wat hij uit zijn jaszak had gehaald. Amfetamine, dacht ze. Dat zou in elk geval verklaren waarom ze allemaal zo helder en fit waren.

7

Commandopost van de politie, 05.44 uur

Thomas Fjell wachtte. Nu was het lot van Aslan Gairbekov in handen van PodStaf, OpStaf en de politici.

Fjells autoriteit als onderhandelaar zou dramatisch verzwakken op het moment dat Ramzan Jevlojev te horen kreeg dat er een vliegtuig stond te wachten op Gardermoen. Hij zou het als een onderhandelingsdoorbraak zien. Als de tegenpartij begon toe te geven, hoefde hij alleen maar de druk op te voeren om de andere eisen ingewilligd te krijgen. Een onderhandelaar mocht nooit zwakheid en toegeeflijkheid tonen.

Een dergelijke gijzelingsactie is te groot voor Noorwegen, dacht Fjell mistroostig.

De grootste gijzelingsactie die hij tot een goed einde had gebracht, was de gevangenisoproer in Ullersmo in 2003. Hoewel er vier cipiers in gijzeling werden genomen en de eisen verre van realistisch waren, was het een relatief eenvoudige onderhandeling geweest die vooral gedraaid had om tijd, uitstellen en uitputten.

Schjelderup sloot een gesprek via de mobiele telefoon af en ging naast Fjell zitten. 'OpStaf', zei hij en hij hield het mobieltje in de lucht. 'Ze hebben overlegd met PodStaf en de minister-president om de gijzelaars te ruilen voor Aslan Gairbekov.'

'En?'

'Ze vinden het best.'

'Ze vinden het bést?'

'Je weet hoe het gaat. Ze geven groen licht. Maar uiteindelijk is het aan jou en mij wat we werkelijk doen.'

'Ze worden bedankt.'

'Noemen ze dat niet vrijheid zonder verantwoordelijkheid?'

'Het is te simpel. Er is iets wat wij niet zien.'

'Je bent altijd zo wantrouwend, Thomas.'

'Dat is mijn werk.'

'Dat doe je goed.'

'Maar ik meen het, Aksel. Er wringt iets. Waarom is het zo belangrijk om Aslan Gairbekov te pakken te krijgen?'

'Kan hij een van hen zijn?'

Thomas Fjell ging met beide handen door zijn haar en ademde uit. 'Er is iets waar wij geen vat op krijgen. Alsof we bezig zijn met open ogen in een val te lopen die zo overduidelijk is dat hij onzichtbaar is geworden.'

8

Tegenover de commandopost van de politie, 05.45 uur

De bewaker zat met zijn armen over elkaar en leek bijna in slaap te vallen. Maar elke keer als Aslan een beweging maakte, waren zijn ogen wijdopen en helder.

Waarom namen ze geen beslissing? Zo moeilijk was het toch niet?

Hij liet zijn blik over het raam gaan, dat door de ochtendschemering in pasteltinten oplichtte.

Ze hadden geen keus. Ze zouden nooit de gijzelaars dood laten gaan omwille van hun principes. Of wel? Desnoods zou hij proberen met geweld de studio binnen te komen. Het ging ze om hem. Hem en niemand anders.

Om hem toe te voegen aan de gijzelaars, was in strijd met alle principes van alle onderhandelaars en politiemensen. Ze hadden hun richtlijnen. Om iemand van buiten in een levensgevaarlijke situatie te brengen, was normaal gesproken ondenkbaar. Maar, dacht Aslan, soms moesten principes wijken voor gezond verstand.

De bewaker van de politie nam hem op.

Waar bleven ze? Aslan Gairbekov was zo rusteloos en ongeduldig dat zijn spieren trilden. De bewaker zat onbeweeglijk. Het licht door het raam werd feller. Hij hoorde buiten ronkende motoren, korte sirenes, snelle voetstappen op het asfalt. Maar het enige wat hij kon zien, was de kale gevel van het gebouw aan de overkant van de straat.

Hoeveel tijd was er verstreken? Hij wist het niet, ze hadden zijn horloge afgenomen toen hij naar de isoleercel werd gebracht en ze waren vergeten het terug te geven toen ze hem ophaalden.

Waar bléven ze?

Hij trommelde met zijn vingers op zijn dijen, tuurde uit het raam, de scherpe schaduw op de gevel van de buren was nauwelijks verschoven, stond de tijd stil?

De bewaker gaapte en keek op zijn horloge.

'Neem me niet kwalijk,' zei Aslan, 'hoe laat is het?'

Dáár moest hij toch antwoord op kunnen geven. Maar het leek wel of hij erover na moest denken voordat hij met tegenzin antwoord gaf. 'Bijna tien voor.'

'Tien voor... wat?'

De bewaker keek hem chagrijnig aan. 'Voor zes.'

Zes jaar na de slachting van mijn familie werd onze leider gedood tijdens een Russische verrassingsaanval. De Raad van de Ouderen vroeg mij de leiding op me te nemen van het vrijheidsleger.

Ik had mezelf nog nooit als een leider gezien. Maar ik zei uiteraard geen nee.

Als leider gaf ik voortdurend opdracht voor nieuwe aanvallen op de Russen. Ik was verblind door haat en wraaklust. Toen we een levering kregen met raketgestuurde granaten startte ik een gewelddadige aanval op een Russisch garnizoen. Twee dagen lang beschoten we hen totdat de Russen vliegtuigen inzetten en wij gedwongen werden ons in de bergen terug te trekken.

Ze gaven mij de bijnaam Bastaard. Niet Wolf, een duidelijk signaal wat ze van mij vonden. Ze deelden vlugschriften uit. In de kranten, door de Russen gecontroleerd, werd ik afgeschilderd als een bloeddorstig wezen dat kinderbloed dronk bij het ontbijt.

Mijn landgenoten zagen me als een vrijheidsheld, een langharige rebel, een herrezen versie van de onverschrokken Leeuw van de Kaukasus, de imam Sjamil. Een idealist die vocht voor zijn volk. Er werd goed voor ons gezorgd als we op boerderijen of in dorpjes overnachtten. Held? Ik? Uiteraard niet. Ik was een soldaat die gedreven werd door wraakzucht, een guerrillaleider met één enkele visie: zo veel mogelijk Russen uitroeien voordat de voorzienigheid mijn keel doorsneed.

05.52 – 06.13

1

Studio 2, 05.52 uur

Nog acht minuten.

Over acht minuten schieten ze me dood, dacht Kristin. Die gedachte was zo onwerkelijk dat hij niet echt tot haar doordrong. Ze liet haar hoofd achteroverzakken. Anette zat naast haar en legde troostend een arm om haar schouders.

'Acht minuten', zei Kristin. Haar stem brak. 'Waarom gebeurt er niets?'

'Het lijkt erop dat er iets staat te gebeuren.'

'Wat bedoel je?'

'Ze zijn zo gespannen.'

Kristin keek op de klok. 'Ik geloof niet dat hij komt.'

Anette zuchtte en beet op haar onderlip.

'Waarom komt hij niet?'

'Hij zou gekomen zijn als hij kon.'

'Misschien was hij niet de man die ik dacht dat hij was?' zei Kristin nadenkend.

2

Tegenover de commandopost van de politie, 05.53 uur

Toen de twee politiechefs terugkwamen, sprong Aslan Gairbekov zo snel op dat zijn stoel omviel en de bewaker een stap in zijn richting deed alsof hij van plan was aan te vallen.

'Waarom duurde het zo lang?'

'Vele mensen hebben een mening', zei de grijze.

De langharige glimlachte mild. 'Wil je nog steeds naar de gijzelaars?'

'Natuurlijk. Ik heb geen keus!'

'De politici en de operationele staf van de politie zijn tot het besluit gekomen dat we de gijzelaars willen ruilen voor jou.'

Een golf van opluchting en angst ging door hem heen. Hij sloot een ogenblik zijn ogen. Toen zei hij: 'Als alles verkeerd gaat, als ik gedood word of door de terroristen word meegenomen Noorwegen uit...'

'Dat zullen we nooit toestaan!' zei de grijze.

'...dan kunnen jullie over een week contact opnemen met Kristin Bye.'

'Waarom?'

'Dan zal zij alles weten.'

'Alles? Over wat?'

'Over de achtergrond van deze terroristische actie. Een samenzwering die jullie je niet voor kunnen stellen. Als Kristin gedood wordt, vraag het dan aan Astrid Wahl.'

'Ken jij de hoofdredactrice?'

'Zo'n beetje. Maar ze weet niet wie ik eigenlijk ben en kent ook mijn naam niet. Het enige wat ze weet is dat ik een van Kristins bronnen ben.'

'Ik begrijp niet...'

'Jullie hoeven het niet te begrijpen.'

'Waarover zullen Kristin Bye en Astrid Wahl alles weten? Over een samenzwering?'

'Ik wil verder niets zeggen. We moeten ons concentreren op wat er nu en hier aan de hand is. De documenten waar ze op uit zijn, heb ik in dit gebouw verstopt.'

'Welke documenten?'

'Documenten die miljarden dollars waard zijn.'

'In welke zin?'

'We hebben geen tijd!'

'Waar in het gebouw zijn ze?'

'In de safe van hoofdredactrice Astrid Wahl. In de kamer van de directie. Kom!'

3

Studio 2, 05.56 uur

Vier minuten voordat de deadline verstreek, kwam Ramzan Jevlojev tussen de banken door de publiekstribune op om Kristin Bye te halen. Huilend volgde ze hem naar beneden, waar hij haar voor een televisiecamera plaatste.

'De tijd is bijna om', zei Ramzan in de camera. Hij richtte zijn pistool op Kristins hoofd. 'Drie minuten en dertig seconden. Kijk je, inspecteur? Zit je te slapen?'

Kristins knieën trilden zo erg dat ze bijna in elkaar zakte.

Ramzan stond gereed om te schieten.

'Nog drie minuten!'

4

Commandopost van de politie, 05.57 uur

Terwijl Schjelderup en drie mannen van de Bijstandseenheid met Aslan Gairbekov meegingen naar Astrid Wahl om de safe te openen en de documenten te halen, belde Thomas Fjell naar Ramzan Jevlojev. Op de monitor zag hij dat een van de andere terroristen de controle over Kristin Bye overnam.

'Ik hoop dat je goed nieuws hebt, inspecteur?'

'Jij krijgt Aslan Gairbekov. Ik krijg de rest van de gijzelaars.'

'Behalve Kristin Bye, Anette Wiik en Bernt Bøe.'

'Vooropgesteld dat jullie ze vrijlaten voordat jullie aan boord van het vliegtuig gaan.'

'Het is een vreugde om met jou zaken te doen.'

'Het is bijna zes uur. We hebben tijd nodig om de uitwisseling voor te bereiden. Ik stel voor de uitwisseling om kwart over zes te laten plaatsvinden. Is dat goed?'

'Klinkt fantastisch, inspecteur.'

'We sturen Aslan Gairbekov naar binnen. Jij stuurt de gijzelaars naar buiten. Kun je dat even bevestigen?'

'Ik heb het begrepen. Ik krijg Aslan Gairbekov. Jij krijgt je gijzelaars. Voor de zekerheid stuur ik ze in twee ploegen naar buiten met een tussenpoos van twee minuten.'

5

Studio 2, 05.59 uur

Toen Ramzan Jevlojev had opgehangen, bleef hij een ogenblik staan met zijn gezicht naar de muur. Hij keek op de klok.

Kristin keek van Ramzan naar de andere terroristen.

O, lieve god, dacht ze, laat ze winnen! Laat ze krijgen wat ze willen! Haar gevoelens schoten heen en weer tussen grote kalmte – *er gebeurt wat er gebeuren moet en er is niets wat ik kan doen* – en totale paniek. Als ze zich concentreerde lukte het haar om een berustende kalmte te bewaren die haar deed denken aan het gevoel dat je hebt als je een operatiezaal wordt binnengereden en de artsen goede hoop hebben dat je het zult overleven. Maar iedere keer dat ze haar gedachten liet afdwalen, dreunde de werkelijkheid op haar neer. Ze zag voor zich hoe de terroristen begonnen te schieten en hun bommen tot ontploffing brachten en hoe de politie naar binnen stormde in een regen van kogels en dreunende bommen. Bloed, afgerukte ledematen...

Haar knieën bleven trillen.

Langzaam draaide Ramzan zich om. Hij keek de studio in. Met een bijna onzichtbaar lachje tilde hij zijn rechterarm omhoog en balde zijn vuist. Alsof ze geheime signalen uitwisselden, balden de andere terroristen ook triomfantelijk hun vuisten. De man die Kristin onder schot hield liet zijn pistool zakken. Een van hen zei opgetogen in het Tsjetsjeens een soort gebed op. De jonge Tsjetsjeense vrouw stak haar beide handen omhoog en zwaaide in de lucht met haar pistool.

O jee, ik ben gered! Ben ik gered?

Anette kwam de tribune af en ging naast Kristin staan.

'Wat is er gebeurd?' fluisterde Kristin tegen Anette.

'Er is een doorbraak.'

'Begreep jij wat hij zei?'

'Ik kon het niet verstaan.'

Ramzans gezicht was veranderd in een grote grijns. Silje Gran lachte opgetogen naar hem. Trots stapte hij op een paar gijzelnemers af die hem op de schouder sloegen.

'Zouden we mogen gaan?' fluisterde Kristin.

'Ramzan zal wel voor zichzelf jubelen.'

Ze wist niet hoe ze deze uitbarsting van vreugde van de terroristen moest opvatten. Waren ze opgelucht omdat er aan de situatie een einde leek te komen? Wat was hij te weten gekomen? Ze volgde Ramzan met haar ogen terwijl hij naar een hoek liep om met zijn mobieltje iemand te bellen.

6

Vliegveld Arlanda, Stockholm, 06.00 uur

De gezagvoerder stak zijn mobieltje in zijn zak en knikte naar zijn copiloot. De hele nacht hadden ze klaargestaan voor juist dit telefoontje.

'Ze zijn klaar', zei de gezagvoerder.

De copiloot keek op de klok. 'Vertrek?'

'Vertrek halfzeven. Aankomst halfacht.'

7

Commandopost van de politie, 06.05 uur

'Als de bommen geen bommen zijn,' zei de commandant van de Bijstandseenheid, Bjørnar Lehmann, 'dan verandert de situatie volledig.'

Lehmann en Schjelderup waren een eindje van Fjell vandaan gaan staan, die met een koptelefoon op trachtte op te vangen wat er gezegd werd in de studio.

Schjelderup schudde heftig met zijn hoofd. 'Als klopt wat Aslan Gairbekov zegt, dan verandert alles.'

'En alles wijst erop dat hij ons de waarheid heeft verteld. Die eis om hem hierheen te halen. Al die gijzelaars die ze wel willen ruilen voor hem.'

'Maar als dat met die bommen níét klopt…'

'Laten we ervan uitgaan dat het klopt. Dan hebben we het over zes lichtbewapende terroristen. Als we ze uit de studio krijgen en in een gecontroleerde omgeving, dan kunnen onze scherpschutters ze zó uitschakelen.' Hij knipte theatraal met zijn vingers.

'Hoe groot is het risico?'

'Als we ze eerst onschadelijk maken, wordt het een actie met een relatief laag risico voor de drie overgebleven gijzelaars.'

'Zullen de terroristen geen tijd hebben om te schieten?'

'Ze hebben geen tijd om te beseffen wat er gebeurt. Eerst laten we een schokgranaat ontploffen. En lossen direct daarna de schoten. De terroristen zullen niet doorhebben dat ze worden aangevallen. We kunnen drie scherpschutters op iedere terrorist zetten.'

'Wat moeten we doen met de informatie van Gunnar Borg? Als die nu klopt?'

'Dat met dat Aeroflotvliegtuig zijn we al aan het controleren. Het klinkt op zich niet zo onwaarschijnlijk. Misschien willen ze hun eigen mensen en materieel niet blootstellen aan een dergelijk risico?' Hij lachte kort.

'We moeten het opnemen met OpStaf.'

'Laf?' plaagde Lehmann.

8

Op weg naar de studio, 06.13 uur

Met een plechtig gezicht maakte de jonge politieagent de handboeien los. Aslan Gairbekov wreef over zijn pijnlijke polsen. Na al die jaren zou hij weer oog in oog staan met zijn jeugdvriend.

De twee politiemannen gaven hem een hand en wensten hem succes. *Succes...* Ja, ja. Aslan moest lachen. *Succes...* Dat kon hij wel gebruiken.

De grijze politieman liep met hem mee de kamer uit, naar de receptie waar het vol stond met politiemensen en ambulancepersoneel. Ze staarden hem allemaal aan. Toen leidde hij hem door een glazen deur en liepen ze een gang door. Op de grond lagen twee politiemannen achter een barricade van zandzakken. Een mitrailleur wees naar de deur.

'Vanaf hier moet je alleen verdergaan', zei de politieman. 'Loop de gang af tot een gele deur met een grote 2 erop. Dat is de toegang tot studio 2. Daar klop je hard op de deur en wacht je tot de deur wordt opengedaan en ze je binnenlaten. Tegelijkertijd zullen ze vijf of zes gijzelaars laten gaan en de rest een paar minuten later. Daardoor blijven alleen jij, Kristin Bye, Anette Wiik en Bernt Bøe over met de terroristen.'

De politieman sloeg hem op zijn schouder.

Achter een glazen wand zag hij een regiekamer stampvol televisiemonitoren, mixpanelen en andere apparatuur. Een handjevol mensen zat met de rug naar hem toe te volgen wat er in de studio gebeurde. Hij liep langzaam langs de politiemannen op de grond. Ze keken niet op. Stap voor stap ging hij door de gang. Betonnen muren in gebroken wit. Kleurige reproducties in zwarte lijsten. Blauw linoleum op de grond.

Dat het zo moest eindigen... Wie van ons had dat kunnen denken toen we samen speelden of zwommen in de rivier met de ronde keien?

Hij voelde hoe zijn lichaam zich spande. Zoals dat ook altijd het geval was geweest voordat ze in het holst van de nacht aanvielen. Het was niet zo dat hij geen vrees kende. Hij was altijd bang geweest. Maar toch had de angst hem nooit tegengehouden. Misschien is dát het wat mij moedig heeft gemaakt, dacht hij.

Herinner je je nog dat we in de bergen op jacht gingen? Die keer dat we een hert hadden geschoten dat zo groot was dat we bijna geen kans zagen het mee naar huis te nemen, hoewel we het in stukken hadden gesneden. Herinner je je dat nog?

Voor de gele deur met een grote, witte 2 erop, bleef hij staan. Het was een dubbele deur, maar slechts één kant had een deurklink. Het getal was op de deur geplakt en niet erop geschilderd, zoals hij eerst had gedacht. Hij tilde zijn arm op en balde zijn vuist.

Waarom moest het zo eindigen?

Met drie harde slagen met zijn vuist op de ijzeren deur van studio 2 klopte hij aan.

Een jonge soldate die Zjenja heette sloot zich bij ons aan nadat een Russische officier haar ouders had gedood. Mooie Zjenja was slechts negentien jaar, maar moedig en met ogen als een engel. Ik hield van haar. Maar we konden elkaar niet eens kussen. De enkele keer dat ze mijn hand pakte, schaamden we ons, omdat we ver over de grens gingen.

Zjenja maakte het leven gecompliceerder. Ik aarzelde met haar bij opdrachten in te zetten die gevaarlijk konden zijn. De anderen beschuldigden mij ervan dat ik haar voortrok, wat helemaal waar was. Ik liet de liefde voor een vrouw mijn overwegingen beïnvloeden.

De fanatieke extremisten vochten hun eigen oorlog.

In 2002 viel een groep extremistische Tsjetsjenen een theater in Moskou binnen. 763 gijzelaars! Trots liet bendeleider Barajev televisiecamera's binnen om op te scheppen. Poetins troepen bestormden het theater. Ze doodden vele gijzelnemers en gijzelaars met gas.

Opnieuw velde de wereld een oordeel.

Over Tsjetsjenië.

Over ons allemaal.

06.15 – 06.24

1

Studio 2, 06.15 uur

Kristin keek naar de deur.

Anette richtte zich op.

Ramzan Jevlojev gebruikte zijn rechterhand om met vingercodes signalen door te geven aan de andere terroristen. Twee knielden en hielden de deur onder schot. Twee gingen aan weerszijden van de deur staan, dicht tegen de muur. Zelf liep Ramzan naar de deur en legde zijn hand op de deurklink. Toen opende hij de deur met een ruk.

De twee mannen bleven elkaar een paar seconden aanstaren.

Ten slotte deed Ramzan een stap opzij om Aslan Gairbekov binnen te laten. 'Aslan...' zei hij.

Hij gebaarde naar de vier cameramannen en de twee studiohostesses, die stonden te wachten om uit de studio te mogen. Met driftige handbewegingen joeg hij hen naar buiten.

De studiodeur zakte achter hen dicht.

2

Commandopost van de politie, 06.16 uur

'Zes gijzelaars hebben zojuist studio 2 verlaten', zei Thomas Fjell.

'Wanneer komen de andere vier?' vroeg Aksel Schjelderup.

'Over twee minuten.'

'Hij houdt ons niet voor de gek?'

Thomas Fjell antwoordde niet.

3

Studio 2, 06.16 uur

Dezelfde blik, dat harde gezicht...

Wat is er eigenlijk met jou gebeurd?

Aslan Gairbekov hoorde de deur achter zich dichtvallen. Zijn jeugdvriend stond voor hem. De baardstoppels maakten zijn kin en wangen bijna blauw.

'Nu zijn we weer met ons tweeën', zei de man die zich Ramzan noemde.

'We zijn weer met ons tweeën', herhaalde Aslan koud.

Waar is die jongen gebleven die ik kende...? Die vrolijke, leuke, aardige jongen?

Een van de terroristen stapte naar voren en fouilleerde hem. Terwijl zijn handen geroutineerd over zijn lichaam klopten op jacht naar een wapen, zag Aslan zijn jeugdvriend voor zich zoals hij hem zich herinnerde: sprankelend, lachend, plagend, avontuurlijk. Wanneer was hij veranderd? Ongeveer in dezelfde tijd als hij... Ze waren alleen verschillend veranderd. Ze hadden ieder hun eigen kant gekozen, ieder hun eigen weg.

Ben je daar? Ben je daar nog ergens in dat mannenlichaam dat voor me staat, ergens achter die ijsblauwe ogen? Of ben je toen doodgegaan... toen, ja, je weet wel.

'Hij is onbewapend', zei de terrorist.

'Ben je daar eindelijk?' vroeg de man die zich Ramzan noemde. De toon was half spottend, half vragend.

Aslan glimlachte koeltjes. 'Ze dachten dat ik een van jullie was.'

'Een van ons?'

'Een terrorist.'

'Dat ben je toch?'

'De politie had me gevangengezet.'

De man die zich Ramzan noemde barstte in lachen uit.

Waar lachen ze om?

Kristin kon niet horen wat ze zeiden, en de enkele woorden die ze opving, waren in het Tsjetsjeens. 'Waarom lachen ze?' fluisterde ze tegen Anette, die onverschillig haar schouders ophaalde.

Ramzan Jevlojev legde zijn hand op de schouder van Aslan Gairbekov en duwde hem de studio in. Hij zette hem op een stoel. Hij gebaarde naar drie terroristen, die achter hem gingen staan. Toen wenkte hij Kristin en Anette en daarna Bernt Bøe dat ze moesten komen.

De schrik sloeg Kristin om het hart. Ze stond gelijk met Anette op. Met angstige blikken keken ze elkaar aan.

Gingen ze nu...?

Ramzan gebaarde dat ze bij hem moesten komen.

Ging hij nu...?

Met mechanische bewegingen liep de minister van Buitenlandse Zaken de terrorist tegemoet. Anette greep Kristins hand. Aarzelend liepen ze de tribune af in de richting van Ramzan, die hun beval naast Aslan te knielen. Kristin voelde het harde staal van de pistoolloop in haar nek.

Niet zo. Niet voor miljoenen kijkers. Niet met een nekschot. Niet live. Zo onrechtvaardig! Hij was toch gekomen! Uiteindelijk!

'Zien jullie het, inspecteur?' zei Ramzan in de camera. 'Als jullie iets proberen...' Hij vuurde een denkbeeldig schot af met zijn wijsvinger en knikte naar een van de terroristen, die naar de deur liep en die opende. De laatste terrorist knipte de tape door die om de armen en benen van Sjapty zat.

'De rest van jullie', zei Ramzan in het Engels, 'mag nu gaan.'

Niemand verroerde zich.

Het leek of niemand precies had begrepen wat hij zei. Of hem durfde te vertrouwen. Alsof dit allemaal een gruwelijke grap was en de eerste die door de deur ging doodgeschoten zou worden.

'Ga!' brulde Ramzan.

Silje Gran stond onzeker op.

'En neem hem daar mee!' Ramzan wees op Frank Berthelsen.

Silje Gran wenkte Sjapty en liep naar Grethe Aslaksen, die het hoofd van Frank Berthelsen in haar schoot liet rusten. Sjapty pakte de bewusteloze Frank Berthelsen onder zijn armen, terwijl de beide vrouwen ieder een been optilden. Steeds achteromkijkend sjokten ze in de richting van de deur en verlieten de studio.

4

Gardermoen, 06.20 uur

Børre Henrichsen was achtentwintig jaar en werkzaam bij de Regionale Bijstandseenheid van de politie Romerike, de eenheid die een lokale versie van de landelijke Bijzondere Bijstandseenheid was. Hij had vannacht gewone surveillancedienst gehad toen hij van zijn wachtcommandant de opdracht kreeg om naar vliegveld Gardermoen te gaan om daar bijstand te verlenen aan de politie Oslo. Børre Henrichsen had de hele nacht zowel via de autoradio als via de frequentie van de politieradio de gijzelingsactie in Oslo gevolgd. Gelukkig was het een rustige nacht geweest, slechts eenmaal uitgerukt voor een niet zo'n ernstig autoongeluk en eenmaal voor een echtelijke ruzie, zodoende had hij tijd genoeg gehad om het drama in Oslo goed te kunnen volgen. Toen de oproep kwam en hij begrepen had dat die verband hield met de gijzelingsactie, had hij, als een fysieke waarneming, gevoeld hoe de adrenaline door zijn lichaam werd gepompt.

Op de doodstille weg naar Gardermoen had hij soms tweehonderd kilometer per uur gereden. Bij de hoofdingang van het vliegveld werd hij opgevangen door een lokale politie-eenheid; ze hadden hun patrouillewagens een flink eind van het Russische vliegtuig dat ze moesten bewaken, geparkeerd.

Het Aeroflotvliegtuig – een achtenveertig meter lange Toepolev 154 met plaats voor honderdtachtig passagiers – stond bij pier Oost. Børre en de twee andere politiemannen observeerden het toestel vanuit hun schuilplaats achter een geparkeerde serviceauto. Børre Henrichsen zag geen activiteit. De ramen van het grote vliegtuig waren donker en leeg. Ook achter de ruiten van de vertrekhal zag hij geen mensen.

Hij keek op zijn horloge. De collega's van de Bijstandseenheid uit Oslo waren onderweg, maar ze zouden zeker een kwartier tot twintig minuten nodig hebben voor ze ter plaatse waren. Hij keek naar de twee collega's; twee jonge mannen die – ondanks het feit dat het ongelooflijk merkwaardig was om een leeg vliegtuig te bewaken op een vliegveld dat nog niet eens open was – ogen hadden die schitterden van gespannen verwachting.

Hij had er wel begrip voor. Hij was zelf ook gespannen.

5

Buiten het Kanal ABC-gebouw, 06.21 uur

De brancard met Frank Berthelsen werd in de ambulance geschoven. Zijn vrouw, die haar handtas stevig tegen haar borst had geklemd, nam samen met een verpleegkundige in een tweede ambulance plaats. De camera's van de persfotografen aan de andere kant van de straat klikten.

De chauffeurs startten de auto's. De motoren ronkten. Het zwaailicht begon te knipperen.

De ambulance met Frank Berthelsen reed in de richting van de politieversperringen. De tweede ambulance, met zijn vrouw, volgde er dicht achter. In de zijstraat zetten de chauffeurs bijna gelijktijdig hun sirene aan.

6

Russische ambassade, 06.21 uur

De telefoon ging over.

De gewone.

Niet de hotline van Ismael.

Ambassadeur Igor Voronin staarde een ogenblik naar het apparaat, alsof hij hoopte dat het zou ophouden. Hij zuchtte.

'Vast problemen', zei hij tegen Gunnar.

'Ik geloof niet dat problemen verdwijnen als je niet opneemt.'

'Ambassadeur?' De stem van de eerste secretaris over de intercom. 'De woordvoerder van de minister-president op lijn 1.'

'Wat zei ik je? Problemen!' Voronin nam de hoorn op. 'Ambassadeur Igor Voronin', zei hij met een diepe, welwillende stem. Diplomatenstem. Verleidersstem.

'Voronin, met staatssecretaris Vidar Erichsen van de minister-president.'

'Erichsen, waarmee kan ik u helpen?'

Erichsen aarzelde. 'Er is een klein probleempje ontstaan.'

'Een probleem?'

'De premier wil graag nog een gesprek met u, ambassadeur.'

'Welk probleem?'

'Ik geloof dat de premier dat graag met u wil bespreken.'

Voronin zweeg. Hij vloekte in zichzelf. Dat verdomde gevoel van gebruikt, misbruikt, te worden. Wat was Ismael van plan? Hij keek naar Gunnar en sloeg zijn ogen ten hemel.

Erichsens stem: 'Ambassadeur?'

'Wanneer zal ik komen?'

'Zo snel mogelijk. Kunt u hier over twintig minuten zijn?'

'Natuurlijk. Ik zal mijn chauffeur waarschuwen.'

Hij hing op en bleef voor zich uit zitten staren, hij probeerde al die verwarrende draadjes aan elkaar te knopen.

'Wat willen ze?' vroeg Gunnar.

'Een nieuwe bespreking. Er is een probleem gerezen.'

'Welk probleem?'

'Dat wilden ze niet zeggen. Ik neem aan dat ze me vragen willen stellen over dat Russische vliegtuig.'

'Wat ben je van plan te zeggen?'

'Ik weet het niet. De waarheid?'

Op dat moment ging de andere telefoon over. Ismael. Opnieuw bleef hij ernaar zitten staren. Er ging een golf van misselijkheid door hem heen. Hij liet de telefoon overgaan.

'Ambassadeur?' De eerste secretaris. Zou hij degene zijn die Ismael op de hoogte hield van alles wat er gebeurde? Was hij een mol?

'Deze komt uit Moskou. Het MID.'

Voronin nam op, maar zei niets.

'Wat wilde staatssecretaris Erichsen?' vroeg Ismael.

Was er iets wat die man niet wist?

'De minister-president wil met me praten.'

'Waarover?'

'Dat wilde Erichsen niet zeggen.'

'Waarom moet u daar weer heen?'

'Ik weet het niet.'

'Is er tijdens de vorige bespreking iets gezegd wat aanleiding kan geven om...?'

'Ik weet het niet!'

'Wanneer heeft die bespreking plaats?'

'Zo meteen. Over twintig minuten.'

'Om 6.40 uur?'

'Ik ben onder de indruk van uw vermogen om klok te kijken.'

'Niet bijdehand doen, Voronin.'

'Ik hou niet van het gevoel buitengesloten te worden.' Hij zag voor zich hoe Ismael in zichzelf lachte.

'Voronin, wie is die man die bij je zit?'

'Een oude vriend.'

'Wie is hij?'

'Jullie kennen hem niet. Hij is iemand die ik vertrouwen kan.'

'Ik ben er niet van overtuigd dat ík hem vertrouwen kan, ambassadeur.'

7

Studio 2, 06.23 uur

De man die zich Ramzan noemde haalde twee stoelen op en trok Aslan met zich mee naar een hoek van de studio waar ze ongestoord konden zitten.

'Je hebt Zjenja gedood', zei Aslan.

'Heette ze zó?'

'Je hebt haar verkracht!'

Hij keek weg.

'Je hebt haar verkracht en vermoord!'

'Ze was mijn vijand.'

'Jij kent geen greintje fatsoen.'

'Dat zeg jij, die mijn hele familie uitgeroeid heeft.'

'Zoals jouw kameraden de mijne hebben uitgeroeid.'

'En nu heb ik je gevonden.'

'De laatste keer dat ik je zag, lag je in een greppel met een blauw oog.'

De man die zich Ramzan noemde lachte. 'Stel je voor, dat was veertien jaar geleden. Dat ik besloten heb de Russen te steunen, maakt me niet automatisch tot een landverrader. Er zijn vele landgenoten die het eens zijn met de Russische oplossing. Elk land moet, vroeg of laat, inzien dat de geschiedenis haar heeft ingehaald. De Tsjetsjenen moeten beseffen dat het zo lang geleden was dat ze onafhankelijk waren dat het nu geen enkele zin heeft om voor een verloren zaak te vechten.'

'Onafhankelijkheid en vrijheid hebben niets te maken met tijd.'

'Als iedereen dacht zoals jij, dan zouden de zuidelijke staten in Amerika nog steeds tegen de yankees vechten. De nazi's zouden nog steeds geloven in hun Derde Rijk. Groot-Brittannië zou de koloniën nog hebben en de koloniën zouden vechten omdat ze terug willen naar de situatie voordat ze onderworpen werden aan de imperialistische macht! Denk na, Aslan, geschiedenis is een proces! Er veranderen dingen. Situaties veranderen. En wij moeten ons aanpassen!'

'Daar ben jij in elk geval goed in geslaagd.'

'Omdat ik de stand van zaken heb geaccepteerd. Ik heb ingezien dat Tsjetsjenië nooit, nooit die vrije natie zal worden waarvan jij droomt.'

'En daarom ben jij bereid onschuldige mensen in Noorwegen te doden?'

'Ben je in de loop der jaren soft geworden? Ben je al die mensen vergeten die jij vermoord hebt?'

'Russen! Vijanden! Nooit burgers! Nooit onschuldigen!'

'Verdienden ze het allemaal te sterven? Heb je niemand opgeofferd die het verdiend had om te leven?'

Aslan sloot zijn ogen.

De man die zich Ramzan noemde bromde. 'Je hoeft geen antwoord te geven, ik weet wat jij denkt, ik kan je angst voelen. Je bent altijd soft geweest. Zelfs toen je in Tsjetsjenië vocht, was je diep vanbinnen week en soft.'

Aslan opende zijn ogen en ontmoette zijn blik. 'Ik heb nooit opgeschept over mijn moed. Ik was hard als het nodig was. Medelevend als ik kon.'

'Maar ten slotte gaf jij de strijd op. En vluchtte. Als een laffe hond.'

'Mijn tijd was om en dat weet je. Toen ik wegging bij jouw ouderlijk huis, verwachtte ik jou bij iedere volgende bocht, achter iedere hoek. Ik was erop voorbereid te sterven. Iedere minuut.'

'Maar je ging niet dood.'

'Je kon me toch niet vinden?'

'Ik heb het geprobeerd. Allah weet dat ik het probeerde.'

'Ik ben weggegaan uit Tsjetsjenië. En ben hierheen gekomen, naar Noorwegen. Tsjetsjenië was een andere tijd, een ander leven.'

'Je bent dus Noors geworden?'

Aslan keek omhoog. 'De tijd betekent niets meer voor me, ik besta slechts. De dagen in het asielzoekerscentrum vlechten zich aaneen.'

'We hebben naar je gezocht. In Tsjetsjenië. We hebben lang gedacht dat je je schuilhield in de bergen. Later kregen we tips dat je gevlucht was naar Moskou of St. Petersburg.'

Aslan legde zijn hoofd in zijn nek.

'Weet je hoe we jou op het spoor zijn gekomen?'

'Door haar?' Aslan knikte in de richting van Kristin.

'Waarom was je zo dom?'

'Het leven in Noorwegen kent een andere modus. Ik begon anders te denken. Ik werd onvoorzichtig. En om de een of andere reden, meer uit verveling dan uit interesse, begon ik naar de Noorse televisie te kijken. Ik begon de programma's van Kristin Bye te volgen. Ze interesseerde me. Er was iets met haar. Een engagement... Een gloed... Ze heeft een bedoeling met wat ze doet. Toen bedacht ik dat zíj de waarheid kon vertellen. Zíj kon mijn project uitvoeren.'

'Onzin verkondigen?'

'De waarheid verkondigen.'

De woorden tussen hen vibreerden.

'Ik heb haar opgezocht', zei Aslan. 'Ik heb niet al te veel details gegeven. Ik wilde niet te veel van mezelf verraden. Maar het is me gelukt haar interesse te wekken. Ze wilde naar Tsjetsjenië. Ze wilde een documentaire maken over de aanslagen, de gruwelijkheden.'

'Daardoor begrepen wij dat jij in Noorwegen moest zitten. Je had het toch door moeten hebben. De FSB neemt alle bijzondere visumaanvragen door. De aanvraag van Kristin Bye bevatte een beetje te veel details. Een beetje te veel plaatsen die ze wilde bezoeken, een beetje te veel mensen die ze wilde interviewen. Alles wees naar jou. Mijn opdrachtgevers hebben goede contacten. We begrepen dat ze met jou moest hebben gesproken.'

'Mijn fout', zei Aslan met een bezwaard gemoed. 'Ik had eraan moeten denken dat een dergelijke inhoud van een formele visumaanvraag alle alarmbellen zou laten rinkelen. Het zou jullie opvallen.'

'De actie kreeg een naam. "Operatie Wolf". Je begrijpt wel waarom.' Hij lachte honend. 'Ik kreeg de verantwoordelijkheid over een taskforce die naar jou op zoek moest gaan. Samen met de anderen kwamen we hierheen als Tsjetsjeense asielzoekers. We hadden gehoopt je te vinden. We hebben in Tsjetsjeense kringen gezocht. We zijn naar asielzoekerscentra gegaan. Samen met de Russische ambassade hebben we getracht je te vinden. We schaduwden Kristin Bye. Maar je had je goed verstopt.'

Aslan trok zijn schouders op. 'Ze gaven me een nieuwe identiteit. Beschermden me. De anderen in het centrum zijn Afrikanen. Koerden. Afghanen. Ik weet hoe ik me moet verstoppen.'

'We waren bijna van plan het op te geven toen we van het televisiedebat over Tsjetsjenië hoorden. We begrepen dat dit de laatste kans was om je uit te roken.'

'Dachten jullie werkelijk dat ik zou deelnemen aan het debat?'

'Geen moment! Maar we wísten dat je zou kijken. Onze laatste kans om je te dwingen uit je rattenhol te komen.' Hij schudde zijn hoofd. 'Hebben we de rol van vreselijke Tsjetsjenen niet overtuigend gespeeld?'

'Dat moet je nauwelijks zwaar zijn gevallen.'

Hij lachte hol. 'De FSB had er niets op tegen dat de gijzelingsactie de ogen van de wereld zou openen voor de Tsjetsjeense terreur. Door het overnemen van een live-uitzending kregen we de aandacht van miljarden kijkers. Wat denk je dat ze van de Tsjetsjenen vinden na vannacht? Kunnen ze na dit nog rekenen op sympathie voor de Tsjetsjeense zaak?'

Aslan spuugde op de grond.

'Maar toen kwam je niet. Ik dacht dat je laf was geworden.'

'Ik zat in een isoleercel. Ik heb veel moeite moeten doen om hier te komen.'

De man die zich Ramzan noemde lachte. Toen verhardde zijn gezicht. 'Waar zijn de documenten, Aslan?'

'Wat krijg ik ervoor?'

'Krijg? Je bevindt je toch nauwelijks in een positie waarin je kunt onderhandelen.'

'Je actie mislukt als je de documenten, en mij, niet meeneemt naar Moskou. Wat krijg ik ervoor in de plaats?'

'De gijzelaars.'

'Komen ze allemaal vrij?'

'Niet hier en nu. Dat begrijp je. Maar op het vliegveld. Als we veilig aan boord zijn. Je hebt mijn woord.'

Aslan lachte. 'Jouw woord?'

'Mijn woord.'

'En wat gebeurt er met mij?'

'Ik zal eerlijk zijn. Ik heb geen idee. Je weet net zo goed als ik dat de documenten waardeloos zijn als niemand ze kan uitleggen. De lijsten. De getallen. De bankafschriften. De rekeningnummers. De wachtwoorden. De aanwijzingen. Op zich zijn ze betekenisloos en waardeloos! Misschien vermoorden ze je? Misschien willen ze proberen jou te werven? Misschien stoppen ze je ergens weg waar je kunt huilen en schreeuwen zoveel je wilt zonder dat dat iemand iets uitmaakt. Ik weet het niet. Mijn opdracht is om jou en de documenten terug te brengen naar Moskou.'

'Natuurlijk vermoorden ze me. Ik weet te veel. Maar is het bij jullie opgekomen dat ik kopieën van de documenten kan hebben gemaakt?'

'Natuurlijk heb je dat. Maar dat maakt niets uit. De kopieën kunnen niets bewijzen. Zelfs jij kunt ze nauwelijks begrijpen.'

'Misschien krijg je wel de opdracht me te liquideren? Daar zul je wel niets op tegen hebben.'

'Jij ziet jezelf graag als een idealist. Ik ben een pragmaticus.'

'Ik ben er trots op een idealist te zijn.'

'En nu heb je de kans je te bewijzen tegenover de wereld, Aslan. Geef me de documenten, ga mee naar Moskou. Jij offert je op voor de gijzelaars. Met de hele wereld als toeschouwer. Hoever gaat jouw idealisme, Aslan? Hoe idealistisch ben je als het om jóúw leven gaat?'

'Ik ben niet bang voor de dood.'

'Bewijs het dan.'

'De documenten liggen bij de receptie. Op een tafel. Als we naar de bus lopen, kun je ze pakken. Ze zijn nu van jou.'

Ramzan schudde zijn hoofd en nam hem aandachtig op. 'Je houdt me toch niet voor de gek?'

'Je kunt veel over me zeggen, maar je weet wanneer ik de waarheid spreek.'

Hij keek op zijn horloge.

'Ik begrijp het toch niet helemaal. Dit allemaal?'

'Je hebt machtige vijanden, Aslan. Niet alleen ik. Ik wil wraak. Dat weet je. Wij hebben onze persoonlijke vete. Maar je hebt mannen getergd die je niet had moeten tergen.'

'Maar toch...'

'We hebben een plan. Een goed plan. We hebben aan alle eventualiteiten gedacht. Voorlopig verloopt alles volgens plan.'

'Maar...'

'Ieder van ons zal hierna een grote som geld ontvangen. Enorm! Een bedrag dat ons van een goed leven verzekert.'

'Maar waarom breng jij jezelf in levensgevaar? Om je op mij te kunnen wreken? Voor het geld? Je loopt het risico doodgeschoten te worden en dat weet je. Waarom?'

'Wraak? Geldelijk gewin? Ja, dat ook.' Hij glimlachte. 'Ik heb een zoon. Hij woont bij zijn moeder in Moskou. Acht jaar oud. Een leuk joch. Als we slagen zullen mijn opdrachtgevers, wat er ook met mij gebeurt, zich om hem bekommeren. Zoals ik leef, word ik toch niet oud. Ze zullen hem een opleiding geven en ervoor zorgen dat hij een leven kan leiden onafhankelijk van zijn vader.'

Het alternatief begon Aslan duidelijk te worden.

'En als het jullie niet lukt? Wat gebeurt er dan met jouw zoon?'

Er gleed een onverwachte gepijnigde trek over zijn gezicht. 'Ze hebben me beloofd dat als ik gedood word tijdens een gevecht, dat ze zich dan ook om hem zullen bekommeren. Er zijn geen alternatieven.'

8

Commandopost van de politie, 06.24 uur

'Wat is het waar we geen vat op kunnen krijgen?' vroeg Thomas Fjell.

'Heb je die novelle van Roald Dahl gelezen waarin de vrouw haar echtgenoot doodslaat met een bevroren stuk vlees?' vroeg Aksel Schjelderup. 'Daarna maakt ze het vlees klaar voor de politiemannen die zeggen dat ze ervan overtuigd zijn dat de oplossing vlak voor hun neus moet liggen.'

Ze lachten even. 'Ja, die heb ik gelezen', zei Fjell.

'Denk je dat de oplossing vlak voor onze neus ligt?' vroeg Schjelderup.

'Misschien. Misschien niet. Dat weten we pas als het allemaal voorbij is.'

'Het heeft te maken met iets wat Aslan Gairbekov zei. En wat Gunnar Borg zei...'

'Of wat hij wíst?'

'Wat bedoel je?'

'Hoe kon hij op de hoogte zijn van de ontmoeting tussen de minister-president en de ambassadeur?'

'Hij is journalist.'

'Gepensioneerd journalist. Een vertrouwelijke ontmoeting. Erg vertrouwelijk.'

'Sinds wanneer zien politici kans om geheimen te bewaren?'

'Wat als zijn bron geen politicus is?'

'Wat bedoel je? Dat er bij ons een lek zit?'

'De ambassadeur?'

'De Russische?'

'Het ligt voor de hand dat zijn bron iemand bij de Russische ambassade is.'

'Laten we eens met die gedachte spelen. Laten we ervan uitgaan dat Gunnar Borg en de ambassadeur elkaar kennen. En dat de ambassadeur gelekt heeft tegen Gunnar.'

'Waarom zou hij dat doen?'

'Omdat hij doorheeft dat er iets niet klopt? Omdat hij niet precies begrijpt wat er speelt? Dus hij neemt contact op met Gunnar Borg, zijn vriend, om hem te gebruiken als doorgeefluik.'

'Mogelijk. Absoluut mogelijk.'

'Als dat het perspectief is, wat zegt het ons dan?'

'Dat het gedoe met die twee vliegtuigen problematisch is.'

'De Russen willen ons doen geloven dat we de terroristen naar het Noorse vliegtuig bij de GA-terminal brengen.'

'Op het allerlaatste moment zullen ze de bus naar hun eigen vliegtuig dirigeren.'

'Waar we, denken zij, niet zijn.'

Ze keken elkaar aan.

'Een beetje te makkelijk', zei Fjell.

'Erg doorzichtig.'

'Gebruiken ze Gunnar Borg? Om ons voor de gek te houden? Lekken ze informatie naar hem zodat hij die aan ons doorgeeft, zodat wij denken dat we iets ontdekt hebben?'

'Je hebt te veel Le Carré gelezen!' Schjelderup klonk niet erg overtuigd.

06.25 – 06.35

I

Studio 2, 06.25 uur

Ramzan Jevlojev ging voor camera 2 staan met zijn handen nonchalant op zijn heupen. Een ogenblik stond hij stil, alsof hij wachtte tot iedereen in de gaten had dat hij iets op zijn hart had. Toen kuchte hij en zei: 'Voor Tsjetsjenië hebben we vele eisen gesteld om deze situatie op te lossen. We hebben een vrij Tsjetsjenië geëist. Een eis die we nooit zullen opgeven. Maar we erkennen dat die eis te groot is om in één nacht ingewilligd te krijgen. We hebben geëist dat onze Tsjetsjeense helden vrijgelaten worden uit de gevangenis – die eis zullen we ook nooit opgeven!'

Hij stopte even.

'We verlangen vijfentwintig miljoen euro in gebruikte, ongemerkte biljetten. Vierentwintig miljoen moet in een lege auto worden gezet vijfhonderd meter ten zuiden van Olavsgaard bij de E6. Eén miljoen moet aan boord van het vliegtuig liggen dat mij en mijn kameraden naar een nader aan te geven Arabisch land zal brengen, waar we het geld zullen gebruiken om onze strijd voor onze Tsjetsjeense broeders en zusters voort te zetten.'

Hij kruiste zijn armen voor zijn borst.

'De bus moet om kwart over zeven precies vertrekken. Onze vier gijzelaars gaan uiteraard mee. En om er zeker van te zijn dat niemand al te bijdehante ideeën krijgt, bijvoorbeeld het neerschieten van het vliegtuig, zullen we een van onze gasten meevragen tijdens onze vlucht. Hij of zij zal uiteraard zijn vrijheid terugkrijgen zodra we geland zijn.'

Hij keek in de camera.

'De politie en de overheid zullen aarzelen bij het inwilligen van deze eisen. Men onderhandelt immers niet met terroristen? Daarom moeten we jullie maar een handje helpen bij deze beslissing. Als onze eisen niet voor kwart voor zeven ingewilligd zijn, zullen we nog een gijzelaar doodschieten, namelijk Kristin Bye. Ik ben ervan overtuigd dat jullie weten dat we het menen.'

Kwart voor zeven.

Twintig minuten.

2

Commandopost van de politie, 06.26 uur

Thomas Fjell en Aksel Schjelderup keken elkaar aan.

'Heb jij daar iets van begrepen?' vroeg Fjell.

Aksel Schjelderup schudde zijn hoofd. 'Alleen dat dit indirect bevestigt wat Aslan Gairbekov ons verteld heeft.'

'Plotseling zijn alle ideologische eisen vervallen. Alles wat de indruk moest wekken dat het om een Tsjetsjeense zaak ging.'

'Nu gaat het alleen maar om losgeld en een vrijgeleide', ging Schjelderup verder.

'Bovendien: een Arabisch land? Islamitische terreurgroep?'

'Geld in een auto? En de rest aan boord van het vliegtuig? Als ze aan boord van het vliegtuig zijn, zijn de kaarten niet alleen geschud, maar zelfs opnieuw gedeeld. Iedere gijzelnemer met respect voor zichzelf zou erop staan het geld te ontvangen vóórdat hij deze plek verlaat.'

'Het heeft te maken met het Aeroflotvliegtuig op Gardermoen. Door onderweg vierentwintig miljoen mee te nemen, zijn ze verzekerd van het geld. Het laatste miljoen zijn ze bereid op te offeren om ons in de waan te laten dat ze met het Noorse vliegtuig van de GA-terminal vertrekken.'

'Terwijl ze in plaats daarvan van plan zijn ervandoor te gaan met dat andere vliegtuig...'

'OpStaf heeft bevestigd gekregen van de lokale politie dat het Aeroflotvliegtuig op Gardermoen staat.'

‘Met welk vliegtuig ze ook gaan, ze zullen toch ook wel weten dat wij, of welk land dan ook, het vliegtuig zullen neerschieten. Dus waarom een gijzelaar meenemen?’

‘En naar een Arabisch land...?’

3

Ergens in Oslo, 06.26 uur

De bus draaide de lege parkeergarage in. Een bestelauto reed achteruit en stopte met piepende banden naast de bus.

De buschauffeur stapte uit en opende een van de zijluiken van de bagageruimte.

Het achterportier van de bestelauto ging open. Drie gewapende mannen sprongen uit de bestelauto en verdwenen in de bagageruimte onder de bus.

De buschauffeur gooide het portier van de bestelauto dicht, die onmiddellijk optrok en wegreed. Toen sloot hij het luik van de bagageruimte.

De operatie had minder dan zestig seconden geduurd.

4

Gardermoen, 06.26 uur

Børre Henrichsen voelde zijn hart bonken. Nog steeds was er geen teken van leven bij het Aeroflotvliegtuig. Hij bewaakte het vliegtuig nu tien minuten samen met de twee collega’s. In zijn oor ruiste de informatie. Via het oortje en de politieradio hoorde hij dat de Bijstandseenheid niet ver meer bij hen vandaan was. Daartussendoor werden er korte, mitrailleurachtige berichten doorgegeven, terwijl hij de sirenes op de achtergrond kon horen jammeren.

Een SAS-Braathensvliegtuig werd verderop bij de GA-terminal

in gereedheid gebracht. Twee andere eenheden van het politiedistrict beschreven hoe het vliegtuig schuin voor het terminalgebouw werd geplaatst. Hij begreep dat het vliegtuig zodanig werd gepositioneerd dat de scherpschutters van de Bijstandseenheid vrij zicht en een vrij schootsveld zouden hebben. De ligging van de GA-terminal, die gewoonlijk privé-vliegtuigen en speciale vertrekken en aankomsten te verwerken had, was heel geschikt voor politieacties als deze.

Maar als de terroristen de gijzelaars meenamen naar het SAS-Braathensvliegtuig bij de GA-terminal, waarom stond hij dan hier een Aeroflotvliegtuig te bewaken?

Hij keek naar de Toepolevmachine.

Tenzij... Hij fronste zijn voorhoofd. Zou het mogelijk zijn dat de terroristen de gijzelaars hier mee naartoe namen? Naar het Aeroflotvliegtuig? Was het verzoek om een Noors vliegtuig – de SAS-Braathensmachine op Gardermoen – slechts bluf? Hadden ze hem daarom hierheen gestuurd om op te letten?

5

Commandopost van de politie, 06.28 uur

'Ik heb het akelige gevoel dat we om de tuin worden geleid!'

Thomas Fjell keerde zich af van de monitor waarnaar hij intensief had zitten staren, hij ontmoette de blik van Aksel Schjelderup.

'Om de tuin geleid!' herhaalde Fjell.

Schjelderup blies zijn wangen op en liet de lucht tussen zijn lippen door ontsnappen, waarbij hij een proestend geluid maakte.

'Maar hoe?' zei Fjell verbeten. Hij had het net zo goed tegen zichzelf als tegen Schjelderup. 'Wat zien we niet? Wat begrijpen we niet?'

'We hebben tenminste ontdekt dat ze een extra vliegtuig hebben waarvan zij denken dat wij het niet weten.'

'Ze gaan ervan uit dat onze mensen rond het Noorse vliegtuig zijn opgesteld, zodat ze ongehinderd en op het laatste moment aan boord kunnen gaan van hun eigen vliegtuig. Klinkt dat heel waarschijnlijk?'

'Dus wat vind je?' vroeg Schjelderup. 'Zullen we weigeren de eis na te komen?'

Fjell keek op de klok. 'Hij heeft gedreigd Kristin Bye over een kwartier dood te schieten.'

'Hij wil Aslan Gairbekov kennelijk sparen. Er zijn redenen waarom hij hem mee wil hebben. Dus in werkelijkheid heeft hij slechts drie gijzelaars: Bernt Bøe, Kristin Bye en Anette Wiik.'

'Dus wat vind jij?'

'We kunnen niet weigeren. Ze moeten die studio uit, naar een omgeving waar wij de controle hebben.'

'Zelfs als we weten dat ze bezig zijn ons om de tuin te leiden?'

Schjelderup staarde omhoog.

'Als iemand bezig is om ons om de tuin te leiden,' zei Bjørnar Lehmann, die zojuist de commandopost was binnengekomen en het laatste deel van het gesprek had gehoord, 'is het misschien een goede strategie ze zelf om de tuin te leiden?' Lehmann leunde op de rand van het bureau. 'Naast onze inzet op Gardermoen ben ik bezig een verrassingsaanval te plannen bij de auto op de E6 waar het geld wordt opgehaald.'

Schjelderup knikte langzaam. 'Zoals je wilt.'

Thomas Fjell zuchtte.

6

Vliegveld Arlanda, Stockholm, 06.29 uur

Met brullende jetmotoren steeg de Gulfstream op van vliegveld Arlanda, dat buiten Stockholm lag. De G350-machine steeg tot een hoogte van tienduizend voet en maakte een wijde bocht naar het westen. De piloot nam contact op met de luchtverkeersleiding in Røyken en meldde dat ze het Noorse luchtruim naderden en dat hun verwachte aankomsttijd op Gardermoen rond half-acht zou zijn. De verkeersleider in Røyken waarschuwde dat Gardermoen tot nader order gesloten was voor de burgerluchtvaart in verband met de gijzeling in Oslo en dat het vliegtuig moest landen op vliegveld Torp bij Sandefjord. De verkeersleiding ontving hierop nooit een bevestiging.

Op weg naar het westen, richting Noorwegen, blonk het witte toestel in de ochtendzon.

7

Voor de Russische ambassade, 06.29 uur

'Meneer de ambassadeur!'

Igor Voronin wilde net plaatsnemen in de limousine van de ambassade die hem naar de vergadering met de minister-president zou brengen. Gunnar, die een taxi had besteld, was op weg naar de Drammensvei. Voronin constateerde dat hij die typische manier van lopen had van iemand die een sms-berichtje op zijn mobieltje intoetste terwijl hij liep. De ambassadeur draaide zich om. Valeriy, de chef van de veiligheidsdienst van de ambassade, kwam samen met twee FSB-agenten, van wie hij zich de namen niet kon herinneren, op hem afgelopen.

'Ik heb weinig tijd', zei Voronin.

'Meneer de ambassadeur...'

'Ik heb over tien minuten een afspraak met de minister-president, we praten straks wel.'

'Het spijt me, meneer de ambassadeur.'

De ene FSB-agent greep het portier.

Voronin keek van de een naar de ander. 'Wat is er aan de hand?'

'Meneer de ambassadeur, het spijt me heel erg,' de chef van de veiligheidsdienst leek zich ongemakkelijk te voelen, 'maar we hebben van het departement opdracht gekregen u tegen te houden.'

'Wat zegt u?'

'Meneer de ambassadeur, ik volg slechts deze order op.'

Op dat moment zag Voronin dat twee andere FSB-agenten kwamen aangelopen met een verblufte Gunnar. 'Ik geloof', zei Gunnar met een stem die het midden hield tussen irritatie en ongeloof, 'dat ik ben aangehouden.'

'Het spijt me, Gunnar. Namens de ambassade. Ik kan slechts zeggen dat het me spijt.'

'Igor? Wat is er aan de hand?'

Igor Voronin keek om zich heen, alsof hij een verklaring zocht voor deze absurde situatie. 'Ik weet het werkelijk niet.' Hij wendde zich tot de chef van de veiligheidsdienst. 'Heeft Ismael de opdracht gegeven voor deze actie?'

'Wat bedoelt u, meneer de ambassadeur?'

'Wat zijn jullie instructies?'

'We zijn helaas genoodzaakt u vast te houden. En uw Noorse vriend.'

'Vasthouden?'

'U onder huisarrest te plaatsen, meneer de ambassadeur. Tot deze situatie voorbij is. Het spijt me heel erg.'

'Waarom wordt Gunnar vastgehouden? Hij is Noors.'

'Het departement...' zei Valeriy ontwijkend.

'Dit zal een diplomatiek staartje krijgen, dat begrijpen jullie toch wel?'

'Alles op zijn tijd', zei Valeriy.

De FSB-agenten namen de mobiele telefoons van de ambassadeur en Gunnar Borg in beslag.

8

Studio 2, 06.30 uur

Waarom dreigen ze toch de hele tijd dat ze mij als eerste doodschieten? Omdat ik bekend ben? Kristins tegenstrijdige gevoelens botsten tegen elkaar als biljartballen. *Maar waarom dan niet de minister van Buitenlandse Zaken?*

Samen met Anette en Aslan was ze teruggelopen naar de tribunebanken. De minister van Buitenlandse Zaken zat alleen, met zijn armen over elkaar en zijn gezicht iets geheven. Hij verkeert in de een of andere psychische shock, dacht Kristin. Hij zit al de hele nacht onbeweeglijk. Alsof hem dit allemaal niet aangaat.

Ze dacht aan Gunnar. Hij was de papa die haar eigen vader nooit was geweest. Nu heb ik je nodig, Gunnar, dacht ze. Nu heb ik je echt nodig!

9

Crisisteam van de minister-president, 06.30 uur

Minister-president Bjørn-Tore Viksveen zucht lang en diep. 'Wat bedoel je met "ons voor de gek houden"?'

Commissaris van politie Elsebeth Røed schudde haar hoofd. 'We weten het niet. Onze operationeel commandant heeft die verdenking geuit. OpStaf deelt zijn angst.'

'Kun je iets concreter zijn?'

De commissaris slikte. 'Helaas niet. Ze hebben het gevoel dat er iets niet klopt.'

'Een gevoel', herhaalde de premier.

'We weten niet hoe en waarom. Maar we weten dat ze hun eigen vliegtuig hebben naast het vliegtuig waar ze ons om gevraagd hebben. Het is vreemd.'

'Vreemd', herhaalde de premier nadenkend.

'Ik weet dat het onduidelijk is en erg weinig om op af te gaan', zei de commissaris spijtig.

'Verandert het de voorwaarden voor ons besluit?' vroeg de minister van Justitie.

Niemand antwoordde onmiddellijk.

'Uit tactisch oogpunt bekeken is het nog steeds belangrijk om ze uit die gesloten studio te krijgen', zei de commissaris.

'Zelfs als we weten dat ze ons voor de gek houden?' zei de minister van Justitie.

'Als we dat weten, kunnen we ze misschien voor zijn', zei de commissaris vaag.

'En ze voor de gek houden!' zei de premier enthousiast.

'Het is een voordeel dat we weten hoe ze ons voor de gek houden, voordat we zelf de ambitie hebben ze voor de gek te houden', zei staatssecretaris Vidar Erichsen.

'OpStaf heeft er in samenwerking met de Bijstandseenheid uiteraard voor gezorgd dat beide vliegtuigen volledig onder controle staan.'

'Onder controle?'

'Gewapende en speciaal opgeleide politiemensen van de Bijstandseenheid hebben zich verdekt opgesteld rond de vliegtuigen...' Ze trok veelzeggend haar wenkbrauwen op, alsof ze daarmee wilde zeggen dat de premier toch nauwelijks kon verlangen dat ze verderging.

De premier keek snel van de commissaris naar de minister van Justitie. 'Ja natuurlijk, dit is puur een kwestie voor de politie.'

De minister van Justitie en de staatssecretaris knikten snel.

10

Gardermoen, 06.32 uur

De colonne politieauto's splitste zich vlak voor Gardermoen in tweeën. De ene helft, die werd geleid door tien man van de Bijstandseenheid en aangevuld werd door surveillancewagens uit Oslo en van de lokale politie, verliet de snelweg en reed naar de GA-terminal. De andere helft reed verder naar de hoofdterminal.

Børre Henrichsen ontving zijn collega's en wees waar het Aeroflotvliegtuig stond. De commandant stelde met militaire precisie en bijna zonder een woord te zeggen zijn mannen op. De sluipschutters namen hun posities in, ze verscholen zich op de daken van het terminalgebouw en achter geparkeerde auto's. Anderen verstopten zich in bagagekarretjes, in speciale auto's, achter transformatorhokjes… Børre Henrichsen kreeg een eenheid in het oog die in het terminalgebouw op weg was naar het vliegtuig. Ongetwijfeld om te controleren of er niemand verstopt zat in het Aeroflotvliegtuig.

Hij lachte in zichzelf. Als de terroristen hadden gemeend dat de Noorse politie nooit bedacht zou hebben dat ze met dit vliegtuig konden ontsnappen, dan stond hun nog een kleine verrassing te wachten.

11

Russische ambassade, 06.35 uur

Gunnar Borg werd opgesloten in een kaal kantoor terwijl de veiligheidsmensen ambassadeur Igor Voronin meenamen.

Niet te geloven! Ze hadden zijn mobieltje in beslag genomen en hem opgesloten. Wie dachten ze wel dat ze waren? Met welk recht…? Gunnar haalde diep adem en probeerde kalm te worden. Hij bevond zich, technisch gesproken, op Russisch grondgebied. De politie zou helemaal niets kunnen doen. En ze zouden ook de capaciteit niet hebben om hem zo snel mogelijk hieruit te krijgen. Dit was geen politiezaak, maar een diplomatieke beslissing. En niemand zou zich de komende uren bezighouden met Gunnar Borg versus de Russische Federatie.

Die tijd hadden ze kennelijk nodig, dacht hij. Ik weet niet wat ze denken dat Igor en ik van plan waren, maar op het moment begrijp ik er nog minder van dan de hele afgelopen nacht. Waarom word ik vastgehouden? Het is toch echt in het belang van de Russen dat alles in het werk wordt gesteld om het gijzelingsdrama op te lossen. Als Igors kantoor wordt afgeluisterd, weten de Russen dat de Noorse politie en ik op de hoogte zijn van het Aeroflotvliegtuig op Gardermoen. Maar waarom is dat een probleem voor de ambassade?

12

Studio 2, 06.35 uur

'Mijne dames en heren?'

Precies om 6.35 uur ging Ramzan Jevlojev voor camera 2 staan en lachte als een beul die zijn slachtoffer wil troosten met het feit dat het, ondanks alles, snel afgelopen is.

'Ik wil de politie er slechts aan herinneren dat de deadline over tien minuten verstreken is. Ik hoef de eisen, die helemaal niet onredelijk zijn, niet te herhalen. Maar ik wil jullie er nog even aan herinneren dat ik Kristin Bye doodschiet als over tien minuten de eisen niet zijn ingewilligd.'

13

Vergaderruimte, Kanal ABC, 06.35 uur

Bjørnar Lehmann en twee van zijn mannen met het meeste tactische inzicht kwamen bij elkaar in de vergaderruimte die tegenover de commandopost lag om plannen uit te werken met betrekking tot de actie tijdens het ophalen van het geld uit de auto die vijfhonderd meter ten zuiden van Olavsgaard zou staan.

'Erg vreemd om geld in een auto te leggen die langs de snelweg staat', constateerde de ene politieman.

'Eigenlijk niet', zei Bjørnar Lehmann. 'Het is daar erg open, alleen maar akkers en weiland. Moeilijk voor sluipschutters om zich daar te verstoppen.'

'Waarom willen ze niet dat het hele bedrag in het vliegtuig op ze ligt te wachten? Dat is toch veel veiliger?' zei de ander.

'Denk na! Ze vertrekken niet met het Noorse vliegtuig. Ze zijn van plan ervandoor te gaan met de Aeroflot. Dat miljoen dat in het vliegtuig ligt zijn ze bereid op te offeren. Ze willen dat we denken dat ze op weg zijn naar het Noorse vliegtuig.'

'Waarom willen ze dan niet hier het geld hebben? Waarom onderweg?'

'Wie weet. Maar ik begrijp de gedachtegang. Als ik Ramzan was, zou ik ook de activiteiten hier in het ABC-gebouw tot het minimum beperken. Hij weet dat we ons overal schuilhouden. Langs een snelweg is het lang zo simpel niet om ze te verrassen.'

'Zeg dat niet!'

'Ik heb vele ideeën', zei de ander.

'En ik ook', zei Lehmann. 'Ten eerste: een eenheid van Romerike is al op weg met een verkenningspatrouille om de plaats te observeren. En we zijn bezig een geschikte auto te zoeken. Waren dat ook jullie ideeën, of...?'

06.36 – 06.43

1

Commandopost van de politie, 06.36 uur

'We hebben het begrepen', zei Thomas Fjell tegen de televisiemonitor waarop Ramzan Jevlojev zojuist zijn dreigement had herhaald.

'Waar is hij mee bezig?' vroeg Aksel Schjelderup.

'Hij bewerkt ons. Klassieke psychologie. Je zou denken dat hij een cursus heeft gevolgd. Hij oefent druk op ons uit, hij dwingt ons, daagt ons uit. Als we net hadden zitten vergaderen over de eisen, zouden we hebben moeten stoppen om te luisteren naar wat hij te zeggen had. Hij stopt iedere keer een nieuw steentje in je schoen.'

'Zodat we niet de kans krijgen om ons te concentreren?'

'Misschien wil hij niet dat we te veel nadenken?'

'Omdat hij bang is dat we begrijpen waar hij eigenlijk op uit is.'

'Is je iets opgevallen? Hij kijkt onafgebroken naar de klok.'

'Hij vindt misschien dat de tijd te langzaam gaat.'

'Ik geloof dat hij op iets wacht. Of iets voorbereidt. Hij klokt het een of ander.'

'Hij praat af en toe ook met iemand via zijn mobiele telefoon.'

Op dat moment ging Schjelderups telefoon.

'Misschien is het Ramzan wel', grapte Fjell.

Toen Schjelderup klaar was, zei hij: 'OpStaf. Ze vroegen zich af wat hij met zijn laatste optreden bedoelde.'

'Daar heb je het al. De tactiek werkt. Hij jaagt ons op. Jaagt het systeem op. Steelt onze tijd. Zodat we uiteindelijk geen andere keus hebben dan tegemoetkomen aan zijn eisen.'

‘Hebben we eigenlijk een keus?’

‘Je hebt altijd een keus. De vraag is of je genoeg moed hebt om te kiezen.’

2

Hoofdredactie Kanal ABC, *06.36 uur*

Hoofdredactrice Astrid Wahl had zojuist een telefonisch interview met *The New York Times* afgesloten toen ze het tekstbericht van Gunnar ontdekte. Hij moest geprobeerd hebben haar te bellen toen ze aan de telefoon was.

> Astrid. Ik vertrek nu van de Russische
> ambassade. Waarschuw Erichsen bij MP
> dat ik denk dat ze ons voor de gek houden.
> Zal het uitleggen. Kom strax. VrGr Gunnar

Ze las het bericht meerdere malen.

Ik denk dat ze ons voor de gek houden?

Maakte hij een grapje? Dat paste wel bij Gunnar. Maar hij maakte natuurlijk geen grapje. Hij zou nooit over zoiets ernstigs een grapje maken als Kristins leven in gevaar was. Maar wat bedoelde hij dan?

Erichsen waarschuwen bij de minister-president? De staatssecretaris was een vroegere collega-journalist van haar uit de tijd van VG, het was vast daarom dat hij voorstelde hem te waarschuwen.

Voor de gek houden? Maar hoe?

Ze toetste Gunnars nummer in. De telefoon ging over tot hij overschakelde op de voicemail. Daarna belde ze staatssecretaris Erichsen.

3

Russische ambassade, 06.36 uur

'Jullie weten uiteraard dat ik over vier minuten verwacht wordt bij de premier van Noorwegen?'

Ambassadeur Igor Voronin keek kwaad naar de chef van de inlichtingendienst, Vladimir Jaroff, die tegenover hem zat, en naar de chef veiligheidsdienst, Valeriy. Ze bevonden zich in een deel van de ambassade dat zo geheim en beveiligd was dat hij er zelf zelden was geweest.

'Meneer de ambassadeur,' zei Vladimir Jaroff, en het viel Voronin voor de eerste keer op hoe angstaanjagend zijn stem eigenlijk was, 'laat ik het u nogmaals vragen: met wie hebt u vannacht gesproken?'

'Ik heb met een heleboel mensen gesproken, waarom moet ik rapport uitbrengen aan mijn eigen chef inlichtingendienst?'

'U hebt meerdere malen het volgende mobiele nummer gebeld,' hij las Gunnars nummer op, 'de betreffende persoon is een zekere heer Gunnar Borg. Vermoedelijk de man die wij hier in bewaring hebben. Wie is hij?'

'Gunnar Borg', zei Voronin met een diepe zucht, 'is een goede, oude vriend van mij.'

'Hij staat in het Noorse telefoonboek als journalist vermeld.'

'Sinds wanneer is het verboden met journalisten te praten? Bovendien is hij gepensioneerd. Gunnar is zevenenzeventig jaar.'

'Moskou vraagt zich af waarover jullie hebben gesproken.'

'Moskou? Heb je het over Ismael?'

De chef inlichtingendienst vertrok geen spier.

'Staat het Ismael niet aan dat ik zelf denk? Heeft hij daarom mijn eigen mensen de opdracht gegeven om me te laten oppakken als de eerste de beste crimineel, een verrader?'

Jaroff staarde hem met een nietszeggende blik aan.

Voronin glimlachte triest. 'We hebben vele malen samen het glas geheven, Vladimir Jaroff. Het doet me pijn te constateren dat u te allen tijde loyaal bent aan degene die de meeste macht heeft. Ik begrijp dat u deze opdracht van een hooggeplaatste chef binnen het MID of de FSB hebt gekregen. Maar juist mannen zoals u zouden zich moeten afvragen, zoals ik mij vannacht heb afgevraagd: word ik gebruikt?'

Jaroff viel stil, hij verroerde zich niet. Zijn blik bleef op Voronin rusten.

'Ik geloof niet dat u corrupt bent. Maar het is dubieus waar uw loyaliteit ligt. U laat u zonder enige kritiek sturen door iemand die hoger in de hiërarchie staat dan u. Mannen zoals u worden nuttige idioten voor despoten en dictators, omdat jullie orders uitvoeren alsof ze absoluut en constant zijn en nooit onderwerp van enige discussie of kritiek. Zoals een onderofficier in het leger zijn bataljon mee de dood in neemt omdat iemand hem daartoe het bevel heeft gegeven. Denkt u nooit na over deze vragen? Vraagt u zich nooit af: voor wie werk ik? Waarom? Is het goed?'

Vladimir Jaroff keek naar ambassadeur Voronin. Op dat moment ging de telefoon. 'MID', zei hij en hij tilde de hoorn op en zette de microfoon aan.

Ismaels stem: 'Ambassadeur Voronin, het spijt ons dat we tot deze ingreep over moesten gaan.' Maar hij klonk niet alsof hij ergens spijt van had.

'Dit is ongehoord!' donderde Igor Voronin.

'Laten we niet vergeten, Voronin, dat het MID redenen heeft om aan te nemen dat u onreglementaire contacten hebt met buitenstaanders. Een grove breuk met het reglement.'

Ze luisteren mijn kantoor af, dacht Voronin. Hij keek zijn chef van de veiligheidsdienst streng aan. *Die klootzakken luisteren het kantoor van de ambassadeur af!*

'Ik heb helemaal geen onreglementaire contacten!' zei hij kwaad.

'Nou, nou. U bent zelf een ervaren diplomaat en officier van de inlichtingendienst, Voronin. U weet dat kleine, ogenschijnlijk betekenisloze details beslissend kunnen zijn voor het geheel.'

'Mijn geweten is schoon!'

'We hadden reden om te vrezen dat u tijdens het gesprek met

de minister-president van plan was om, laten we zeggen, uw boekje te buiten te gaan met betrekking tot de informatie die u met de Noorse overheid wilde delen.'

'Ik begrijp niet waar u het over hebt. Ik weet niets. Hoe zou ik bepaalde informatie kunnen verraden als ik die zelf niet te pakken kan krijgen en ik ook helemaal niets weet?'

'U bent slim, Voronin. Slim. U kunt nooit zover gekomen zijn zonder die eigenschap.'

'Ik hoop dat iemand contact heeft opgenomen met de minister-president en hem mijn afwezigheid heeft uitgelegd?'

'Houdt u zich daar maar niet mee bezig.'

'Moet ik het zo zien dat ik gearresteerd ben?'

'We hebben een korte time-out nodig, Voronin. Over niet al te lange tijd verlaat een bus Kanal ABC om koers te zetten naar Gardermoen. Dus binnenkort is de hele kwestie voorbij. Dan draaien we alles terug. U bent weer als ambassadeur in functie. Gunnar Borg wordt vrijgelaten. Het contact met Pjotr Jeremejev en uw andere vaste contacten binnen het MID wordt weer hersteld. U vergeet mij. U vergeet deze arrestatie. U vergeet dat ik, met mijn onbeperkte autoriteit, de chef veiligheidsdienst de opdracht heb gegeven tot deze ongewone actie. Ik neem aan dat u het begrijpt, Voronin?'

Hij aarzelde. 'Uiteraard begrijp ik het', bromde hij. Maar er was veel dat hij niet begreep. 'Wie bent u, Ismael? Voor wie werkt u?'

Stilte.

'U hebt een vooraanstaande positie bij het departement van Buitenlandse Zaken. Zo vooraanstaand dat u zonder meer de communicatie kunt overnemen met een post in het buitenland en het commando over de inlichtingen- en veiligheidsdienst. Ik twijfel er niet aan dat u rechtstreeks rapporteert aan de minister van Buitenlandse Zaken. Maar dat niet alleen. Werkt u voor de directeur-generaal? Werkt u voor een van de onderministers? U werkt niet bij de Tweede Europese afdeling, waartoe Noorwegen behoort. Kunt u iets te maken hebben met de afdeling voor Nieuwe Uitdagingen en Dreigementen? Waarschijnlijk niet.

Misschien bent u directeur op een van de andere departementen? Of geeft u leiding aan afdeling Twaalf?'

'Het is vermakelijk om naar uw analyse te luisteren, Voronin.'

'Dus wie bent u?'

'Het raadspelletje is voorbij. Gunnar Borg en u worden tot nader order vastgehouden.'

'Ongehoord!'

'Uw dochter is veel meegaander en loyaler, ambassadeur.'

Hij verstijfde. *Zajotsjka.*

'De liefde, de liefde', zei Ismael nadenkend. Hij lachte. 'Ze is zo flink geweest. Binnenkort krijgt ze haar beloning. U kunt trots op haar zijn.'

Hij begreep het niet. Hij begreep er niets van.

'Beloning?' herhaalde hij, alleen maar om iets te zeggen.

'In Moskou', zei Ismael. 'Wanneer ze terugkomt.'

'Terugkomt?'

'Met het vliegtuig dat u zo bereidwillig geregeld hebt. Of zullen we zeggen… een van de vliegtuigen?'

Igor Voronin opende zijn mond, maar hij zei niets. Hij voelde dat er iets heel zwaars door zijn hoofd tolde. *Een van de vliegtuigen…* Een paar dagen geleden had hij een fax onder ogen gekregen. Die hem niets had gezegd. Maar nu werd hem de betekenis ervan duidelijk.

4

Studio 2, 06.37 uur

Kristin haalde diep adem en hield die even vast. Ze voelde haar hart tegen haar longen kloppen. Nog acht minuten… Hoe lang kon een mens eigenlijk in constante doodsangst verkeren? Niet heel veel langer, voelde ze. Ze had de neiging om te gaan schreeuwen, gillen, de deur van studio 2 uit te stormen, en dan mochten ze haar neerknallen als een rat op een vuilnisbelt.

Ze liet de lucht weer uit haar longen ontsnappen.

Ze keek naar de studiodeur.
En bleef zitten.

5

Crisisteam van de minister-president, 06.37 uur

'Hebben we eigenlijk wel een keus?' vroeg premier Bjørn-Tore Viksveen.

De mannen en vrouwen rond de tafel maakten een vermoeide indruk. Het crisisteam van de regering was nu bijna zeven nachtelijke uren onafgebroken in touw. Het gezicht van de meesten was grauw en geplooid.

'Wat vind jij?' zei de minister van Justitie tegen de commissaris van politie. 'Hoe groot is het risico dat de terroristen werkelijk een gijzelaar neerschieten?'

'De terroristen hebben laten zien dat het hun ernst is. Als ze studio 2 niet uit kunnen komen, weten ze zelf dat de slag verloren is. Daarom zullen ze zich gedragen als opgesloten dieren als ze eenmaal beseffen dat ze niet naar buiten kunnen.'

'Dieren?' zei de premier.

'Ik wil niet overkomen als iemand die de crisis vergroot of onnodig macaber maakt, maar ik sluit niet uit dat de terroristen gebruik gaan maken van ernstiger middelen dan het dreigen met de dood om ons toe te laten geven.'

'Wat kan er erger zijn dan vermoorden?' vroeg de minister van Justitie.

De commissaris sloot een moment haar ogen. 'Ze kunnen iemand bijvoorbeeld live gaan martelen. Of ze kunnen doen als de moslimterroristen en de keel van een gijzelaar doorsnijden. Live.'

Het werd stil.

Langdurig stil.

'Meen je dat?' vroeg staatssecretaris Erichsen.

'Ik weet toch niet meer dan jullie!' barstte de commissaris los.

Toen kalmeerde ze weer: 'Ik wil alleen dat iedereen er goed van doordrongen is dat de situatie er niet per se beter op is geworden nu ze minder gijzelaars hebben. De vraag is nu wat ze zouden kunnen gaan doen als we ze niet laten gaan uit deze claustrofobische studio. En in het licht daarvan wil ik aangeven dat de pressiemiddelen nog dramatischer kunnen worden. Hoe minder gijzelaars ze hebben, hoe beter ze hen gebruiken met het oog op de onderhandelingen. Daarom vrees ik... ja, ik hoef toch niet meer details te geven.'

'Zoals ik al zei,' zei de premier, 'hebben we eigenlijk wel een keus?'

6

Commandopost van de politie, 06.39 uur

'Nog zes minuten voor de deadline', zei Thomas Fjell.

'Ik weet het', zei Aksel Schjelderup.

'Dus wat moet ik antwoorden?'

'Het crisisteam en OpStaf zijn nu aan het overleggen.'

'Dat klinkt niet erg geruststellend.'

'Hm?'

'We hebben het over... nog maar vijfenhalve minuut.'

'Ze kennen de spelregels, Thomas.'

'Ik hoop het.'

'Als ze nee zeggen, is dat niet jouw verantwoordelijkheid.'

'Maar toch zal er iemand doodgeschoten worden.'

'In het ergste geval.'

'Niet in het ergste geval, Aksel. We kennen die vent. Hij schiet.'

'Maar het is niet jouw verantwoordelijkheid.'

Thomas Fjell keek omhoog naar zijn collega. 'Denk je dat het publiek dat ook vindt? De media? Onze collega's? Denk je dat ik zo zal denken? Wanneer het voorbij is? Of zou iedereen mij zien als "de man die gefaald heeft tijdens de onderhandelingen"?'

7

OpStaf, politiebureau, 06.40 uur

'Nog vijf minuten voordat de deadline verstreken is. De premier heeft gevraagd om alles op een rijtje te zetten en een conclusie te trekken', zei de adjunct-commissaris.

'Lafaard!' zei een van de politie-inspecteurs met een lachje.

'Heeft de regering nog richtlijnen gegeven?' vroeg de chef van de veiligheidsdienst.

'Ze vragen zich af of we eigenlijk wel een keus hebben. De commissaris vreest dat een afwijzing niet noodzakelijkerwijs zal leiden tot een moord, maar dat ze de gijzelaars nog meer gaan gebruiken tijdens de onderhandelingen.'

'Wat betekent?'

'Bijvoorbeeld... live martelen.'

Die gedachte was overduidelijk nog bij niemand binnen de operationele staf opgekomen. 'Wel verdomme!' riep iemand.

'Ik ben ook van mening dat de situatie nu, na acht uur, van dien aard is dat we ze uit de studio moeten zien te krijgen voordat er nog meer levens verloren gaan', zei de adjunct-commissaris.

'De bus staat klaar', zei de chef van de afdeling Geweldsdelicten.

'We staan paraat. Bij de GA-terminal, bij het Aeroflotvliegtuig en bij Olavsgaard', zei de chef veiligheidsdienst. 'Welk scenario zien we voor ons?'

De adjunct-commissaris kuchte. 'Ik neem aan dat de terroristen in de bus bijzonder alert zullen zijn. Maar ze zijn ook moe na een lange nacht. Daardoor zullen ze minder opmerkzaam zijn. We denken dat ze extra oplettend zullen zijn als ze bij Olavsgaard het geld uit de bestelauto halen en als ze met de bus op weg naar het vliegtuig zijn. Als het ons bij Olavsgaard niet lukt om hieraan een eind te maken, zullen ze, neem ik aan, vragen of de bus bij aankomst op Gardermoen zo dicht mogelijk bij de vliegtuigtrap gereden kan worden. Dan zullen de gijzelnemers hun wapens gericht houden op de gijzelaars en ze als levende schilden meenemen naar het vliegtuig. Op dat moment vallen wij aan. In combinatie met schokgranaten en scherpschutters zullen we de zes terroristen uitschakelen voordat ze de kans krijgen de gijzelaars iets aan te doen.'

'Is dat mogelijk?'

'Bedenk dat de schokgranaten ze in een tijdelijke toestand van mentale en fysieke verlamming zullen brengen. Er zullen zoveel gedachten door hun hoofd gaan dat onze scherpschutters ze al onschadelijk hebben gemaakt voordat ze hun wijsvinger hebben kunnen krommen. Als we ervan uitgaan dat de bommen niet echt zijn, dan zullen de handwapens een relatief klein gevaar opleveren in deze situatie.'

'Wat je zegt', zei een van de inspecteurs, 'is dat de scherpschutters zes terroristen die hun wapen hebben gericht op vier gijzelaars kunnen doden voordat ze zelf kans zien om de gijzelaars te verwonden of doden?'

'Wat ik zeg is dat dit de strategie is waar we van uit moeten gaan. Hoe het zal gaan, is een heel andere vraag.'

8

Commandopost van de politie, 06.41 uur

'We hebben *go* gekregen', zei Aksel Schjelderup.

'Voor wat?' vroeg Thomas Fjell.

'We willigen de eisen in. Ze krijgen een bus en een vliegtuig op Gardermoen.'

'Het geld?'

'De instructie luidt dat er gezegd moet worden dat het geld zowel in de bus als in het vliegtuig ligt. Zoals ze geëist hebben.'

'De instructie luidt dat er gezegd moet worden?' herhaalde Fjell.

'Er zál immers geen geld zijn, Thomas.'

'En wat denk je dat er gebeuren zal als ze in de gaten krijgen dat ze voor de gek gehouden zijn?'

'Delta heeft allang toegeslagen als ze doorhebben dat ze voor de gek gehouden zijn.'

9

Crisisteam van de minister-president, 06.42 uur

Waar blijft de ambassadeur?

Staatssecretaris Vidar Erichsen leunde met zijn voorhoofd tegen de ruit en staarde neer op de Grubbegate en het parkeerterrein voor het regeringsgebouw.

Hij had zojuist gesproken met hoofdredactrice Astrid Wahl, die een bizar bericht had ingesproken op zijn antwoordapparaat tijdens de laatste vergadering. Woord voor woord had ze het onbegrijpelijke tekstbericht van Gunnar Borg herhaald. Erichsen begreep er niets van. Waarom zouden de Russen iemand voor de gek houden? Astrid was net zo verward en onzeker geweest. Maar hij had beloofd het aan de orde te stellen tijdens het gesprek met ambassadeur Voronin en Astrid zou, zodra Gunnar Borg opdook, vragen hem te bellen zodat hij het aan hem kon uitleggen.

'OpStaf meldt dat onze mensen hun posities hebben ingenomen op Gardermoen', zei de commissaris van politie. 'Zowel het SAS-Braathensvliegtuig als het Aeroflottoestel wordt bewaakt. De scherpschutters hebben hun positie ingenomen.'

Niemand wist precies wat hij moest zeggen.

'Dan hebben we in elk geval controle over iets', zei de premier.

Staatssecretaris Erichsen trommelde met zijn vingers op de ruit terwijl hij wachtte tot iemand op de ambassade de telefoon opnam. Eindelijk werd er opgenomen met: 'De ambassade van de Russische Federatie in Noorwegen', door een stem die Erichsen niet herkende. Hij nam aan dat de directe lijn naar de kamer van de ambassadeur was overgezet naar de telefooncentrale van de ambassade.

Erichsen vroeg naar Voronin, waarop hij onmiddellijk werd doorverbonden.

'De ambassade van de Russische Federatie in Noorwegen', antwoordde een andere stem.

Opnieuw stelde hij zich voor. 'De premier zit te wachten op ambassadeur Voronin. Is hij verlaat?'

'Het spijt ons heel erg', zei de stem. 'De ambassadeur is helaas verhinderd en we wachten op instructies van het MID, het departement van Buitenlandse Zaken dus, voor verdere procedures.'

'Verhinderd?' vroeg Erichsen.

'Ik kan er helaas niet verder op ingaan.'

'Betekent dit dat hij niet aanwezig zal zijn bij de vergadering met de minister-president?'

'Correct. Het spijt ons bijzonder.'

'Wie komt er in zijn plaats?'

'We wachten de instructies af van het MID voor de verdere procedures.'

'We verwachten dat de ambassade een ander stuurt.'

'We hebben instructies om af te wachten.'

'Hoe zit het met de ambassaderaad? De adviseur van de minister? Een eerste secretaris?'

'Helaas...'

'We zitten in een crisissituatie, het gaat om een terroristische actie! Het is noodzakelijk dat de ambassade...'

'De Noorse autoriteiten moeten zich voor verdere discussie over deze kwestie wenden tot Moskou.'

'Moskou? We hebben geen tijd om ons bezig te houden met de Russische bureaucratie, het gaat hier in het gunstigste geval om uren, maar misschien slechts om minuten!'

'We zullen kijken of we iemand anders kunnen sturen. We komen terug op deze zaak. Het spijt ons.'

De verbinding werd verbroken.

10

Studio 2, 06.43 uur

Nog twee minuten.

Kristin keek naar haar hand. Die trilde. Ze voelde een steek door haar maag gaan; eerst dacht ze dat het door de honger kwam. Maar natuurlijk was het niet van de honger. Het was angst.

Waarom gaf de politie geen antwoord?

Waarom antwoorden die verrekte klootzakken verdorie niet?

Met een hik die ze niet binnen kon houden, greep Kristin haar eigen bovenarmen vast. Ze zag de Denksteen voor zich. Een gigantisch rotsblok, achtergelaten in de ijstijd door terugtrekkende gletsjers, dat bij de boerderij van de familie in Juvdal stond. Toen ze nog een kind was, klom ze vaak op de steen om over het dorpje, het dal, de heuvels en de bergen te kunnen kijken. In de verte kon ze Mårvatn zien liggen. Beneden in het dorp weerkaatste het zonlicht in de torenspits. Op de Denksteen had ze voor het eerst bedacht dat ze journalist wilde worden. *Een duivelse beroepskeuze!*

Nog twee minuten.

Een vriend in de vrijheidsbeweging met goede contacten bij lokale overheden vertelde me dat Adelaar vanuit Moskou op weg was naar huis.

Huis, dacht ik hatelijk.

Adelaar was in 1991 naar Moskou vertrokken. Nu kwam hij dus terug.

In zijn tienerjaren was Adelaar steeds verder verwijderd geraakt van het leven dat we gewend waren te leiden. Op school slijmde hij met de Russisch gezinde rector, die hem ijverig gebruikte als prima voorbeeld van de Tsjetsjeense jeugd. Een lokale werver van rekruten had zijn oog op hem laten vallen. Ze boden hem een uitstekende militaire opleiding aan, betaald door de Russische overheid.

Toen hij me vertelde wat hij van plan was, hebben we voor de eerste keer gevochten. Ik herinner me dat ik bij hem ben weggelopen terwijl hij bloedend in de greppel lag.

Nu had hij zijn opleiding afgerond. Hij had een leidende functie gekregen als liaisonofficier bij een obscure organisatie die banden had met de FSB, *het Russische leger en het regionale staatsapparaat. Ze meenden dat hij veel kon betekenen dankzij zijn achtergrond en zijn vele contacten onder de lokale bevolking.*

Ze hebben een woord voor zo iemand.

Hij zou op een donderdag thuiskomen. De dag daarvoor zocht ik een vriend op die een zolderkamer huurde aan de hoofdstraat.

Uit het zolderraam zou ik Adelaars thuiskomst kunnen gadeslaan.

Vroeg die dag landde hij op het vliegveld, in een militair vliegtuig dat nieuwe rantsoenen bracht uit Moskou voor de troepen in Tsjetsjenië. Iemand die gevoelig is voor symboliek, kan het zijne hiervan denken. Hij zat in een open auto, samen met een dikke idioot van een Russische generaal, die een leidende rol had gespeeld tijdens het bloedbad rond Grozny, eerder dat jaar. Je moet je vrienden met zorg uitkiezen… Vanaf mijn uitzichtspunt kon ik zien hoe Adelaar en de generaal spraken en lachten.

Hij was niet erg veranderd. Ik had verwacht dat de jaren in Moskou iets met hem hadden gedaan; dat er twee hoorns op zijn hoofd waren gegroeid of dat hij op zijn minst die grauwe, gevoelloze uitdrukking had gekregen die zo typerend was voor de Russische machthebbers. Maar Adelaar zag er nog net zo uit als vroeger. Dat maakte het moeilijker hem te haten.

Toen de auto de hoek omging en uit het zicht verdween, bedankte ik mijn vriend voor zijn gastvrijheid en ging ik terug naar mijn schuilplaats in de bergen.

Adelaar kreeg een groot kantoor in het districtshoofdkantoor van de FSB, *waar vele goede Tsjetsjenen voor onbepaalde tijd gevangen werden gehouden, zonder proces en waar men in de nachtelijke uren de mannen en vrouwen kon horen schreeuwen die gemarteld en mishandeld werden. Ik ben nooit op zijn kantoor geweest, maar er wordt gezegd dat het groot en kaal was, met in het midden een bureau en een boekenkast zonder boeken.*

In maart 2003 werd er een zogenaamde volksstemming gehouden. Een nieuwe regionale grondwet verklaarde Tsjetsjenië tot een separate republiek van Rusland.

Volksstemming, ha!

Een pure farce, net zo ondemocratisch als de 'verkiezing' van Akhmad Kadyrov tot president, enkele maanden later. Hij was drie jaar daarvoor door de Russen geïntroduceerd.

In dat jaar ontploften er elf bommen in Rusland. Schandalig. Onze bommen? De wereld was daarvan overtuigd. Van de Russen? Ik weet het niet. Elk volk heeft zijn extremisten. Maar waarom weet niemand dat de meeste Tsjetsjenen dergelijke acties tegen burgers verafschuwen?

06.44 – 7.00

I

Commandopost van de politie, 06.44 uur

'Ja, inspecteur?'

Ramzan Jevlojevs stem klonk bijna vrolijk, alsof hij wist wat Thomas Fjell te zeggen had.

'Je hebt ons een deadline gegeven', zei Fjell.

'Die bijna verstreken is.'

'We zijn van plan de eisen in te willigen.'

'Je bent een reuzekerel, inspecteur. Zou je, gewoon voor de zekerheid, kunnen zeggen welke eisen jullie inwilligen?'

'We hebben een bus klaarstaan die jullie naar Gardermoen zal brengen, waar een vliegtuig gereedstaat.'

'Uitstekend. En op weg naar Gardermoen...'

'...staat een auto met vierentwintig miljoen euro in ongemerkte, gebruikte biljetten.'

'En aan boord van het vliegtuig op Gardermoen...'

'...een miljoen euro.'

Ramzan smakte met zijn lippen. 'Inspecteur, ik zou je echt aardig kunnen gaan vinden.'

Op de monitor zag Fjell dat Ramzan op de klok keek hoe laat het was.

'En dan is de kwestie met de gijzelaars...' zei Fjell.

'Die gaan vanzelfsprekend met ons mee naar Gardermoen. Eén gaat er met ons mee het vliegtuig in.'

'De drie anderen worden vrijgelaten?'

'Inspecteur, dat ligt toch ook een beetje aan jullie?'

'Ons?'

'Hoe jullie gedrag is. Ik heb niet de illusie dat jullie niet rond het vliegtuig liggen.'

Fjell zweeg.

'Staat de bus klaar?' vroeg Ramzan.

'Direct om de hoek.'

'Dan kunnen we gewoon beginnen?'

'Laat ik nog even voor de laatste keer checken bij mijn superieuren. Daarna spreken we nauwkeurig de procedure voor het vertrek door.'

'Inspecteur, nu klink je eindelijk als iemand die de controle heeft!'

Dan, dacht Thomas Fjell, ben ik een verdomd goede acteur.

2

Gardermoen, 06.45 uur

Politieman Børre Henrichsen liet zijn blik glijden over het Toepolevtoestel.

Niets.

De bemanning – de gezagvoerder, de copiloot en de rest van de crew – zat in het personeelsgedeelte van de terminal. De verkeersleiding meldde dat de Aeroflotpiloot gevraagd had om een *slot*, een vertrektijd, van halfacht. Op de vraag waarom het vliegtuig uren eerder vertrok dan gepland, en zonder passagiers, had de piloot geantwoord dat het vliegtuig teruggeroepen was vanwege niet nader gespecificeerde technische mankementen.

Bij de GA-terminal stond de SAS-Braathens 737-600 op het platform, een flink stuk van de oude vertrekhal vandaan. Op het eerste gezicht zag het gebied er verlaten en leeg uit. Maar op de daken en verstopt achter auto's en containers lagen gewapende politiemensen.

De ochtendzon was scherp. Geen wolkje aan de hemel. Op een van de grote lichtmasten zat een merel, doodstil, alsof hij bang was te storen.

3

Spoedbericht, persbureau NTB, *06.45 uur*

telexbericht
Gijzelingsdrama –

Oslo (NTB) De politie heeft volgens onbevestigde bronnen toegegeven aan de eis van de terroristen het land per vliegtuig te mogen verlaten. Op Gardermoen zal een vliegtuig in gereedheid worden gebracht.

– – – – aka – ol – bk
06.45 uur 211 tekens

4

Commandopost van de politie, 06.47 uur

Voor de zoveelste keer controleerde Thomas Fjell de lijst met beloftes en leugens om te kijken of er iets was wat problemen op kon leveren, of hij iets over het hoofd had gezien, iets waaraan hij niet had gedacht. Maar hij vond niets. Toch voelde hij zich niet opgelucht. Hij raakte het knagende gevoel dat er iets verkeerd was niet kwijt, alsof de terroristen hun eigen lijst met beloftes en leugens hadden en hij niet in staat was daar doorheen te kijken.

Voor de eerste keer die nacht dacht hij aan zijn vrouw en hij vroeg zich af of ze de hele nacht was opgebleven om het gijzelingsdrama te volgen of dat ze naar bed was gegaan. Ze lag vast te slapen. Over twee uur moest ze naar haar werk. Ze was klassenassistente, of hoe ze dat tegenwoordig ook noemden, in groep zeven van de Grorudschool.

Hij had haar een sms'je moeten sturen. Nadat hij haar met kerst een mobieltje had gegeven, waren ze begonnen elkaar berichten te sturen. Veel makkelijker dan bellen. Vooral als hij moest overwerken of een afspraak niet kon nakomen. Of hij had haar een e-mailtje kunnen sturen, dacht hij.

E-mail!

'Aksel?' zei hij zacht.

Aksel Schjelderup, die zat te bladeren in de laatste rapportages van OpStaf, hoorde hem niet.

'Aksel!' zei hij harder. Zijn collega keek op.

'Hebben we gecontroleerd of Aslan Gairbekov gebruik heeft gemaakt van de e-mail van Kanal ABC?'

Schjelderup keek Fjell met een lege blik aan.

'Herinner je je dat hij zei dat Kristin Bye en Astrid Wahl over een week meer over de actie zouden weten?'

'Denk je dat hij een e-mail wilde versturen?' vroeg Schjelderup.

'Dat zou betekenen dat hij die nog niet verzonden heeft. En heeft opgeslagen onder Concepten.'

'Concepten?'

'Zodat het mailtje pas over een week verzonden wordt.'

'Waarom zou hij dat doen?'

'Om tijd te winnen. Als het gijzelingsdrama goed afloopt, kan hij de e-mail verwijderen en zijn geheim, wat het ook is, bewaren. Als hij gedood wordt, dan wordt de mail over een week automatisch verzonden. Hij kan hem zowel naar Kristin Bye als naar Astrid Wahl hebben verstuurd, voor het geval Kristin gedood wordt.'

'Is het mogelijk om een niet-verzonden e-mail te vinden?'

'Hij heeft tamelijk lang met Kristin Bye samengewerkt. Kanal ABC kan hem een eigen e-mailadres hebben gegeven, dus kijk of er IT-mensen zijn die uit kunnen zoeken of hij gebruik heeft gemaakt van de gratis e-maildiensten op internet, zoals Hotmail, Yahoo of een ander.'

'Jezus,' zei Schjelderup, 'hoe weet jij dat allemaal?'

'Mijn vrouw', legde hij uit. 'Zij wóónt op internet.'

5

Voor het Kanal ABC*-gebouw, 06.50 uur*

Om tien voor zeven kwam de grote bus voor het Kanal ABC-gebouw aan. Het was een zilvergrijze bus met schuin aflopende zijramen en een enorme voorruit. De twee zijspiegels deden denken aan gedeformeerde voelsprieten.

Een politieman van de Bijstandseenheid had de plaats ingenomen van de chauffeur van de busmaatschappij en droeg het bijbehorende uniform. In zijn oor had hij een onzichtbaar oortje dat de communicatie op de politieradio doorgaf.

Hij stuurde tussen de politieauto's door en draaide de parkeerplaats voor de receptie op; daar stopte hij zodat de terroristen en de gijzelaars direct in konden stappen.

De bus stond stil, er ontsnapte lucht. De motor zweeg.

De persmensen tegenover Kanal ABC werden onder luidkeelse protesten de hoek om gedirigeerd. 'Luister,' zei een politieman, 'we willen niet dat de gijzelaars worden neergeschoten omdat een van jullie iets doms doet. En geloof het of niet, we willen ook niet dat een van jullie wordt neergeschoten.'

De politiemensen trokken zich terug, een flink eind van de bus vandaan.

De rij auto's van de politiecolonne parkeerde achter de politiemotoren.

Iedereen wachtte.

6

Commandopost van de politie, 06.51 uur

'De bus staat klaar', zei Thomas Fjell.

'Heel mooi, inspecteur', antwoordde Ramzan Jevlojev.

'Er is geen reden om nog langer te wachten.'

‘Geen enkele reden.’

‘Jullie zijn met z’n tienen, zes gijzelnemers en vier gijzelaars.’ Hij had geen zin meer om zich aan de procedure te houden en gebruikte verboden woorden. ‘Komen jullie allemaal tegelijk of een voor een, twee voor twee, drie voor drie?’

‘We komen in twee groepen – drie van ons plus twee gijzelaars. Alle politiemensen in de gang en bij de receptie moeten weg zijn! Ik wil geen politieman zien, hoor je me! Ik wil van studio 2 direct vrij baan naar de bus hebben. De bus moet recht voor de ingang geparkeerd staan. Als jullie ook maar met een vinger wijzen naar de ene groep, dan weet jij wat er met de andere gebeurt.’

‘We zullen niets ondernemen.’

‘Om zeven uur. Dan komen we naar buiten. Ik wil geen mens zien. We gaan door de studiodeur, lopen de gang in, langs de receptie en direct de bus in! En ik wil geen mens tegenkomen.’

‘Dat is begrepen. Wij willen ook dat dit goed afloopt.’

‘*Don’t bullshit me*, inspecteur. Je wilt dat het goed afloopt voor de gijzelaars. Maar of ik sterf of niet, maakt jou geen bal uit.’

‘Blijf bij de telefoon, Ramzan, ik bel terug voor de laatste details.’

‘Nog zes minuten voordat ze studio 2 verlaten!’ riep Aksel Schjelderup. ‘Vibeke, kun jij controleren of de gang en de receptie verlaten zijn?’

De politieagente knikte en liep de kamer uit.

Fjell keek op de klok en trommelde met zijn vingers op het bureau. ‘Hoe zit het met de e mail?’

‘Een mannetje van me haalt iemand van de IT-afdeling op. Het moet een simpel klusje zijn. Als je theorie klopt.’

Fjell knikte nadenkend. Toen greep hij de telefoon en wachtte tot Ramzan Jevlojev opnam.

‘Je bezoek nadert zijn einde’, zei Fjell.

‘Zul je me missen?’

‘Op het moment zijn we bezig de gang en de receptie te ontruimen. We verwachten jullie dus om precies zeven uur buiten. De bus staat recht voor de deur. Jullie zullen naar Gardermoen begeleid worden door een colonne politieauto's, gewone personenauto's en ambulances. De buschauffeur zal je een mobiele telefoon geven zodat je onderweg contact kunt onderhouden met de politie. Maar tijdens het vervoer naar Gardermoen zal niet ik maar iemand van het hoofdbureau met je praten. Het nummer staat op het mobieltje, als je wilt bellen. Ik zal in een van de volgauto's zitten. Zoals je gevraagd hebt, zal de vertrektijd van de bus om kwart over zeven zijn.'

'Je hebt het druk gehad, inspecteur.'

'Heb je nog bezwaren tegen deze procedure?'

'Zolang jullie niets proberen...'

'Dat doen we niet.'

'Dan is alles in orde.'

'Nog vijf minuten.'

'Prettig met je kennisgemaakt te hebben, inspecteur, en alvast bedankt voor het geval we elkaar niet meer spreken.'

De toon was nog steeds licht spottend. Maar er was iets bij gekomen. Hij kreeg de indruk dat het echt was. Fjell wist niet wat hij moest zeggen. Hij wist dat de tegenstander waarschijnlijk in de loop van het komende uur gedood zou worden. Hij voelde geen triomf of blijdschap. Als hij al iets voelde, dan was het, heel irrationeel, een vleugje verdriet.

'Ook bedankt, Ramzan', zei hij kort en hij verbrak de verbinding.

Hij bleef lang voor zich uit zitten staren.

7

Studio 2, 06.59 uur

'Mijne vrienden!' Ramzan Jevlojev klapte in zijn handen alsof hij zich wilde verzekeren van de aandacht die hij toch al had. 'Onze nacht samen nadert zijn einde. We zullen studio 2 gaan verlaten.'

Kristin en Anette keken elkaar aan.

'Buiten bij de ingang staat een bus op ons te wachten.'

'Waar gaan we heen?' waagde Kristin te vragen.

'Eruit! Weg!' Ramzan keek op de klok. 'Ik geloof dat het tijd is. Jullie', hij knikte naar de vier gijzelaars, 'gaan op een rij staan. We gaan in twee groepjes naar buiten.'

Aarzelend liepen Kristin, Anette Wiik, Aslan Gairbekov en Bernt Bøe naar het midden. Bøe liep met stijve, robotachtige bewegingen. Hij is er niet bij, dacht Kristin, hij heeft zijn angst ingepakt en is zelf op reis gegaan.

'Ieder van jullie heeft een begeleider die erop let dat de politie geen rare ideeën krijgt.' De terroristen gingen naast de gijzelaars staan.

Ramzan nam de groep van vier gijzelaars en vijf terroristen op. 'Twee groepen! Roza, Sjamil en Islam gaan eerst naar buiten met Kristin Bye en Anette. Daarna volgen Edil, Movzar en ik samen met Aslan en de minister van Buitenlandse Zaken.'

De groep splitste zich in tweeën.

'Nu mag groep één vertrekken! En jullie? Probeer niet iets uit te halen! Jullie hebben gezien hoe dat afloopt.'

Keurig in de rij bewogen ze zich in de richting van de studiodeur. Ramzan keek voorzichtig de gang in en duwde toen de deur helemaal open.

Kristins hart bonkte in haar keel. Ze was gespannen, opgelucht en vervuld van een groeiende hoop dat er aan deze nachtmerrie misschien, misschíén, een einde kwam.

Met trillende benen wankelde ze de studio uit en liep door de gang in een omgeving die ze bijna vergeten was. Negen uur was er niets anders geweest dan de studio en de angst.

Ze liepen de gang door langs de receptie. Islam hield haar met zijn pistool onder schot terwijl hij waakzaam rondkeek.

Toen ze langs de regiekamer liepen, meende Kristin de warrige haardos van Fridtjof voor de wand van monitoren te zien.

Bij de glazen deur van de receptie stond Islam stil. De receptie was leeg. Hij knikte kort. Roza en Sjamil duwden de pistoollopen tegen de slapen van Kristin en Anette. Door de hoofdingang en de grote panoramaruiten zagen ze vaag de bus staan.

8

Regiekamer, 07.00 uur

Producent Fridtjof Zachariassen zat onbeweeglijk in zijn regiestoel en keek naar de monitoren. Een voor een verlieten ze de studio en verdwenen uit beeld. Eerst Kristins groepje, daarna de rest. De uitzending is voorbij, dacht hij. Zijn blik ging over de coulissen in studio 2. Hij keek naar de publiekstribune, het podium, de vloer.

Leeg, leeg, leeg.

9

Commandopost van de politie, 07.00 uur

Bjørnar Lehmann bekeek de groep politiemensen die rond de vergadertafel zat en stond op. 'Oké!' zei hij opgewonden over het feit dat de uren van stilstand eindelijk bijna afgelopen waren, 'hier zijn onze plannen!'

Hij trok een groot, wit flip-overpapier tevoorschijn met de tekst PLAN A.

'Eerst even wat over de omgeving. Ik vermoed dat de terroristen de weg bij Olavsgaard hebben gekozen omdat het terrein daar open is en er rond die plek akkers liggen. Ons verkenningsteam ter plaatse rapporteert dat er geen plaatsen zijn om je achter te verstoppen. Ergo: we moeten iets anders gebruiken! Onder andere de politiehelikopter. We gebruiken die niet alleen om de terroristen te verstoren, maar ook als basis voor twee scherpschutters.'

Met een viltstift prikte hij op een vierkant dat op het papier stond getekend.

'Dit is de auto met het geld. In plaats van geld zitten er drie man van Delta in met schokgranaten en een MP5.' Hij prikte op een groter vierkant naast het eerste: 'De bus! Er zitten drie politiemannen in de bagageruimte, gewapend met *flashbangs* en een MP5.'

De groep volgde hem met gespannen interesse.

'Alternatief één: de terroristen sturen de chauffeur, onze man dus, naar buiten om het geld op te halen. Dan hebben we zes terroristen en vier gijzelaars in de bus. Op het moment dat hij het achterportier van de bestelauto opent, krijgt de buschauffeur een wapen van onze mensen. Dus zeven gewapende politiemensen met het verrassingselement aan hun kant plus twee scherpschutters in de helikopter. Een van de Delta's in de bagageruimte van de bus opent het luik in het middenpad van de bus en gooit een schokgranaat. Op hetzelfde ogenblik schieten de scherpschutters in de helikopter door de busruit. Tegelijkertijd openen twee andere Delta's in de bagageruimte hun luiken en gooien twee nieuwe schokgranaten. Op dat moment vallen de vier buiten de bus aan door de ruiten in te schieten. Degenen in de bagageruimte komen door de luiken naar binnen.'

Lehmann sloeg het papier om. Een nieuw plan, PLAN B, openbaarde zich.

'Misschien sturen de terroristen één of meerdere van hun eigen mensen naar buiten om het geld op te halen. De procedure is dan relatief hetzelfde, maar de krachtsverhouding en de posities zullen anders zijn. Dan zijn er drie-vier-vijf terroristen in de bus en één-twee-drie erbuiten. De terrorist die het autoportier opent, wordt onmiddellijk neergeschoten. Tegelijkertijd worden er schokgranaten in de bus gegooid, waar dan drie-vier-vijf terroristen zijn, dus een makkelijker aantal voor ons.'

'Alles hangt ervan af of onze mensen in de bagageruimte en de bestelauto de terroristen volledig kunnen verrassen', stelde Schjelderup vast.

'Uiteraard! Zoals bij elke politieactie hebben we een goede planning en geluk nodig om te slagen. Vragen?'

Op een dag kreeg Adelaar een opdracht die hem zowel geamuseerd als gekweld moet hebben, uiteindelijk verzoende hij zich met de ironie van het lot en erkende hij dat hij een kant had gekozen en dat alles wat we deden vroeg of laat consequenties heeft.

Je moet je oude vriend Wolf opsporen, zei een Russische generaal tegen hem.

Ik wil wedden dat Adelaar nog gezegd heeft dat hij geen idee had waar ik zat.

Zijn jullie geen oude vrienden, vroeg de generaal nog. Je zult hem wel vinden. Jij kunt weten waar hij zich verborgen houdt. Hij is gevaarlijk! Hij is een bloeddorstige terrorist die gestopt moet worden! Vind hem!

En dan? vroeg Adelaar misschien.

Dan, antwoordde de generaal, en iedere keer als ik aan deze scène denk, zie ik voor me hoe hij sluw en kwaadaardig lacht, zoals je in films ziet waarin schurken alleen maar slecht zijn en de helden alleen maar goed, dan moet je hem onschadelijk maken!

07.01 – 07.15

1

De bus, 07.01 uur

Het was al warm en drukkend op deze zomerse ochtend. Kristin genoot van het gevoel van het zachte briesje op haar gezicht. Wankelend liep ze achter Islam aan over het trottoir in de richting van de bus waarvan de voorste deur openstond. De chauffeur stond nerveus een sigaret te roken naast de deur.

Maar waar waren alle mensen? Waar was de politie? Het enige wat ze zag was een groep politiewagens.

Zonder een woord of zelfs een knikje tegen de chauffeur liep Islam direct de bus in. Roza duwde Kristin voor zich uit de treeplank op. Achter hen volgden Anette en Sjamil.

De bus had airconditioning en was koel. Héérlijk! Kristin zakte neer op een stoel, die zacht en comfortabel aanvoelde na al die uren op de harde bank van de tribune. Ze voelde hoe onvoorstelbaar moe en uitgeput ze was. Als dit allemaal voorbij is, dacht ze, neem ik een douche en ga ik honderd uur slapen.

Als ik niet doodga.

Ze keek uit het raam. Ze had gedacht dat er honderden politiemensen en belangstellenden zouden staan. Maar vanuit de bus zag ze helemaal niemand.

De glazen deur van het Kanal ABC-gebouw werd geopend. Ramzan Jevlojevs groep kwam de receptie uit gelopen. Kristin volgde ze met haar ogen. Ramzan liep snel over het trottoir, kort daarna gevolgd door de anderen. Bij de bus gaf de buschauffeur hem een mobiele telefoon die hij nauwkeurig bekeek. Toen hij gecontroleerd had of hij ermee kon bellen, stak hij hem in zijn zak en was hij met twee stappen in de bus. Achter hem volgde de minister van Buitenlandse Zaken, Bernt Bøe, die met een afwezige blik de bus in klom, alsof hij naar zijn werk ging en daar al met zijn gedachten zat. Na de minister volgden Edil, Aslan en Movzar.

De buschauffeur gooide zijn peuk weg, stapte in de bus en ging achter het stuur zitten.

Ramzan verdeelde de gijzelaars en de gijzelnemers over de bus. Hij wees waar Kristin moest gaan zitten: bij het raam, vier stoelen achter de chauffeur. Zelf ging hij naast haar zitten.

Ze gebruiken ons als schild, dacht ze, zodat de politie niet door het raam kan schieten.

Ze keek ongeduldig de bus rond. De andere gijzelaars zaten met vermoeide blikken in elkaar gedoken te wachten. Ramzan had de mobiele telefoon gepakt. In tegenstelling tot de gijzelaars leek hij klaarwakker. Terwijl hij sprak, keek hij op zijn horloge. Hij is iets van plan, dacht ze. Alles lijkt zo geordend, alsof iedere minuut gepland en berekend was.

De ochtendzon scheen op de smalle strook lichtgroen gras tussen de gevel en het trottoir. Het zou een warme zomerdag worden.

2

Russische ambassade, 07.05 uur

Het verbijsterende gevoel over het absurde feit dat hij gevangengehouden werd door FSB-agenten op de Russische ambassade in Oslo, ging langzaam over in woede. Gunnar Borg zat tandenknarsend op een houten stoel in het kale kantoor. De deur zat op slot. Hij was er zojuist voor de zoveelste keer heen gelopen en had aan de deurklink gerukt. Het raam keek uit op de achtertuin. Als hij jonger was geweest, vijftig ongeveer, dan had hij misschien uit het raam kunnen klauteren en naar beneden kunnen springen.

Hij was niet bang. Hij was woedend. En hij was gefrustreerd dat hij Kristin niet kon helpen of kon volgen wat er gebeurde in studio 2.

Hij liep naar de deur en bonkte er met zijn vuist tegen.
'Hallo!' riep hij.
Maar niemand gaf antwoord.

3

Gardermoen, 07.09 uur

In de ochtendstilte op Gardermoen lagen de politiemensen in hun schuilplaatsen rond de twee vliegtuigen. De scherpschutters van de Bijstandseenheid hadden vrij zicht. Een verrijdbare trap was naar de buitendeur van het Aeroflotvliegtuig gereden.

Ronny Lystad, een van de ervaren scherpschutters van Delta, lag op zijn buik op het dak van een van de transformatorhuisjes. Met het draadkruis in het midden van zijn vizier verkende hij de omgeving. In gedachten volgde hij een imaginaire gedaante de trap op, toen stelde hij zich voor dat hij zijn vinger om de trekker zou leggen. Hij had nog nooit iemand doodgeschoten. Maar hij twijfelde er niet aan dat hij het zou doen als het noodzakelijk was.

Via het oortje hoorde hij dat de gijzelnemers en de gijzelaars in de bus waren gestapt en klaar waren voor vertrek.

4

Hoofdredactie Kanal ABC, *07.10 uur*

'No problem!' De IT-medewerker was een man van midden twintig met een paardenstaart en een piercing in zijn tong. Politieagent Birger Hassel had zojuist gevraagd of het moeilijk was om Aslan Gairbekovs e-mail te hacken.

'Hacken is niet de juiste terminologie,' zei de IT-expert, 'maar het is geen probleem om erin te komen.'

'Hoe doen we dat?'

'Via een systeemwachtwoord aan de mailserver. We moeten de

administrator volledig toegang geven tot de database van de actuele gebruiker. Dan gebruiken we een gewone Outlook-klant en maken we een nieuw mailprofiel aan en autoriseren we ons als administrator. Daarmee kunnen we inloggen en berichten openen.'

'Ik heb daar helemaal niets van begrepen', bekende Hassel.

Met rappe vingers danste de IT-expert over het toetsenbord. Al snel tilde hij beide handen in de lucht, knipte met zijn vingers en zei: 'Binnen!'

'Waarin?'

'In de e-mail van Aslan Gairbekov of Ruslan Vlasov. Hij staat geregistreerd als ruslan-vikar@kanalabc.no. Ik herinner me dat hij dat zo wilde. Hij wilde niet zijn volledige naam in het e-mailadres hebben.'

'Kun je Verzonden items openen?'

'Hm. Leeg. Hij heeft alle mails die hij heeft verzonden verwijderd. Maar die kunnen ook nog hier staan.' Hij ging naar de map Verwijderde items. 'Helaas. Hier heeft hij ze ook verwijderd. Achterdochtige duivel. Dan moeten we naar de centrale server. Meer werk.'

Hassel zuchtte.

'Maar wacht. Zei je dat de e-mail pas over een week verzonden moest worden?'

'Inderdaad.'

'Dan moeten we kijken bij...' hij opende Postvak UIT. 'Voilà! Hier heb je een e-mail!' Hij klikte erop.

Hassel las over zijn schouder. 'Bingo!' riep hij uit. 'Kun je die even uitprinten?'

5

Lillestrøm, 07.10 uur

Politieagent Willy Skogen racete in een gewone Volkswagen Transporter met een politie-escorte Lillestrøm uit. De auto was wit en de raamloze bagageruimte had aan de zijkant een deur.

Skogen klemde zijn vingers om het stuur. Als lid van de Regionale Bijstandseenheid, die getraind was in het hanteren van gevaarlijke opdrachten, had hij deelgenomen aan vele spannende acties. Maar niets was hiermee te vergelijken. Samen met twee collega's van Delta uit Oslo moest hij zich achter in de bestelbus verstoppen en de Tsjetsjeense terroristen overrompelen.

Levensgevaarlijk... Lehmann van de Bijstandseenheid had hem gewaarschuwd. Maar niemand kon hem van deze actie afhouden. Hier zou nog jaren over gesproken worden!

De surveillancewagen voor hem dwong een tractor het trottoir op. Skogen moest hard remmen om de politieauto niet van achteren aan te rijden. *Concentreer je, Willy!*

Ze hadden twintig minuten. Hij moest de auto parkeren bij de plek aan de E6 waar Berglien en Austli van de Bijstandseenheid al waren. Dan zouden ze zich verstoppen in de bestelbus en afwachten.

6

Crisisteam van de minister-president, 07.11 uur

'De colonne staat klaar. Tot nu toe is alles goed gegaan', zei politiecommissaris Elsebeth Røed.

Premier Bjørn-Tore Viksveen stond bij het raam over de stad uit te kijken.

'De eerste aanval zal plaatsvinden bij Olavsgaard', ging de commissaris verder. 'Als die mislukt, dan staan er troepen bij zowel het Noorse vliegtuig als bij het Aeroflottoestel op Gardermoen.'

'Mislukt...' herhaalde de premier.

'We hopen er uiteraard het beste van.'

'Erichsen,' zei de premier, 'al nieuws van de Russen over Voronin?'

'Nu nemen ze niet eens meer de telefoon op. Ze zeiden dat hij verhinderd was. Ik weet niet wat ze daarmee bedoelen.'

'Ziek? Dronken?' mompelde de minister van Justitie.

'En de bewering van Gunnar Borg?' zei de premier.

'Hij is nog steeds niet terug.'

'Er zoeken twee surveillancewagens naar hem', zei de commissaris. 'Om 6.28 uur had Oslo Taxi een oproep voor de Russische ambassade, maar er is niemand gekomen.'

'Astrid Wahl maakt zich zorgen', zei Erichsen. 'Ze is bang dat hem iets is overkomen.'

De premier draaide zich om bij het raam en keek Erichsen en de commissaris wanhopig aan. 'Dus wat betekent dit allemaal?'

'Eerlijk gezegd weten we het niet', antwoordde de commissaris.

'Proberen ze ons voor de gek te houden?' vroeg Erichsen.

'Er klopt iets niet', zei de commissaris. 'Maar we weten niet wat.'

'En wat gaan we nu doen?' vroeg de premier.

'Alle beschikbare manschappen zijn hard aan het werk', zei de politiecommissaris. 'Onze beste mensen!'

'De ambassade in Moskou is aan de slag gegaan met het MID', zei de minister van Justitie.

'Dat gaat een eeuwigheid duren. De bureaucratie van het Kremlin is van een andere wereld. In het gunstigste geval horen we over een dag of twee iets van hen.'

De minister-president leunde op de vensterbank en schudde zijn hoofd.

7

Commandopost van de politie, 07.12 uur

Politieagent Birger Hassel kwam de commandopost binnengerend. 'Van Ruslan Vlasov! Of hoe hij ook heten mag!' riep hij en hij wapperde met de print. De e-mail was geschreven in foutloos Engels:

Van: Ruslan [ruslan-vikar@kanalabc.no]
Aan: Kristin Bye [kristin.bye@kanalabc.no]
cc: Astrid Wahl [astrid.wahl@kanalabc.no]
Onderwerp: Bericht van mij!!! Belangrijk!!!

Lieve Kristin,

Als jij dit leest, dan betekent dat dat ik dood ben. Ik schrijf dit op maandag 13 juni, maar de mail wordt pas na een week verzonden. Misschien denk je dat je een mail van een spook ontvangt? ☺

Ik schrijf dit terwijl ik een paar etages boven je zit, boven studio 2, voor jouw kamer, en ik kijk naar de televisie en zie dat je gevangengenomen bent door mensen die zich uitgeven voor Tsjetsjeense terroristen. Maar zij zijn geen vrijheidsstrijders. Het zijn gewone schurken. Ik ken de leider. Hij noemt zich Ramzan Jevlojev. Dat was zijn naam niet toen ik hem kende. Ooit waren wij vrienden. Ik noemde hem Adelaar. Hij noemde mij Wolf.

Hij is een verrader. Iemand die zijn land verraden heeft. Hij zegt dat hij voor de Tsjetsjeense zaak vecht, maar dat is een leugen. Hij is geen vrijheidsstrijder. Hij is een premiejager. Iemand die moordt voor geld, voor macht, iemand die alles en iedereen offert voor zijn eigen zaak.

Hij heeft altijd gevochten voor zijn eigen zaak, en die van Rusland.

In 1991 heeft hij Tsjetsjenië verlaten om opgeleid te worden tot Russisch militair. Hij is als handlanger van de overheerser teruggekomen.

Nu staat hij onder invloed van de machtigste oligarchen in Moskou. Weet je wat een oligarch is, Kristin? Een oligarch is iemand die rijk is geworden toen de staatsindustrie van de Sovjet-Unie geprivatiseerd werd. De oligarchen hebben miljarden verdiend aan de overgang naar het kapitalisme. Maar ze hebben nooit genoeg.

Een van de redenen dat ik naar Noorwegen gevlucht ben, was – zoals ik je al eens verteld heb – dat ik moest vluchten voor mijn 'vriend', de verrader. De verrader die zich nu Ramzan Jevlojev noemt. Maar er is nog een reden, die ik slechts terloops tegenover jou heb aangestipt: ik heb namelijk een generaal vermoord die nauwe banden had met Ramzan. En van hem heb ik documenten, papieren met namenlijsten, inlichtingen, rekeningen, bankafschriften, rekeningnummers, wachtwoorden, codes meegenomen.

Als er iets met mij gebeurt, dan zul je het veel beter begrijpen als je de kopieën van de documenten vindt. Herinner je je die map die ik in de safe van Astrid Wahl mocht deponeren? Daarin zitten de originelen. Misschien word ik gedwongen ze af te geven aan de terroristen om jullie te redden. Maar ik heb kopieën gemaakt. En bij de kopieën vind je een uitleg zodat je de documenten kunt begrijpen. Ik begrijp ook een heleboel niet. Maar ik heb genoeg begrepen om in te zien dat elk vel papier op zich explosief materiaal is.
Om de documenten te vinden moet je naar het Noorse dorpje gaan waar ik heb gewoond. Op het dorpskerkhof moet je een graf opzoeken. De voornaam is dezelfde als de naam van je vriendin met wie je bij *Aftenposten* hebt gewerkt. De eerste twee letters van de achternaam zijn dezelfde als van de man die je, zoals je me eens toevertrouwde, als je beste vriend ziet. De laatste drie letters zijn dezelfde als de laatste drie letters in de naam van je tante met een kat. Herinner je je dat, Kristin? Begrijp je?

Eén meter van de grafsteen, en veertig centimeter de grond in, vind je een doos. In de doos zul je de fotokopieen vinden van de documenten waar de terroristen op uit zijn.

De documenten vertellen welke oligarchen betrokken zijn bij het complot. De namen van de topmensen bij het ministerie van Buitenlandse Zaken, bij het MID, en in de Russische krijgsmacht. Vooraanstaande generaals in het leger en bij de luchtmacht. Machtige leiders binnen de FSB. Politici. En hun Tsjetsjeense vrienden, de verraders.

Deze mensen hebben overal hun verraderlijke tentakels. De documenten vertellen hoe dit verbond Tsjetsjenië bestolen heeft van zijn oliebronnen die miljarden dollars waard zijn en bevatten bovendien lijsten met namen van lagere ambtenaren die steekpenningen hebben ontvangen. De Britten hadden al in 1823 olie in de Tsjetsjeense bodem ontdekt en het land was een van de belangrijkste leveranciers voor de olie-industrie van de Sovjet-Unie. Er zijn mensen die beweren dat het leger oorlog bleef voeren zodat de generaals door konden gaan met hun lucratieve oliehandel.

Het enige wat ontbreekt is informatie over waar het geld is heen gegaan. Een gedeelte van de documenten bevat informatie die ik niet begrijp. Het lijkt erop dat het verwijzingen zijn naar een stel bankrekeningen bij Barclays Bank International, Client International op Isle of Man, Jersey en Guernsey, Schweizerische Nationalbank, Bank of Bermuda en banken op de Bahama's, in Monaco en Liechtenstein, Andorra, Barbados. Maar verder kom ik niet; ik heb het idee dat er documenten ontbreken, waardoor ik geen totaalbeeld kan krijgen van deze schaduweconomie.

De man die zich Ramzan noemt is hierheen gekomen om de moord op zijn familie te wreken. Maar dat heeft hij niet als opdracht meegekregen. De mannen die hem gestuurd hebben willen hun documenten terug hebben. Ze willen me dwingen te zeggen waar de documenten zijn. Of ze zullen me vermoorden en dan hopen ze dat de documenten – die op zichzelf betekenisloze lijsten en getallen zijn die een niet-ingewijde nooit zou kunnen begrijpen – niet gevonden worden door iemand die weet hoe hij ze moet lezen.

In de doos heb ik ook een uitleg verstopt hoe de lijsten en overzichten volgens mij geïnterpreteerd dienen te worden.

Ik hoop dat je dit nooit leest.

Als je het doet: bedankt dat ik je vriend mocht zijn. Bedankt voor het luisteren. Bedankt voor het feit dat het je interesseerde.

Nu ga ik naar beneden naar de receptie en zal ik de politie vertellen wie deze schurken werkelijk zijn. En dan zal ik me bij jullie in studio 2 aansluiten en hoop ik dat de andere gijzelaars dan mogen vertrekken.

Leve een vrij Tsjetsjenië!

Je vriend,
Aslan 'Ruslan' Gairbekov

'En toen hebben wij hem opgepakt!' zei Schjelderup zachtjes. 'Terwijl hij kwam uitleggen wie die terroristen eigenlijk zijn.'

'Ze gaan nooit van hun leven naar een Arabisch land', zei Fjell. 'Dat is allemaal onderdeel van hetzelfde spelletje blufpoker. Het enige wat ze willen is weg van hier.'

'Naar een plek waar ze kunnen genieten van die miljarden... De beloning van de oligarchen.'

'Een alternatieve vluchtroute.'

'Daarom die twee vliegtuigen.'

'Ze laten ons in de waan dat ze met het Noorse vliegtuig vertrekken. Ze weten dat we onze mensen rond het Noorse toestel hebben opgesteld. Terwijl het Aeroflotvliegtuig ze naar een heel andere plaats zal brengen.'

'Daarom vinden ze het zo belangrijk dat het geld in het Noorse vliegtuig ligt. Zodat wij denken dat ze daarnaartoe op weg zijn.'

8

De bus, 07.13 uur

De buschauffeur keek op zijn horloge en startte de motor.

Hoewel ze nog steeds bang was, was Kristin zo uitgeput dat ze door het regelmatige motorgeronk duizelig werd.

Ik sukkel zo in slaap, dacht ze. Maar dat hinderde niet. Dan merk ik niet dat ik doodga.

Ze leunde met haar hoofd tegen het raam. Op de hoek, aan de overkant van de straat, zag ze een politieman naar haar kijken. Haar ogen zakten dicht.

Probeer niets uit te halen, dacht ze. Ik wil slapen.

9

In de lucht, ergens boven Østlandet, 07.14 uur

De elegante Gulfstream was een ongewoon mooi vliegtuig, zevenentwintig meter lang en met een vleugelwijdte van bijna vierentwintig meter. De twee Rolls Royce-motoren ronkten gelijkmatig.

Het vliegtuig was vijfenveertig minuten geleden opgestegen

van vliegveld Arlanda bij Stockholm. Hoog boven het beboste landschap van Oost-Noorwegen zette de piloot koers naar Oslo, een paar graden naar het noorden. Zonder een woord of een blik te wisselen negeerden de twee piloten de oproepen van de Noorse luchtverkeersleiding die hen vroeg de koers te veranderen van Gardermoen naar Torp.

Het toestel trok een smalle condensstreep achter zich aan door de lichtblauwe ochtendhemel.

10

Commandopost van de politie, 07.14 uur

'Tijd voor vertrek', zei Thomas Fjell.

Aksel Schjelderup bromde instemmend terwijl hij door een kaartenmap bladerde.

'Waar ben je naar op zoek?'

'Naar iets wat erop duiden kan dat er nog ergens een addertje onder het gras zit op weg naar Gardermoen. Waarom willen ze onderweg stoppen om het geld op te pikken?'

'Mooie route, toch? Allemaal snelweg! Ben je bang dat ze iets van plan zijn onderweg?'

Schjelderup grijnsde op een manier die duidelijk aangaf wat hij van de hele situatie vond. 'Ze zijn een beetje te zelfverzekerd. Alsof ze weten dat het halve Russische leger op een parkeerplaats langs de weg staat om ze uit deze rotzooi te halen.'

'Ik ben het met je eens, ze lijken een beetje te goed van vertrouwen. Ze moeten toch ook begrijpen dat we ze bij Olavsgaard of op Gardermoen opwachten. Denken ze echt dat we het Aeroflottoestel niet ontdekken?'

Schjelderup nam hem nadenkend op. 'Alsof ze wíllen dat we denken dat we ze te slim af zijn.'

'Omdat zij ons uiteindelijk te slim af zijn?'

Schjelderup bladerde geconcentreerd door de kaartenmap. 'Waar zou jij een eenheid langs de E6 positioneren als je iemand uit een bus wilde bevrijden die in een politiecolonne rijdt?'

'Bij Olavsgaard?' lachte Fjell. 'Daar is het in elk geval open genoeg.'

'Maar hoe?'

'Een grote helikopter?' stelde Fjell voor. 'Die op de weg landt en ze eruit haalt?'

'Dat wordt ontdekt op de radar...' Hij zweeg ineens.

'Aksel?'

'Verdomme, verdomme, verdomme!'

'Wat is er?'

'Kjeller!' barstte hij los. 'Het vliegveld Kjeller!' Hij begon woest te bladeren. 'Verdomme!' Schjelderup smeet de kaartenmap voor Fjell op het bureau. 'E6!' Hij prikte met zijn wijsvinger op de kaart. 'De afrit bij Olavsgaard! Het is daarvandaan maar vijf minuten naar Kjeller!'

'Is Kjeller niet een heel klein vliegveldje?'

'Meer dan genoeg voor een *touch-and-go pick up!*'

Fjell deed zijn ogen dicht. 'Sodemieter! Dat verklaart waarom ze zo zelfverzekerd zijn. Ze weten dat we niet op Kjeller zitten. Ze weten dat wij denken dat zij naar Gardermoen gaan. Ze weten bovendien dat wij denken dat we ontdekt hebben dat zij ons voor de gek houden!'

'Daarom pikken ze daar het geld op, vlak voor ze de snelweg verlaten. Het miljoen in het vliegtuig op Gardermoen ligt daar omdat wij moeten denken dat ze daarheen gaan.'

'Het is kwart over', zei Thomas Fjell.

II

In de lucht, ergens boven Østlandet, 07.15 uur

De twee F16-jagers waren met een oorverdovend lawaai opgestegen.

Het squadron was uit voorzorg in paraatheid gebracht toen er onduidelijkheid ontstond rond de Gulfstream van Arlanda. Een paar minuten geleden waren de F16's opgestegen. Na de terroristische aanslag op het World Trade Center was het standaardprocedure geworden dat alle vliegtuigen die niet antwoordden op oproepen, opgewacht werden door Noorse militaire vliegtuigen.

Toen de twee F16's hun kruishoogte bereikten maakten ze met brullende jetmotoren een scherpe bocht in noordwestelijke richting. De piloten zetten koers naar de Gulfstream. De hemel was hoog en blauw.

12

Gardermoen, 07.15 uur

'Børre Henrichsen? Met Bjørnar Lehmann!'

Henrichsen klemde zijn vingers stevig rond de mobiele telefoon. De stem van de commandant van de Bijstandseenheid was helder en duidelijk.

'Met Henrichsen!' antwoordde hij en hij vroeg zich af waarom hij met zijn mobieltje belde en niet de radiofrequentie van Delta op de politieradio gebruikte.

'Belangrijke spoedopdracht! We hebben een theorie, en ik onderstreep dat het om een theorie gaat, dat de terroristen niet naar Gardermoen gaan, maar naar vliegveld Kjeller, ik herhaal vliegveld Kjeller.'

'Wel verdomme.'

'Jij neemt Ronny Lystad mee en rijdt als de bliksem naar het zuiden. De bus kan ieder moment hiervandaan vertrekken. Jij moet over twintig minuten bij Olavsgaard zijn. Je moet het viaduct bij de E6 over zijn! Onze eerste aanval op de bus zal bij Olavsgaard zijn. Maar als wij niet slagen en de bus op Kjeller aankomt, moeten jij en Ronny jullie zodanig opstellen dat jullie niet te zien zijn! Ze moeten niet in de gaten krijgen dat we van hun plannen op de hoogte zijn. We zijn afhankelijk van het verrassingselement!'

'Alleen Ronny en ik?'

'We zien geen kans om iedereen in zo'n korte tijd te hergroeperen. En dit is nog steeds een theorie. Dan is het beter een kleine en effectieve eenheid te hebben dan een volledige eenheid. Dus! Rijden jullie!'

13

Voor het Kanal ABC*-gebouw, 07.15 uur*

Aksel Schjelderup en Thomas Fjell renden naar de commandowagen, die nog steeds midden op straat stond waar Schjelderup hem geparkeerd had toen hij hier negen uur geleden was gearriveerd.

Schjelderup greep de microfoon op het dashboard. 'Nul-één, dit is U-nul-vijf, *come in.*'

'Hier nul-één.'

'Schjelderup en Fjell zitten in de auto, herhaal Schjelderup en Fjell zijn op hun plaats in U-nul-vijf, en volgen de colonne.'

'Nul-één, ontvangen.'

'U-nul-vijf aan OpStaf, *come in* op kanaal 4.'

'Hier OpStaf.'

'Alle communicatie met betrekking tot de vorige melding verloopt via de mobiele telefoon. Alleen gewone operationele meldingen via de radio.'

'Begrepen.'

Met zijn mobiel belde Schjelderup de operationele staf en hij werd door de telefonist doorgeschakeld naar de adjunct-commissaris.

'Kunnen jullie al het binnenkomende vliegverkeer boven het oostelijke gebied controleren?' zei Schjelderup. 'En al het ongewone vliegverkeer.'

'We zijn daar al mee bezig. De luchtverkeersleiding meldt het zodra men iets heeft. Ik bel direct.'

'Begrepen. Ik bel zelf met Kjeller.'

Adelaar begon een offensief dat zijn weerga niet kende. Met behulp van infiltranten en verraders, verkenningsvluchten vanuit de lucht en militaire tactiek slaagde hij er langzaam in ons te omsingelen. Hoewel ik zijn nabijheid altijd kon voelen, heb ik nooit geweten hoe genadeloos hij achter mijn voetstappen aan jaagde.

Onder leiding van Adelaar vonden de Russen onze schuilplaats. Het lot wilde dat ze aanvielen toen ik met twee van mijn commandanten een verkenningstocht uitvoerde, een dagtocht van onze schuilplaats vandaan.

Toen we terugkwamen lagen de Russen in een hinderlaag. Maar het bleven Russen. Schreeuwen, roken, zuipen.

We vielen een viermanspost aan en sneden zonder geluid te maken bij drie van hen de keel door. De vierde man gaf ons alle informatie die we nodig hadden.

Ons hele bergleger was uitgeroeid. De meesten waren tijdens de gevechten gesneuveld, de anderen waren gevangengenomen en naar een ziekenhuis of een gevangenis gebracht.

Zjenja had dapper gevochten. Adelaar was al snel geïnteresseerd in haar geweest. Toen hij had begrepen wat ze voor mij betekende, had hij haar meegesleurd naar een van de militaire wagens en daar had hij haar verkracht voordat hij haar had doodgemarteld.

Ze had niets verraden.

Zjenja…

We doodden de soldaat en trokken ons terug, de bergen in, de nacht in.

07.15 – 07.18

1

De bus, 07.15 uur

De bus begon met een ruk te rijden, waardoor Kristin wakker schrok uit haar sluimering. Ze richtte zich op, klaarwakker en met dat gevoel van lichte paniek dat je altijd had als je plotseling wakker schoot. Ze keek op haar horloge. Kwart over zeven. Ze had het gevoel dat ze een uur had geslapen, maar realiseerde zich dat ze maar heel even weg was geweest.

Ramzan Jevlojev hield haar met zijn pistool onder schot. Hij keek haar niet aan, hoewel hij ongetwijfeld doorhad dat ze naar hem keek. Zijn ogen gingen waakzaam over het trottoir en de straat.

De chauffeur sloeg links af, verliet het plein voor het gebouw van Kanal ABC en draaide de straat in. Het eerste deel van de colonne met politiemotoren en surveillancewagens begon te rijden zodat de bus kon invoegen op de juiste plek. Nog meer surveillancewagens gingen achter de bus rijden.

Verderop waren politiemensen druk bezig het afzetlint en de oranje pionnen die op straat waren gezet te verwijderen.

De blauwe zwaailichten glommen en blonken. Als een gigantische, elektrische slang kronkelde de colonne zich door de straat en sloeg rechts af in de richting van de E6.

2

Crisisteam van de minister-president, 07.15 uur

'Oligarchen?' vroeg de minister van Justitie aarzelend.

'Russische zakenlui die schatrijk zijn geworden door de overgang van het communisme naar het kapitalisme', legde de premier uit. 'Ze maken gebruik van allerlei maatschappelijke processen en hebben, door corruptie en oude contacten, een zekere controle over het centrale Russische gezag. Velen beschouwen hen als een tussenvorm tussen westelijke grootkapitalisten en oud-communistische staatsimperialisten. Een fantastische mix tussen Donald Trump en Stalin.'

'En zij zitten achter deze actie?'

'Sommigen van hen. Als Aslan Gairbekov gelijk heeft.'

De premier knikte naar de politiecommissaris, die de e-mail had die zojuist door Schjelderup was gefaxt.

'Volgens Aslan Gairbekov heeft een stel oligarchen zich aangesloten bij Russische generaals in Tsjetsjenië om de oliebronnen in het land onder controle te krijgen', zei ze. 'We hebben het over enorme sommen geld. Aslan Gairbekov beweert dat hij de beschikking heeft over een lijst met namen en rekeningen die kan aantonen dat de generaals, de politici en de corrupte overheidsambtenaren connecties hebben met de oligarchen.'

'Met andere woorden: politiek dynamiet!' zei de premier.

3

Voor het Kanal ABC-gebouw, 07.15 uur

Honderden nieuwsgierigen hadden zich in de loop van de nacht in de straten rond het ABC-gebouw verzameld om zo dicht mogelijk bij het drama te zijn. Velen hadden een radio of een zaktelevisie in hun handen.

Toen de lange colonne kwam aangereden, verstomde het gemompel in het publiek.

Aandachtig stonden ze naar de bus en de stoet surveillance-auto's te kijken. Velen hielden hun handen gevouwen alsof het een begrafenisstoet was die passeerde.

Acht politiemotoren reden voor de colonne uit. Naast de acht Tango-motoren werd de colonne gevolgd door vier Bravo-, Foxtrot- en Mike-surveillancewagens, twee Delta-surveillancewagens, twee Victor-wagens, drie gewone Sierra- en Charlie-surveillancewagens, een Oscar-surveillance, de commandoauto van de operationeel commandant, tien ambulances, en vier brandweerwagens.

Sommige mensen zwaaiden bemoedigend naar de gijzelaars.

Op het moment dat de bus voorbijreed gingen de meesten op hun tenen staan in een poging een glimp op te vangen van de gijzelaars en de terroristen. Van een afstand leek het op een golfbeweging in de mensenzee.

4

Russische ambassade, 07.15 uur

Ambassadeur Igor Voronin stond op toen de deur van het slot werd gedraaid. Op Sky News hadden ze zojuist gemeld dat het ernaar uitzag dat er een einde kwam aan het gijzelingsdrama. De eerste secretaris kwam binnen met een schaapachtige, onzekere blik.

'Meneer de ambassadeur...'

'U moet weten', bulderde ambassadeur Voronin, 'dat dit gerapporteerd zal worden en consequenties zal hebben voor iedereen die hierbij betrokken was!'

'Meneer de ambassadeur...'

'De ambassadeur huisarrest geven is hetzelfde als...'

'Meneer de ambassadeur!'

'Ja!'

'Ik moet u melden dat de chef inlichtingendienst Jaroff en de chef veiligheidsdienst Valeriy de ambassade hebben verlaten.' Hij kuchte. 'In grote haast moet ik eraan toevoegen.'

'Wat bedoelt u? De ambassade verlaten?'

'Ze hebben telefoon gekregen. En toen zijn ze de deur uit gelopen.' Hij liet zijn stem zakken. 'Ambassadeur, ik moet u op de hoogte stellen van het feit dat ik Jaroff ervan verdenk contact te hebben met de Tsjetsjenen in studio 2. Ik begreep het verband niet direct, maar nu snap ik dat brokstukken van gesprekken die ik gehoord heb, heel goed met een van de terroristen gevoerd kunnen zijn. Aangezien Jaroff en Valeriy weg zijn, ga ik ervan uit, meneer de ambassadeur, dat u weer Ruslands rechtmatige representant bent.'

'Wat ik de hele tijd al was', bromde Voronin.

'Uiteraard. Ambassadeur, ik moet bekennen dat ik een uitdrukkelijk bevel negeer.'

'Bevel?'

'Jaroff en Valeriy hebben mij geïnstrueerd u en de Noor tot tien uur binnen te houden. Uit respect voor u, meneer de ambassadeur, heb ik ervoor gekozen het bevel naast me neer te leggen.'

Igor Voronin zweeg. Zijn blik werd milder. 'Hartelijk dank, eerste secretaris. Waar is Gunnar Borg?'

De eerste secretaris leidde hem door een gang en draaide een deur van een kantoor van het slot. Gunnar zat op een stoel en keek Voronin verward aan. 'Igor? Wat is er aan de hand?'

'Kom!' Ambassadeur Voronin trok Gunnar met zich mee de trap op naar zijn kantoor. Buiten adem ging hij achter zijn bureau zitten en toetste het nummer van het MID in.

Hij had verwacht dat Ismael zou opnemen. Maar het was Pjotr Jeremejev, zijn oude contactpersoon.

'Pjotr? Ben je weer terug? Waar is Ismael?'

'Wie?'

'Ismael? Degene met wie ik de hele nacht gesproken heb?'

Pjotr snoof. 'Ismael! Noemde hij zich zó? Nou, hij is ervandoor. Vraag me niet wat er gebeurd is. De hel is hier losgebarsten.

Meerdere personen, en niet zo heel erg onbelangrijke personen moet ik zeggen, hebben het departement op onreglementaire wijze verlaten.'

'Onreglementair?'

'Daar heb ik niets mee te maken, ambassadeur Voronin. Er zal een onderzoek plaatsvinden. Daar ben ik van overtuigd. Ze hebben documenten en verslagen meegenomen. Vraag me niet waarom.'

Voronin zweeg in alle talen.

'Ambassadeur?'

'Pjotr, is de directeur-generaal gewaarschuwd?'

'Dat weet ik niet. Daar heb ik niets mee te maken.'

'Verbind me onmiddellijk door met de directeur-generaal.'

'Ik weet niet eens of hij aanwezig is.'

'Het kan me niet schelen of je hem in zijn datsja moet storen terwijl hij samen is met zijn minnares! Zoek de directeur-generaal direct op en bel me op mijn mobieltje zodra je hem aan de lijn hebt!'

Hij smeet de hoorn er bijna op en trok Gunnar met zich mee.

'Waar gaan we heen?' riep Gunnar.

'Ik zal het je in de auto uitleggen!'

5

Bagageruimte van de bus, 07.16 uur

De politiemannen Leif Grønaasen, Oscar Haug en Kåre Viken van de Deltatroepen politie Oslo lagen al drie kwartier onder een dekzeil in de bagageruimte van de bus. Hoewel de donkere ruimte geventileerd werd, was de lucht klam en zuurstofarm. Een puur claustrofobische reflex, wist Leif Grønaasen.

'T1 aan T7! Geluidscheck!' klonk een stem in het oortje.

'Hier T7!' fluisterde Grønaasen.

De bus hobbelde en stuiterde over de weg. De politiemannen waren blij geweest dat de bus eindelijk begon te rijden. Ze waren bang geweest dat de terroristen de bagageruimte zouden controleren. Hoewel ze onder een dekzeil lagen, zouden ze makkelijk ontdekt kunnen worden. In dat geval zou de aanval daar plaatsvinden: ze lagen met hun wapens in de aanslag en de collega's buiten de bus stonden paraat. Maar de terroristen waren gelukkig direct de bus in gegaan en daarmee waren ze weer terug bij het hoofdplan: aanvallen tijdens het geld ophalen bij Olavsgaard.

Vanuit de bagageruimte hadden ze via drie luiken toegang tot de passagiersruimte. Het zou ze nooit lukken om via de luiken ongemerkt de bus in te komen, maar als ze deze openden, konden ze *flashbangs* naar binnen gooien. In de seconden van verlammende schrik die ontstond na een schokgranaataanval, konden ze via de luiken in de bus komen terwijl tegelijkertijd collega's buiten de terroristen in de bus beschoten.

Ontegenzeggelijk risicovol, maar in het gunstigste geval zou geen van de gijzelaars gedood worden omdat de terroristen verlamd van schrik waren en omdat al hun eventuele aandacht gericht zou zijn op de aanvallers in en buiten de bus. De eerste reflex van een gijzelnemer is niet het doden van een gijzelaar, maar het verdedigen tegen de aanvaller.

Leif Grønaasen keek op zijn verlichte horloge. Zestien minuten over zeven. Dat betekende dat het ongeveer nog een kwartier duurde voor ze aankwamen.

6

De commandowagen, 07.16 uur

Uit de commandowagen belde operationeel commandant Aksel Schjelderup naar de verkeerstoren op vliegveld Kjeller. Er werd niet opgenomen.

'Het vliegveld is zeker niet dag en nacht open. Het is een klein vliegveld. Ze gaan vast niet voor een uur of negen open', zei Fjell.

Schjelderup toetste het nummer van de telefooncentrale in en gaf de opdracht het privé-nummer van de baas van het vliegveld op te zoeken. De telefoon ging een paar keer over voordat een slaapdronken stem antwoordde. Schjelderup stelde zich voor en legde uit dat hij belde in verband met het gijzelingsdrama. Hij kon bijna horen dat de baas van het vliegveld klaarwakker schrok.

'Is er de laatste dagen of uren sprake geweest van ongewone activiteit op Kjeller?' vroeg Schjelderup.

'Niet dat ik weet.'

'Staat er geen Russisch vliegtuig op Kjeller? Of een toestel waarvan u niet precies weet wie de eigenaar is?'

'Nee.'

'Hoe groot mogen de toestellen zijn om op Kjeller te landen?'

'Grotere vliegtuigen moeten naar Gardermoen, zowel om veiligheidsredenen als uit praktische overwegingen. Volgens de voorschriften dienen er brandweer en een rampenteam aanwezig te zijn als men vliegtuigen ontvangt die negen stoelen of meer hebben. We beschikken wel over zo'n dienst, maar slechts voor enkele uren per dag. Bovendien hebben we geen apparatuur voor instrumentele besturing.'

'Zou een privé-jet kunnen landen en opstijgen van Kjeller?'

'We hebben een landingsbaan van 1357 keer 30 meter, dus wat dat betreft kan het. We zijn een code C-vliegveld, wat betekent dat we vliegtuigen kunnen ontvangen met een vleugelwijdte tot zesendertig meter. Maar Kjeller is een PPR-vliegveld dat...'

'Een wat?'

'PPR. *Prior Permission Required.* Men moet dus vooraf toestemming vragen.'

'Hoe dient men dat te doen?'

'Gewoon bellen. Naar mij bijvoorbeeld.'

'Hoe zit het met de toren?'

'Die is van acht uur 's morgens tot vier uur 's middags bemand. En dan hebben we natuurlijk nog het inklaren. We moeten douanebeambten van Gardermoen laten komen als er goederen worden aangegeven.'

'Vergeet alle regels en formaliteiten. Als iemand met een kleinere jet over een kwartier wil landen op Kjeller, is dat technisch en praktisch mogelijk?'

De baas van het vliegveld aarzelde. 'Zonder toestemming? Zonder dat de toren bemand is? Dat is in strijd met absoluut alles wat er aan regels en procedures bestaat!'

'Maar is het mógelijk?'

'Natuurlijk is het mogelijk! Je hoeft alleen maar het toestel op de landingsbaan te zetten!'

7

De surveillancewagen, 07.17 uur

Børre Henrichsen deed de sirene en het zwaailicht aan toen hij wegstoof van vliegveld Gardermoen. De banden piepten op het asfalt. 'Wauw', zei Ronny Lystad die met een ingepakt scherpschuttersgeweer tussen zijn knieën zat. Børre stuurde de surveillancewagen de lange bocht in en schakelde.

'Hoeveel tijd hebben we nodig om in Olavsgaard te komen?' vroeg Ronny Lystad.

'We hebben nog vijftien minuten. Ik weet eigenlijk niet hoeveel tijd we nodig hebben. Ik geloof dat de vliegtuigbus er zo'n dertig minuten over doet.'

'Dan moet het lukken.'

Ze passeerden een trailer die al snel een stip in de achteruitkijkspiegel werd. Børre Henrichsen keek op de snelheidsmeter. Honderdtachtig kilometer per uur. Hij nam iets gas terug.

8

De bus, 07.17 uur

Met een ongeïnteresseerde blik observeerde Aslan Gairbekov de toeschouwers langs de weg.

Misschien heb ik nog maar minder dan een uur te leven, dacht hij. In het gunstigste geval een hele dag.

Was hij ergens trots op? Was Tsjetsjenië dichter bij zijn onafhankelijkheid gekomen sinds hij zijn eerste moord had gepleegd? Hadden die speldenprikacties van het volksleger eigenlijk enig effect gehad op de Russische bezetting? Hij betwijfelde het. De tegenstand maakte de Russen alleen maar koppiger, ruwer, en nog verbetener om de natie en haar onderdanen te onderdrukken en ze van hun waarden te beroven.

Wat had hem gedreven? Een heilige toorn, een verwrongen rechtvaardigheidsgevoel dat hem zei dat alles wat hij deed juist was omdat het het doel diende. Iemand van het leven beroven was een betreurenswaardig maar noodzakelijk middel in de strijd. Het verspreiden van angst was slechts één van de doelen van de acties. Net zo belangrijk was het de Russische overheid te laten zien welke macht zij representeerden, hoe ver zij bereid waren te gaan; dat zij een vijand waren die nooit, nooit zou opgeven.

Maar toch. Nu, duizenden kilometers van huis, leek alles zo zinloos. Het leek een gekte waar je pas jaren later de ernst van inzag. Als een schizofreen die zich zijn innerlijke demonen kon herinneren wanneer de waanzin verdwenen was.

Door de tranen zag hij het niet meer scherp. Had hij spijt? Hij kon het uitleggen, hij kon zich verdedigen. Maar als de doden een voor een voorbij paradeerden, dan groeide de spijt in hem.

Werd zijn ziel donkerder…

9

Langs de E6, 07.17 uur

Omdat de politiekorpsen van Oslo en Akershus in hoogste staat van paraatheid waren vanwege het gijzelingsdrama, had OpStaf in de loop van een paar minuten de grootste kruispunten van de E6 in noordelijke richting afgezet.

Een van de surveillancewagens van het politiedistrict Romerike meldde dat de eerste nieuwsgierige toeschouwers al langs de E6 stonden te wachten op de voorbijrijdende colonne. Sommige mensen zaten in hun auto, andere hadden zelfs campingstoeltjes en tafeltjes meegenomen. Veel te veel mensen om in zo'n korte tijd weg te krijgen, meldde de surveillancewagen.

10

De commandowagen, 07.18 uur

Ze waren nog niet op de E6 of de mobiel ging over.

'U-nul-vijf', antwoordde Schjelderup gewoontegetrouw en hij realiseerde zich toen dat het zijn mobieltje was en niet de politieradio waarin hij sprak. 'Ik bedoel: met Schjelderup!'

Het was de adjunct-commissaris: 'De luchtverkeersleiding in Røyken maakt melding van een abnormale vliegbeweging. Het gaat om een toestel dat van Arlanda komt, een Gulfstream. Defensie is in de lucht met twee F16's omdat ze niet gereageerd hebben op oproepen.'

'Wie is de eigenaar van het vliegtuig of maakt er gebruik van?'

'Daar zijn we mee bezig. Arlanda en de politie Stockholm kunnen daar op het moment geen antwoord op geven.'

'Vermoedelijke aankomsttijd?'

'Even kijken... Om halfacht op Gardermoen.'

'Moest het vliegtuig niet uitwijken naar een ander vliegveld?'

'Jazeker, het toestel heeft te horen gekregen dat het moet uitwijken naar Torp. Dat maakt het ook zo vreemd: er wordt niet gereageerd op oproepen van de luchtverkeersleiding.'

'That's our baby!' riep Schjelderup uit.

'Pardon?' zei de adjunct-commissaris.

'U-nul-vijf verlaat de colonne en rijdt onmiddellijk naar Kjeller!'

'Wat ga je doen?'

'U-nul-vijf, over en uit!'

Schjelderup verliet de colonne, reed door een smal zijstraatje en sloeg daar op het eerste kruispunt links af. Hij reed zo hard dat Fjell zich vast moest houden aan de handgreep boven het raam.

Ze reden enkele blokken parallel aan de colonne in de straat naast hen, maar omdat Schjelderup veel sneller reed, kwam hij een paar honderd meter voor de colonne de snelweg weer op. Hij deed zijn sirene aan en racete in de richting van de E6.

11

In de lucht, ergens boven Østlandet, 07.18 uur

De piloot van de voorste F16 rapporteerde aan de toren dat hij om 07.18 uur visueel contact had met de Gulfstream.

De twee F16-jagers gingen een paar honderd meter achter de Gulfstream hangen, voordat ze ieder aan een kant het toestel passeerden in een poging contact te krijgen met de piloten.

Volgens de piloot in de F16 gebaarden de piloten, door het omhooghouden en wijzen naar de microfoon, dat er iets aan de hand kon zijn met hun communicatieapparatuur. Hij vroeg om instructie terwijl ze de Gulfstream in noordelijke richting naar Gardermoen bleven volgen.

07.19 – 07.30

1

Limousine van de ambassade, 07.19 uur

'Niet zo hárd, Igor! Waar gaan we heen?' vroeg Gunnar Borg.

'Naar het vliegveld!'

Ambassadeur Igor Voronin zat achter het stuur van de zwarte, grote limousine van de ambassade die met een vaart van honderd kilometer per uur over de Christian Michelsens gate denderde. Hij leunde op de claxon en manoeuvreerde de auto door de beginnende ochtendspits. Gunnar klampte zich met zijn linkerhand vast aan zijn gordel en met zijn rechter aan de handgreep in de deur.

'De kwestie is als volgt,' zei Voronin kalm, alsof hij in een Chesterfieldstoel zat in een Britse herenclub terwijl hij een sigaar rookte en converseerde, 'mijn dochter rommelt met een verrekte schurk.'

Gunnar had zin hem te vragen zich te concentreren op het rijden.

'Ze hebben elkaar in Moskou ontmoet.'

'Langzámer, Igor!'

Hij drukte de limousine tussen een Fiat en een Ford in, remde voor het rode licht en gaf weer gas. Automobilisten toeterden geïrriteerd om dit woeste rijgedrag.

'Pás op! Wat gebeurde er met je dochter?' vroeg Gunnar. 'Voorzíchtig! En hoe zit het met jouw relatie met die getrouwde diplomate over wie je me verteld hebt? Vráchtauto!'

Voronin stuurde langs een truck en kon met een noodgreep nog net een fietser ontwijken.

'Herinner je je die zogenaamde diplomatenmoord in 1980 nog?' vroeg hij.

'Uiteraard. Let óp! Een Noorse medewerkster van BZ werd vermoord in Tsjetsjenië. Vóétganger! Ik heb verslag gedaan van de zaak. Weliswaar vanaf onze eigen redactie. Níét zo hard!'

'Wat de media nooit geschreven hebben, was dat haar keel was doorgesneden. Door een Tsjetsjeense bende.'

'Dat wist ik niet. Wij kregen te horen dat ze het slachtoffer was geworden van een bende straatrovers. Een overval.'

'Een dekmantel. Ze werd gekidnapt door een beruchte crimineel. Hij noemde het zelf "een bruidroof". Er werden eisen gesteld die noch de sovjetregering noch de Noorse overheid kon of wilde inwilligen.'

Hij zweeg even. 'Ze hebben haar in het struikgewas gevonden, verkracht en met een doorgesneden keel.' Met een gesmoorde stem voegde hij eraan toe: 'Ze heette Monica.'

'Wat heeft de diplomatenmoord met je dochter te maken?'

'Monica was de moeder van mijn dochter.'

Gunnar was sprakeloos.

'Mijn dochter was pas zeven jaar toen het gebeurde.'

'Het is róód!'

'Ze is nooit meer de oude geworden.'

'Ik begrijp het niet... Zág je die BMW niet? Heeft ze zich aangesloten bij die Tsjetsjeense terroristen ondanks de gruwelijke dingen die ze met haar moeder hebben gedaan?'

'Heb je het nog niet begrepen, Gunnar? Die terroristen zijn geen Tsjetsjeense rebellen of vrijheidsstrijders. Het zijn Tsjetsjeense overlopers! Schurken! Verraders zonder enige scrupules die opdrachten uitvoeren voor machtige en rijke Russen.'

2

De bus, 07.19 uur

Toen de bus de snelweg opdraaide, was Kristin verbaasd over het aantal mensen dat langs de E6 stond te kijken. Ze staarde naar de toeschouwers die langs de weg opgesteld stonden. Al zo vroeg op, dacht ze. Of waren ze helemaal niet naar bed gegaan? Waren ze de hele nacht opgebleven om naar ons te kijken?

Bij een bushalte stonden de televisieauto's van Kanal ABC, TV 2 en NRK met hun gigantische satellietzenders op het dak. Ze zenden live uit, dacht Kristin. De reporters zaten druk gebarend in hun camera te kijken terwijl de bus en de colonne voorbijreden.

Sommige kinderen zwaaiden enthousiast naar hen.

'Een rijdende carnavalsoptocht', merkte Ramzan Jevlojev droog op.

Maar voor ons, dacht Kristin, is het bloedserieus.

'Daarna kunnen ze naar huis gaan om te ontbijten', zei hij.

Dat kunnen wij niet, dacht ze, maar ze zei het niet.

3

E6, voor Olavsgaard, 07.20 uur

Twee politieauto's met zwaailicht stonden op de E6 te wachten bij de afrit Olavsgaard toen politieman Willy Skogen kwam aangereden in een witte Volkswagen Transporter. Hij stuurde naar de kant. De mannen van Delta gebaarden dat hij de auto in de berm moest zetten. Hij parkeerde de auto en trok de handrem aan.

De politiemannen gaven elkaar snel een hand. Willy Skogen kende Curt Austli en Rune Berglien van oefeningen die ze samen met de Mobiele Eenheid en de Bijzondere Bijstandseenheid hadden gedaan.

De politieauto's vertrokken. Skogen, Berglien en Austli staarden hun collega's na. Toen keken ze elkaar aan.

'Zullen we ons gereedmaken?' zei Curt Austli.

Willy Skogen deed het zijportier van de bestelbus open.

4

De bus, 07.21 uur

Via een oortje, dat geen draadje had en zo klein was dat je diep de gehoorgang in moest kijken om het te zien, kreeg de buschauffeur korte berichtjes door op een eigen frequentie. 'De voorste auto zal iets langzamer gaan rijden', zoemde de stem. 'Probeer vaart te minderen zonder dat ze het merken. We proberen tijd te rekken.' De chauffeur verminderde de druk op het gaspedaal een beetje. Hij keek in de spiegel. Achter de laatste patrouilleauto had zich een nieuwe colonne gevormd van persmensen en nieuwsgierigen.

'Als plan A niet lukt,' zei Lehmann in het oortje, 'zouden ze je kunnen vragen naar Kjeller te rijden en niet naar Gardermoen.'

Hij moest nog een beetje gas terugnemen om te voorkomen dat hij de auto voor hem inhaalde.

5

Spoedbericht, persbureau NTB, *07.22 uur*

telexbericht
Gijzelingsdrama –

Oslo (NTB) Volksvertegenwoordiger Frank Berthelsen (Arbeiderspartij), die tijdens het gijzelingsdrama een hartaanval heeft gekregen, is buiten levensgevaar. Dat meldt het Ulleválziekenhuis. Volgens een persbericht van het ziekenhuis heeft Berthelsen een chirurgische ingreep ondergaan (men heeft hem gedotterd) 'die de situatie heeft gestabiliseerd'. Volgens het Ulleválziekenhuis is Berthelsens toestand nu ernstig maar stabiel.

– – – – aka – ol – bk
07.22 uur 422 tekens

6

OpStaf, politiebureau, 07.23 uur

'Alles wijst erop dat Schjelderup en Fjell gelijk hebben', zei de adjunct-commissaris. 'Vliegveld Kjeller is waarschijnlijker dan Gardermoen.'

Het hoofd van de geüniformeerde politie keek op de klok. 'We zijn nooit op tijd. We moeten rekenen op Olavsgaard!'

'Er zijn twee eenheden onderweg. Een Delta van Gardermoen en U-nul-vijf. Ze zullen ongeveer gelijktijdig aankomen. Maar het is uiteraard een erg minimale sterkte.'

'Hoe zit het met Gardermoen?'

'Ik heb de helft van de eenheid de order gegeven zich naar Kjeller te begeven. De andere helft blijft op zijn post voor het geval onze theorie niet klopt. Dat weten we pas als de colonne Olavsgaard passeert. Dan moeten de mensen die zuidwaarts trokken, hun posities weer innemen. Als de bus bij Olavsgaard afslaat, zal de rest van groep op Gardermoen ook de order krijgen naar Kjeller te rijden.'

'Planning?'

'Hopeloos', zei de adjunct-commissaris. 'Het eerste echelon zal ongeveer vijftien minuten na de bus arriveren. Het tweede echelon zal weer vijftien minuten na het eerste ter plaatse zijn.'

'Dus als Olavsgaard mislukt, hangt alles af van de vier politiemensen die we op Kjeller hebben vóórdat de bus arriveert?'

'Vier goede mensen. Twee van de Bijstandseenheid, Henrichsen en Lystad, plus Schjelderup en Fjell. Goede mensen.'

'Maar wat kunnen ze doen?'

'Ze moeten het vertrek vanaf Kjeller vertragen, de take-off onderbreken.'

Het hoofd van de geüniformeerde politie sloeg met zijn hand op tafel. 'We moeten dit beëindigd hebben voordat ze naar Kjeller gaan! Als dat niet lukt, dan hebben we de terroristen en de gijzelaars aan boord van een vliegtuig in plaats van in een televisiestudio. Nauwelijks een verbetering!'

'Het lukt ons bij Olavsgaard!' zei de adjunct-commissaris. Dat moest er krachtig en resoluut uit komen, maar het klonk bijna als een smeekbede.

7

De commandowagen, 07.23 uur

Schjelderup en Fjell passeerden Lindeberg en Furuset. Hoewel ze bijna honderdtachtig kilometer per uur reden, had Schjelderup de sirene uitgeschakeld. Er waren geen auto's op de weg. Alle toegangswegen waren afgezet. Op meerdere plaatsen zaten mensen in de berm van de snelweg te wachten op de colonne. Ze volgden de commandowagen met hongerige blikken.

'Alle stukjes vallen op hun plaats', zei Fjell. 'De zelfverzekerdheid. De twee vliegtuigen. De nadruk op Gardermoen. Het geld dat in het vliegtuig moest liggen.'

'Alleen wij en een Delta-eenheid zullen op Kjeller zijn. We mogen hopen dat de gijzelingsactie bij Olavsgaard beëindigd wordt.'

'Zeiden ze niet dat er twee F16's in de lucht waren?'

'Wat maakt dat uit?'

'Kunnen ze het toestel niet afsnijden? Het naar beneden dwingen?'

'Denk na. Het is voor Noorwegen ondenkbaar dat ze een vliegtuig naar beneden schieten. De privé-jet kan ervoor kiezen de F16's te negeren.'

'Ze kunnen toch nergens landen?'

'Ze kunnen in Rusland landen.'

'De Russen zullen ze nooit laten gaan.'

'Het probleem dat jij vergeet, Thomas, is het volgende: als Aslan Gairbekov gelijk heeft dat machtige krachten in het Russische leger betrokken zijn bij deze operatie, dan kan het vliegtuig doen wat het wil als het toestel het Russische luchtruim binnenvliegt.'

8

Crisisteam van de minister-president, 07.24 uur

'Wat bedoel je met "voor de gek gehouden"?'

De premier wierp een vlammende blik op de commissaris van politie.

'We weten het dus niet zeker', zei Elsebeth Røed. 'Maar we hebben het vermoeden dat de terroristen een plan hebben gesmeed dat een eigen vliegtuig hen op vliegveld Kjeller oppikt.'

'Terwijl de politie hen opwacht op Gardermoen?'

'En bij Olavsgaard! Als alles goed gaat is de gijzelingsactie al lang voor Kjeller en Gardermoen beëindigd.'

'Moeten we het onbekende vliegtuig stoppen?'

'Twee F16's volgen de Gulfstream,' zei de minister van Defensie, 'maar wat moeten ze doen? Ze kunnen het vliegtuig niet neerschieten.'

'En op Kjeller?'

'We hebben een paar politiepatrouilles naar Kjeller gestuurd,' zei de commissaris, 'maar het grootste deel zit nog op Gardermoen. Ik moet onderstrepen dat we het hier hebben over een theorie, niet over iets wat we zeker weten.'

'Ik tolereer het niet dat we voor de gek zijn gehouden!'

'Natuurlijk niet, minister-president.'

'Ze maken ons voor de hele wereld belachelijk.'

'Ik hoop dat het niet zover komt.'

'Heel onze besluitvorming was gericht op het feit dat wij hén voor de gek zouden houden! Onze aanval zou hen totaal verrassen! En nu kom je me vertellen dat zíj ons de hele tijd voor de gek hebben gehouden!'

'Zoals gezegd komen wij bij Olavsgaard in actie. Daardoor is het sowieso niet zeker dat Kjeller een probleem wordt.'

'Je begrijpt de consequenties als het misgaat bij Olavsgaard? Als de terroristen – en de gijzelaars – van Kjeller vertrekken? De consequenties voor mij? Voor de regering? Ja, voor jou?'

9

De bagageruimte in de bus, 07.24 uur

De drie politiemannen in de bagageruimte van de bus hadden het dekzeil van zich afgeschopt. Door hun zaklantaarn kort aan te knippen hadden ze alledrie hun luik gevonden dat hen van de passagiersruimte scheidde.

Het enige wat ze hoorden was het regelmatige geronk van de motor van de bus.

Leif Grønaasen lag op zijn rug en probeerde zich te concentreren, zich voor te bereiden op alle indrukken die hem wachten. De explosies, het geschreeuw, de schoten, het bloed, de angst... Hij had dergelijke acties honderden malen geoefend. Maar het was nooit hetzelfde als de werkelijkheid.

In werkelijkheid liep je het risico gedood te worden.

Het was zes minuten voor halfacht.

10

OpStaf, politiebureau, 07.24 uur

De dienstdoende chef van de luchtverkeersleiding in Røyken belde het nummer dat hij van de adjunct-commissaris had gekregen. 'We hebben eindelijk contact kunnen maken met de Gulfstream die van Arlanda op weg is naar Gardermoen', rapporteerde hij.

'Dat is heel mooi', zei de adjunct-commissaris.

'Het heeft wel geholpen dat de piloten de twee F16's zagen!'

'Dus nu is ze gezegd uit te wijken naar Torp?'

'Nou, nee. We hebben een probleem.'

'Probleem?'

'Het vliegtuig heeft technische problemen en moet een noodlanding maken op Gardermoen.'

'Noodlanding?'

'Ze maken melding van motorproblemen en vragen om een *emergency landing.*'

'Maar…'

'We kunnen onmogelijk weten of ze bluffen. In dergelijke gevallen hebben we slechts één optie, die is vastgelegd in internationale afspraken.'

'Welke optie?'

'Ze te laten landen op het dichtstbijzijnde vliegveld.'

'En dat is…?'

'Gardermoen. Ja, eventueel Kjeller.'

II

De surveillancewagen, 07.25 uur

Børre Henrichsen was voorbij het lange, vlakke stuk tussen Jessheim en Kløfta en denderde bij Skedsmovollen met de twee Shellstations omhoog en ging toen weer naar beneden over de langzaam dalende, licht bochtige weg richting Olavsgaard. Volgens de centrale bevond de colonne zich nog steeds ten zuiden van Skjettenåsen en Djupdalen. Dus zij zouden op tijd de snelweg kunnen verlaten en het viaduct over kunnen rijden, waarop het verkeer dat naar het noorden reed hen kon zien, voordat de bus het hoogste punt had bereikt en de lange helling naar beneden zou afrijden.

Hij minderde iets vaart.

Ronny Lystad wreef over de tas met het geweer met een gebaar dat Børre Henrichsen bijna obsceen vond.

12

De bus, 07.27 uur

Ze waren voorbij de SmartClub bij Alnabru en de afrit bij Lindeberg en Furuset gereden. Kristin registreerde half dat ze Ellingsrud en de afrit bij Karihaugen en Strømmen passeerden. Binnenkort waren ze in Lørenskog en zouden ze door Djupdalen rijden om vervolgens door het gebied dat Kristin voor de grap 'de prairie' noemde, te rijden.

Ramzan Jevlojev zat zwijgzaam en op zijn hoede naast haar. Alsof hij ieder ogenblik een aanval verwachtte.

Ze draaide zich om en keek de bus in. Anette zat met haar hoofd tegen het raam en had haar ogen dicht. Aslan Gairbekov was klaarwakker. Zijn blik kruiste de hare en hij glimlachte bemoedigend. De minister van Buitenlandse Zaken zat met zijn hoofd naar voren gebogen te slapen.

Geen van de terroristen leek moe te zijn.

13

In de lucht, ergens boven Østlandet, 07.27 uur

Toen de verkeersleiding gerapporteerd had dat de Gulfstream met technische problemen kampte, vergrootten de twee Noorse F16's de horizontale en verticale veiligheidsafstand met enkele honderden voet. In gewone bewoordingen betekende het dat ze snelheid verminderden terwijl ze stegen. Volgens de F16-piloten was er niets aan de buitenkant van de Gulfstream te ontdekken, noch aan het vliegen zelf, wat erop kon duiden dat er technische problemen waren. Het toestel had inmiddels een vlieghoogte die niet te verenigen viel met de aanvliegroute op Gardermoen.

14

De afrit bij Olavsgaard, 07.28 uur

Børre Henrichsen remde krachtig toen ze de afrit bij Olavsgaard naderden. Ze hadden tegen de tweehonderd kilometer per uur gereden en hij wist dat de gewenning aan de snelheid ertoe kon leiden dat hij makkelijk in de bocht de macht over het stuur kon verliezen. De banden piepten op het asfalt toen hij door de bocht ging.

Op het viaduct over de E6 wierp hij een blik in de richting van Djupdalen. Geen bus. Maar hij zag een grote politieauto naderen – de operationeel commandant uit Oslo.

In de volgende bocht gaf hij weer gas en zette hij de sirene af om de gasten van het Olavsgaardhotel niet wakker te maken. Vliegveld Kjeller was nog maar een paar minuten rijden.

Iedereen die op het viaduct over de E6 was gaan staan, volgde de politieauto die met grote vaart uit noordelijke richting kwam gereden. Kort daarna kwam er een andere politieauto uit zuidelijke richting. COMMANDOWAGEN stond er met grote letters op de zijkant.

Sommigen zwaaiden met een vlag die ze hadden meegenomen om de gijzelaars in de bus moreel te kunnen steunen. Terwijl de politieauto's via de provinciale weg 22 verdwenen, keerden alle blikken weer terug naar de brede snelweg die zich door Djupdalen slingerde.

Waar bleven de colonne en de bus?

15

OpStaf, politiebureau, 07.29 uur

Toen ze van de luchtverkeersleiding in Røyken belden, kon de adjunct-commissaris bijna raden wat ze te melden hadden.

Het vliegtuig van Arlanda was bezig de landing in te zetten op Gardermoen, geëscorteerd door twee F16's. In de tussentijd had het vliegtuig zoveel hoogte verloren dat men niet uitsloot dat er een gecontroleerde noodlanding op Kjeller moest plaatsvinden of in het ergste geval op een stuk grond in de buurt.

De verkeersleiding was opnieuw het radiocontact kwijtgeraakt met de piloten.

De adjunct-commissaris bedankte voor de informatie en rapporteerde het verder aan OpStaf, de operationeel commandant, PodStaf en het crisisteam van de regering.

16

E6, voor Olavsgaard, 07.30 uur

Het was warm en klam in de krappe bagageruimte van de Volkswagen Transporter die geparkeerd stond op de vluchtstrook van de E6.

Politieman Curt Austli zat achter een met ijzer versterkte plaat met zijn machinepistool gericht op het achterportier. Zijn collega's Willy Skogen en Rune Berglien zaten achter net zo'n plaat die voor het zijportier stond, want ze verwachtten dat de terroristen dat zouden openen.

Allen waren drijfnat van het zweet.

Curt Austli snakte naar adem. Voor de zoveelste keer controleerde hij de veiligheidspal van de MP5.

'De bus is hier nog maar een paar minuten vandaan', kraakte de stem van de operationeel commandant in het oortje.

Verdriet en woede maken ons soms blind en slecht. Ik ben niet trots op wat ik gedaan heb.

Samen met mijn twee overgebleven commandanten – de bedroevende resten van wat eens een gevreesd volksleger was geweest – ging ik terug naar het dorp uit mijn jeugd in de bergen. Het verraad van Adelaar had zijn vruchten afgeworpen. Zijn familie – moeder, vader, zus en broer – woonde in een riante villa iets buiten het dorp.

We zijn laat op de avond naar ze toe gegaan. Ze sliepen allemaal.

In zekere zin had ik medelijden met ze. Ik heb ze niet wakker gemaakt voor ik ze doodschoot. Geen van hen heeft geleden. Niet zoals mama en papa hebben geleden. Of mijn grote broer en kleine zusje.

Of Zjenja.

Toen we de villa die avond verlieten, stond deze in brand.

Adelaar had, net als ik, geen familie meer.

Maar de bloedwraak gaf me geen rust.

07.30 – 07.36

1

Vliegveld Kjeller, 07.30 uur

De Gulfstream vloog laag over vliegveld Kjeller, waarschijnlijk omdat de piloten een visuele inspectie van de landingsbaan wilden maken omdat de toren niet bemand was. Daarna maakte het vliegtuig een krappe bocht naar rechts, vloog over de snelweg en draaide driehonderdzestig graden.

Enkele duizenden voet daarboven cirkelden de twee Noorse F16's.

De Gulfstream daalde naar vijftienhonderd voet en vloog vanuit het oosten de landingsbaan aan. Het toestel wiegde zachtjes terwijl het op de baan aanvloog. Het kwam over het voetbalstadion van Åråsen, over de provinciale weg, een moerassig stuk grond en de lokale weg naar Lillestrøm voor het boven de landingsbaan was.

De wielen wierpen een stofwolk op toen ze het asfalt raakten. Het vliegtuig remde krachtig en stond toen stil.

2

De limousine van de ambassade, 07.31 uur

Ambassadeur Igor Voronin dwong de limousine honderdtachtig kilometer per uur te rijden op de snelweg naar het noorden door Groruddalen.

'Waarom', zei Gunnar, 'rijden we over de Trondheimsvei als we naar het vliegveld moeten?'

'We moeten proberen voorbij de colonne te komen. Rijksweg 4 loopt parallel aan de E6. We slaan bij Gjelleråsen rechts af, rijksweg 22 op, dan de E6 over en voorbij Olavsgaard. Hopelijk nog voordat de schurken daar zijn.'

'Verbijsterende kennis van de lokale wegen!'

'Mijn vriend,' zei Voronin, 'ik ben een voormalig geheim agent.'

'Wel een fout: we moeten niet voorbij Olavsgaard.'

Voronin knikte. 'We moeten naar Kjeller.'

'Kjeller? Niet Gardermoen?'

'Ze willen dat we daarheen gaan. Maar ze gaan naar Kjeller.'

'Hoe weet je dat?'

'Ik had het door toen Ismael zei dat mijn dochter in een van de vliegtuigen het land uit zou gaan.'

'Ismael?'

Voronin toeterde naar een Fiat die de linkerweghelft blokkeerde. 'Toen we werden vastgehouden in de ambassade, zei hij dat mijn dochter Noorwegen zou verlaten met een van de vliegtuigen. En toen begreep ik het verband.'

'Welk verband?'

'Ik was afgelopen vrijdag bij de veiligheidsstaf van de ambassade om een geheim rapport op te halen. Het was mij per gecodeerde fax toegezonden. Ik bekeek de papieren niet zo nauwkeurig, maar toen ik in mijn kantoor was ontdekte ik dat ik ook een fax had meegenomen die gelijktijdig met de mijne was binnengekomen. Een kaart van Kjeller. Ik dacht er verder niet over na. De veiligheidsdienst vernieuwt regelmatig hun plattegronden van de Noorse vliegvelden. Maar toen Ismael verraadde dat mijn dochter met een van de vliegtuigen zou vertrekken en bekende dat hij meer wist dan nodig was over de plannen van de terroristen, zag ik het verband.'

Ze passeerden een bestelbus die naar hen toeterde. Gunnar keek op de snelheidsmeter. Bijna tweehonderd kilometer per uur.

3

Vliegveld Kjeller, 07.31 uur

Børre Henrichsen en Ronny Lystad naderden met een normale snelheid vliegveld Kjeller om niet meer opzien te baren dan strikt noodzakelijk was voor het geval de terroristen informanten rond het vliegveld hadden. Ze hadden het zwaailicht uitgeschakeld toen ze zagen dat het vliegtuig bezig was te landen.

Børre reed niet het vliegtuigterrein op, maar parkeerde de auto uit het zicht op de inrit van een privé-woning. Uit de kofferbak haalde hij een machinepistool. Hij had al eerder een kogelvrij vest aangetrokken. Samen met Ronny Lystad rende hij over de weg naar de ingang van het vliegveld.

Ze zaten op hun hurken achter een transformatorhuisje toen de commandowagen van de operationeel commandant uit Oslo arriveerde. Børre wees naar de inrit waar zij geparkeerd hadden. De politieauto draaide ook de inrit in.

Ze hoorden het gegil van de jetmotoren van de Gulfstream op de landingsbaan.

4

De bus, 07.34 uur

Kristin schrok op toen Ramzan plotseling opstond en in elkaar gedoken naar de chauffeur liep. Ineens brulde hij: 'Stop!'

Ze keek uit het raam terwijl de buschauffeur remde en de bus tot stilstand bracht. Ze bevonden zich vlak voor de afrit naar Olavsgaard. Op de vluchtstrook naast de bus stond een verlaten, witte bestelbus geparkeerd.

Ramzan toetste het nummer in dat op het mobieltje geschreven stond.

'Met wie spreek ik?' vroeg hij in het Engels en hij luisterde. 'De adjunct-commissaris zelf!' ging hij verder. 'Eindelijk iemand met macht en autoriteit. Die inspecteur moest altijd iemand om toestemming vragen.'

De adjunct-commissaris antwoordde iets wat Kristin niet kon verstaan.

'Adjunct-commissaris, er is een wijziging in de plannen gekomen.'

Stilte.

'Ja, precies, *a change of plans.* De kwestie is dat we er genoeg van hebben in een colonne te rijden.' Hij grijnsde naar de anderen in de bus. 'Dus voordat we het geld uit de bestelbus halen, willen we helemaal alleen zijn.'

Stilte.

Zijn stem werd killer. 'Mijn order luidt als volgt, adjunct-commissaris. De bus blijft hier staan tot de rest van de colonne is doorgereden naar Gardermoen. Alle auto's voor en achter ons moeten verder rijden! We halen jullie op tijd weer in. Is dat begrepen?'

Stilte.

'Je gaat voorbij aan het feit, adjunct-commissaris, dat we nog steeds vier gijzelaars in de bus hebben. En ik zal niet aarzelen te schieten om te onderstrepen dat het me ernst is.'

Stilte.

'Hoor je het?' schreeuwde hij.

Stilte.

'Wil je dat ik laat zien dat het me ernst is?' Gelach. 'Dat dacht ik al.'

Stilte.

'Nee, adjunct-commissaris, ik geef geen toestemming om met wie dan ook te confereren. Het gebeurt zoals ik het zeg. De rest van de colonne moet over de E6 in noordelijke richting verder rijden naar Gardermoen.'

Stilte.

'En als jullie van plan zijn om te draaien, is de consequentie hetzelfde. We schieten een gijzelaar dood als we ook maar een glimp van een politieman zien.'

Stilte.

'Nee, ik bedoel nú. Op dit moment. Wil je me uitdagen?'

Stilte.

'Uitstekend, adjunct-commissaris.'

Door het raam zag Kristin dat de colonne voor hen in beweging kwam. Een motoragent begon de colonne en de privé-auto's langs de bus te dirigeren. Langzaam passeerde de colonne, alsof men defileerde; eerst de surveillancewagens, daarna de auto's met de pers en nieuwsgierige kijkers. Uiteindelijk waren alle auto's en motoren voorbijgereden.

5

Bagageruimte van de bus, 07.35 uur

De bus stond stil. Door het plafond van de bagageruimte hoorden ze gedempte stemmen, alsof iemand in watten zat te praten.

Politieman Leif Grønaasen haalde rustig en regelmatig adem, hij zoog zijn longen vol, liet de lucht langzaam ontsnappen. *Focus! Concentreer je! Wees voorbereid!*

Hoewel Lehmanns stem nauwelijks te horen was voor anderen dan degene met een oortje, klonk het als een galmende uitroep: 'T1 aan allen! Klaar voor de actie!'

Grønaasen, Haug en Viken knipperden naar elkaar met hun zaklantaarn om te bevestigen dat ze klaar waren.

'T7 klaar!' fluisterde Grønaasen.

'T8 klaar!' De stem van Willy Skogen, die de leiding gaf aan de eenheid die in de bestelbus zat te wachten.

'T9 klaar!' De scherpschutters in de politiehelikopter.

'T10 klaar!' De eenheid die in actie zou komen als de operatie aan de gang was.

'T11 klaar!' Mobiel Medisch Team.

Stilte.

Grønaasen haalde regelmatig adem, uit en in, uit en in.

'T1 aan allen! Fase rood! Fase rood! Ik kan de actie ieder moment starten!'

6

Limousine van de ambassade, 07.36 uur

Ze waren op de rotonde bij Gjelleråsen rechts afgeslagen en raceten nu over de smalle, bochtige rijksweg 22.

'Ze is altijd kwaad op me geweest', zei ambassadeur Igor Voronin.

Hij reed midden op de weg. Gunnar hoopte dat er geen tegenligger aan kwam.

'Het moet niet zo makkelijk geweest zijn voor haar om jou te accepteren.'

'Ze is bij haar stiefvader opgegroeid. Ze was vijf toen haar moeder haar vertelde dat hij haar echte vader niet was.' Hij week naar rechts uit om niet tegen een tractor aan te botsen. 'Twee jaar later werd haar moeder vermoord door Tsjetsjeense zwijnen.'

'Rij voorzichtig.'

'Ze is gedeeltelijk opgegroeid bij haar stiefvader, die carrière maakte als diplomaat, en gedeeltelijk op kostscholen. In sommige vakanties heeft ze me bezocht. Maar er was nooit sprake van hartelijkheid of genegenheid. Ik geloof niet dat ze me haatte. Maar pas de laatste jaren groeien we wat naar elkaar toe.'

Ze kruisten het viaduct over de E6. Een eindje verderop langs de snelweg stond een geparkeerde bus.

'Waarom is ze terrorist geworden?'

'Ze is geen terrorist. Ze is alleen maar een eenzaam, bang meisje dat voor de verkeerde man is gevallen. Ze is naar Moskou verhuisd voor een vervolgopleiding. Ze heeft een paar maanden bij me gewoond. Toen vond ze dichter bij de universiteit een goedkoop flatje. Ze spreekt vloeiend Russisch. En Tsjetsjeens. Het leek wel of ze gedreven werd door een innerlijke kracht om zo veel mogelijk te weten te komen over het land dat ze zo verschrikkelijk haatte omdat het verantwoordelijk was voor de moord op haar moeder.'

'Zoals een slachtoffer van een verkrachting, paradoxaal genoeg, soms alles wil weten van haar belager.'

'Ze is een knap meisje, Zajotsjka. Slim en knap. Populair in discotheken en uitgaansgelegenheden. In Moskou werd ze aangetrokken door de kringen rond de nieuwe rijken. De yuppen. De oligarchen. Gladde jongens. In Moskou is het onderscheid tussen de goeden en de kwaden niet zo duidelijk.'

'We naderen het vliegveld', zei Gunnar.

'Maar zij is noch slecht noch crimineel. Ze is geen terrorist. Ik geloof dat ze gefascineerd is geraakt door de onvoorstelbare rijkdom. Je kunt makkelijk verleid worden door rijkdom. Maar ik geloof dat het meer was. Ze liet zich voor de gek houden door de maffiaplannen met Tsjetsjenië. Het land dat ze meer haat dan wat dan ook. Ze denkt niet rationeel als het om Tsjetsjenië gaat. Ze zijn van plan de bronnen van het land uit te putten en de regio tot een economische vrijstaat te maken. Voor haar ging het niet in de eerste plaats om geld, maar om ideologie. Om wraak.'

'Ik geloof dat je nu vaart kunt minderen.'

'Ze ontmoette een man die haar verzengende haat voor die Tsjetsjeense klootzakken deelde. Hij was weliswaar Tsjetsjeen van geboorte, maar had zich via het Russische leger omhooggewerkt. Net als zij verkeerde hij in de kringen rond de Russische oligarchen. Hij werkte als lijfwacht, veiligheidsagent, afperser… dergelijke zaken. Voor de oligarchen was het handig om zo'n man om zich heen te hebben. Een sluwe geluksjager en yup.'

'Ramzan Jevlojev?'

'Ik heb hem nooit ontmoet', zei Igor Voronin. 'Maar ik neem aan dat hij haar vriend is.'

Tijdens een heldere sterrennacht in december heb ik de generaal opgezocht.

Ruslands machtigste militaire vertegenwoordiger in Tsjetsjenië woonde in een buitenwijk van Grozny. Of het me zou lukken om de generaal te liquideren voordat zijn manschappen mij ontdekten en een eind aan mijn leven zouden maken was de vraag, maar het zou op zijn minst een symbolische groet zijn van de Wolf die ze Bastaard noemden.

Ik had afscheid genomen van mijn twee commandanten. Onze tijd samen was voorbij.

De generaal was alleen thuis. Zijn soldaten waren op pad om mij te zoeken. De twee soldaten die op wacht stonden, waren zwaar in de olie.

De generaal was naar bed gegaan. Op het nachtkastje lag een Russische krant. Een halfvol glas whisky stond gevaarlijk op het uiterste randje.

De angst in zijn blik toen hij wakker werd, zei me dat hij heel goed wist wie zijn slaapkamer was binnengekomen.

Hij was een zielenpoot.

Hij besefte dat ik hem zou doden. Hij probeerde zijn leven te kopen.

Uit een safe die hij volledig vrijwillig opende, haalde hij papieren die meer geld waard waren dan ik me zou kunnen voorstellen.

Met een walgelijke en beschamende ijver, alsof hij dacht dat we onderhandelingspartners waren, legde hij me de betekenis uit van de namenlijsten en de rekeningen.

Naam voor naam. Getal voor getal.

De olie die ze gestolen hadden en met tankers en tankwagens hadden afgevoerd. 'Bizniz'. De bedragen die ze buiten de officiële kanalen van Moskou hadden gehouden. Landroverij van ongekende proporties.

De papieren die hij me aanbood, lieten zien hoe ver het verraad zich uitstrekte, hoe groot de bedragen waren die ze zich hadden toegeëigend. Officieren. Leidinggevende ambtenaren binnen het MID. *Politici. Oligarchen.*

Kwijlend smeekte hij te mogen blijven leven.

Ik schoot de generaal dood en nam de papieren mee.

07.37 – 07.39

Bij Olavsgaard, 07.37 uur – 07.39 uur

De politiehelikopter zweefde door de lucht als een libelle die mee werd genomen door een windvlaag. De rotorbladen klapperden. De twee scherpschutters van de Deltatroepen hadden de zijdeur opengeschoven en zaten met hun laarzen op het landingsgestel terwijl ze probeerden de terroristen in de bus in het vizier te krijgen. Zelfs van een paar honderd meter afstand hadden ze goed zicht, maar de trillingen en bewegingen van de helikopter maakten het moeilijk de wapens stil te houden.

'T1 aan alle eenheden! Fase rood! Hoogste staat van paraatheid!' kraakte Bjørnar Lehmanns stem in het oortje.

'Jij!' Ramzan Jevlojev wees naar de buschauffeur. 'Jij haalt het geld op!'

'Moet ik het geld ophalen? Uit het bestelbusje?' vroeg de chauffeur, alsof hij tijd wilde rekken. Op zijn lichaam had hij een verborgen microfoontje dat alles hoorde wat hij zei.

'Nu!'

'Oké, oké, ik zal het geld ophalen!' De buschauffeur opende de deur, liep het trapje af en sprong op het asfalt.

Een van de terroristen floot naar Ramzan en wees naar de politiehelikopter die steeds dichterbij kwam. 'Wat zijn ze verdomme van plan?'

In de bestelbus hoorde politieman Willy Skogen het bericht van Bjørnar Lehmann. 'Ze sturen de chauffeur naar buiten, ónze man, om het geld op te halen. Ik herhaal, T20 wordt naar buiten gestuurd, ónze man, het is T20!'

'T1, dit is T8, het bericht is ontvangen! We geven T20 het wapen zodra hij het portier opent!' bevestigde Willy Skogen via de radio.

Curt Austli greep het machinepistool dat voor de buschauffeur was en hield het vast. Iedere seconde zou tellen als het portier openging en de terroristen zouden begrijpen dat ze in een hinderlaag waren gelokt.

Met bonkend hart keek Kristin naar Anette, die verschrikt van Kristin naar de helikopter keek. Zou de politie aanvallen? Kwam de politiehelikopter daarom steeds dichterbij?

Ramzan riep een bevel in het Tsjetsjeens.

Kristin wierp een blik op de helikopter voordat ze naar de buschauffeur keek, die langzaam naar de bestelbus liep.

'O, lieve God in de hemel', mompelde Kristin voor zich uit. Ze schoof naar de stoel aan het middenpad. 'Niet schieten, alsjeblieft, niet schieten!'

Het geklapper van de politiehelikopter overstemde haar woorden.

Kristin ontdekte bij toeval een beweging. Een luik op de grond bewoog.

Eerst dacht ze dat het kwam door de motor van de bus. Maar toen bedacht ze dat deze helemaal achter in de bus zat en dat er een bagageruimte onder de vloer moest zitten.

Bagageruimte?

Verward wisselde ze een blik met Anette. Anette fronste haar voorhoofd, ze begreep dat er iets aan de hand was. Haar blik ging door de bus voor ze begreep wat Kristin zag.

Het luik in de vloer.

De buschauffeur liep de paar meter naar de bestelbus.

Hij pakte de handgreep, opende het achterportier en deed alsof hij naar binnen leunde om het geld te pakken. De politieman gaf hem het machinepistool. Hij drukte het wapen tegen zijn borst en draaide zich om.

'Nu!' riep Bjørnar Lehmann.

In de bagageruimte van de bus had politieman Leif Grønaasen allang de veiligheidspin van de schokgranaat losgetrokken. Hij hield hem met klamme hand vast.

Toen het bevel van de chef in het oortje dreunde, schoof hij met zijn linkerhand het luik van de passagiersruimte weg.

'Njet!' jammerde Anette Wiik. Ze riep iets in het Russisch.

Ramzan draaide zich razendsnel om. Kristin volgde zijn blik.

Het luik in de vloer was halfopen!

Ze zag een hand. Een hand die een… granaat naar binnen gooide?

Ramzan was sneller dan Kristin voor mogelijk hield. Met een sprong was hij bij de granaat en schopte die hard terug. Met een plof viel hij terug in de bagageruimte.

De schokgranaat ontplofte met een scherpe knal die de vloer deed bewegen.

Ramzan riep bevelen. Anette schreeuwde. Met verbeten gezichten begonnen de terroristen door de vloer te schieten.

Zelfs in deze paniek kon Kristin de volgende gedachte niet uit haar hoofd krijgen: Anette had de terroristen gewaarschuwd!

In de bagageruimte lagen de drie half bewusteloze politiemannen.

Hoewel schokgranaten niet gemaakt zijn om te doden, had de scherpe knal, de drukgolf en het intens felle licht hen volledig buitenspel gezet. Hun oren piepten, de trommelvliezen waren gescheurd.

Om hen heen suisden kogels. In de rook probeerden ze zich in veiligheid te brengen. Maar er was geen plaats om je te verstoppen.

'Ze schieten!' riep Bjørnar Lehmann. 'Haal ze uit de bagageruimte!'

Schieten, dacht Willy Skogen in verwarring terwijl zijn collega's en hij uit het bestelbusje stormden. Zouden wíj hén niet verrassen?

Door de reflecties in de grote busruiten vormden de terroristen en de gijzelaars een mooi geheel.

Samen met de buschauffeur rende Skogen naar het zijluik van de bus. De twee andere politiemannen hielden de ramen onder schot om hun collega's dekking te geven.

De kruitdamp van de schokgranaat hing in de bagageruimte. De politiemannen trokken elk een aangeslagen collega uit de bus, Grønaasen en Haug. Viken lag nog in de bus. Een van de schoten had hem in zijn gezicht getroffen.

Kristin lag in elkaar gedoken op de grond tussen twee stoelen in. Ze maakte zich zo klein als ze kon om de kogels te ontwijken.

De terroristen schoten wild om zich heen.

Meerdere ramen spatten uit elkaar. Een wolk van splinters daalde neer in de bus.

Nu ga ik dood, dacht ze, zo meteen word ik getroffen door een van de kogels!

Het kruis in het vizier van de scherpschutter verdeelde het gezicht van de terrorist in vier even grote delen. Hij wist dat hij geen tijd had om te twijfelen. De wijsvinger kromde zich rond de trekker in een gelijkmatige, constante beweging.

Door het geluid van de rotorbladen hoorde hij het schot niet. Maar hij voelde de terugslag tegen zijn schouder en door zijn kijker zag hij dat de ruit versplinterde en de terrorist viel.

'T9 aan T1 – ik heb er een geraakt!'

Terwijl de twee politiemannen vanachter het bestelbusje de bus beschoten en door de ramen schoten om hen dekking te geven, trokken Skogen en de buschauffeur Grønaasen en Haug in veiligheid achter het busje. Ze bloedden beiden uit neus en oren.

'T8 aan T1 – twee gewonden in veiligheid achter het bestelbusje! Eén man beschoten en dood in de bus.'

'T1 aan allen – breek de actie af!' antwoordde Bjørnar Lehmann. 'Ik herhaal: breek de actie af!'

De helikopter vloog met een wijde bocht weg.

Berglien en Austli sloten zich aan bij hun collega's achter het bestelbusje.

'Wie is er gedood?' vroeg Austli.

'Viken! Ze hebben door de vloer geschoten!'

Grønaasen kreunde en pakte zijn oren vast.

De schotenwisseling stopte net zo plotseling als die was begonnen.

In de stilte die volgde rolde Kristin zich tussen de stoelen op als een bal.

De terroristen spraken met korte, kwade zinnen tegen elkaar.

Ze hoorde dat Anette iets in het Russisch of het Tsjetsjeens tegen hen zei.

Voorzichtig waagde Kristin het omhoog te kijken. Ze had glassplinters in haar haren, op haar schouders en rug. Haar oren piepten van de explosie en de schoten.

De terroristen en Anette zaten op hun hurken in het gangpad. Veel ruiten waren kapot. Verderop in de bus keken Aslan en de minister van Buitenlandse Zaken vanuit hun schuilplaats tussen de stoelen omhoog.

In het gangpad lag een dode terrorist. Movzar. De helft van zijn gezicht was weg.

Kristin kneep haar ogen dicht, ze was duizelig. Toen ze haar ogen weer opende, zorgde ze ervoor dat ze niet in Movzars richting keek. Anette keek weg toen Kristins blik de hare kruiste.

Een van hen? Kristin begreep het niet.

Sjamil was achter het stuur gaan zitten en startte de bus. Ze reden een paar honderd meter. Toen ze bij de afrit bij Olavsgaard aankwamen, verliet Sjamil de snelweg.

Mijn tijd in Tsjetsjenië was voorbij. Mijn moedige leger was uitgeroeid. De vrouw die ik liefhad was dood. Adelaar en zijn bloedhonden zouden jacht op mij maken tot ik geen schuilplaatsen meer overhad.

Ik verstopte me een paar dagen in een aardappelkelder bij iemand die ik kon vertrouwen. Ze smokkelden me voorbij militaire grensposten. Met valse identiteitspapieren kwam ik Dagestan binnen en trok van daaruit door naar Rusland.

Met mijn kostbare schat – het uitgebreide overzicht van de generaal van de samenzwering en uitbuiting van mijn land – vluchtte ik naar Noorwegen om asiel aan te vragen.

Ik zag eruit als een zwerver. Ik had twee jaar lang mijn haar en baard laten groeien. Ik las ooit eens over een Noorse koning die zijn haar niet wilde laten knippen voordat zijn land één natie was geworden. Misschien werd ik door hem geïnspireerd?

De Noren moeten me hebben geloofd.

Ik kreeg een nieuwe naam. Een nieuwe identiteit. Ruslan Vlasov. Ze maakten een Rus van me. Wat een ironie. Wat een grenzeloze ironie!

Thuis in Tsjetsjenië nam de honger naar bloed toe.

De beesten kwamen tot leven, grommend en met blinkende tanden. De terroristische acties namen in aantal en hevigheid toe. Mijn kameraden stopten mens, soldaat, te zijn. Ze werden wilde dieren. Machteloos zat ik in Noorwegen en keek naar de angst op televisie.

Kadyrov werd in mei 2004 gedood.

In augustus stortten er twee vliegtuigen tegelijk neer.

De metro in Moskou...

Beslan…

Twee weken na Beslan nam ik contact op met Kristin Bye.

Ik weet niet waarop ik had gehoopt. In mijn hart had ik de stille hoop dat ze haar machtige medium, de televisie, zou gebruiken om de waarheid over Tsjetsjenië te vertellen. Misschien hoopte ik dat aandacht voor het lot van mijn land iets zou kunnen betekenen.

Misschien was ik gewoon naïef.

Misschien was ik een dromer.

07.40 – 08.05

1

Vliegveld Kjeller, 07.40 uur – 08.05 uur

Thomas Fjell zat op zijn hurken achter het transformatorhuisje op de parkeerplaats voor de hoofdingang van vliegveld Kjeller. In zijn oortje was het een kakofonie van stemmen en commando's. Er was iets vreselijk verkeerd gegaan bij Olavsgaard.

Alsof ze ons voor de gek hebben gehouden, dacht Thomas Fjell bitter. Ze lieten ons denken dat wij zó slim waren!

Hoog in de lucht cirkelden de F16's als twee volhardende gieren. Hij hoorde het geluid van de politiehelikopter en het kabaal van de jet op de landingsbaan.

Nu hangt het van ons af, dacht hij mismoedig.

Aksel Schjelderup, Børre Henrichsen en Ronny Lystad waren naar de grote, solide hoofdpoort gerend en namen daar het vliegveld in ogenschouw. Ze keken of ze een goede plek zagen waar ze zich konden verstoppen en tegelijkertijd een vrije schootslijn hadden naar het vliegtuig. Het zicht op de landingsbaan werd belemmerd door een lange rij gebouwen, hangars en technische installaties. Fjell rende over de parkeerplaats naar de anderen. Boven op de poort zaten scherpe metalen punten. Op de omheining van gaas zat prikkeldraad. In het oortje hoorde hij dat de bus met terroristen en gijzelaars de E6 had verlaten.

Ramzan, jij duivel!

'De bus heeft de snelweg verlaten!' riep hij, iets te hard en iets te opgewonden.

Vier politiemensen tegen zes terroristen. *We maken geen kans!* 'Verdomme!' vloekte hij inwendig.

Schjelderup greep de microfoon die op zijn borst vastzat.

'U-nul-vijf aan alle eenheden! De bus is op weg naar vliegveld Kjeller. De operationele eenheden moeten de bus met de grootst mogelijke omzichtigheid volgen! Jullie mogen vanuit de bus niet te zien zijn! Twee eenheden blijven achter op de rotonde vlak na de rivier en houden al het verkeer tegen!'

Hij klemde de microfoon weer terug op zijn plaats. 'Wat zijn ze eigenlijk van plan?' vroeg hij en hij staarde door het hek.

Børre Henrichsen rammelde aan de poort. 'Veel te solide om met de bus doorheen te kunnen rijden.'

Ronny Lystad wees langs het prikkeldraadhek. 'Daar verderop is een veel eenvoudiger poort! Zijn ze van plan daardoorheen te rijden? Met de bus?'

'Hoeveel tijd hebben we?' vroeg Fjell.

'De bus heeft vanaf de snelweg vier minuten nodig om hierheen te rijden', zei Schjelderup.

'En waar is het vliegtuig?' vroeg Lystad.

Fjell luisterde. Hij hoorde het gebulder van de jetmotoren en het lawaai van de politiehelikopter die kennelijk de bus volgde.

Toen de Gulfstream langzaam in noordwestelijke richting naar het einde van de startbaan was getaxied, bleef het toestel een paar minuten stilstaan.

Maar toen, alsof ze van plan waren zo meteen te vertrekken, begonnen de motoren te gillen en draaide het vliegtuig driehonderdzestig graden. Het vliegtuig stond een poosje stil voordat het terug begon te rijden langs dezelfde weg die het gekomen was.

Door het licht in de cockpit waren de hoofden van de twee piloten te zien als onscherpe silhouetten. Een groepje vogels uit het bosje achter het vliegveld flapperde door de lucht. Hier en daar voor de ramen van de huizen langs het vliegveld waren gezichten te zien; nieuwsgierige, kwade gezichten; vliegactiviteiten op dit tijdstip van de dag waren hoogst ongebruikelijk.

Langzaam taxiede het zilverkleurige vliegtuig over de startbaan.

'Wat is hun plan verdomme?' riep Aksel Schjelderup wanhopig. Hij keek rond, hij probeerde om iets, wat dan ook, in het oog te krijgen wat hem een leidraad kon geven, een hint, een aanwijzing voor de plaats waar de terroristen van plan waren het vliegveld op te rijden.

'Auto!' riep Fjell.

Verderop op de rijksweg kwam een vreemdsoortige limousine met grote vaart aangereden. CD-nummerplaat. Toen de limousine langsreed meende Schjelderup dat hij de oudere man zag die hij eerder die avond in het Kanal ABC-gebouw ook had gezien. Gunnar Borg?

'Ze moeten toch ergens door het hek gaan', zei Børre Henrichsen.

Schjelderup had geen aandacht meer voor de diplomatenauto die verder reed over de rijksweg.

'Aangezien de hoofdpoort te stevig is,' ging Henrichsen verder, 'vermoed ik dat ze de bus door een van de eenvoudiger poorten zullen rijden. Die zijn slechts beveiligd met kettingen en hangsloten.'

'Maar wélke poort?' vroeg Ronny Lystad.

'En waar is het vliegtuig gebleven?' zei Thomas Fjell. 'Het moet toch de bedoeling zijn om de bus helemaal tot aan het vliegtuig te rijden.'

Ze probeerden een glimp op te vangen van het korte stukje startbaan dat ze tussen de gebouwen door konden zien.

'Nog zo'n drie minuten voor de bus hier is!' zei Schjelderup.

'Oké', zei Fjell en hij probeerde een analyse te maken. 'We zien drie poorten waar de bus doorheen zou kunnen rijden. Eén daar bij het gebouw van het leger, één hier gelijk links van de hoofdpoort en één een stukje verderop.'

'We bewaken ieder een poort!' zei Schjelderup. 'Fjell en ik verstoppen ons achter het dichtstbijzijnde transformatorhuisje bij de inrit. Lystad, jij verstopt je achter dat hokje midden op de parkeerplaats voor het geval de bus de linkerpoort kiest. Henrichsen, ren naar de geparkeerde Ford Transit en verstop je daarachter, jij hebt de verantwoording voor de rechterpoort.'

'Wat doen we als ze komen?' vroeg Henrichsen.

Schjelderup zuchtte. Hij keek op zijn horloge. 'Ze kunnen hier elk ogenblik zijn. We moeten onze positie innemen.' Hij ontmoette de blik van Børre Henrichsen. 'Ik weet het niet. We moeten ons verstand gebruiken. Improviseren. Maar zorg dat ze ons niet zien! Onze enige troef is dat ze ons niet verwachten. Ze hebben geen idee dat we hier zijn. Als we vlak bij ze kunnen komen zonder dat ze ons ontdekken, hebben we een kans! *Go! Go! Go!*' riep Schjelderup.

Anette keek Kristin vertwijfeld aan. 'Ik had nooit gedacht dat hij iemand zou... doden', fluisterde ze.

Kristin bewoog onrustig. De schok met betrekking tot Anettes verraad had haar sprakeloos gemaakt.

Anette was op de stoel voor Kristin gaan zitten. De terrorist die Anette had bewaakt, had begrepen dat het dubbelspel voorbij was en keek ongeïnteresseerd uit het raam: een benzinestation, een autohandelaar, kleine huisjes uit de jaren vijftig en zestig.

Anette zei iets in het Russisch of Tsjetsjeens tegen Ramzan. Hij glimlachte en streelde haar over haar wang.

'We hebben elkaar in Moskou ontmoet', zei Anette zacht. 'We hoorden bij dezelfde groep. Hij is niet wie jij denkt. Niet echt.'

'Is hij geen Tsjetsjeen?'

'Jawel. Oorspronkelijk. Aslan Gairbekov en hij zijn samen opgegroeid.'

'Hoe kun je alles wat hij vannacht heeft gedaan goedpraten?'

'Dat kan ik niet. Maar...' Toen verharde haar blik. 'Ze hebben mijn moeder gedood.'

'Wie?'

'De Tsjetsjenen! Ze hebben haar keel doorgesneden.'

'Wat afschuwelijk!'

'Mama was een diplomaat. Mijn vader is een Rus. Ik ben bij mijn stiefvader in Noorwegen opgegroeid. Hij had een hekel aan me. Daarom ben ik naar Moskou verhuisd. Misschien omdat ik dan dichter bij mijn echte vader kon zijn?'

Kristin tuurde uit het raam. Gaan we naar Lillestrøm, dacht ze toen ze de weg naar het Åråsenvoetbalstadion herkende.

'Waarom bleef jij in de studio?' vroeg Kristin.

'Ze hadden iemand nodig die Noors sprak. Bovendien wilden ze dat ik contact zou maken met Aslan Gairbekov. We dachten dat hij veel eerder zou komen.'

Kristin zuchtte. 'Anette, die onschuldige mensen die vannacht gedood zijn...'

'Dat was niet de bedoeling. Niemand had gedacht dat... Ik had niet gedacht dat het zover zou komen. Dat er iemand moest sterven. Dat was nooit de bedoeling.'

'Hij heeft hem zonder pardon neergeschoten, Anette.'

'Omdat hij dat moest. Móést. Hoor je me?'

Maar Kristin zag in haar ogen dat Anette veel illusies was kwijtgeraakt. Dat Ramzan Jevlojev niet de idealist was die ze dacht dat hij was.

'De mensen die vannacht zijn gedood hadden niets met de moord op je moeder te maken', zei Kristin.

'O?' antwoordde ze fel. 'Had mama iets te maken met de oorlog in Tsjetsjenië? Hè? Ze was er gewoon. Verkeerde tijd, verkeerde plaats. Zoals jullie op de verkeerde plaats en op de verkeerde tijd in studio 2 waren.'

'Dit meen je niet, Anette, diep vanbinnen meen je dit niet.'

Het duurde even voor ze antwoordde. 'Soms zijn er geen verklaringen. Soms gebeuren er dingen – verkeerde dingen – die nooit hadden mogen gebeuren. Maar ze gebeuren. En het leven gaat verder. Het hoefde niet zo te eindigen.'

Er moet iets in haar kapot zijn gegaan toen haar moeder werd vermoord, dacht Kristin.

'We hadden een opdracht gekregen', zei Anette. 'Híj had een opdracht gekregen. Een opdracht die ons voor de rest van ons leven een vermogen zou opleveren. We hoefden alleen maar Aslan Gairbekov te vinden. We zochten en we zochten. We reisden van asielzoekerscentrum naar asielzoekerscentrum. Maar we konden hem niet vinden!'

'En jij hebt ook geholpen met het zoeken?'

'Ik was Noorse. Ik sprak de taal. Om die reden heb ik me bij jou aangeboden als tolk. Ze wisten dat hij met jou contact had door jouw visumaanvraag bij de ambassade.'

'Ik begrijp het niet. Zijn het Russen? Geen Tsjetsjenen?'

'Dat speelt geen rol. Nu niet. Ze hebben de wereld laten zien wat een brutale ratten die Tsjetsjeense extremisten zijn. En ze hebben de documenten voor de opdrachtgevers. En Aslan Gairbekov.'

Kristin keek rechts uit het raam en kreeg een windzak op een hoge mast in het oog. Eerst vroeg ze zich af wat voor vlag dat in vredesnaam was. Toen begreep ze wat ze zag en waar ze was. Kjeller! Het kleine vliegveld Kjeller!

Ze ging rechtop in haar stoel zitten. Ze had zonder meer aangenomen dat ze naar Gardermoen zouden gaan. Maar hier op Kjeller stond vast geen politieman. Hier stond natuurlijk een vliegtuig te wachten.

Vanuit zijn schuilplaats achter het transformatorhuisje zag Thomas Fjell de bus naderen. Hij wachtte gespannen af welke poort ze zouden forceren. Ineens schoot er een gedachte door hem heen: zouden ze achter het hek handlangers hebben? Handlangers die hen gewoon binnen konden laten? In dat geval zouden die handlangers toch allang de politiemannen hebben gezien die rondliepen op de parkeerplaats?

Hij overwoog zijn theorie met Schjelderup te delen, maar de bus was al te dichtbij. Met grote vaart naderde hij de rotonde bij de afrit naar het vliegveld.

Waarom minderde hij geen vaart? De bus zou kantelen als hij met deze snelheid de bocht nam.

Verbluft stelden Fjell en Schjelderup vast dat de bus doorreed en de weg langs het vliegveld vervolgde.

Een ogenblik keken ze elkaar niet-begrijpend aan. Toen leek het alsof Schjelderup begreep waar ze naar op weg waren. 'De startbaan voor kleine vliegtuigen!' brulde hij. 'Ze rijden naar die startbaan, ten oosten van de grote landingsbaan!'

'Igor?' zei Gunnar. 'Waar gaan we eigenlijk heen?'

'Ik wil proberen mijn dochter te redden. En als ik je goed ken dan wil jij ook een poging doen om de vrouw die jij je dochter noemt te redden.'

'Tegen zes bewapende terroristen?'

Met zijn linkerhand aan het stuur leunde ambassadeur Igor Voronin voorover en opende het handschoenenvak. Daarin zaten twee glimmende P9 Gyurzapistolen.

De Gulfstream was helemaal naar de oostkant van het vliegveld getaxied, waar slechts een hek met gaas de startbaan scheidde van provinciale weg 120 naar Lillestrøm. Daar was het vliegtuig gedraaid.

Nu stond het klaar voor take-off.

De motoren brulden. De zon blonk op de romp.

Aksel Schjelderup en Thomas Fjell draafden over de parkeerplaats naar de weg, renden naar hun auto, die op de privé-oprit geparkeerd stond. Schjelderup startte de motor die luid brulde toen ze de oprit af reden. De banden piepten toen ze de weg op reden. Hij draaide de auto recht en trapte het gaspedaal in. De zware commandowagen schoot vooruit. Fjell werd door de snelheid achterover in zijn stoel gedrukt.

Schjelderup greep zijn microfoontje. 'U-nul-vijf aan alle eenheden! De bus is op weg naar de startbaan voor kleine vliegtuigen aan de oostkant van het vliegveld, ik herhaal: aan de oostkant van het vliegveld, langs de weg naar Lillestrøm! Geen sirenes! Geen zwaailicht!'

Met grote snelheid reed Schjelderup over de weg. Henrichsen en Lystad renden rechts van hen mee. Links zagen ze een paar winkels en een benzinestation. Schjelderup remde heftig toen hij de bus vijfhonderd meter voor zich zag. Zoals hij al had verwacht sloeg de bus rechts af bij het verlichte benzinestation en verdween toen uit het zicht. Schjelderup meerderde weer vaart. De motor gromde toen de politieauto harder ging rijden.

Børre Henrichsen en Ronny Lystad renden.

Lystad, die zijn geweer in een holster van stof op zijn rug droeg, sprintte langs het prikkeldraad. Henrichsen, die de MP5 voor zijn borst had hangen, volgde honderd meter achter hem.

Aan het einde van de bebouwing klauterde Lystad over het prikkeldraadhek. Alsof het prikkeldraad bovenop hem niet deerde, rolde hij eroverheen en landde als een kat aan de andere kant op de grond.

Henrichsen had meer problemen. De loop van het machinepistool kwam steeds vast te zitten in het gaas en toen hij bloedend over het prikkeldraad was geklauterd, landde hij kreunend op zijn zij. Hinkend liep hij achter Lystad aan, die vele honderden meters voor hem rende.

De bus verliet de hoofdweg, passeerde een brievenbus met een schuin dakje en denderde door een eenvoudige poort. Ze reden over een smalle weg met aan weerszijden weinig struikgewas. Door de bomen, rechts van de bus, zagen ze een paar lage gebouwtjes, hangars van kunststof, kleine vliegtuigjes en helikopters. Links lag de startbaan.

Daar stond een jet te wachten.

Schjelderup stopte plotseling voor de oprit naar de startbaan. Ze zagen de bus vijftig meter voor hen.

'Verdomme!' riep Schjelderup uit. 'We kunnen niet achter hen aan rijden. Niet zonder dat ze ons ontdekken. Zie jij het vliegtuig?'

Fjell tuurde door het struikgewas en de boompjes. 'Yep. Privétoestel.' Rechts van de startbaan stond de zwarte limousine van de ambassade. 'En een auto.'

'Denk je dat ze de gijzelaars mee aan boord nemen?'

'Niet als ze ons niet zien. De gijzelaars zijn alleen maar lastig voor hen.'

'Aslan Gairbekov gaat wel mee.'

'Dat is bijna niet te vermijden.'

'Hoe hard gaat deze kar?'

'Hard genoeg.'

'Zie je kans sneller te rijden dan het vliegtuig? Kunnen we ze op de startbaan de pas afsnijden?'

'Met deze auto?' Schjelderup sloeg op het stuur. 'Hij gaat weliswaar snel, maar sneller dan een jetvliegtuig gaat hij toch niet.'

'Het vliegtuig staat helemaal aan het eind van de startbaan. Daarmee hebben we een paar honderd meter om snelheid te maken voordat we naast hen rijden.'

'Maar we moeten het toestel inhalen en ervoor zien te komen.'

'Ik probeer alleen maar na te denken...'

'Daarvoor hebben we een Ferrari nodig.'

Ambassadeur Igor Voronin en Gunnar Borg hadden de limousine achter een hangar met drie Zessnavliegtuigjes en een helikopter van het merk HelikopterDrift gezet. De twee corpulente heren hadden zich verstopt achter een rij brandstoftanks en tuurden naar de startbaan.

'Verdomde verraders!' riep Voronin uit.

Gunnar keek naar de twee mannen die tegen een auto leunden die geparkeerd stond aan het einde van de landingsstrip. 'Wie zijn dat?'

Voronin staarde nog steeds naar hen met half dichtgeknepen ogen. 'Valeriy en Jaroff. Mijn chefs van de veiligheidsdienst en inlichtingendienst. Die verraders zitten in het complot!'

De vliegtuigdeur recht achter de cockpit van de Gulfstream was bezig open te gaan.

De eerste politieauto's van de colonne kwamen met zo'n grote snelheid aangereden dat Fjell vreesde dat ze zo de commandowagen binnen zouden denderen. Maar ze remden een voor een zonder geluid te maken vlak voor de toegang naar het vliegveld. Al snel stond er een lange rij politieauto's en ambulances langs de weg. Hoog boven hen, bijna onhoorbaar, hing de politiehelikopter.

Langzaam opende de vliegtuigdeur zich. Iets wat het midden hield tussen een ladder en een trap vouwde zich naar buiten tot op de startbaan.

Valeriy en Jaroff renden in looppas van de auto naar het vliegtuig. Valeriy ging eerst aan boord, daarna Jaroff.

'Hier eindigt onze gemeenschappelijke reis.' Ramzan Jevlojev keek met een triomfantelijke lach door de bus.

Gemeenschappelijke reis, dacht Kristin. Betekent dit dat hij ons vrijlaat? Of is hij van plan ons te vermoorden?

'We zijn nog niet helemaal met jullie klaar', ging hij verder. 'We gebruiken jullie nog even als schild als we naar het vliegtuig lopen. Nu geloof ik niet dat de politie de verandering in ons plan begrepen heeft,' hij grinnikte tevreden, 'maar je kunt beter aan de voorzichtige kant zijn. Aslan Gairbekov gaat verder met ons mee. Jullie worden vrijgelaten als we veilig aan boord zijn. Sjamil en Islam, jullie gaan eerst, samen met Aslan. Daarna Edil en Roza samen met de minister van Buitenlandse Zaken, Bøe. Anette, jij loopt vlak voor Kristin en mij. Oké,' riep hij, 'dan stappen we nu uit! Sjamil en Islam!'

De twee terroristen grepen Aslan Gairbekov en trokken hem door het gangpad van de bus en duwden hem de treeplank af naar buiten. Met hun pistolen op zijn hoofd gericht trokken ze hem mee de vliegtuigtrap op, het vliegtuig in.

'Edil! Roza!' riep Ramzan.

Ze moesten Bernt Bøe bijna de bus uit dragen. Hij wankelde tussen hen in. Ze duwden hem de trap op het vliegtuig in. Toen ze veilig binnen waren, duwden ze hem weer buiten. Confuus stommelde hij de trap af. Onder aan de trap bleef hij in verbijstering staan. Toen leek hij wakker te schrikken en begon langs de bus te rennen in de richting van het struikgewas en de gebouwen.

'Anette!'

Anette Wiik keek Kristin lang aan, stond toen op en liep de bus uit.

‘Zajotsjka!’

Konijntje...

Hijgend kwam ambassadeur Igor Voronin naar het vliegtuig gerend. Achter hem, hijgend en puffend, volgde Gunnar Borg. Ze liepen beiden mank.

Anette stond met een schok stil.

Voronin ontmoette Anettes blik.

‘Papa!’ riep ze uit.

‘Ga niet met ze mee, Anette.’

‘Waarom ben jij hier?’

‘Ik kom je halen.’

‘Maar papa... je begrijpt het niet.’

‘Ik begrijp het, Zajotsjka. En we zullen een oplossing vinden. Ik zal met de politie praten... Met de Noorse overheid. Dit komt goed. Maar je moet niet meegaan.’

Ramzan Jevlojev kwam uit de bus met zijn pistool op Igor Voronin gericht. ‘Ik zal u een goede raad geven, oude man! Draai langzaam om en ga weg. En dat geldt ook voor u’, zei hij tegen Gunnar.

Anette draaide zich om. ‘Dat is mijn vader!’

‘Het kan me niet verdommen wie hij is. Hij moet weg! Nu!’

‘Papa, alsjeblieft... Ga gewoon. Voor je eigen bestwil.’

Hij strekte zijn hand uit. ‘Samen met jou, Zajotsjka.’

‘Papa!’

Ramzan: ‘Voronin. Ik heb hier geen tijd voor! Verdwijn!’

‘Anette?’

‘Papa... alsjeblieft.’

Voronin stak zijn hand in zijn jaszak en haalde het pistool tevoorschijn. Hij richtte het op Ramzan. ‘Als je schiet, jij schoft, dan dood ik je!’

‘Papa!’

Ramzan keek naar het wapen van de ambassadeur. ‘P9 Gyurza, ambassadeur? Heeft de ambassade de beschikking over het dienstwapen van de Spetsnaz?’

Voronin zwaaide ongeduldig met het pistool.

'Voorzichtig daarmee, Voronin. Met dat ding kun je door een kogelvrij vest schieten!'

Ramzan schoot in het asfalt en richtte zijn pistool weer: 'De volgende is voor jou, Voronin.'

Anette draaide zich om naar Ramzan. 'Wat dóé je? Hij is mijn vader!'

'Ga het vliegtuig in!'

'Ben jij net zo gek als die anderen uit jouw rotland?'

'Doe wat ik zeg!'

Ze keek hem aan. 'Ben je ook bereid mij te offeren?'

'Je moet aan de kant, Anette, zodat ik jou niet raak!'

'Ik sta niet toe dat je papa neerschiet!'

'Jij hoeft me niet te vertellen wat ik moet doen, mens!'

'Jij schiet papa niet neer!'

'Hou je bek, Anette! Ga opzij voordat ik schiet!'

Ze keek hem lang aan. Toen draaide ze zich om en liep naar Igor Voronin.

'Anette!' schreeuwde Ramzan.

Gunnar was de hele tijd bang geweest dat Voronin neergeschoten zou worden, maar nu zag hij in dat ze net zo goed Anette konden neerschieten.

'Igor!' riep hij waarschuwend.

Voronin richtte op Ramzan. Gunnar hield het geleende pistool onzeker vast. Stap voor stap kwam Anette dichterbij.

Het schot kwam van de vliegtuigdeur vandaan. Jaroff. Voronin schokte en wankelde.

'Papa!' huilde Anette.

Gunnar loste een schot in de richting van het vliegtuig. Jaroff vluchtte naar binnen. Voronin, die op zijn knieën was gezakt, schoot in de richting van de bus. Op hetzelfde moment was Anette bij hem en samen met Gunnar trokken ze hem rond de neus van het vliegtuig, achter de Gulfstream. Voronin zakte op de startbaan in elkaar.

Ramzan brulde een paar orders.

'Wat zegt hij?' riep Gunnar naar Anette. Hij zat op zijn knieën en keek afwisselend naar de cockpitruit, waar een van de piloten het drama met grote ogen volgde, en onder het vliegtuig, waar de terroristen een vrije schootslijn hadden.

'Hij beveelt dat iedereen het vliegtuig in moet gaan.'

'Komen ze ons niet achterna?'

'Hij zegt: "Weg! Weg!"'

'Snel!' riep Ramzan tegen Kristin. Ze was duizelig toen ze opstond. Hij richtte zijn wapen op haar hoofd en trok haar de bus uit. Waar was Gunnar gebleven? Ze keek rond. Wat deed hij hier?

'Fuck you, Anette!' schreeuwde Ramzan Jevlojev uit.

Met Kristin als schild liep hij de wankele vliegtuigtrap op.

De cabine was krap, maar luxueus. De andere twee terroristen stonden op wacht met getrokken pistolen. Aslan zat in een diepe stoel van wit leer. De pantry was van donker hout. Op de vloer lagen tapijten.

Kristin werd naar buiten geduwd. Toen ze weer op het asfalt stond, werden de trap en de deur achter haar omhooggetrokken. Ze dacht dat ze iemand hoorde juichen.

Ronny Lystad kwam tussen de gebouwtjes aan het eind van het vliegveld vandaan gerend. Hij bleef ineens staan. Hij hoorde meerdere schoten. Een paar honderd meter voor zich zag hij het vliegtuig en de bus. Hij liet zich op de grond vallen, languit, met zijn benen gespreid. Hij was in prima conditie, maar hij was door het hardlopen buiten adem geraakt. Vanuit zijn positie kon hij alleen maar de voorkant van het vliegtuig en de achterkant van de bus zien.

Børre Henrichsen kwam aangerend en ging op zijn buik naast hem liggen. Ook hij snakte naar adem. 'Status?' vroeg hij en hij knikte naar het vliegtuig.

'Onduidelijk. Ik zie de bus, een auto en het vliegtuig. Er zijn schoten gelost. Wat activiteit rond het vliegtuig, onduidelijk wie het zijn.'

'Zijn ze het vliegtuig al binnengegaan?'

'Onduidelijk! Kun je naar die struiken lopen zodat je in de bus kunt kijken?'

Henrichsen kwam overeind en liep in elkaar gedoken naar het struikgewas. Ineens stond hij stil. Verstopt achter een struik zat een man. Maar hij herkende de man.

'Minister Bøe!' riep Henrichsen uit.

'Ze schieten!' zei Bøe.

Op dat moment kwam er een bericht via de politieradio: 'U-nul-vijf aan alle eenheden, er is een schietpartij gemeld. De terroristen en een gijzelaar zitten in het vliegtuig! Drie personen, identiteit onbekend, zijn buiten gezien.' Stilte. 'U-nul-vijf aan alle eenheden, we grijpen in! Ik herhaal: we grijpen in!'

Er steeg motorgebrul op van de weg achter het struikgewas. Een colonne politieauto's kwam achter de bomen en de struiken vandaan.

'Papa!' snikte Anette.

'Zajotsjka', kreunde hij en hij glimlachte flauwtjes naar haar.

Gunnar opende Voronins jas en trok het bloederige overhemd open. Vers bloed werd uit een lelijke schotwond in de schouder gepompt. Gunnar drukte zijn hand tegen de wond.

'Het komt goed!' zei hij buiten adem tegen Voronin en Anette. 'Vleeswond, het komt goed!'

'Ik red het wel', fluisterde hij.

'Papa!'

'Druk op de wond!' zei Gunnar. 'Hij moet niet te veel bloed verliezen. De politie en de ambulance zijn er al! Hou vol!' zei hij tegen Voronin.

De ambassadeur kneep in zijn dochters hand.

De twee Rolls Royce-motoren van de Gulfstream begonnen te brullen.

'En toen kwam de olifant met zijn grote snuit...' zei de man die zich Ramzan noemde. Hij trok de veiligheidsgordel over zijn buik en keek Aslan Gairbekov aan. 'Bijna thuis', zei hij met een ondoorgrondelijke lach.

'Thuis?' herhaalde Aslan Gairbekov koeltjes. 'Gaan we naar Tsjetsjenië? Of naar Moskou?'

'Wat denk je?'

'Het is lang geleden dat Tsjetsjenië thuis voor jou was.'

'Vraag je je niet af waarom het zo belangrijk is dat we die documenten terugkrijgen die jij gestolen hebt?'

'Uiteraard. Maar het antwoord ligt voor de hand.'

'De namen, de lijsten, de ontmaskeringen... Ja, dat is allemaal reden genoeg. Maar er is nog iets. Heb je dat niet ontdekt?'

Aslans ogen versmalden zich.

'De papieren van de generaal vertellen niet alleen wie deelnam aan de operatie, maar ook hoe de miljarden dollars verstopt zijn bij de buitenlandse banken.'

'Miljarden? Dollars?'

'De winst uit de oliereserves die we geleend hebben.'

'Geleend?' riep Aslan uit.

'Mijn opdrachtgevers hebben grote plannen met Tsjetsjenië. Het geld zal teruggegeven worden als de tijd daar rijp voor is, als de opstand neergeslagen is en we het land aan onze voeten hebben liggen.'

'Puh.'

'Jij hebt nooit een droom gehad voor Tsjetsjenië. Het enige wat in je hoofd zat, was haat tegen Rusland. Maar nooit mogelijkheden! Tsjetsjenië zal een nieuwe economische vrijstaat worden. Een antwoord op Zwitserland, Monaco of de Kaaiman Eilanden. Een plaats waar ook Russische investeerders en zakenlieden hun winsten kunnen brengen.'

'Krankzinnig.'

'Een droom, Aslan! Een toekomstdroom voor Tsjetsjenië!'

'Waar is dat geld nu?'

'Miljarden zijn het land uit en overal op de wereld op de bank gezet. Het hele overzicht, met banken, rekeningen en contactpersonen, staat in de documenten die jij gestolen hebt.'

'Zo onvoorzichtig is niemand!'

'Uiteraard niet. De operatie heeft drie leiders. Drie centrale mannen. Mijn opdrachtgever in Moskou. Een gerespecteerde chef bij het MID. En de generaal die jij vermoord hebt. Ieder had documenten waarin een derde deel van de informatie stond die nodig is om het totale vermogen te kunnen lokaliseren en waarin de wachtwoorden staan om het geld op te halen. Op die manier was men ervan verzekerd dat er niet iemand van de trojka op het goede idee kwam om ervandoor te gaan met de miljarden. Zie het als een driedelig slot dat drie sleutels nodig heeft om geopend te kunnen worden. Ze moeten alledrie hun sleutel hebben om het slot open te krijgen.'

'Maar ze moeten er rekening mee hebben gehouden dat een van de drie zou sterven of dat de documenten gestolen zouden worden?'

'Natuurlijk. Ze hadden alledrie een kopie van hun eigen set documenten. Maar voor de zekerheid werd de kopie in tweeën gedeeld, zodat er geen complete set als kopie bestaat. De centrale man had het origineel, terwijl de kopie in tweeën was gedeeld. Elk deel gaf hij in bewaring bij iemand die hij voor de volle honderd procent vertrouwde. Op zich waren de kopieën waardeloos. Pas als de ene helft aangevuld werd door de andere helft, hadden ze waarde.'

'Ik begrijp het toch niet. Ik heb het origineel van de generaal meegenomen. De twee anderen hadden dan toch de beschikking over de kopieën?'

'Daar hadden ze niets aan. De trojka miste een zesde deel van de documenten.'

'Waarom?'

'Ze kregen de ene helft te pakken. Het probleem was dat de generaal het andere deel aan mij had toevertrouwd.' Hij keek Aslan aan. 'En voor de zekerheid had ik die documenten thuis verstopt, in het huis van mijn ouders.'

Het begon Aslan te dagen. 'De kopie van de generaal lag verstopt in het huis dat ik in de as heb gelegd.'

De hoge frequentie van het gegil van de vliegtuigmotoren sneed door de lucht.

Kristin kwam in beweging en rende om het vliegtuig heen. Gunnar en Anette zaten op de startbaan naast Igor Voronin.

Langzaam kwam het vliegtuig in beweging.

De rij politieauto's kwam in volle vaart uit de bosjes en zette koers richting startbaan.

Schjelderup drukte het gaspedaal helemaal in en hij hoorde de motor krachtig grommen. Hij riep in de politieradio: 'Nul-één, dit is U-nul-vijf! Geef de helikopter opdracht de take-off te verhinderen!'

Pas toen hij het asfalt van de startbaan naderde, zag hij in dat het hem niet zou lukken om voorbij het vliegtuig te komen. Het had al te veel snelheid.

'Verdomme, verdomme, verdomme!' schreeuwde hij. Kwaad drukte hij het gaspedaal zo stevig in dat hij vreesde dat het zou afbreken. Een ogenblik overwoog hij de politieauto tegen de zijkant van het vliegtuig te rijden.

'Nul-één aan U-nul-vijf, de helikopterpiloot vraagt naar welke startbaan hij moet vliegen?'

'Te laat! Verdomme!' vloekte Aksel Schjelderup.

Aslan voelde hoe hij in de zachte stoel werd gedrukt toen het vliegtuig zijn snelheid opvoerde en de motoren steeds harder gilden. Recht tegenover hem, met zijn rug tegen de rijrichting in, zat Ramzan.

Om hem niet aan te hoeven kijken, keek Aslan door het ronde raampje naar buiten. Tussen het gebladerte en de bomen meende hij politieauto's te zien.

Ramzan, die zijn reactie zag, leunde voorover en keek naar buiten. Zijn hoofd maakte een beweging, hij smakte en schudde met een zelfingenomen lachje zijn hoofd.

'U-nul-vijf. Stuur onmiddellijk een ambulance naar het einde van de startbaan samen met Delta!' riep Aksel Schjelderup in de politieradio. 'Man gewond! Identiteit onbekend!'

Kristin hielp Anette Voronins bloeding te stelpen. Anette huilde hartverscheurend.

'Het komt goed, Anette, het komt goed', fluisterde ze.

'Papa!' jammerde Anette en ze schokte van het huilen.
'Sst... Het komt goed, echt. Sst...'

Gunnar stond op en keek het vliegtuig wanhopig na. Zou het de bandieten werkelijk lukken? Toen voelde hij het gewicht van het wapen in zijn zak. Hij rukte het uit zijn zak en loste uit pure frustratie een schot op het vliegtuig.

Børre Henrichsen lag op zijn buik met de kolf van het scherpschuttersgeweer stevig tegen zijn schouder gedrukt. Hij duwde zijn kin tegen het gladde houtwerk terwijl zijn blik zich focuste op het kruis in zijn vizier. Een schot bracht hem even uit zijn concentratie.

Hij duwde zijn wijsvinger tegen de trekker en schoot.

Het voorste wiel van de Gulfstream explodeerde met een grote knal. Het vliegtuig wankelde en zakte naar rechts. Het leek of de piloten overwogen verder te gaan. Ze hadden al zoveel snelheid dat het vliegtuig bijna kon opstijgen.

Henrichsen richtte op het linkerwiel en schoot tweemaal.

De Gulfstream schoot opzij terwijl resten rubber in grote repen langs de velg hingen. De motoren stopten. Met nog een laatste wanhopige bocht bleef het vliegtuig een halve meter buiten de startbaan staan.

Slechts enkele seconden nadat de jet plotseling was gestopt, waren de politieauto's ter plaatse. Aksel Schjelderup passeerde de vliegtuigromp en zette de commandowagen recht voor de neus van het toestel, om een eventuele hernieuwde poging tot vertrek te blokkeren. Al snel hadden de politieauto's het vliegtuig omsingeld.

Anette en Kristin staarden naar de Gulfstream.

'Wat gebeurt er?' mompelde Voronin.

'Het vliegtuig stopt!' zei Kristin.

'Jezus! Heb ik raak geschoten?' riep Gunnar verbluft uit.

Aksel Schjelderup drukte de knop van de politieradio in: 'U-nulvijf aan alle eenheden. Het vliegtuig is omsingeld en heeft lekke banden. Drie gijzelaars zijn vrij en er wordt voor hen gezorgd. Aslan Gairbekov is aan boord van het toestel! Scherpschutters, neem positie in met vrij zicht op de deur. Geen van de eenheden onderneemt iets zonder dat ik daartoe orders heb gegeven. We willen proberen via de verkeersleiding in contact te komen met het vliegtuig. Tot zolang... Afwachten!'

Ramzan Jevlojev, die zich aan de armleuning had vastgeklampt toen het toestel begon te slingeren, stond op uit zijn stoel. 'Wat gebeurt er verdomme?' riep hij naar de piloten.

'Lekke band', antwoordde de gezagvoerder.

'Twee lekke banden', zei de ander.

'Kun je met twee lekke banden opstijgen?'

De gezagvoerder schudde zijn hoofd. 'Met een flinke portie geluk lukt het ons misschien om voldoende snelheid te krijgen om op te stijgen. Het probleem zit hem in de landing.'

'Plus het feit dat er een politieauto voor het vliegtuig staat', zei de copiloot.

Ramzan keek door het raam. Ze waren omringd door politieauto's. Met zijn tanden op elkaar van kwaadheid deed hij een stap in het middenpad en keek aan de andere kant naar buiten. Overal! Hij rende naar de cockpit. Uit de grote politieauto voor het vliegtuig stapte een politieman met halflang haar. Ramzan volgde de vreemde verschijning met zijn ogen.

Thomas Fjell liep over de startbaan en keek op naar de Gulfstream. Ondanks de reflectie van de ruiten kon hij een gezicht onderscheiden, een gespannen gezicht.

Ramzan Jevlojev.

Fjell stond stil. Hij tikte met twee vingers tegen zijn hoofd. Ramzan gebaarde met zijn hoofd. Als antwoord op een vraag die Fjell slechts kon raden, knikte hij met een glimlachje.

Door het raam zag hij dat Ramzan groette met twee vingers.

De piloten zetten de motoren uit, het duurde geruime tijd voor het stil werd. Niemand in de cabine zei iets. De terroristen zaten onbeweeglijk in hun stoelen, moedeloos, uitgeput.

Aslan Gairbekov keek naar de politiemannen die posities innamen achter de surveillancewagens. Voor het vliegtuig, door de voorruit, zag hij een grote politieauto staan die verhinderde dat ze weg konden rijden.

Nu is het voorbij, dacht hij. Op de een of andere manier is het nu voorbij. Voor hen. Voor mij. Voor ons.

Met een schreeuw draaide Ramzan zich ineens om naar Aslan en richtte zijn pistool op zijn hoofd.

Aslan beet op zijn tanden. Maar het schot kwam niet. Met een kreun plofte Ramzan neer op de stoel.

'Wat nu, chef?' vroeg Sjamil.

Ramzan keek hem aan. 'Ja, wat nu? Wat nu verdomme?'

'We hebben een gijzelaar', zei Edil.

'En de twee piloten', stelde Roza voor.

'Niet de piloten!' zei Ramzan. 'Die genieten de bescherming van onze opdrachtgevers.' Hij schakelde over naar het Engels: 'Hoeveel parachutes zijn er aan boord?'

'Geen een, mijn vriend', zei de gezagvoerder. 'Je hebt te veel stripverhalen gelezen.'

'Kunnen we teruggaan naar de bus?' stelde Edil voor. 'Met Aslan als gijzelaar.'

Ramzan tilde zijn handen omhoog. 'De scherpschutters hebben ons binnen enkele stappen te pakken.'

Stilte.

'Dus wat doen we nu?' vroeg een van de terroristen tot slot.

Opnieuw stilte.

'We hebben niet veel keus', zei Ramzan ten slotte.

Anette hield haar vaders hand vast toen hij op de brancard werd getild en de ambulance werd ingeduwd.

Kristin ontdekte minister Bøe in de bosjes en rende naar hem toe. Daarvandaan begeleidden een paar politiemannen hen naar een stel ambulances, die honderd meter verderop geparkeerd stonden. Kristin ging op een brancard zitten. Bernt Bøe werd naar een andere ambulance gebracht.

Bezorgde, begripvolle, troostende blikken… Bloeddruk, vragen, omhelzingen…

Kristin keek naar de hand die op haar dij rustte. Wat tril ik, dacht ze, allemachtig, wat tril ik.

Om 07.57:36 uur precies ging de vliegtuigdeur open.

'U-nul-vijf aan alle eenheden, maak jullie klaar!' kraakte het door de politieradio. 'Scherpschutters in positie!'

De vliegtuigtrap vouwde naar buiten.

'Alle eenheden, let op!'

De open deur gaapte naar hen.

Toen zagen ze een beweging. Er kwam een gedaante tevoorschijn.

'U-nul-vijf aan alle eenheden, niet schieten voordat ik daartoe het bevel geef!'

De man stapte in het licht en deed een stap de trap af.

'U-nul-vijf-alfa, het is de gijzelaar! Aslan Gairbekov! Niet schieten! Ik herhaal: niet schieten! Hij is absoluut een gijzelaar!'

Met zijn handen in de lucht liep Aslan Gairbekov de trap af en liep naar de dichtstbijzijnde politieauto. Een politieman greep hem vast en trok hem snel achter de auto op de grond.

'U-nul-vijf-alfa, de gijzelaar is in veiligheid! Ik herhaal: de gijzelaar is in veiligheid. Vijf terroristen, twee onbekende personen en twee piloten bevinden zich nog steeds in het vliegtuig. Dus negen, ik herhaal negen, objecten in het vliegtuig.'

Een nieuwe gedaante verscheen in de deuropening. De jonge, vrouwelijke terroriste. Roza. Met haar armen in de lucht daalde ze de vliegtuigtrap af.

'Stop!' riep Aksel Schjelderup in de megafoon. Ze stond onmiddellijk stil. 'Ga op de grond liggen!' Hij drukte de microfoonknop van de politieradio in: 'Ze kan bewapend zijn met een granaat of dynamiet. Eenheid één, fouilleer haar.'

Drie politiemannen, met helmen, bivakmutsen, een vizier van plexiglas en dikke speciale pakken die bescherming bieden tegen een bomexplosie, gingen om haar heen staan. Na het grondig fouilleren stak een van hen zijn arm in de lucht. 'Veilig!' zei een ander in de politieradio.

Drie andere politiemannen renden naar voren en grepen haar onder haar armen en sleepten haar achter een van de politieauto's.

De twee volgenden waren de piloten. Geen van tweeën was bewapend. Vervolgens volgden er twee mannen die de politie niet bekend waren. Ze beriepen zich op hun diplomatieke onschendbaarheid. Toen volgden achtereenvolgens de terroristen. Een voor een werden ze bevolen op de grond te gaan liggen, daar werden ze gefouilleerd voordat ze naar de gereedstaande politieauto's werden gebracht.

Ten slotte kwam Ramzan Jevlojev.

Met een lach, alsof alles een grote grap was, bleef hij boven aan de vliegtuigtrap staan. Het leek wel of hij naar iemand op zoek was. Toen hij Thomas Fjell achter een politieauto in het oog kreeg, leek het of hij een saluut bracht met twee vingers.

Ineens kroop hij in elkaar en greep hij naar iets in zijn jas.

De scherpschutters reageerden instinctief. Drie schoten met expanderende kogels werden gelijktijdig afgevuurd.

Ramzan was allang dood voordat zijn lichaam de trap was afgerold en op de grond viel.

2

Spoedbericht, persbureau NTB, *08.00 uur*

telexbericht
Gijzelingsdrama –

Kjeller, Akershus (NTB) Het gijzelingsdrama is voorbij. Een gijzelnemer, de vermoedelijke leider, werd doodgeschoten nadat de politie enkele minuten geleden had verhinderd dat een privé-vliegtuig zou opstijgen van vliegveld Kjeller. De politie heeft bevestigd dat alle gijzelaars zijn vrijgelaten. De Russische ambassadeur in Noorwegen is gewond geraakt tijdens een schotenwisseling met de terroristen. Het gijzelingsdrama heeft vijf mensen het leven gekost: één gijzelaar, twee politiemannen en twee terroristen.

– – – – aka – ol – bk
08.00 uur 488 tekens

3

Vliegveld Kjeller, 08.00 uur

'Controleer hem op papieren!' riep Aslan Gairbekov. 'Zoek de documenten!'

De politiemannen die de dode Ramzan Jevlojev fouilleerden begrepen niet wat hij bedoelde. Maar Thomas Fjell begreep het. 'Controleer of hij een bundel papieren bij zich heeft!' beval hij. 'Onder zijn jas? Op zijn rug?'

Ze onderzochten hem grondig. Ten slotte schudde een van de politiemannen zijn hoofd. 'Geen papieren!'

Aslan Gairbekov en Thomas Fjell staarden tegelijkertijd naar het vliegtuig.

Toen Kristin Ramzan van de vliegtuigtrap zag vallen, was haar eerste irrationele gedachte dat hij zich pijn zou doen. Ze was opgestaan van de brancard en leunde uit de ambulance om het beter te zien. De arts en de verpleegkundige hadden geprobeerd haar terug te trekken. Ze had de gepolsterde politiemannen gezien die naar voren stormden om hem te fouilleren.

Met een soort morbide tevredenheid zag ze dat Ramzan in een zwarte lijkzak werd gedaan die op een brancard werd vastgegespt en naar een ambulance werd gebracht.

Toen pas liet ze zich naar binnen trekken.

'Wil je iets kalmerends hebben?' vroeg de arts, een aardige jongeman met een dun brilletje.

'Nee, bedankt', zei ze automatisch.

'Je hebt een zware nacht gehad', zei de uit de kluiten gewassen verpleegkundige.

Nee zeg, is dat zo, had ze zin te snauwen. In plaats daarvan begon ze te huilen. Snikkend kroop ze in elkaar terwijl de arts en verpleegkundige haar over haar rug streelden en klopten.

'Ik geloof', zei ze tussen de hikken door, 'dat ik iets kalmerends wil hebben.'

'Ik weet hoe hij denkt', zei Aslan Gairbekov. Hij stond samen met Thomas Fjell in de krappe, exclusieve vliegtuigcabine.

'Jij kent hem', zei Fjell.

'Kende', verbeterde Aslan hem en daarmee duidde hij niet alleen op het feit dat hij dood was. 'Hij heeft de documenten in het vliegtuig verstopt. Ik weet zeker dat hij ze bij zich had toen we aan boord gingen. Ik zag dat hij ze verstopte onder zijn jas toen we de televisiestudio verlieten. Maar nog belangrijker: het terugbrengen van de documenten was het hoofddoel van deze hele operatie.'

'Dus toen hij begreep dat de slag verloren was, heeft hij ze verstopt. Daarom kwam hij als laatste naar buiten.'

'Vroeg of laat wordt dit vliegtuig aan zijn eigenaars geretourneerd. En als het gaat zoals hij hoopte dat het zou gaan, dat we er niet aan zouden denken om te zoeken, zouden de documenten op een bepaald moment gevonden worden en geretourneerd worden aan de opdrachtgevers. En de operatie zou volbracht zijn.'

Fjell keek de cabine rond. 'Dus waar heeft hij ze verstopt?'

'Dat', zei Aslan, 'weet ik niet.'

Ze bekeken alle bagagevakken. Aslan doorzocht de vakken van de stoelen, terwijl Fjell door de stapel leesvoer voor de passagiers ging. Niets. Ze doorzochten de pantry en de cockpit. Niets. Ze controleerden of er tapijt of wandplaten loszaten. Ze controleerden het dak en de deur. Niets.

Uiteindelijk begreep Fjell het.

De luxueuze vliegtuigstoelen waren gemaakt voor het gemak. Ze waren groot en bekleed met zacht leer. Iedere stoel had een voetensteun die uitgeklapt kon worden.

Ze vonden de documenten onder de vierde stoel die ze onderzochten, vastgeklemd tussen de stoel en de steun. Een stapel vergeelde papieren. 'Deze?' vroeg Fjell, terwijl hij de stapel naar zich toe trok, maar hij begreep uiteraard dat hij de documenten had gevonden.

4

Spoedbericht, persbureau NTB, 08.04 uur

telexbericht
Gijzelingsdrama –

Kjeller, Akershus (NTB) De gijzelnemer die doodgeschoten werd tijdens zijn arrestatie op vliegveld Kjeller, was niet gewapend. Dat bevestigt de politie. Volgens de politie werden de schoten gelost toen de gijzelnemer een wapen onder zijn jas leek te pakken.

– – – – aka – ol – bk
08.04 uur 259 tekens

5

Vliegveld Kjeller, 08.05 uur

'Hij wilde dood', zei Thomas Fjell.

Hij schonk koffie in uit een thermoskan die op miraculeuze wijze ineens was opgedoken, waarschijnlijk van een patrouille die gedacht had dat men koffie nodig had om wakker te blijven toen de avonddienst honderd uur geleden was begonnen.

'Het was geen onbewuste of toevallige beweging', ging hij verder toen hij een slokje had genomen van de lauwe koffie.

'Hij wílde dat we de beweging als bedreigend zouden opvatten. Hij wílde dat we dachten dat hij zou schieten of een bom tot ontploffing wilde brengen.'

'Mijn mensen hebben correct gehandeld!' zei Bjørnar Lehmann alsof hij zich moest verdedigen tegen kritiek die niemand had geuit.

'Natuurlijk!' zeiden Schjelderup en Fjell in koor.

'Ik ben het met Thomas eens', zei Aksel Schjelderup. 'Hij wilde dat we hem doodschoten.'

'Maar waarom?' vroeg Lehmann.

Ze keken elkaar aan. Fjell dronk van zijn koffie. 'Dat zullen we wel nooit weten', zei hij uiteindelijk. 'Trots? Eergevoel? Angst?'

'Volgens Aslan Gairbekov wilde hij er zeker van zijn dat zijn opdrachtgevers zich om zijn zoon zouden bekommeren.' Schjelderup gaf Fjell voorzichtig een duwtje. 'Wat denk jij? Jij kent hem toch zo langzamerhand wel', zei hij half voor de grap.

Fjell lachte, maar antwoordde niet.

'Het moet gezegd worden,' zei Lehmann, 'toen alles er zo hopeloos uitzag hebben de scherpschutters drie perfecte gaten geschoten!'

'Onvoorstelbaar!' riep minister van Buitenlandse Zaken Bernt Bøe uit. 'Wil jij beweren dat die documenten dat allemaal bevestigen? De namen? De lijsten? De rekeningen? De banken?'

Aslan Gairbekov knikte ijverig. 'Alles, behalve de laatste informatie die nodig is om het geld op te nemen.'

'Een complot van die grootte...' De minister schudde zijn hoofd, hij durfde zijn zin niet af te maken.

'De gebeurtenis van vannacht kent geen winnaars', zei Aslan. 'Tot de drie documenten bij elkaar zijn, ligt het geld bij banken over de hele wereld. Maar de mensen achter de schermen kunnen gepakt worden. Ik vermoed dat sommigen van hen aan zullen bieden de documenten te geven in ruil voor strafvermindering. Zodat het geld teruggesluisd kan worden naar Tsjetsjenië, waar het thuishoort.'

'Onvoorstelbaar', herhaalde de minister.

Twee verpleegkundigen en een politieman kwamen hem lopend halen om hem naar een ziekenwagen te brengen. Zelf leunde Aslan tegen de ambulance die hem terug zou brengen naar Oslo. Hij bedankte voor een kalmeringspilletje. Toen de ambulance begon te rijden, zat Aslan op de stoel naast de brancard en hij keek door de heldere strepen in het matglas naar buiten.

6

Crisisteam van de minister-president, 08.05 uur

'Met Bernt... Bøe!' voegde hij er haastig aan toe, alsof iemand zou kunnen gaan twijfelen.

'Goed je stem te horen, Bernt!' De minister-president klonk warm. Het crisisteam en hij zaten rond de telefoon met luidspreker.

'Ik zit nu in een ambulance...'

'Ben je gewond?'

'Een routinematig doktersonderzoek en – hoe noemen ze dat? – debriefing.'

'Hoe gaat het met je?' De minister van Justitie boog voorover naar de microfoon.

'Ik ben onvoorstelbaar moe. Maar verder gaat het goed, dank je.'

'Ik heb je portefeuille vannacht waargenomen. Het is mij een groot genoegen je de wereld weer terug te geven, zodat ik me weer kan concentreren op handboeien en cellen enzovoorts.'

De groep lachte gespannen. De meesten wachtten slechts op het moment dat de premier het crisisteam zou opheffen, zodat ze naar huis konden gaan om te slapen.

'Er is iets gebeurd', begon de minister van Buitenlandse Zaken.

'Nog meer?' zei de premier.

'Ik ben iets te weten gekomen. Over de achtergrond van deze terroristische actie.'

Afwachtend: 'Ja?'

De minister van Buitenlandse Zaken kreunde. 'Ik heb geen puf om nu alles te vertellen.'

'Gaat het om de verklaring van Aslan Gairbekov dat er een samenzwering bestaat tussen Russische zakenlieden, ambtenaren en officieren?'

'Dat is nog maar het begin. Hij beweert dat ze miljarden dollars hebben overgemaakt op internationale bankrekeningen. En dat de documenten waar de terroristen op uit waren deel uitmaakten van een soort rebus die leidt naar het vermogen.'

Stilte.

'Ik stel voor dat we de hele zaak overlaten aan de VN', zei Bøe. 'Dan mogen zij en de Russen het oplossen.'

'Zullen we morgen verdergaan?' stelde de premier voor.

7

Vliegveld Kjeller, 08.05 uur

Kristin zat op de brancard in de ambulance toen Gunnar kwam aangerend.

Toen ze hem door het geopende achterportier in het oog kreeg, stond ze wankelend op, ging gebukt de ziekenauto uit, sprong op de grond en rende hem tegemoet. Ze omhelsden elkaar zo lang en zo stevig dat Kristin dacht dat iedereen die dit zag nu wel moest denken dat hij haar vader was.

'Gaat het goed met je, mijn meisje?' vroeg Gunnar ten slotte.

Ze probeerde antwoord te geven, maar het lukte niet; ze voelde dat ze dan weer in snikken zou uitbarsten.

'Huil maar, Kristin, het is nu voorbij.'

Een paar seconden hield ze zich nog goed. Toen barstte de huilbui los die zich vermengde met een opgeluchte lach.

'Ik heb je de hele tijd gevolgd, moet je weten', zei Gunnar met verstikte stem.

Kristin lachte door haar tranen heen. 'Ik ben zo moe, zo moe', fluisterde ze.

'Je kunt nu uitrusten.' Hij ondersteunde haar terwijl ze terugliepen naar de ambulance. Kristin zwaaide op haar benen. De verpleegkundige stak haar hand uit en hielp haar de auto in. Kristin zakte neer op de brancard. 'Oei,' mompelde ze, 'ik ben een beetje slap.'

'Je hebt valium gekregen', zei de verpleegkundige en ze tilde Kristins benen op.

'Ik wil niet slapen,' snikte Kristin, 'ik moet mijn ogen alleen even rust geven.'

'Geef je ogen maar wat rust, hoor.'

'Ik zie je in het Ullevålziekenhuis!' riep Gunnar voordat het portier dicht werd gedaan.

De ziekenauto startte. Bij de poort, waar de persmensen al arriveerden, klonk even de sirene. Kristin schrok op en sperde haar ogen open. 'Wat gebeurt er?' mompelde ze slaapdronken terwijl haar ogen weer dichtvielen en de ambulance in de richting van Oslo reed. Op het moment dat ze in slaap viel, piepte de ochtendzon door de matglazen strepen in de zijruit, en ze draaide haar gezicht weg van het licht en de ontwakende dag.

Woord van dank

Een lange rij politiemensen en experts bij organisaties en departementen heeft mij geholpen met informatie vergaren voor dit boek. Dank aan allen die de tijd hebben genomen om mijn vragen te beantwoorden over crisisprocedures en politiemethodes tot en met onderhandelingspsychologie en officiële standpunten. Ik heb veel hulp gehad van vele welwillende bronnen bij het politiedirectoraat, de politieacademie, het kabinet van de minister-president, het ministerie van Buitenlandse Zaken, het directoraat voor buitenlanders, reddingsdiensten, vliegveld Kjeller en Gardermoen, de luchthaven van Oslo. Ondanks de geweldige hulp: fouten en gebreken in *Wolvennacht* zijn volledig voor mijn rekening.

Dank ook aan alle goede collega's bij TV 2 – van journalisten tot elektriciens – die mij hebben geholpen met denkbeelden en opvattingen. Kanal ABC 'is' TV 2 niet. Maar het zou erg vreemd zijn als dertien jaar bij het TV 2-journaal mij niet beïnvloed zou hebben, laat staan de boeken die ik schrijf.

Speciale dank voor mijn collega Siri Lill Mannes, presentatrice van het TV 2-journaal. Siri Lill, die geschiedenis heeft gestudeerd met als hoofdvak Tsjetsjenië, heeft me onontbeerlijke gezichtspunten, meningen en verbeteringen aangereikt. Als buitenlandcorrespondente bij TV 2 heeft Siri Lill zelf veel Tsjetsjeense vluchtelingen geïnterviewd in de grensstreken van de Kaukasus (Ingoesetië, Noord-Ossetië, Georgië), in Moskou en in Noorwegen. Vele vluchtelingen en mensen die gebleven zijn kent ze persoonlijk. Ik heb veel gehad aan haar boek *Livvakt i helvete. Aleksandr og krigen i Tsjetsjenia* (uitgeverij Kagge). (Niet in vertaling verschenen – vert.) Ik kan het boek van harte aanbevelen aan diegenen die meer over de achtergrond van het Tsjetsjeense conflict willen weten dan de korte en oppervlakkige stukjes die deze thriller kan geven.

Lees ook Ingvald Godals *Tsjetsjenia – Der enkene blir selvmordsbombere* (uitgeverij Communicatio), Julia Jusiks *Allahs sorte enker* (uitgeverij Gansena) of bezoek de sites over Tsjetsjenië.

Ik heb ook veel gehad aan de paper *Persepsjon og kommunikasjon. Konfliktløsning og vold. Stress og kriser* van Wilhelm Meek Hansen, Egil Larsen en Steffen Simonsen, het boek *Politipsykologi* van Roald A. Bjørklund en het artikel *Mediedekning av gisselsituasjoner* (Politinytt) van Tore Bjørgo, naast talrijke buitenlandse publicaties.

Dank voor alle steun en kritische lezers bij uitgeverij Aschehoug, dank aan mijn redacteur Øyvind Pharo en Alexander Opsal, Even Råkil en Arnstein Bjørkly, voor hun prima opmerkingen, genadeloze vragen en inspirerende bijstand (en tegenstand) bij de totstandkoming van het manuscript.

Dank aan mijn gezin voor hun geduld en tijd.

Dit is een roman. Hoewel de handeling feitelijk gebaseerd is op raadgevingen en opmerkingen van professionele lieden, heb ik details, procedures, methodes, oordelen, tactieken, groepscodes en concrete handelingen aangepast aan de fictie. Dat houdt in dat de politie en de overheid in werkelijkheid waarschijnlijk volkomen anders met een dergelijke gijzelingssituatie zouden omgaan. Maar wie weet… Het is nu eenmaal het privilege van een thrillerschrijver om een verhaal zo spannend mogelijk te vertellen.

Tom Egeland
April 2005

Tom Egeland bij De Geus

Het einde van de cirkel

In een eeuwenoud Noors klooster wordt een sensationele archeologische vondst gedaan: een relikwiekistje waarvan de inhoud de wereldgeschiedenis zou kunnen veranderen. Een geheime orde probeert het kistje in handen te krijgen. Daarom wil de archeoloog Bjørn Beltø weten wat er zo bijzonder aan de vondst is. In wetenschappelijke kringen gaat men ervan uit dat er zich vroegchristelijke documenten in bevinden en mogelijk zelfs het Q-evangelie, met citaten van Jezus, dat de bron is van de latere evangelies van Matteüs en Lucas. Beltø's zoektocht brengt hem via Londen naar het Midden-Oosten. En vandaar voor de apotheose naar een kruisvaarderskasteel in het Franse dorpje Rennes-le-Château.